조용한 아내

이 도서의 국립중앙도서관 출판예정도서목록(CIP)은 서지정보유통지원시스템 홈페이지(http://seoji.nl.go.kr)와 국가자료공동목록시스템(http://www.nl.go.kr/kolisnet)에서 이용하실 수 있습니다.
CIP제어번호 : CIP2019045906

조용한 아내

A.S.A. 해리슨 장편소설

박현주 옮김

THE SILENT WIFE

[redacted]

THE SILENT WIFE

엘릭시르

헌사

조너선에게

차례

1부

그 여자와 그 남자

그 여자

구월 초. 조디 브렛은 자신의 부엌에서 저녁 식사를 차린다. 콘도•가 칸막이 없이 탁 트인 구조로 설계된 덕에 거실을 통해 동향 창, 그 너머 호수와 하늘까지 탁 트인 전망을 누릴 수 있다. 저녁 빛이 그 위를 한결같은 푸른색으로 물들인다. 더 짙은 색깔의 가느다란 선, 지평선은 손을 뻗으면 닿을 듯 아주 가깝게 보인다. 조디는 이렇게 호를 그리며 뻗어가는 윤곽, 원으로 둘러싸인 느낌을 좋아한다. 무언가에 담긴 듯한 감각은 이곳에 살면서 가장 마음에 드는 점이다. 공기가 시원하게 통하는 27층의 집.

올해 마흔다섯, 조디가 보기에 자신은 아직 젊다. 그녀는 미

• 미국과 캐나다에서 콘도(Condominium)는 리조트형 호텔이 아닌, 고급 아파트형 주택을 가리킨다.

래에 눈을 두지 않고 일상사에만 집중하며 순간에 충실하게 살아간다. 별로 깊은 생각 없이, 삶이 불완전하기는 해도 그럭저럭 받아들일 수 있는 방식으로 무한히 계속되리라 여긴다. 다른 말로 하자면, 자신의 삶은 이제 정점에 이르렀으며 이십 년간 지속된 토드 길버트와의 부부 생활로 천천히 침식당한 청춘의 탄력성이 붕괴의 마지막 단계에 다다랐다는 사실을 그녀는 깊이 깨닫지 못하고 있다. 자신이 누구인지, 자아를 어떻게 실현해야 하는지에 관한 개념이 본인의 생각보다 훨씬 불안정하고 취약하다는 것도 알지 못한다. 그녀에게서 살인자의 모습이 튀어나오기까지 앞으로 고작 몇 달의 시간이면 충분할 텐데도.

이렇게 얘기한다면 조디는 믿지 않으려 할 것이다. 살인이란 그녀의 사전에는 존재하지 않는 것이나 다름없는 말, 본질 없는 개념, 알지도 못하고 만난 적도 없는 사람들하고나 관련 있는 뉴스 속 이야기의 소재일 뿐이다. 더구나 가정 폭력이란 말은 있을 수도 없다. 가정이라는 환경에서 매일 일어나는 마찰이 그 정도 수위에 이를 리가 없다고 생각한다. 이런 무지에는 그녀 특유의 기질인 자기통제를 제외하고도 여러 이유가 있다. 그녀는 이상주의자가 아니다. 좋은 일이 있으면 나쁜 일도 참아야 한다고 믿고, 싸움을 걸지 않으며, 쉽게 미끼를 물지 않는다.

그녀가 도마질을 하는 동안 비단 같은 금색 털의 골든레트리버가 발치에 앉아 있다. 이따금 그녀가 날당근 조각을 던지면

개는 입으로 받아 신나게 어금니로 깨물어 먹는다. 이 채소 던지기 놀이는 오래전부터 저녁 식사 전이면 거행해온 의식으로, 개가 오동통한 강아지였을 때 집으로 데려온 이후로 함께했다. 토드가 마흔이 되던 무렵 뜬금없이, 일견 갑작스럽게 대를 이을 자식을 갖고 싶다는 갈망을 꺼냈을 때 그의 마음을 돌리려 데리고 온 개다. 그녀는 개에게 프로이트라는 이름을 붙였다. 대학 시절부터 진지하게 받아들여야 했던 그 여성 혐오자를 조롱할 수 있겠다는 기대를 품고서였다. 프로이트가 방귀를 뀌었어. 프로이트가 쓰레기를 먹었어. 프로이트가 꼬리를 쫓아서 빙빙 돌아. 개는 성질이 한없이 온순하고 놀림감이 되어도 전혀 아랑곳하지 않는다.

채소를 다듬고 허브를 다지면서 신체 활동에 몰두한다. 그녀는 요리의 강렬함을 좋아한다. 언제라도 재깍 들어오는 가스 불꽃, 시간을 재는 타이머, 즉시 나타나는 결과. 그녀는 부엌 너머 고요를, 남편의 열쇠가 돌아가는 소리를 듣는 시점까지 질주하는 모든 것들을 의식한다. 언제나 기쁜 마음으로 고대하는 사건이다. 그녀는 여전히 토드를 위해 저녁을 짓는 일을 일종의 행사로 여기며 그를 자기 인생에 데려다준 운명의 손길에 경탄한다. 두 사람의 만남은, 입맛 도는 식사를 살뜰하게 준비하는 미래는 커녕 더 깊은 인연으로 이어질 것처럼 보이지도 않았던, 순전한 우연의 문제였다.

사건은 어느 비 오는 봄날 아침에 일어났다. 심리학 대학원 공부에다 밤에 하는 웨이트리스 일로 분주했던 조디는 피곤하고 기진맥진한 상태로, 세간을 실은 임대 트럭을 몰아 북쪽으로 이사를 가고 있었다. 오른쪽에서 왼쪽 차선으로 바꾸려 할 때 어깨 너머를 돌아봤던 듯도, 아닌 듯도 했다. 트럭 운전이 어색하고, 감도 없었고, 창문엔 김이 서려 뿌옜던데다 직전 사거리에서 좌회전할 기회를 놓쳐버린 참이었다. 상황이 상황이었던 만큼 그녀가 약간 부주의했는지도 모르겠다. 나중에 두 사람은 이 문제를 두고 많이도 논박을 벌였다. 그의 차가 그녀의 운전석 문에 닿았고, 그녀의 차는 달려오는 차들 속으로 빙그르르 돌며 끼어들었다. 여기저기서 브레이크 밟는 소리와 요란한 경적 소리가 울렸고, 조디가 제정신을 수습하기도 전에—트럭이 완전히 멈춰 섰고 자기 몸도 완벽히 무사하다는 것을 깨닫기 전에—그가 닫힌 차창 너머로 그녀에게 고함을 지르고 있었다.

"완전히 미친 여자 아냐! 대체 뭐하는 거요? 정신병자야? 대체 어디서 그따위 운전을 배웠어? 당신 같은 사람은 길에 나오질 못하게 해야 하는데. 차에서 나올 거야, 아니면 얼간이처럼 그렇게 앉아만 있을 거야?"

그날 빗속에서 그의 불호령은 좋은 인상을 남기지 않았지만, 차 사고를 당한 남자라면 자기 잘못이라 해도 격분하기 마련이고, 이 경우엔 심지어 자기 잘못도 아니었다. 그래서 그가 나중에 전화해서 저녁 식사를 청했을 때 조디는 우아하게 받아들였다.

그는 그녀를 그릭타운으로 데려갔다. 그들은 양 수블라키•를 먹고 차가운 레치나••로 입가심했다. 식당엔 손님이 많았고 자리는 다닥다닥 붙어 있었으며 조명은 환했다. 그들은 소란스러운 소리 위로 고함을 쳐야 했는데, 서로 얘기를 잘 못 알아듣는 게 우스웠다. 몇몇 짧은 어구만이 남는 대화를 가까스로 나눌 수 있을 뿐이었다.

"음식 좋네요…… 여기 마음에 들어요…… 차창에 김이 껴서…… 그런 일이 없었다면 당신을 만날 수 없었겠죠."

그녀는 진짜 데이트를 그리 많이 해보지 못했다. 대학에서 만났던 남자들은 그녀를 피자와 맥주를 파는 식당에 데려갔고 지폐를 한 장 한 장 셌다. 다들 수업에 나갔던 옷차림 그대로 구저분하고 면도도 안 한 채 식당으로 왔다. 하지만 토드는 깨끗한 셔츠를 입었고, 차로 그녀를 데리러 와서 함께 레스토랑에 갔다. 그리고 이제는 그녀를 세심히 살피며 잔을 채워주는가 하면 그녀가 편안한지 확인하고 있는 것이었다. 맞은편에 앉은 조디는 눈앞의 광경에 만족했다. 무심히 공간을 차지하는 태도와 상황을 책임지는 분위기. 그녀는 나이프를 빵에 닦는 그의

• 고기와 채소를 꼬치에 꿰어 구운 그리스 요리.
•• 그리스의 화이트와인.

스스럼없는 태도와 계산서를 보지도 않고 신용카드를 내는 모습이 좋았다.

그의 트럭에 다시 올라탄 후, 그는 그녀를 벅타운에 있는 건설 현장으로 데려갔다. 하숙집이었으나 단독주택으로 재건축되고 있는 19세기풍 저택이었다. 울퉁불퉁한 길로 안내하며 그는 가볍게 그녀의 팔꿈치를 잡았다.

"이제 조심해요. 앞을 잘 보고."

그 집은 고딕 양식이 재현된 흉물이었다. 썩어가는 벽돌, 벗겨지는 페인트, 좁은 창문과 위협적으로 위로 솟구친 뾰족한 박공지붕. 완전히 복원하여 각 잡힌 건물들이 줄지어 선 거리에서는 천박한 일탈이었다. 현관으로 올라가는 계단 대신 사다리가 있었고, 현관홀에는 거대한 샹들리에가 옆으로 뉘어 있었다. 응접실은 천장이 이마어마하게 높은 금고 같은 공간이었는데, 돌무더기가 쌓여 있고 전선이 대롱대롱 내려와 있었다.

"여기 원래 벽이 있었어요. 발자국 보이죠?" 그가 손짓하며 말했다.

그녀는 널판이 빠진 바닥을 보았다.

"하숙집으로 바꾸었을 때 가벽을 여럿 세웠죠. 원래의 설계로 돌리려는 겁니다. 이게 어떤 모양으로 바뀔지 알 수 있을 거예요."

그녀는 최종 결과물이 어떨지 좀체 그려볼 수가 없었다. 전기가 들어오지 않아 더 그랬다. 유일한 조명이라고는 바깥 가로등에서 흘러드는 어렴풋한 빛뿐이었다. 그가 초를 켜고 녹은 촛농을 접시에 똑똑 떨어뜨려 똑바로 고정했다. 그는 열심히 여기저기 구경시켜주려 했고, 두 사람은 초를 들고 빈집을 돌아다녔다. 부엌이 될 자리, 오랫동안 없었던 안쪽 거실, 지금은 욋가지만 남아 있지만 벽으로 구획된 임시 공간들. 위층에는 하숙집으로 사용되었던 흔적이 좀더 뚜렷했다. 빗장이 붙어 있는 침실문, 황당한 색으로 칠한 벽들. 곰팡내가 짙게 풍겼고 발밑 오래된 나무에서 나는 삐거덕 소리로 분위기가 기괴했으며, 초가 만들어내는 빛의 물결이 두 사람의 모습을 유령처럼 벽과 천장에 비추었다.

"복원 작업이라고는 할 수 없죠." 그가 말했다. "전면 정비와 현대식 개량이 될 겁니다. 참나무 바닥, 솔리드 코어 문•, 이중창…… 모든 사람들이 원하는 집, 개성 있는 오래된 가옥이지만 견고하고 현대적 취향에 맞는 집으로 만들 거예요."

그는 이 일을 혼자서 했다고 말했다. 사업을 배워가며 해왔다고. 그는 대학 진학을 포기하고 일을 했다. 돈을 빌리고, 신용과 낙관으로 살았다. 침실에 놓인 둘둘 말린 침낭, 욕실에 놓인 면도기와 면도용 크림을 보며 그녀는 그가 얼마나 힘껏 노력해왔

• 비싼 원목 문과 합판 문의 장점을 취합해 만든 문. 견고하고 가격이 합리적이다.

는지 이해할 수 있었다.

"그래, 어떻게 생각합니까?" 다시 아래로 내려갈 때 그가 물었다.

"완성되면 보고 싶네요." 그녀가 대답했다.

그는 웃었다. "제 능력으로는 너무 벅찰 거라고 생각하는군요."

"야심 차긴 하죠." 그녀는 인정했다.

"나중에 보고 감동하게 될걸요."

그가 들어오는 소리가 들릴 때 호수와 하늘은 이미 벨벳 같은 황혼으로 물들어 있다. 조디는 머리 위 조명을 끄고, 커튼 밸런스• 아래 조명만 그대로 두어 실내 밝기를 은은하게 조절한다. 그녀는 앞치마를 벗고 손가락에 침을 묻혀 관자놀이의 머리카락을 다듬는다. 순수하게 기대에 찬 동작이다. 그러면서도 현관에서 움직이는 그의 기척에 내내 귀를 기울인다. 그는 호들갑을 떠는 개를 달래고, 재킷을 걸고, 주머니를 비워 콘솔 탁자에 놓인 청동 그릇에 소지품을 담는다. 그가 우편물을 훑는 동안 잠깐 정적이 흐른다. 그녀는 크래커를 부채처럼 펼쳐놓은 접시에 훈제 연어를 통째로 올린다.

커다란 덩치에 모래색 머리카락과 청회색 눈을 한 그는 활력

• 커튼 위에 다는 짧은 장막.

으로 가득한 남자다. 토드 길버트가 방안에 들어오면 사람들은 정신을 번쩍 차린다. 그의 어떤 점을 좋아하느냐고 묻는다면 가장 처음으로 꼽을 장점이 그것이다. 게다가 그는 내킬 때면 그녀를 웃길 수 있고, 그녀가 아는 다른 남자들과는 달리 멀티태스킹에 능해 휴대전화로 통화를 하면서도 목걸이 잠금쇠를 걸어주거나 소믈리에용 2단계 코르크 따개를 쓰는 법을 알려줄 수도 있다.

그는 조디의 이마에 스치듯 키스하고 주위를 빙그르르 돌아간다. 찬장에 손을 뻗어 칵테일잔을 꺼낸다.

"맛있어 보이는데. 이게 뭐야?"

막 오븐에서 꺼내 팬 위에 휴지시키고 있는 황금색 패스트리 속 고기 얘기다.

"비프 웰링턴. 전에 먹었는데, 기억나? 당신도 좋아하잖아."

마티니를 만드는 건 그의 일이다. 채소 요리에 양념을 훽 뿌리면서 그녀는 얼음이 달가닥거리는 소리와 칼로 레몬을 자를 때 풍기는 톡 쏘는 향을 맡는다. 그는 그녀와 부딪히며 물건을 넘어뜨리고 앞길을 막지만 조디는 그가 근처에 있는 게 좋다. 넉넉한 양감이 편안하다. 그녀는 그의 하루에서 풍기는 향을 들이마시고, 체온에 끌린다. 그는 언제나 손길이 따뜻한 남자다. 거의 늘 추워하는 사람에게는 동물적으로 중요한 문제다.

그는 조디의 몫으로 만든 술을 조리대에 놓아두고, 자기 잔과 연어를 들고 거실로 간다. 두 발을 커피 테이블에 올리고 그녀가 그를 위해 깔끔하게 접어둔 신문을 펼친다. 조디는 강낭콩과 미니 당근을 각각 다른 찜기에 담고 술을 한 모금 마신다. 보드카가 재깍 혈류를 파고들어 팔다리로 퍼지는 느낌이 좋다. 소파에서 그는 오늘의 뉴스를 보며 논평한다. 다음 올림픽, 이자율 급상승, 비가 온다는 예보. 그는 연어를 거의 다 삼키고 마티니를 마지막 한 방울까지 마시자 일어나서 와인병을 따고, 그녀는 쇠고기를 두껍고 넓적하게 썬다. 두 사람은 함께 윤기 어린 하늘을 볼 수 있는 자리로 접시를 가져간다.

"오늘 어땠어?" 그가 포크를 들며 묻는다.

"버그먼을 만났어."

"버그먼이라. 그 여자가 뭐 할 얘기가 있나?" 그는 줄곧 쇠고기를 쑤석거리는 데만 집중하며 접시에서 고개도 들지 않은 채 말한다.

"푸딩 광고에 출연한 이후로 삼 년이 지났다고 새삼 깨우쳐주더라고. 내 탓을 하려고 그걸 마음에 두고 있는 것 같았어."

그는 조디가 붙인 암호명으로 내담자들을 알고 있다. 내담자들은 그가 출근한 사이에 오고 가기 때문에 한 명도 직접 마주치진 않지만, 그녀가 진척 상황을 계속 알려주기 때문에 어떤 면에서는 그도 내담자 모두에게 익숙하다. 내담자들의 본명을 비밀로 남겨놓는 한 이렇게 해도 문제는 없으리라는 게 그녀의 생각이다. 버그먼은 일거리가 끊긴 배우의 암호명인데, 마지막 작업이었던 전설의 푸딩 광고조차도 이제 먼 기억 속의 일이다.

"그럼 이제 당신 잘못이네." 그가 말한다.

"자기가 너무 절박해서 사람들이 되레 떨어져 나가는 것까지는 이해하는데, 어째서 내가 도와주지 않았는지 알고 싶어 하더라. 세상에나. 몇 달 동안이나 그 문제로 상담을 했는데."

"당신이 어떻게 그런 걸 견디는지 모르겠어."

"당신도 그 여자를 보면 알 거야. 성격이 불같고 진짜 싸움꾼이거든. 절대 포기하지 않으니 결과적으로는 그 여자에게 유리하도록 상황이 바뀌겠지."

"나는 참을성이 없어서."

"그 사람들에게 진정한 관심을 가지면 생기게 돼. 내담자들이 내겐 자식이나 마찬가지라는 것을 알잖아."

그림자가 그의 얼굴에 스치고, 그녀는 대리 자식이라는 말을 꺼내는 바람에 그가 갖지 못한 진짜 자식을 떠올리게 되었다는 것을 깨닫고서 다시 버그먼으로 화제를 돌린다.

"어쨌든, 그 사람 걱정이야. 아무도 일거리를 주지 않아 자신감을 잃은 케이스인데, 자신감이 없으니 또 아무도 일거리를 주지 않는 거지. 문제는 내가 그 사람을 정말로 돕고 있는지조차 모르겠다는 거야. 자진해서 담당 치료사 자리에서 물러나야 하는 거 아닌가 싶기도 하다니까."

"그렇게 하면 어때? 아무런 진전이 없다면 말이야." 그가 조언한다.

"글쎄, 아무런 진전이 없는 건 아냐. 말했듯이 그 여자가 스스로 자초한 일이란 건 알아차리게 됐잖아."

"이 쇠고기 좋은데. 어떻게 패스트리 안에 고기를 넣었어?"

병에 배를 넣는 것처럼 넣었지. 하지만 그녀는 남편이 농담을 하는 게 아님을 안다. 벽을 세우고 집터를 팔 수 있는 남자치고 그는 요리에 관해선 놀랄 만큼 사고가 단순하다.

"패스트리로 싼 거야. 배관 주위에 단열재 감듯이."

하지만 그는 허공만 바라볼 뿐, 조디의 대답을 듣는 것 같지 않다.

원래도 이렇게 잠시 정신을 놓곤 했지만 조디가 보기에는 요즘 들이 더 잦아신 늣하다. 일 분쯤 여기 있다가 다음 순간 정신이 다른 데 가버리는 것이다. 강물처럼 밀려드는 생각에 휩쓸려 간다. 추측, 걱정, 누가 알겠는가? 속으로 100부터 거꾸로 세고 있거나, 아니면 대통령의 이름을 줄줄 읊고 있을지도 모른다. 적어도 그의 기분을 트집 잡을 수는 없다. 한동안 그가 옛날 모습 그대로 눈에 띄게 명랑하고 유쾌하게 굴었기에, 우울증은 과거의 일이 되었나 생각하던 참이다. 한때는 우울증이 영원하지 않을까 두려워한 적도 있었다. 증세가 오랫동안 계속되었고 프로이트조차 그를 거기서 끄집어낼 수 없었다. 강아지 시절에 프로이트가 얼빠진 장난을 치며 왕의 광대 노릇을 충실히 했는데도.

그는 최소한 디너파티에서는 괜찮은 척할 수 있었다. 일단 술이 몸속에 흐르면 사근사근한 성격에 불이 들어온다. 그는 솔직하고 개방적이라 여자들은 적극적으로 호응을 보이곤 한다. 로잘리, 회춘의 샘물이라도 마셨나 봐요. 디어드리, 눈부시게 예쁜데요. 남자들에게도 마찬가지로 친근하게 대한다. 그들과 경쟁하지 않고 자기 얘기를 늘어놓게 내버려두고서, 성대모사로 사람들을 웃긴다. 동인도 출신 자연요법 의사(긴장 너무 많이 하셨네요…… 천천히 천천히 하시라고요……)나 자메이카인 기계공(저 차 새 타이어 세 개 필요합니다…… 저 보닛 열어봅니다)을 흉내 내는 식이다.

이제 그는 확실히 호전되었다. 훨씬 생기가 돌았고 둘만 있을 때도 웃는다. 더 편안하고 느긋해졌으며 걱정을 덜고 이전 모습으로 돌아왔다. 관계 초에 그가 보였던 모습으로. 하지만 벌거벗고 침대에 누워 신문을 읽거나 콘플레이크 그릇을 끌어안고 스포츠 경기를 보던 시간은 사라졌다. 침대 기둥 위에 우유통을 쓰러지지 않게 세워놓고, 도미노 봉투에서 쏟아져 나온 설탕이 이불 위에 흩어지던 시간. 그때 그들은 서로를 거의 모른다는 자유를 만끽했다. 여전히 모든 문이 열려 있고 모든 약속을 충실히 실현할 수 있던 느긋한 미래를 명랑하게 품고 있었다.

"무슨 생각 하는지 맞혀볼까?" 조디가 한마디 던진다.

그의 눈꺼풀이 퍼덕인다. 그가 미소를 보낸다. "이 와인 맛있는데." 그는 반쯤 빈 병에 손을 뻗어 잔을 채운다. "당신은 어떻게 생각해?"

그는 와인 얘기를 좋아한다. 때로는 무엇을 마시는지에 대한 화제만 가지고도 저녁 식사 내내 대화를 주도할 수도 있다. 하지만 지금, 그는 아내의 대답을 기다리는 대신에 한 손바닥으로 머리 옆을 찰싹 치며 말한다. "당신에게 미리 말하려고 했는데. 이번 주말에 낚시 여행이 있대. 남자 몇 명끼리 갈 거래."

"낚시 여행이라."

그는 쇠고기 두 덩어리를 깨끗이 먹어치우고 빵 조각으로 육즙을 닦는다. "금요일에 퇴근하고 떠난대. 일요일에 돌아오고."

토드는 낚시 여행을 가지 않는다. 그녀가 아는 한 그의 친구들 중 누구도 가지 않는다. 그녀는 한 점 오해 없이 즉각 이해한다. 그는 '낚시 여행'이라는 말을 우회적 표현으로 사용하고 있다.

"당신도 가려고?"

"생각중이야."

아직 식사중이지만 그녀는 이제 서둘러 마치려 한다. 그녀의 식사 습관, 작은 조각을 깨작대다 입에서 오래 우물거리는 습관이 그의 인내심을 시험할 수 있기 때문이다. 씹다 만 조각을 얼른 삼키려다가 목에 걸리는 바람에 숨이 막히고 만다. 그가 신사답게 뛰어와서 등을 두드리고, 그녀는 몸을 들썩이며 토해내려 한다. 마침내 문제의 음식 조각이 손 위로 튀어나온다. 그녀는 보지도 않고 조각을 접시 가장자리에 놓는다.

"결정되면 알려줘." 그녀는 냅킨으로 눈가를 콕콕 닦아내며 말한다. "당신도 간다면 난 카펫 청소 좀 하려고. 마멀레이드도 만들고."

두 가지 일 모두 계획에 없다. 그저 하는 말이다. 그녀는 항상 그가 거짓말을 하지 않는다는 것을 장점으로 여겨왔다. 거짓말로 바뀔 만한 세부 사항을 덧붙여 자기 실명을 수식하는 법이 없다는 뜻이다. 지금 문제는 그의 우회적 표현이 아니다. 문제는 그가 주말에 외출하는 습관이 없다는 것이다. 주말여행이라니. 전에는 결코 한 적이 없던 일이다.

"아, 당신에게 줄 선물이 있어." 그가 말한다.

그는 방을 나가더니 포장된 꾸러미를 들고 돌아온다. 문고본 크기쯤 되는 납작한 직사각형으로, 두꺼운 갈색 종이로 싸고 마스킹 테이프로 단단히 봉했다. 그는 테이블 위 조디의 접시 옆에 물건을 놓고 다시 자리에 앉는다. 종종 그는 선물을 가져왔고, 그녀는 남편의 그런 점을 좋아하지만 기분 달래기용 선물이라면 별로 마음에 들지 않는다.

"무슨 날이야?" 그녀가 묻는다.

"아무 날도 아닌데."

그의 얼굴은 미소를 띠고 있으나 분위기는 바작바작 타오르는 듯하다. 물건이 방안을 날아다닐 것만 같다. 머리가 기다란 자루 위에서 돌아갈 것만 같다. 꾸러미를 집어 들었는데 무게가 거의 느껴지지 않는다. 테이프는 쉽게 떼어진다. 삼각 샌드위치 모양의 보호용 마분지 충전재를 빼니 작고 아름다운 그림 하나가 나온다. 인도 라지푸트 회화 진품이다. 파란색과 녹색으로 가로막힌 그림 속 장면에는 벽이 있는 정원에 긴 드레스를 입은 한 여자가 서 있다. 공작과 정교한 황금 보석으로 장식한 영양에 둘러싸인 여자는 어떤 물질적 걱정이나 세속적 근심에 고통받지 않는 것 같다. 잎이 무성한 가지가 보호하듯 머리 위에 호를 그리며 늘어져 있고, 발밑의 풀은 너른 녹색 카펫 같다. 그들은 그 장면을 함께 살펴본다. 헤나•가 그려진 여자의 손, 작고 하얀 바구니, 드레스의 보일 천을 통해 비치는 사랑스러운 몸매에 대해 이야기한다. 섬세한 묘사와 명확한 색채 구획을 감상하면서, 그들의 삶은 아무런 방해도 받지 않고 정상으로 돌아온다. 그는 아내를 위해 제대로 된 선물을 골랐다. 그의 본능은 훌륭하다.

잘 시간이 가까워지자 그녀는 테이블을 치우고 설거지를 시작한다. 그가 도와주겠다고 형식적으로 말하긴 했으나, 정리는 아내에게 맡긴 채 개를 데리고 산책 나가는 편이 낫다는 것을

• 식물 염료를 사용하여 피부에 그림을 그리거나 머리카락을 물들이는 일회적인 염색.

두 사람 다 안다. 그녀가 끔찍할 정도로 까다로운 사람이어서는 아니다. 그녀의 기준은 합리적인 수준이다. 그저 일을 제대로 하는가의 문제일 뿐이다. 구이용 팬을 닦는다면 마친 후에 기름기가 남아 있지 않아야 한다. 또 기름기를 닦은 행주를 크리스털 잔을 닦는 데 쓰면 안 된다. 이것은 상식이다. 건축에 관해서라면 그는 경솔함이 없다. 선반을 하나 단다고 하면, 뭘 올려놓든 바닥으로 미끄러져 떨어져서 깨질 만한 각도로 달진 않을 것이다. 일을 제대로 하려고 주의를 집중하는 그에게 누구도 완벽주의자라 부르거나 요란하게 수선 떤다고 욕하지 않는다. 그녀가 잔소리를 달고 사는 건 아니다. 사람들의 위대한 강점이 어떤 상황에서는 시적 실패가 되기도 한다는 것은 널리 알려진 사실이다. 그가 가사일을 못 견뎌 하는 건 그의 광대한 에너지가 해야 할 집안일의 정도를 넘어서는 까닭이다. 그가 방안을 채우고 한정된 공간에 우뚝 서 있는 모습을 보면 이해할 수 있다. 목소리는 우렁차고 동작은 압도적이다. 그는 자신의 규모가 어울리는 바깥이나 건축 현장에 맞는 사람이다. 집에서 그가 하는 일은 기껏해야 그녀의 곁에서 잠드는 것뿐이다. 커다란 덩치가 휴식에 빠지고 에너지는 일종의 편안한 부재 상태로 휴면한다.

조디는 자기집의 멋진 방들을 이리저리 누빈다. 커튼을 내리고 쿠션을 쳐서 부풀리고 가구를 바로잡으며 전체적으로 아침에 잠에서 깨어나고 싶은 환경을 조성한다. 하루를 시작할 때 모든 것이 평온하게 제자리에 있는 것이 무척 중요하다. 침실에서는 이불을 젖히고 그의 파자마와 자신의 나이트가운을 놓아둔다. 천을 매끈하게 편 뒤, 마치 잠옷이 영혼 없는 신체처럼 보이지 않도록 소매와 바짓자락을 접어놓는다. 그렇게 해도 그 모습에는 뭔가 사람을 놀라게 하는 면이 있다. 어두운색 파자마의 하얀 파이핑 장식, 나이트가운에 붙은 비단 끈. 그녀는 방을 나서 발코니로 나간다. 바람이 거칠게 불고, 달 없는 밤이라 눈앞의 광경은 바닥 없는 암흑이다. 그녀는 곤두선 어둠 속에 몸을 기울이며 고립의 감각에 몰두하고 자신이 그를 통제할 수 있다는 사실을 기뻐한다. 감각이 없어질 때까지 그 자리에 머물다 다시 안으로 들어간다. 인생에 주어진 안정과 안전에 감사하며 그녀는 매일의 자유를, 요구와 복잡한 문제가 없는 삶을 소중히 여긴다. 결혼과 아이를 포기하면서 그녀는 여유로운 공간을 보장하는 깨끗한 백지상태를 유지할 수 있었다. 후회는 없다. 양육본능은 내담자들을 만나며 배출구를 찾았고, 실질적으로 그녀는 다른 사람들처럼 결혼한 것이나 마찬가지다. 물론 친구들은 그녀를 조디 브렛으로 알지만, 대부분의 사람들에게 그녀는 길버트 부인이다. 그녀는 이 이름과 직함이 마음에 든다. 그녀에게 일종의 가문을 주고 전천후 약칭 역할을 함으로써 사람들의 오해를 바로잡거나 설명할 필요를 없애주고, '인생 파트너'나 '중요한 동반자'와 같은 어색한 용어를 생략한다.

아침에 남편이 출근하면 그녀는 일어나서 옷을 입은 후 개를 데리고 네이비피어 부두를 산책한다. 뿌연 젖빛 안개 속에서 태양이 빛나며 호수 위로 은색 그물을 던진다. 호숫가 바람에서는 엔진 오일과 생선 냄새, 썩어가는 나무 냄새가 뒤섞인 짙고 아찔한 향이 코를 찌른다. 하루 중 이맘때의 부두는 잠자는 거인 같다. 맥은 느릿하게 뛰고 호흡은 잦아든다. 주변에는 개를 산책시키거나 조깅하는 동네 사람들뿐이다. 그들은 까닥이는 배와 찰싹이는 물, 황량한 분위기가 감도는 회전목마와 대관람차, 아침 먹이를 찾아 곤두박질치는 갈매기를 바라본다. 시내로 돌아올 때면 그곳의 스카이라인은 떠오르는 태양에 극적으로 비쳐 호숫가에서 떠오르는 환영처럼 보인다. 이십 년도 더 전에 학생 신분으로 시카고에 처음 왔을 때 그녀는 즉시 집처럼 편안한 기분을 느꼈다. 이제는 신체뿐만 아니라 기질적으로도 이곳 사람이다. 조디는 소도시의 궁핍을 겪은 후라, 높이 솟은 건물, 잔뜩 몰려든 군중, 다양한 사치품들, 심지어 극적인 날씨에도 흥분을 느꼈다. 이곳은 그녀가 성숙해지고 자기 정체성을 얻었으며 어른이자 전문가로서 뻗어가는 법을 배운 장소다.

조디는 학교를 마치던 봄에 개업했다. 그때 이미 링컨파크 근처의 침실 한 개짜리 작은 집에서 토드와 살고 있었다. 첫 번째 내담자들은 대학 지인이 소개해준 사람들이었다. 조디는 토드가 직장에 나간 사이 거실에서 내담자를 맞았다. 학부생 시절부터 일찍이 절충주의 접근 방식을 택하기로 결심했기 때문에—그녀가 가진 것들 중에서 상황에 따라 가장 합리적인 것을 끌어내다 보니 그리되었다—적극적 청취법을 실행하며, 꿈 해석에서는 게슈탈트 접근 방식을 취하고 자기 파괴적인 태도와 행동을 공공연히 반박했다. 그녀는 사람들이 자문을 던지고 스스로의 안녕을 책임지도록 상담했으며, 그들에게 격려와 긍정적 피드백을 주었다. 첫해를 보내며 인내심을 유지하는 법과 내담자들을 자기 나름의 속도에 맞춰 이끌고 가는 법을 발견했다. 그녀의 가장 큰 자산은 진심 어린 친절이었다. 그녀가 내담자들을 좋아하고 긍정적인 쪽으로 믿어주었기에, 내담자들도 그녀를 편안해했다. 그들은 조디를 좋게 평가했고 상담소는 성장해나갔다.

일 년 남짓 원활하게 굴러가면서 그녀는 자신만의 속도를 찾고 기술을 개발했으며 자신감을 얻었다. 그러던 어느 날 내담자 하나가 왔다. 양극성장애를 진단받은 열다섯 살 소년으로 학교에선 모범생이고 완벽하게 멀쩡해 보이는 착한 아이였다. 서배스천이라는 그 아이는 진한 갈색 머리카락에 진한 갈색 눈을 하고 있었다. 호기심이 많았고 상담에 열심히 임했으며 수사적인 질문을 즐겨 했다(어째서 '아무것도 없다'고 하지 않고 '뭔가 있다'고 하는 거예요? 그런 걸 확실히 어떻게 알 수 있어요?). 그 내담자, 어린 서배스천은 부모와 함께 살던 아파트의 10층 발코니 아래

보도에서 시체로 발견되었다. 그 애가 정기 상담에 나타나지 않아 집에 전화했다가 어머니에게 소식을 들었다. 그녀가 사실을 알았을 땐 이미 서배스천이 죽은 지 닷새 후였다.

"자책하지 마세요, 선생님." 부인은 친절하게도 이렇게 말해주었다. 하지만 그 애가 뛰어내린 건 마지막 상담을 받았던 바로 그날이었다. 아침에 그 애를 만났는데, 열두 시간도 안 되어 그 애는 삶을 마감한 것이다. 무슨 얘기를 했더라? 눈에 생긴 사소한 문제들. 그 애는 얼마 전부터 주변 시야로 무언가를, 실제로는 존재하지 않지만 스쳐가는 것들을 보았다.

조디가 아들러 심리 학교에 추가 연구를 공부하러 등록했던 것이 그때였고, 내담자를 골라서 받기 시작한 것도 그때였다.

그녀는 게이트웨이 파크를 가로지르며 이웃 한 명과 간단한 인사를 주고받고 롬 카페에 들러 라테를 한 잔 사 온다. 반숙 달걀과 버터 바른 토스트를 먹으면서 신문을 읽는다. 아침 식사 후에는 설거지를 하고 첫 내담자 파일을 꺼낸다. 그의 암호명은 '판사', 아내와 아이들이 있는 게이 법률가다. 판사에겐 다른 환자들과의 공통점이 있다. 그는 삶에서 벽에 맞닥뜨렸고 심리 치료가 자신을 도울 수 있다는 믿음, 혹은 희망을 품고 있다. 그는 끝을 보려고 노력해왔다. 그녀가 다룰 수 있는 것 이상의 문제를 들고 오지도 않는다. 이 점은 선별 과정을 통해 그녀가 선택한 조건이다. 자기 파괴적 행위를 하는 사람들에게는 다른 곳을 추천한다. 마약이든 알코올이든 도박이든 간에 의존자는 받지 않고, 섭식 장애가 있거나 양극성이나 분열증 진단을 받은 이들, 만성 우울증을 겪거나 자살 생각이나 시도를 한 이들도 거절한다. 그들은 약물 치료를 받거나 재활원에 가야 한다.

조디의 일정으로는 하루에 딱 두 명씩만 받을 수 있다. 선별 과정을 거쳐 골라놓은 내담자들은 하던 일이 막혔거나 갈 길을 잃었거나 불안한 사람들이다. 자신이 무엇을 원하는지 잘 모르고 기대받는 대로, 혹은 자기가 기대받는다고 생각하는 대로 결정을 내리는 부류의 사람들. 그들은 자신에게 가혹하게 굴기도 한다. 예민한 부모의 판단을 내면화했기 때문이다. 동시에 그들은 무책임하거나 부적절한 태도로 행동한다. 전반적으로 우선순위를 똑바로 세울 수 없고, 개인적 경계를 세우지 못하며, 자신의 최대 이익을 무시하고, 스스로를 희생자로 여긴다.

상담실로 쓰는 여분의 방에는 책상과 서류함이 있고, 가로 2미터에 세로 2미터 50센티미터가량의 골동품 킬림• 위에 팔걸이의자 두 개가 서로 마주보고 놓여 있다. 의자 사이에는 낮은 탁자가 있는데 그 위에 집게 서류철과 펜, 크리넥스 한 상자, 물 한 병, 잔 두 개가 놓인다. 판사는 평소처럼 짙은 색 양복에 검은 옥스퍼드화를 신었다. 그가 자리에 앉아 다리를 꼬자 선명

• 터키 융단.

한 색상의 아가일 양말이 드러나 보인다. 그는 서른여덟 살이고 긴 얼굴 속의 눈과 입술은 관능적이다. 건너편에 앉은 그녀는 지난주에 만난 뒤로 어떻게 지냈는지 묻는다. 그는 게이바에 갔다가 뒷골목에서 일어났던 일에 대해 설명한다. 아마도 그녀에게 충격을 줄 요량인지 세세한 설명을 덧붙이지만 합의한 성인 간의 섹스는 딱히 그녀를 놀랠 일이 아니며, 이런 식으로 그가 그녀의 참을성을 시험한 일도 처음이 아니다. 그는 빨리 말하다가 중간에 방향을 바꾸어 되풀이하면서 그녀를 끌어들이려고 최선을 다한다.

"바지가 발목까지 내려갔어요. 누가 그렇게 했다고 생각해봐요. 아, 세상에나, 쓰레기 냄새는 얼마나 고약하던지. 나는 거기 집중했어요. 쓰레기요. 속도를 늦추려고 그런 거죠. 뭔가 해야 했으니까. 그 남자는 바에서부터 나를 눈여겨보고 있었어요. 나도 이전에 본 적이 있는 사람이긴 한데 별생각은 없었어요. 그 바에는 정말 오랜만에 간 거였거든요."

이야기가 흐지부지되자 판사는 교활하게 조디를 쳐다본다. 눈은 번득이고 입술은 침을 발라 매끄럽다. 그는 그녀가 웃으면서 말썽쟁이 같으니, 참 못됐다니까 하고 말해주면 좋아할 테지만 대화가 중단되었을 때 틈을 메워주거나 사교적으로 말을 거드는 역할은 그녀의 일에 포함되지 않는다. 그는 기다리지만, 그녀가 아무 말 않자 판사는 손을 꿈지럭대며 바라본다. "그래서…….” 그는 마침내 입을 연다. “미안해요. 정말로요. 정말 너무 미안해요. 그러지 말았어야 했는데.” 아내에게는 할 수 없는 말이기에 자기 치료사에게 하는 것이다.

그의 패턴은 부정 후 바로 탐닉이 뒤따르고, 그다음에 새롭게 부정의 기간이 이어진다는 것이다. 부정 단계는 “난 내 가족을 사랑하고 그들에게 상처주고 싶지 않아요”라는 진술로 신호가 온다. 진심 어린 회한이지만, 그는 가정생활이 주는 안전 담요를 버리는 편이 낫지 동성애적 추구를 포기할 수가 없다. 둘 다 그의 욕구를 충족시키는 역할을 하고, 둘 다 그의 정체성에 중요하다. 그는 남자에 대한 흥미가 과도기인 양 스스로를 속이지만, 절제와 죄책감이야말로 완전히 장전된 스릴을 얻기 위해 배터리를 충전하는 방식임을 알지 못한다. 바람을 피우는 많은 이들처럼 그도 자기를 연극적으로 꾸미기를 좋아한다. 그는 자기 생각보다도 드라마 퀸이다.

“당신이 판단해야 해요.” 그녀는 그렇게 말한다. 하지만 그가 마침내 인정하기까지는 아직 멀었다.

수요일은 바람피우는 이들의 날이다. 다음 내담자인 ‘아기 돼지 아가씨’는 뺨이 통통하고 손에 주근깨가 난 애교 있는 젊은 여성이다. 애인을 사귀어야 식욕이 돌고 결혼 생활을 생생하게 유지할 수 있다고 주장한다. 아기 돼지 아가씨에 따르면 그녀의 남편은 아무 의심도 하지 않고, 안다 하더라도 불평할 권리가 없다. 어째서 아기 돼지 아가씨가 치료를 받는지, 무엇을 얻고 싶어 하는지는 확실하지 않다. 그녀는 마음을 괴롭히는 양심이 없다는 점과 사물을 대하는 실용적인 태도에서 판사와는 다르다. 월요일과 목요일 오후, 장을 보러 갔다가 아이들을 학교로 데리러 가야 하는 시간 사이에 일을 치른다.

아기 돼지 아가씨는 판사보다 덜 괴로워하는 듯 보이지만, 조디의 관점에선 이 여자 쪽이 훨씬 더 큰 도전이다. 표면 아래 깔린 걱정은 지하수처럼 흐를 뿐, 보글보글 솟아 오르거나 소란을 일으키지 않는다. 그것을 건드려 인식의 장 위로 끌어내는 건 쉽지 않을 것이다. 반면 판사는 그저 펼쳐진 책, 곤란한 상황에 처한 예민한 남자다. 궁극적으로 조디의 도움이 있든 없든 판사의 문제는 곪아터져 그의 삶에서 빠져나갈 길을 찾을 것이다.

아기 돼지 아가씨는 남편이 아무것도 모른다고 믿지만, 조디는 남편 역시 의심하고 있지 않을까 생각한다. 그녀가 익히 아는바, 거기엔 늘 낌새가 있으니까. 가령 바람피우는 이들은 종종 집중력이 흐트러지거나 다른 생각을 하고 있다. 바람피우는 이들은 질문을 받으면 싫어한다. 그들의 머리카락과 옷엔 설명할 수 없는 냄새가 달라붙어 있다. 냄새는 무엇이든 될 수 있다. 향, 곰팡이, 풀, 구강청정제. 하루의 끝, 집에 와서 잠들기만 하면 되는 데 굳이 구강청정제를 쓰는 사람이 어디 있을까? 샤워는 증거가 될 만한 신체의 냄새를 없애주지만, 바람피우는 이들이 쓰는 호텔 욕실의 비누는 집에서 쓰는 브랜드와 다를 수 있다. 무엇보다도 가장 보편적인 단서가 있다. 바닥에 떨어진 붉은색이나 금색 머리카락, 립스틱 자국, 구겨진 옷, 은밀한 전화 통화, 설명 없는 외출, 몸에 난 수상한 자국……. 뜬금없이 나타난 정체 모를 물건들, 화려한 열쇠고리라거나 화장수 병, 특히 밸런타인데이 같은 날 생긴 것들.

적어도 토드는 분별 있게 행동하려 최선을 다하고, 조디의 친구들에게는 접근하지 않는다. 그래도 그런 때가 있었다. 그들과 가깝게 지냈던 부부가 있었다. 카리브해로 휴가를 갔다가 만난 사람들로, 함께 마르가리타 칵테일을 마시거나 스노클링 강습을 받으면서 친해졌다. 그 부부는 조립식주택 판매 사업을 했고, 토드는 그런 일은 경멸할 따름이었다. 그럼에도 연이은 몇 해 겨울 동안 두 사람은 정해진 리조트에서 정기적으로 그 부부를 만났다. 조디는 토드와 셰일라 사이에 뭔가 있는 게 아닐까 의심했지만 그 의심을 애써 마음에서 밀어내고 있었다. 그러나 결국 어느 날 오후, 두 사람은 풀장에서 사라졌다가 한참 후에 커다란 크림 그릇을 핥아먹고 온 고양이 같은 모습으로 나타났다. 그것 한 번만이었으면 그녀도 눈감고 넘겼겠지만, 토드의 수영복이 미묘하게 뒤틀려 있거나 그의 가슴털에 끈적끈적한 덩어리가 슬쩍 달라붙어 번들거리던 때도 있었다.

그래도 이 모든 것들은 중요하지 않다. 토드가 여러 번 비밀을 티내는 것도 별로 중요하지 않다. 그가 바람을 피운다는 사실을 그도 알고 그녀도 알며, 그녀가 안다는 사실을 그도 안다. 요는 가식, 중요하기 그지없는 가식을 유지해야만 한다는 것이다. 사실이 공공연히 선언되지 않는 한, 그가 완곡어법과 우회적 표현으로 말하는 한, 모든 일들이 매끄럽게 돌아가고 표면적으로는 평온이 퍼져 있는 한, 그들은 지금까지의 삶을 계속할 수 있다. 잘사는 인생이란 주변 사람들의 개별적 욕구와 특이성을 함께 수용하는 태도를 기반 삼아 계속 타협해야 하는 과정이라는 건 익히 알려진 사실 아닌가. 다른 이의 개성을 나 좋은 대로 재단하거나 보수적인 사회 규준에 맞추려고 제어할 수는 없다. 사람들은 자신의 삶을 살고 자신을 표현하며 자기 나름의 방식과 시간을 들여 욕망의 충족을 추구한다. 그들은 실수하기도 하고 그릇된 판단을 하거나 시간을 못 맞추기도 한다. 방향을 잘못 바꾸기도 하고 고통스러운 습관에 빠지기도 하며 갑자기 탈선하기도 한다. 조디가 학교에서 뭔가 배운 게 있다면, 그것은 앨버트 엘리스 덕분이다. 그는 정신 분석 치료에 인지 행동 패러다임 변화를 일으킨 선구자였다. 다른 사람들은 우리의 욕구나 기대를 충족시켜주려 여기 존재하는 것이 아니며, 그들이 항상 우리를 친절히 대하라는 법도 없다. 이를 받아들이지 못한다면 분노와 분개의 감정만이 남는다. 마음의 평화는 사람들을 있는 그대로 받아들이며 긍정적인 면을 강조할 때 온다.

바람피우는 이들은 잘만 산다. 그들 다수가 그렇다. 설사 그렇지 않다고 해도 그들은 바뀌지 않을 것이다. 왜인가 하면, 대체로 사람은 바뀌지 않기 때문이다. 강한 동기나 지속적 노력 없이는 변하지 않는다. 개인의 기본 특질은 인생 초기에 발달하고 시간이 흐르면 침범할 수 없을 만큼 완전히 자리를 잡는다. 대부분의 사람은 경험으로부터 별로 배우지 않고, 자신의 행동을 수정하려 들지 않으며, 문제는 자기 주변 사람들에게나 발생하는 것이라고 여긴다. 그들은 무슨 일이 있어도, 나쁘든 좋든 간에 하던 일을 계속한다. 낙천주의자들이 끝까지 낙천주의자이듯이, 바람을 피우는 이들도 계속 바람을 피운다. 낙천주의자들은 음주운전 차량에 치여서 두 다리가 부서지고 병원비를 대느라 집을 저당잡힌 후에도 이렇게 말하는 이들이다. "운이 좋았어. 죽을 수도 있었잖아." 낙천주의자들에게 이런 유의 진술은 합리적이다. 바람을 피우는 이들에겐 이중생활을 하면서 한 입으로 두 말 하는 것이 합리적이다.

사람은 바뀌지 않는다는 말, 이는 그녀에게 사람이 좋은 방향으로 바뀌지 않는다는 의미다. 반면 나쁜 방향으로 바뀔 수 있다는 것은 두말할 필요도 없다. 삶은 자신의 과거 모습을 망가뜨리는 법을 알고 있다. 그녀도 전에는 좋은 사람이었다. 머리부터 발끝까지 좋은 사람. 하지만 이제 더는 그렇게 주장할 수 없다. 한번은 그의 휴대전화를 호수에 던져버린 적도 있다. 휴대전화에는 그를 '늑대 님'이라고 부르는 여자가 보낸 메시지가 가득했다. 그의 사각팬티를 색깔 있는 빨랫감과 함께 세탁기에 넣고 돌린 적도 있다. 일부러 물건을 잘못 놓고 그가 못 찾게 만든 것도 여러 번이다. 이런 사소한 장난이 자랑스럽지는 않다. 자신의 수준이 그것보다는 높다고 생각하고 싶다. 그를 있는 그대로 받아들인다고, 두 눈 훤히 뜬 채 그런 일에 휘말린 후 자신이 은혜를 베풀었다고 생각하는 여자가 아니라고 생각하고 싶다. 그러나 그녀는 자신의 일탈은 그가 마음껏 누리는 자유에 비하면 사소하다고 여긴다.

아기 돼지 아가씨를 밖으로 안내한 후 그녀는 콘도의 아래층에 있는 체육관으로 가서 역기를 들고 사이클로 십 킬로미터를 달린다. 어제 먹고 남은 차가운 채소를 마요네즈에 찍어 먹으며 점심을 때운 다음, 샤워를 하고 잡일을 보러 나갈 채비를 한다. 집을 나서기 전, 수요일 오후에 청소를 하러 오는 클러러에게 지시 사항을 써서 남긴다. 매일의 일과는 그녀의 기운을 북돋아주고 삶을 한데 모아주는 훌륭한 연고다. 잠복해 있다가 자신이 머무적거리거나 어쩔 줄 모르겠는 때마다 강타해오는 존재의 공포를 쫓아보내고, 자신이 깔고 앉은 장대한 허무를 깨닫게 해주는 약. 바쁘게 움직이는 것이 중산층의 방식이다. 실용적인 방식이자 좋은 방식. 그녀는 상담 일정을 짜고 집안일을 하고 외모를 관리하고 가꾸면서 바쁘게 지내는 편이 좋다. 사물이 예측할 수 있도록 정돈된 게 좋으며, 동선에 따라 시간표를 미리 꼼꼼히 짜놓았을 때 안전하게 느낀다. 수첩을 휘릭 넘기며 앞으로 예상되는 일들을 보는 것이 기쁘다. 스파 방문, 미용실 예약, 건강검진, 필라테스 강습. 그녀는 전문가 협회가 조직한 행사라면 거의 뭐든 참석하고 관심 있는 주제라면 어떤 강습이든 등록한다. 토드의 식사를 차리지 않는 저녁에는 친구들과 함께 식사한다. 그리고 여름과 겨울 각각 한 번씩 두 차례 긴 휴가를 떠난다. 그녀와 토드가 언제나 함께 즐기는 휴가다.

아우디 쿠페를 몰며 그녀는 창문을 내리고 도시의 소음과 소란에 흠뻑 젖는다. 사방에서 일어나는 시끄러운 소리와 요란한 움직임에서 기쁨을 얻는다. 노점상, 거리의 음악가, 야외 시장, 심지어 군중과 사이렌 소리와 혼잡한 교통까지도. 거리 건너편에서 풍선 한 다발을 든 십 대 소녀가 춤을 춘다. 하얀 앞치마를 두른 남자가 레스토랑 계단 위에 결가부좌를 하고 앉아 있다. 그녀는 액자 가게에 들러 라지푸트 그림을 맡기고, 여행서를 한 권 고르고, 망가진 부엌 저울을 대신할 새것을 산다. 집에 오는 길에는 동네 스타벅스에 앉아 프라푸치노 한 잔을 마시지만, 개를 산책시키고 저녁 식사를 위해 고깃덩이를 삶을 시간은 남겨둔다. 모든 걸 마친 뒤에는 꽂꽂이 수업을 들으러 간다.

그 남자

토드는 하루를 일찍 시작하는 것이 좋다. 그래서 수년에 걸쳐 아침 일과를 가지치기해 기본적인 것만 남겨두었다. 빈둥거리고 싶은 유혹을 죽이기 위해 샤워는 찬물로 하고, 면도 도구는 거품과 안전면도날만 쓴다. 조디와 개가 아직 자는 동안 그는 어스름한 침실에서 옷을 입는다. 가끔 조디가 눈을 뜨고 말하기도 한다. "셔츠는 세탁소에서 찾아왔어" 하거나, "그 바지는 슬슬 무릎이 튀어나올 것 같은데" 하고. 그러면 그는 대답한다. "다시 자." 그는 오렌지주스 한 잔과 함께 종합비타민제를 삼키고, 잘못된 방식이지만 시간을 아끼기 위해 칫솔을 좌우로 움직인다. 침대에서 나온 지 삼십 분 후, 그는 엘리베이터를 타고 차고로 내려간다.

7시도 되기 전에 그는 루스벨트 로드 아래, 미시간 애비뉴 남쪽에 있는 사 층짜리 건물 4층의 자기 사무실에 앉아 있다. 지붕이 평평하고 건설 당시에는 최신 기술이었던 강철 창틀에 절연창을 설치한 벽돌과 석회암 건물로, 그가 처음으로 맡은 대규모 재건축 사업이었다. 십 년 동안 주택 개조나 하다가 맡은 공사였는데 그후 사우스 루프 지구•에 콘도 건축 붐이 일어서 부지 가치가 훌쩍 뛰었다. 처음 이 건물을 손에 넣었을 땐 죽은 공간이었다. 그는 세 건의 담보 융자와 신용 대출을 받아 사무용 복합건물로 개축했고 그러는 내내 직접 고용한 인부들과 함께 일했다. 모든 작업을 혼자 힘으로 할 수도 있었지만 돈이 떨어지면 은행들이 담보권을 실행할 것이었다. 이런 사업에서는 담보 융자금 납부, 세금, 보험 같은 일 때문에 문자 그대로 시간이 돈이다. 그가 자기 몫으로 차지한 공간은 소박하게 사무실 두 개, 작은 응접실, 화장실로 이루어졌다. 그의 사무실은 둘 중 더 큰 방으로 거리가 내려다보인다. 현대적이며 장식이 별로 없어서 드러난 맨바닥과 태양열 차단 블라인드뿐이다. 조디에게 마음대로 하라고 맡겼더라면 갖다 놓았을 골동품과 장식들이 없기에 방안이 어지럽지 않다.

하루의 첫 통화 상대는 아침 식사를 배달해주는 델리다. 그는 전화를 걸어 평소처럼 BLT 샌드위치 두 개와 커피를 큰 잔

• 시카고 강 남쪽에서 루스벨트 로드까지 이르는 넓은 구역.

으로 둘 주문한다. 배달을 기다리는 동안 책상 서랍에서 오래된 담배함을 꺼내 뚜껑을 열고 내용물을 책상 위에 꺼내놓는다. 버글러 담배 종이, 성냥갑, 마른잎 한줌이 든 작은 봉투. 우울증을 앓던 동안 그는 첫 일과로 마리화나를 조금 피우면 무기력한 감각에서 벗어나 일을 하는 데 도움이 된다는 사실을 알게 되었다. 그는 이제 마리화나를 말고 불을 붙이는 의식에 익숙해졌고, 편안하게 하루를 시작할 수 있는 이 느긋한 방식이 마음에 든다. 마리화나를 창문으로 가지고 가서 허공을 향해 연기를 내뿜는다. 마리화나 한두 모금 피우는 것을 딱히 비밀로 하고 싶어서는 아니다. 그저 TJG 홀딩스에서 남자 기숙사 같은 냄새가 나서는 안 된다고 생각할 뿐이다.

예전에 사무실 창문에서는 탁 트인 하늘이 바라다보였다. 그러나 지금 보이는 것이라고는 길 건너 콘도들 한가운데 떠 있는 비정형의 파란색 조각뿐이다. 없는 것보다야 낫다. 그리고 그도 건축 붐을 무너뜨릴 마음은 없다.

어쨌든, 그는 버스 정류장에 서서 기다리는 사람들에게 관심을 집중한다. 맑고 온화한 아침이고 정류장에는 쓰레기가 널려 있는데도 몇몇은 정류장 지붕 밑에 들어가서 기다린다. 그는 단골 몇 사람을 알아보고 즐거워한다. 헤드폰을 끼고 배낭을 멘 십 대 소녀. 야구 모자를 쓰고 줄담배를 피우는 말라깽이 남자 노인, 사리 위에 청재킷을 걸친 임신부. 대부분은 다가오는 차에 정신을 집중하고 버스가 보일까 싶어 긴장하고 있다. 늘 그렇듯 한두 사람은 더 잘 보려고 보도에서 내려와 있다. 마침내 버스가 보이자 서 있던 사람들 모두 한마음 한몸인 양 일시에 긴장감이 녹아내린다. 느슨한 집단을 이루고 있던 이들이 요금을 꺼내며 꾸물꾸물 움직이는 기둥으로 압축된다. 물론 그는 버스가 몇 블록 떨어져 있을 때부터 보았다. 때로는 여기 4층 창문에서 내려다보는 자신이 신처럼 느껴질 때도 있다.

델리 배달부가 책상으로 아침 식사를 가지고 와서 문진 밑에 놓아둔 돈을 가지고 간다. 토드는 배달부에게 고개만 끄덕여 보이고는 전화로 클리프 요크와 계속 이야기를 나눈다. 메모를 하지만 그걸 참고할 필요는 없다. 머릿속으로 이름, 날짜와 숫자, 시간과 장소, 전화번호까지 따라가는 데 아무 문제가 없다. 논의 중인 프로젝트는 제퍼슨파크에 있는 여섯 세대용 임대주택으로 중간 단계에 있다. 설계도, 인가, 투자금 등 초반 장애물은 다 극복했고 모든 세대를 철거했다. 그와 종합 건설업자인 클리프는 수압을 논하는 중이다. 그들은 오후에 만나 상황을 살펴보고 배관공들 얘기를 들어보기로 한다.

아침 식사를 하다 보니 샌드위치 빵이 약간 눅눅하지만 베이컨은 바삭한 것 같다. 샌드위치 두 개와 커피 한 잔을 끝내고 그는 전화로 돌아간다. 이번에는 잠재 고객을 찾았다는 부동산 중개인과의 통화다. 좋은 소식이다. 임대주택은 과도기 프로젝트다. 여의치 않으면 보유하고 있다가 세를 주고 싶지만, 지금 작전은 팔아서 다음 사업의 자본으로 쓰는 것이다. 그 사업이란 더 거대한 사무용 건물로, 이제까지 해온 모든 일을 능가하는 프로젝트다.

스테파니는 9시 20분에 도착한다. 그녀는 느긋하게 일을 정리하는 성격이라, 메모판과 파일을 가지고 사무실에 나타나 그의 책상으로 의자를 끌고 올 때는 벌써 삼십 분도 훌쩍 지나 있다. 서른 다섯에 아직 소녀 같은 스테파니는 풍성한 머리숱을 포니테일로 묶고 있다. 그는 항상 스테파니가 몸을 어디 어떻게 두는지에 관심을 가진다. 상반신밖에 보이지 않는 정반대편에 앉을까, 아니면 팔꿈치를 책상에 얹어 메모할 수 있도록 그의 오른편에 다리를 꼬고 앉을까? 타원형 책상은 직사각형 반침에 판을 얹은 것이라 어디 앉아도 다리를 둘 자리가 넉넉하다. 그러니 스테파니가 무슨 이유에서든 다리를 보여주기로 한다면 그에게는 운수 좋은 날이다. 청바지를 입는다면 가랑이와 허벅지의 윤곽을 볼 수 있다. 치마라면 무릎과 종아리를 볼 기회가 있다. 그녀는 상사와 시시덕거리지 않지만, 다리를 꼬았다 풀었다 하는 자기 모습을 그가 보고 있다 해도 신경쓰는 티를 내지 않고 눈치챈 기색도 없다. 오늘은 청바지를 입었지만 그의 책상 맨 끝자리를 차지해서 그녀의 블라우스 중간 단추를 팽팽하게 밀어붙이는 두 봉우리로 만족해야 한다. 키가 150센티미터에 미칠까 말까 한 터라 가슴 사이즈는 더욱 인상적이다.

스테파니는 파일 더미와 그가 진행하는 일의 목록을 가지고 들어왔다. 실링 팬의 가격 책정, 조경업자들의 웹 사이트 주소, 의문스러운 청구서. 딱히 일상적이라고 할 수 없는 일, 그가 알고 싶어 할 일. 세세한 설명을 건성으로 보거나 사업 얘기가 흘러가도록 내버려둬서는 현재 어느 지점까지 와 있는지 알 수가 없다. 그는 혼자서 일하고 이윤은 그렇게까지 넉넉하지 않으므로 모든 것을 고려해야 한다. 그가 시계를 흘끔 보자 그것만으로 스테파니는 그가 지각을 간과하지 않았음을 눈치챈다.

"클리프에게서는 아무 말 없어?" 청구서 문제에 이르자 그가 묻는다.

"아직은요."

"받으면 보여줘. 그 친구, 지난번에 우리가 직접 공급했던 것도 재료비 목록에 추가했으니까. 그게 뭐였더라?"

"욕실 타일요."

"그래. 욕실 타일. 그리고 그라우트•도. 망할 그라우트까지도 비용을 청구했다니까."

스테파니는 그가 부탁한 변기 조사를 마쳤고, 브로슈어를 건넨다. "저유량 모델은 대소 구분형 장치보다 쌉니다만 안정성이

• 욕실 타일 사이에 바르는 회반죽.

떨어집니다."

"뭐가 문젠데?"

"항상 물이 내려가는 건 아니라던데요."

"물은 내려가야지."

"항상 내려가진 않는대요."

"클리프는 저번에 그 모델을 설치했는데."

"모험을 할 순 없습니다. 임대용 세대에선 안 되죠. 대소 구분형 옵션을 한번 보세요."

그는 얼굴을 찡그리며 묻는다. "얼마나 하는데?"

"그렇게 큰 차이는 없습니다. 오백 달러 더 내면 안정적인 물건을 얻을 수 있죠."

"망할 변기만 구입하는 데도 삼천 달러나 든다는 얘기군. 홈디포•에 가면 변기 하나에 오십 달러면 살걸."

"그럴 수 있겠지만 그러시진 않겠죠."

"그거 말고는?"

"냉장고와 스토브도 생각하셔야 해요. 배송에 시간이 좀 걸릴 수도 있어서."

"견적서 좀 줘봐. 모든 물품을 같은 업체에서 구매하면 가격할인을 받아야지."

• 주택 관련 물품을 파는 미국의 대형 마트.

"크기는 어떻게 확인하죠?"

"설계도를 봐."

"설계도가 저한테 없어요. 집에 가지고 가셨잖아요."

"밴더버그의 캐럴한테 한 세트 달라고 해. 세대마다 다르니까."

스테파니는 서류를 챙긴 후 엉덩이를 보이면서 방에서 물러난다. 그는 스테파니의 사무실에서 흐르는 분주한 소음을 한 귀로 들으며 뜬구름 같은 생각에 잠깐 빠진다. 마치 이곳이 야구장이고 그가 홈런을 쳐서 베이스를 돌지만 눈은 공에서 떼지 않듯이, 마음은 온 세계를 완전히 감싸며 모든 것에 가닿는다. 이제 그는 지속적으로 드는 불길한 예감, 작은 결정 하나를 내릴 때마다 무릅써야 하는 위험, 지나친 확장으로 인한 긴장, 현재의 벤처 프로젝트에 모든 것을 걸어야 하는 압박을 음미하는 지경에 이르렀다. 그가 느끼는 걱정은 어떤 면으로는 안정 효과가 있어서, 살아 있고 제대로 된 길을 가고 있다는 사실을 일깨워준다. 불길한 기대, 다가올 일에 대한 흥미, 펼쳐지지 않은 것들에 거는 내기가 걱정을 잘라낸다. 이 추동력으로 그는 하루를 살아갈 수 있는 것이다.

우울증 시기에는 앞으로 나아갈 관성을 잃었다. 사실 관성의 상실이야말로 문제가 생겼음을 뜻하는 지표였다. 어떤 미묘한 차이나 변화도 없이 일 분 일 분이, 하루하루가 항상 똑같던 시절이었다. 사람들은 그가 패배감이나 허무를 느끼리라고 짐작했지만, 그는 그런 감정은 전혀 몰랐다. 그저 거기 없었을 뿐이다. 부재, 빈 공간.

그는 시간을 확인하고 전화를 건다. 전화를 받는 졸음기 어린 목소리가 기분 좋게 그를 자극하며 생식선을 깨운다.

"아직도 침대에 있는 건 아니겠지."

"으응."

"오늘 수업 없어?"

"늦게."

"버릇없는 응석꾸러기."

"그런가 봐."

"뭘 입고 있어?"

"어떨 것 같은데?"

"태어날 때 모습 그대로?"

"그게 왜 궁금해요?"

"내가 왜 궁금할 것 같아?"

"이거 공식적인 질문인가요?"

"비공식적인 거지."

"서면으로 제출하시죠."

둘은 한참 동안 계속한다. 룸메이트들과 함께 사는 노스클레어몬트의 아파트 안, 어지러운 침실의 이리저리 뒤엉킨 시트 속에 누워 있는 그녀를 그려본다. 그도 한 번 갔었다. 그녀의 몸 중 손대지 않은 곳이 아직 남아 있던 초반에. 나중에 부엌에서 룸메이트들이 모여 오지랖 넓게 꼬치꼬치 캐물었다. 주로 그의 나이와 아내에 대해서. 이후로 두 사람은 매디슨에 있는 크라운 플라자 호텔에서 만나기 시작했다. 직원들이 항상 멀찍이 떨어져서 정중하게 대하는 곳이다.

그녀와 이야기를 나누며 그는 아직도 어렴풋한 낯선 느낌에 뒤흔들린다. 그는 자신이 다른 사람이 아닐까, 토드 길버트가 아니라 자기가 없었던 몇 달 동안 토드 길버트의 육체로 슬쩍 들어온 남자가 아닐까 생각한다. 알고 지낸 기간은 짧지만 그녀는 삶을 되돌려주었다. 그는 그녀에게 빚을 졌다. 삶이라는 선물을, 그는 한 남자를 인간답게 만들어주는 감정 속에서 찾아냈다. 단순히 사랑이 아니라 탐욕, 정욕, 욕망…… 세차게 퍼붓는, 파괴적인 모든 것. 초조함조차 선물이다. 그녀와 함께 있고 싶어서 안달복달하는 초조한 기분이 하루 종일 그를 따라다닌다. 질투심조차 선물이다. 그녀가 더 젊은 애인을 만날 권리가 있음을 그도 알고 있다. 그녀가 이 사실을 이해하는 건 그저 시간문제라는 것이 두렵다. 이 감정이 고통스럽긴 하지만, 적어도 그는 산 자의 땅에 있다.

질투는 새로운 감정이다. 그는 여자 문제에 대해 자신 있는 쪽이었다. 조디의 말에 따르면 그 자신감은 헌신적인 어머니의 외동아들로 자라면서 생겼다. 어머니는 간호사였는데, 돈에 쪼들리기는 했으나 시간제로만 일했기에 주로 집에서 아들을 돌볼 수 있었다. 공공사업 노역자이자 술주정뱅이였던 아버지의 결점을 어머니 나름대로 보충하는 방식이었다. 그는 고등학생이었을 때 돈을 벌고 책임지는 법을 배우면서 어머니를 부양하는 역할을 맡았다. 그 때문에 어머니뿐만 아니라 어머니의 친구들, 선생님들, 아는 여자애들에게도 무척 칭찬을 받았다. 여자들은 그를 좋아한다. 그가 여자들을 돌보는 법을 알고 있어서 좋아한다. 그는 나타샤를 돌보지만, 애로사항도 있다. 그녀로 인해 그는 나이 들어가는 몸과 시들어가는 활력을 의식하게 된다. 그녀가 뭐라 말하거나 행동해서가 아니다. 그녀가 젊고 탐낼 만하고 만족을 모르기 때문이다.

그가 아직도 전화를 붙들고 있는데, 스테파니가 서명해야 할 수표 뭉치를 들고 들어온다. 그는 사무실을 왔다갔다하다 창가 옆에 우뚝 선다. 그녀는 수표를 책상에 올려놓고 기다린다. 스테파니는 그와 나타샤 사이를 잘 알고 있다. 그의 생각엔 그렇다. 나타샤가 그를 산 채로 잡아먹을 것 같은 차림으로 여기 온 적이 한 번 있었다. 스테파니의 표현이다. 대체 어떤 비서가 상사에게 그런 식으로 말하지? 게다가 최근 스테파니는 두 사람이 전화하는 도중 불쑥 들어오는 일이 잦다. 스테파니 때문에 그는 갑자기 전화를 끊을 수밖에 없다. 지금처럼. 그녀는 한 손에 펜을 들고 펜싱을 하듯이 그에게 들이민다.

사무실을 나서기 전 그는 조디에게 전화해서 저녁은 집에서 먹지 않는다고 말한다. 호의에서 우러난 전화다. 그가 오늘밤에 딘을 만나기로 했다는 건 조디도 안다. 하지만 자신이 조디를 염두에 두고 있다는 걸 알려주고 싶다. 그는 운 좋은 남자이고 그 사실을 결코 간과하지 않는다. 날씬한 몸매와 진갈색 머리카락의 조디는 아직도 대단한 미인이며, 자신은 가정적이지만 그가 집에서 빈둥거리며 저녁을 보낼 순 없다는 사실도 이해한다. 그의 친구 몇몇은 매일 밤 집에서 저녁을 먹어야 한다. 어떤 이들은 퇴근하고 맥주 한잔하러 갈 수도 없다. 다행히도 그는 친구가 넘쳐난다. 한번 함께 일했던 사람들까지 모두 포함하면. 그들 다수가 독신이나 이혼남이라서 그는 언제든 술친구를 쉽게 찾을 수 있다. 하지만 막상 그래야 한다면 혼자 보내는 저녁도 싫지는 않다.

그와 딘 코박스는 고등학교 때부터 친구다. 딘은 그의 가장 오랜 친구이자 유일하게 그의 아버지를 아는 사람이다. 그가 아버지를 못돼먹은 늙은 영감이라고 말하면 딘은 무슨 말인지 정확히 이해한다. 딘은 가족 같고 형제나 다름없다. 하지만 그는 또한 나타샤의 아버지기도 하고, 이건 문제가 될 수 있다. 어쩌면 아닐지도 모르지만. 두 사람 사이의 일을 안다면 딘이 어떻게 반응할지 짐작하기 어렵다. 물론 무척 동요하겠지만, 일단 익숙해질 기회가 생기면⋯⋯ 혹시 알아? 어쩌면 그냥 웃어버릴지도. 딘을 '장인어른'이나 '아버님'이라고 부르면 딘은 꺼지라고 말하는 거지. 십중팔구 모든 일이 잘 풀릴 거야. 적어도 그 사실을 딘에게 터뜨려야 하는 사람은 그가 아니다. 그건 나타샤가 할 일이다. 그녀는 적당한 때가 되면 아버지에게 말할 것이다. 두 사람은 그렇게 결론을 내렸다.

날이 따뜻하고, 아래 거리에선 열기와 악취가 향수처럼 인도로 올라온다. 그는 저 아래 콘크리트까지도 포함해서 이 도시를 사랑한다. 순전한 물질성, 거대 구조물의 용적을 사랑한다. 심지어 그 힘과 추진력, 종교적 상업성, 사방에 널린 매물 표지판, 기회를 전하는 개척자풍의 방식도 사랑한다. 차를 세워놓은 개인 주차장을 향해 남쪽으로 세 블록을 걸어가며 그는 여기 지금 발을 붙이고 살 수 있다니 얼마나 운이 좋은지 새삼 느낀다. 이곳에, 이 시대에.

제퍼슨파크로 곧장 걸어가는 대신, 그는 루스벨트 로드에서 서쪽으로 돌아 홈디포 앞에 선다. 그가 이 상점에서 보낸 시간을 다 더하면 몇 달은 되리라. 그는 실내장식에 신경쓰는 편이고 바닥재나 조명 등에 자기 의견이 확실하다. 세부 항목의 총합으로 프로젝트 하나가 만들어지거나 깨진다. 클리프에게 페인트와 타일, 카펫과 고정 세간을 사 오라고 시키면 기쁘게 그리한 다음 자기 몫으로 10퍼센트를 붙일 것이다. 하지만 잠재 고객이 색이나 마감이 마음에 들지 않는다고 취소한다 해도 클리프는 그 자리에서 책임을 지지도 않고, 무슨 일이 생기든 여전히 보수를 받는다.

그는 아무것도 사지 않고 상점을 나와 고속도로를 탄다. 차창은 내려가 있고 스테레오에서는 〈네버마인드Nevermind〉가 흘러나온다. 그가 노래할 엄두를 내는 유일한 장소가 차 안이다. 귓가에 울리는 바람과 엔진의 윙윙대는 소리로 자기 목소리도 들리지 않는 곳. 앨범에 실린 모든 곡의 가사를 외우는 그는 큰 소리로 노래하면서 속도를 높인다. 이 앨범은 이십여 년 전, 그가 자신의 능력과 미래의 전망에 도취된 건방진 청년이었던 시절까지 거슬러 올라간다. 너바나가 마이클 잭슨을 제치고 차트 정상을 차지한 해 조디를 처음으로 만났고, 이제 모든 노래는 타임머신처럼 그를 음속 폭음 같은 사랑 속으로 다시 데려간다.

그녀를 처음 본 것은 스테이트 스트리트에서였다. 그들의 부서진 차가 같은 방향 차선 두 개를 막고 있었고, 뒤차들은 꼼짝 못하고 서서 경적을 울려댔다. 사람들이 모여들고 비가 쏟아졌다. 그녀의 젖은 머리카락이 얼굴에 붙어 있었고, 티셔츠는 비에 흠뻑 젖어 허리 위로는 벌거벗은 것이나 다름없었다. 가슴이 눈부실 만큼 아름답기도 했지만—작지만 완벽했고, 가차없이 내리는 빗속에서 유두가 지붕의 뾰족한 장식처럼 꼿꼿이 서 있었다—그가 눈이 멀 만큼 반했던 점은 그녀의 태도였다. 얼마나 침착하게 평정심을 유지하던지. 얼마나 고상하고 위엄 있었는지. 그전에도 그후로도 그는 조디의 반만큼이라도 품위 있는 여자를 만난 적이 없다.

건축 현장에 이르자 먼지 낀 오버올 작업복에 공구 벨트를 축 늘어뜨려 맨 클리프가 밖에 나와 담배를 피우는 모습이 보인다. 말이 느리고 건장한 클리프는 그 자리에 뿌리박힌 듯 서 있다. 토드와 같은 나이지만 희끗희끗하고 덥수룩한 콧수염 탓에 열 살은 더 들어 보인다. 배관공이 트럭을 세우자 세 사람은 안으로 들어가서 이 집 저 집을 돈다. 대화의 중심은 파이프나 하수 배관 같은 것으로, 그가 TJG 홀딩스의 토드 제러미 길버트이고 눈알이 빠지도록 잔뜩 투자를 받은 이상 무척 부담이 되는 화제였다. 그가 구입했을 때 여긴 폐가나 다름없었고, 내키지는 않았지만 살고 있던 세입자들을 퇴거해야 했다. 이제는 그럴듯한 모습을 갖추기 시작했다. 건물 안을 돌며 만난 인부들은 오래된 배선을 뜯어내고 새 골조를 세우는 중이지만, 토드가 바라는 만큼 일이 활발하게 진행되고 있진 않다. 클리프와 함께 일한 지 벌써 이십 년이건만 아직도 잔소리를 해야 한다. 이 부지를 소유하기 위해서만이 아니라 귀찮게 구는 은행과 관공서를 떼어내기 위해 내야 하는 간접비란 아프리카의 한 마을을 일 년 먹이고도 남을 정도다.

시내로 돌아가는 길에 그는 나타샤를 만나 점심을 함께 먹을 수 있을까 하는 희망에 전화를 걸지만, 그녀는 벌써 샌드위치를 먹는 중이다.

"통화하면서 샌드위치를 먹어?"

"포장을 뜯어서 막 한 입 먹으려던 참인데."

"그건 놔두고, 프란체스카에 가자."

"안 돼요. 수업 가야 하니까."

"퇴근 후에 만날 수 있어?"

"4시부터 7시까지 아이 보기 아르바이트가 있는데."

"내가 데리러 갈게."

"뭐하러 그래?"

"그후엔 내가 바쁘다는 거 알잖아."

"내일 점심 먹어요."

"오늘은 못 만난다는 뜻이네."

"그때까지 살아 있긴 할 것 같아요?"

"무슨 샌드위치 먹어?"

"호밀빵에 살라미. 매니스에서 산 거. 머스터드 추가해서."

"어디 좀 앉아서 말할 수 없어?"

"말했잖아요. 수업 가는 중이라고."

"지금 걸어서 수업에 가고 있다고?"

"모건 스트리트에서 북쪽으로 걸어가는 중. 막 도서관을 지났고. 전화 안 끊으면 수업에 늦을걸요."

"뭘 입고 있는지 말해봐."

나타샤는 짐짓 짜증을 내지만 사실은 즐기고 있다. 그는 안다. 그녀는 선정적인 속뜻을 깔고 미묘하게 조절한 관심을 좋아한다. 그는 책이 가득한 배낭, 어깨에 멘 끈, 고기 위에 얹은 부드러운 빵에 박힌 완벽한 치아를 그려본다. 그녀는 4학년이고 봄에 미술사 학사 과정을 졸업할 것이다. 앞으로의 진로는 생각해보지 않았다. 그녀가 하고 싶은 일은 결혼해서 가정을 이루는 것이다. 이 꿈과 관련해서 그에게 멋진 아빠가 될 거라고 나타샤는 말했다. 그는 이 말이 품은 뜻에 용기를 얻었다. 그녀가 더 젊은 남자를 찾아 그를 차버리진 않으리라는 뜻이다. 그렇지만 나타샤와의 관계는 다른 만남과는 다르며 소위 불장난이 아니라는 것만 인정할 수 있을 뿐, 미래는 생각해본 적이 없다. 그에게 불장난은 스포츠와 같아서 삶의 행로를 침범하지 않고 삶의 자세를 잃어버릴 일도 없는 유흥의 형태일 뿐이다. 그러나 이 관계는 엉망진창이고 부담이 크고 중독적이며 그에게 근심을 가득 안긴다. 이따금 그는 이 생활을 접고 똑바로 살겠다고 굳게 마음먹지만, 대부분은 사랑이라는 바다에 빠져 익사하는 기분이다.

주말여행은 나타샤의 생각이었다. 폭스리버에 있는 시골 호텔을 찾아낸 것도 그녀였다. 숲속 육만 구천 제곱미터가량의 부지에 온수풀과 프랑스 요리사가 딸린 곳이라고 했다. 방을 예약한 후에 통고한 것도 그녀였다. 아침 식사 후 침대로 돌아가고 저녁 먹기 전 함께 샤워할 수 있어요. 숲속을 산책하고 햇빛 환한 공터에서 사랑을 나눌 수도 있고. 은근슬쩍 때우는 평소 식사와는 달리 느긋하게 입맛을 만족시킬 수도 있죠…… 등등.

"아니면 그냥 조디와 집에 있을래요?" 그녀가 물었다.

그는 나타샤가 조디를 이 일에 끌어들이지 않기를 바랐다. 조디와 함께하는 삶은 나타샤와는 아무런 상관이 없는 영역, 모든 일들이 매끄럽게 굴러가고 앞으로도 그럴 평행 우주다. 언젠가 한 번 실수로, 조디는 침대에선 차갑게 식은 죽 같다는 말을 나타샤에게 해버린 적이 있다. 조디를 가볍게 생각해서가 아니라 나타샤를 다독이려는 뜻이었다. 그는 불완전한 세계를 편안한 포옹으로 끌어안는 너그러운 남자다. 특히 여자에 관한 문제에서는 더욱 그렇다. 그는 사물을 있는 그대로 받아들이는 요령이 있고 실제로 그렇게 처리한다. 조디에 관한 일, 나타샤에 관한 일.

조디에게서 견뎌내야 하는 점은 그녀가 학위를 여럿 가지고 있다는 사실이다. 나타샤처럼 그저 학사가 아니라 박사 학위는 물론 석사 학위도 두 개 있다. 그는 조디가 명석하다는 게 싫지 않다. 심기에 거슬리는 건 남자들에게 받는 놀림이었다. 조디가 그보다 한 계층 위의 사람이라며 떠들기 좋아하는 남자들. 그는 학위를 여럿 가지고 있다는 것 자체가 가치 있다고는 믿지 않는다. 교육을 받는다는 것은 힘을 얻는다는 행위와 관련이 있다.

학교에 가지 않으면 맥도날드에서 일하게 된다는 위협. 미국에서 성배 취급을 받는 것은 돈이지, 교육이 아니다.

점심을 먹으러 들른 영국식 펍에서 그는 맥주를 주문할까 하는 충동을 억누른다. 사무실에 돌아오자 스테파니가 그가 부탁했던 가격 견적표와 전화해야 하는 곳 목록을 전한다. 그는 소파에 길게 누워 전화를 하고, 이어서 낮잠을 잔다. 잠에서 깨어보니 4시 30분이라 체육관으로 향한다.

운동은 최근에 붙인 습관이다. 우울증과 싸우기 위한 방편으로, 의사가 활발한 운동을 하면 신체의 자체적인 진통제라고 할 수 있는 엔도르핀이 분비된다고 하기에 시작했다. 처음에는 엔도르핀을 느낄 수 없었고 체육관에 가는 길에 바를 지나쳐야 하는 것이 힘들었다. 하지만 나타샤를 만나고 나서는 바뀌었다. 이제 그는 트레이너와 함께 운동하고, 기계 대신 덤벨을 사용하고, 손목밴드를 차고 탱크톱을 입기 시작했다.

한 시간 넘게 힘을 다해 운동한 그는 재충전된 기분과 함께 가벼운 성적 욕망을 느낀다. 샤워를 하고 몸을 말린 다음 허리에 수건을 감은 채 나타샤에게 전화를 건다. 사람 많은 로커룸에서 개인적 대화를 한다는 건 있을 수 없는 일인데도. 사실 벌거벗은 남자들이 가득한 공간에서 성기가 일어나 흔들리는 꼴을 보여주고 싶지 않다면 생각을 누르고 자제해야 한다는 건 그도 안다.

그녀가 "여보세요"라고 세 번 말할 때까지 기다렸다가 그는 입을 연다.

"뭐야, 변태예요?" 그녀가 묻는다.

"바로 그거지."

"발신자 표시로 이름이랑 번호가 뜬다는 거 알면서."

다음번엔 공중전화를 이용해야겠군, 그는 결심한다.

포르셰를 주차원에게 맡긴 후 드레이크 호텔 라운지에 들어가니, 딘 코박스는 벌써 도착해 바에 자리를 잡고 있다. 버건디색 가죽과 번쩍이는 나무로 꾸며 구세계풍의 남성적 우아함이 흐르는 이 빈티지 나이트클럽은 편안하고 유혹적인 집밖의 집이다. 지금은 퇴근 후 몰려든 군중으로 미어터지고, 시끄러운 목소리가 서정적인 흐름 속에 오르락내리락한다. 그는 사람들을 헤치며 나아가 딘의 등을 톡톡 두드리고 왼쪽 빈 스툴에 앉는다. 스툴이라기보다는 팔걸이의자 같은 모양이다.

"어이, 친구." 딘이 마지막 남은 생맥주를 들이켠다. "너 없이 먼저 시작한 참이야."

"이 자식, 나보다 한 점 앞섰군." 토드가 말한다.

"난 너보다 언제나 한 점 앞서잖아." 딘은 바텐더에게 손짓하며 손가락 두 개를 들어 보인다.

딘은 요새 몇 킬로그램이 붙어 살이 오른 얼굴과 이중턱이 통통한 아기를 닮았다. 푸른 여름 정장에 다림질이 필요 없는 셔츠 차림이다. 셔츠의 배 부분이 벌어져 있지만 다행히도 깨끗한 흰 속옷만 보인다. 재킷의 가슴 주머니에 둘둘 뭉쳐 넣은 넥타이가 꽃처럼 불쑥 튀어나와 있다. 지난 십이 년 동안 그는 플라스틱 제품 회사의 영업부장으로 일했다. 그럭저럭 좋아하는 일이다.

바텐더가 맥주 두 잔을 두 사람 앞에 놓는다. 토드는 한 모금 쭉 들이켠 후 손등으로 입에 묻은 거품을 닦는다. 운동으로 진이 빠지기도 해서, 그는 그저 의자에 등을 기대어 수동적인 태도로 알코올과 분위기에 동화되어간다. 딘은 타고난 세일즈맨의 영혼을 가졌으므로 벌이에 대해 물어보기만 하면 알아서 술술 말을 풀어놓는다.

"지난번에 만났을 때 요새 불경기라 하지 않았나?"

토드는 낚싯바늘에 미끼를 꿴다. 딘은 그것을 물고 시장점유율과 경쟁업체에 대한 의견을 늘어놓는다. 토드는 느긋하게 긴장을 푼 채 한 귀로 듣고 한 귀로 흘린다. 그는 차라리 상품과 개발에 대해서 듣고 싶지만—플라스틱도 나름대로 매력적인 상품이 있으니까—딘은 목표, 할당량, 수익, 예측에만 고무된다.

토드와 딘은 일 년에 두세 번 만나는 사이다. 먼저 전화해서 약속을 잡는 쪽은 항상 딘이지만 그가 주도하지 않는다면 토드가 먼저 나설 것이다. 둘은 다른 세계에 살지만 과거가 두 사람을 강한 끈으로 묶어놓는다. 둘은 남서쪽 애슈번에서 함께 자랐고 보건 고등학교를 함께 다녔으며 하키 팀도, 마약 경험도, 동정을 잃어버린 사건도 모두 함께했다. 첫 경험은 딘 부모님 소유의 레저용 자동차에서 더블데이트를 하면서 했다. 딘은 술 한두 잔만 들어가면 변함없이 그 이야기를 끄집어낸다. 토드와 그런 중대 사건을 함께했다는 것, 토드가 어른이 되는 과정에서 내는 소리를 자기도 엿들었다는 것, 토드도 마찬가지로 자기가 어른이 되는 과정을 보았다는 것이 딘에게는 의미 있는 일이다. 토드에게도 의미 있는 일이지만, 그는 바에 있는 모든 이에게 그 사실을 광고하고 싶진 않다. 도가 지나치기 전에 그는 메뉴를 달라고 부탁하여 저녁 식사 주문으로 딘의 관심을 돌린다.

버거를 먹은 다음 그들은 맥주에서 위스키로 주종을 바꾼다. 이때 딘은 십 년 전에 죽은 아내가 부활하기라도 한 듯 이야기를 꺼낸다.

"세상 최고의 아내가 아니었단 말은 하지 마." 딘은 말한다. "인생에 딱 한 번 오는 여자였지."

그는 자기 말을 강조하느라 등을 쭉 펴고, 까닥거리는 인형들처럼 고개를 되는대로 끄덕인다. "한 번." 그는 되풀이하며 주먹 쥔 손으로 바를 두드린다. "운이 좋다면."

"좋은 여자였지." 토드도 동의한다.

"망할, 여신 같은 여자였어." 딘이 말한다. "망할, 그 여자를 얼마나 숭배했는지. 너도 알지."

그는 토드의 확인을 기다리고, 토드는 기꺼이 그 기대에 따른다. 토드의 마음속에서 이 순간 딘의 감정과 아내 생전에 그가 여러 번 바람을 피웠다는 사실 사이에는 아무런 모순이 없다.

"네가 얼마나 사랑했는지 네 아내도 알았지. 모르는 사람이 없었잖아."

"그렇고말고." 딘이 말한다. "난 그 여자를 숭배했다니까. 아직도 그래. 참말인 거 알잖아. 아니라면 재혼했겠지. 하지만 안 했잖아."

요 몇 년 동안 딘은 여자친구를 줄줄이 사귀었지만, 그들 중 누구도 그의 완벽한 죽은 아내만큼 훌륭하지 못했다. 누구도 그녀를 대신할 가망이 없다. 추적과 정복이라는 게임과 거기서 나오는 힘의 느낌을 좋아하는 딘에게는, 일단 여자의 관심을 붙잡은 후엔 멀찍이 두는 편이 결과적으론 더 좋다.

몇 잔 들이켜더니 딘은 자조적인 기분에서 심술궂은 기분으로 바뀐다. 사람들은 점점 빠져나가고, 소란은 낮게 웡웡거리는 소음으로 잦아든다. 딘의 관심은 여기저기 떠돈다. 그는 자리에 살짝 엉덩이를 걸치고 몸을 돌려가며 어느 젊은 여자를 슬쩍 훔쳐본다. 뒷머리를 바짝 치고 입술을 선명한 빨간색으로 칠한, 자기 딸 또래의 여자다. 딘은 짐짓 토드를 향하는 척하면서 시끄럽게 독백을 시작한다. 그 여자에게 어떻게 하고 싶은지, 그 여자가 자기에게 어떻게 해주었으면 하는지. 멀지도 가깝지도 않은 거리에 앉아 대화에 몰두하는 여자는 딘이 자기를 목표물로 삼고 있다는 걸 알아차리지 못한다. 하지만 다른 사람들, 딘의 목소리가 귀에 들릴 만한 거리에 앉은 자들은 몸을 돌려 그를 바라본다.

그동안 토드는 자기만의 세계에 빠져버린다. 온화한 본질을 지닌 자신에 대한 의식—자신의 아우라, 자신의 너그러움—이 부풀어올라 퍼져나가고 이제 거의 방 크기만큼 커진 무언가를 깨달은 참이다. 자신의 아량에 대해 그는 재단하지 않고, 아무도 배제하지 않는다. 딘도, 지금 분주히 만들어내고 있는 적들도. 여기 있는 모두가 토드의 자비심이라는 거품 방울 속에 담겨 있다. 술을 마실 때의 토드는 이런 식이다. 술을 마실 때의 토드는 사제처럼 말없는 삶을 살며 모든 인류의 죄를 선언하고 동시에 구원한다.

빨간 입술의 여자에게 흥미를 잃은 딘은 이제 바 오른쪽에 앉은 여자에게 관심을 돌린다. 여자는 과체중이고 그의 또래지만, 알코올이 주입되어 뿌옇게 흐려진 딘의 뇌 속에서는 오히려 그렇기에 여자가 자기에게 관심을 보일 가능성이 더 높다는 결론이 나온다. 딘은 그녀가 맞은편에 앉은 동행과의 대화에 몰두하고 있다는 사실도 받아들이지 못하고 여자의 왼쪽 가슴 가까이 입을 가져가 혀를 날름거리는 동작을 한다. 여자는 딘을 알아차리고 의자를 끌어 피한다. 이제 혐오스러운 표정을 보내며 집에 가서 발 씻고 잠이나 자라고 말한다. 딘이 잠을 잔다는 말만 알아듣고 다시 수작을 걸자 여자의 데이트 상대는 일어서서 그녀와 자리를 바꾼다. 디자이너 브랜드 안경을 쓴 여우 같은 인상의 남자다. 딘과 작업중인 여자 사이에 벽을 형성한 남자는 딘에게 아무 말도 않지만, 딘은 시비를 걸고 넘어지며 남자의 갈빗대를 손가락으로 쿡 찌른다.

"어이, 친구." 딘은 말한다. "나는 지금 남성 종족으로서 권리를 행사하는 중이야."

"다른 데 가서 행사하시지." 남자가 대꾸한다.

딘은 토드를 돌아보며 말한다. "나 지금 남성 종족으로서 권리를 행사하는 중이라고. 여기 자유국가잖아, 아니야?"

고등학교 이래로 딘이 다른 사람들과 드잡이하는 것을 그는 익히 보아왔다. 딘이 심각하게 싸움에 나설 태세를 보이면 말리며 그를 자리에서 끌고 나가겠지만, 토드가 보기에 지금 딘의 태도는 별로 해롭지 않다. "문제 일으키지 마." 그는 이렇게만 말한다.

이 말에 딘은 큰 소리로 대답한다. "저 여자는 어쨌든 폭탄이야. 나라면 저런 여자보다는 더 나은 여자 건지지."

토드는 웃으며 말한다. "기세 좋은데, 친구."

딘은 자족감에 히죽거린다.

토드는 딘이 술에 취할 때만 이런다는 것을 안다. 어떤 사람들은 술을 자제할 수 있다. 딘은 그런 유의 인간이 아니다. 언뜻 보면 알 수 없겠지만, 딘은 예민하고 금방 울음을 터뜨리며 아기를 좋아하는 그런 남자다. 고등학교를 마친 뒤 해병대에 입대했지만 끝까지 복무할 만큼 피가 끓지는 않았기에 결국 배치 전에 퇴소했다. 영업 일에 뛰어든 것은 그때였다. 딘이 대체로 사근사근한 성격이라는 건 인정해야 한다. 화를 내면 무섭다는 소문은 있지만 쉽게 발끈하는 편은 아니다. 그러니 그 소식이 딘에게 어떤 타격을 줄지 정말로 의문이고, 토드로서는 도무지 예측할 수 없다. 가급적이면 나타샤가 조심스럽게 터뜨려주기만을 바랄 뿐이다.

자정에 가까워지자 토드는 다시 차에 올라 전화기에 저장된 번호 중 하나로 연락한다. 잠깐 통화를 한 다음 몇 블록 떨어진 포시즌스 호텔로 향한다. 상대는 그와 가벼운 관계를 유지하는 몇 명 중 하나로, 오성급 호텔의 검열을 통과할 만큼 품격이 있고 언제 연락해도 금방 만날 수 있는 여자다. 특히 그처럼 대가를 후하게 치르는 남자가 요청할 땐 더더욱. 나타샤를 만날 수는 없지만 에너지가 넘쳐서, 은총이 너무나 가득해서 집으로 곧장 돌아갈 수는 없는 밤, 그는 이 도시가 제공할 수 있는 온갖 호사스러운 물품과 서비스를 이용할 참이다.

그 여자

금요일 아침이 왔지만 조디는 여전히 주말 계획이 없다. 미리 생각해두지 않다니 평소답지 않다. 그주 내내 특유의 자신감은 밀려나고 의심과 망설임, 토드가 마음을 바꾸어 여행을 취소할지도 모른다는 꾸밈없는 희망이 마음속을 점령했다. 하지만 이제 그것도 끝이다. 지난밤 그는 여행 가방을 쌌고 오늘 아침 출근하며 들고 갔다. 사무실에서 바로 시골로 떠날 계획이라고 했다.

그녀는 전화기를 들고 창문으로 가 풍경을 내려다보며 선다. 눈부신 하얀 햇살이 하얀 물위에 비스듬히 스치는 화창한 날이다. 바늘 같은 빛이 눈은 물론 얼굴과 목의 민감한 피부를 뚫고 들어온다. 피부가 벗겨져 드러나는 느낌이다. 햇빛에 어지러운 박쥐가 된 기분. 그러나 여전히 거기 선 채로 휴대전화의 친구 목록을 훑는다.

그녀는 먼저 코린에게 전화를 건다. 그다음은 준, 그다음은 엘런. 그들 모두에게 똑같은 메시지를 남긴다. "이번 주말에 뭐 해? 시간 있으면 연락 줘. 오늘밤도 괜찮아. 아니면 내일도. 점심도 상관없고. 보고 싶다. 나중에 전화 줘." 그녀는 창문에서 물러나 방안을 거닌다. 윤을 낸 나무 식기대의 표면을 손가락으로 훑으며 먼지를 점검한다. 그런 뒤 셜리에게도 전화해 똑같은 메시지를 남긴다. 셜리는 정신과 환자였다. 조디는 실습 기간 중 셜리를 만났고 영리하고 엉뚱한 그녀가 좋았다. 셜리는 상을 여럿 타기도 한 시인이다.

꼼꼼한 계획에는 장점이 있다. 삶이 우아한 방식으로 만족스럽게 굴러가려면 몇 달씩은 아니더라도 몇 주쯤은 미리 계획한 행사와 적절한 약속으로 채워져 있어야 한다. 조디는 마지막 순간에 같이 밥 먹을 상대를 허겁지겁 구하지 않는다. 그런 짓은 천박하다고 생각한다. 마치 구걸하는 것 같다. 차라리 거리에서 자리를 맡아놓고 호객을 하지그래? 명함을 써서 돌리는 거야. "버림받은 여자가 저녁 상대를 찾습니다. 절박하지만 수선을 떨지는 않아요." 코린이나 준, 엘런이나 셜리가 시간이 나서 그녀를 만나줄 희망은 별로 없다. 코린과 엘런에겐 아이들이 있다. 준은 여행을 자주 다니고, 셜리는…… 음, 셜리는 메시지를 잘 확인하지 않는다. 하지만 조디 쪽에서 기꺼이 전화를 거는 횟수에도 한도가 있다.

그날 오후 늦게까지 아무도 답을 해오지 않자 그제야 그녀는 앨리슨에게 연락해보기로 한다. 그러나 앨리슨이 전화를 받거나 다음주가 되기 전에 메시지를 듣고 답장할 가능성은 별로 없다. 사실 전화를 걸면서도 가망이 없다고 확신하고 있었기에, 전화에서 앨리슨의 목소리가 들리자 순간 잘못된 번호로 전화를 건 게 아닌가 생각한다.

"막 나가려던 참이었어." 앨리슨은 말한다. "출근했어야 했는데, 요새 좀 그래서. 재수없는 일이 어쩌면 이렇게 줄줄이 일어나는지 정말 못 믿을 거야. 그러니까 자세한 얘기는 생략할게. J.B.에게 전화를 해서 오늘 늦는다니까 무슨 하늘이 무너지는 양 굴지 뭐니. 5시까지는 이렇다 할 일도 없는데 참 바보 같아. 남자들이란 정말 어린애 같다니까. 그렇게 힘을 과시하면 자기들이 꽤나 중요한 사람이 된 기분이 드나 보지. 진짜 힘은 여자들이 가지고 있다는 게 다행 아니니? 어쨌든 이번 주에는 이교대 근무지만, 월요일은 비어 있어. 저녁 어때?"

월요일의 저녁 식사는 당면한 문제를 풀어주지 않지만 조디는 그것을 기쁘게 일정표에 적어둔다. 앨리슨은 또 다른 괴짜 친구로, 셜리처럼 외부인이라고 할 수 있다. 대학이나 직업 관련 모임에서 만난 사람이 아니라는 뜻이다. 앨리슨을 만난 곳은 요리교실이었다. 오징어를 손질하고 새우의 배를 갈라 펴는 법을 배우는 수업이었다. 앨리슨은 요리를 하지 않지만 당시에는 노력은 해봐야겠다고 생각하던 참이었다. 조디는 앨리슨의 직업에 대해 정확히 모르는데, 짐작건대 고객을 개인적으로 접대하는 업무가 포함된 일인 듯하다. 일단 웨이트리스 같은 유는 아니다. 테이블 서버에게 팁을 후하게 주곤 하지만, 식당 취향이나 조디도 비싸다고 생각하는 빈티지 와인을 턱턱 주문하는 취미로 판단해보면 아마 그보다는 보수가 높은 일을 할 것 같다.

다음날인 토요일엔 상담이 없다. 밤새 잠 못 이루다 새벽에야 잠들어서 아침나절까지 침대에서 미적거린다. 느릿느릿 아침 식사를 하며 신문을 본다. 이렇게 뭘 해야 할지 모르고 빈둥거리다니 말이 되지 않는다. 토드가 낮 동안 밖에 나가는 건 보통 있는 일이고 토요일에도 마찬가지다. 아침에는 주로 공사장에서 시간을 보내고 그다음에는 이발이나 세차를 하러 간다. 하지만 일요일은 다르다. 그들은 같이 느긋하게 브런치를 먹은 뒤 개를 데리고 호숫가로 나가 오래 산책을 한다. 그녀가 일주일 내내 기다리는 일과다. 하지만 내일은 그렇게 되지 않을 것이다.

친구 중 누구라도 답신 전화를 해주기를 바라며 그녀는 텔레비전을 켜고 채널을 돌리다가 드라마 〈사인펠드〉 재방송에 멈춘다. 전에 본 적이 있는 에피소드지만 내용은 거의 기억나지 않는다. 최근에는 영화도 그런 식이 되었다. 일이 년 지나면 기억상실증에 걸린 것이나 다름없다. 혹시 다시 삶을 산다 해도, 똑같은 순서로 똑같은 사건이 일어나는 똑같은 삶을 산다고 해도, 아마 대부분의 일에 깜짝 놀랄 것이다. 에피소드가 끝나가는 동안 그녀는 마치 처음 보는 양 마지막 장면을 보았고, 상실과 낙심이 산사태처럼 밀려와 덮친다.

그녀는 욕실을 피난처로 삼는다. 이 의식에는 살이 델 듯 뜨거운 물에 목까지 담그는 것이 포함된다. 수증기 구름, 고치 같은 열기, 무게는 없지만 무겁게 잠기는 감각(몸은 떠 있고 물이 눌러 들어오는 느낌)이 어떤 병도 다 물리치는 강력한 약이 되어주지만, 손가락이 쭈글쭈글해져 하얗게 뜰 때까지 물에 잠겨 있다 보면 괜스레 짜증이 나고 버려진 기분이 들며 피곤해진다. 그녀는 소파에 누워 잠들었다가 한 시간 뒤 축축한 목욕 가운 차림으로 부르르 떨며 깨어난다.

마음속을 휘젓는 기억나지 않는 꿈에 방향을 잃은 채, 그녀는 옷을 입고 개에 목줄을 맨 후 토요일 호숫가 산책을 즐기는 인파에 섞여든다. 한낮의 햇빛을 받은 물은 형광빛이고, 몰려나온 수많은 사람들은 점점 높아가는 온기에 끌려 뛰거나 자전거와 롤러 블레이드를 타거나 그저 거닌다. 대부분은 커플이나 가족 단위의 사람들로, 팔다리는 햇볕에 그을리고 목소리는 청명한 공기 속에 울려 퍼진다. 프로이트는 옆에서 살랑살랑 걸으며, 개를 만져봐도 되느냐고 묻는 어린이들에게 꼬리를 흔든다. 그녀는 개를 데리고 잔디밭을 지나 길게 뻗은 백사장으로 간다. 막대기를 던지고 개가 그것을 쫓아 헤엄치는 모습을 바라본다. 적어도 개만은 즐거운 날이다. 개는 적응이 빠른 동물이라 관심을 끌기도 쉽고 비위를 맞추기도 쉽다. 개는 토드가 간밤에 집에 돌아오지 않았다는 것을 알지만, 코를 들고 귀는 늘어뜨린 채 호숫가를 탐색하는 동안 토드는 마음속에서 저 멀리 물러나버린다.

그녀는 집에 돌아오자 애드빌 진통제 한 알을 삼키고 메시지를 확인한다. 엘런이 전화를 걸어 다음주 언젠가 점심을 먹자고 한다. 운동복 바지로 갈아입고 침대 커튼을 내린 다음 정돈하지 않은 침대에 파고 들어가 소설책을 집어 든다. 냉혹한 남편, 배은망덕한 아이들, 작은 시골 공동체의 사회·문화적 결핍으로 고생하는 여성 삼대의 이야기다. 그들의 무시무시한 삶 이야기에 빠져 정신을 딴 데로 돌렸지만, 끝까지 읽고 책을 덮자 현실로의 귀환은 가혹하다. 창문으로 보이는 하늘은 단조로운 회색이고 방안은 그늘에 잠겨 있다. 기온이 떨어졌다. 분명 친구 중 누구도 답신 전화를 하지 않을 것이다. 식사 계획이 확실히 잡혔고 저녁은 이미 만들어지고 있으리라. 그녀는 구깃구깃한 옷을 벗어던지고 청바지와 플란넬 셔츠를 입으면서 집에서 밤을 보내게 되리라는 사실에 굴복한다.

냉장고에서 먹다 남은 애플파이 반쪽을 발견하고 파이 그릇에 놓인 채로 먹는다. 처음에는 숟가락으로 떠먹다가 나중에는 손가락으로 크러스트를 집어 들어 먹어치운다. 토드도 전화하지 않을 것이다. 아내가 보고 싶다는 말을 전하거나 안부를 묻지도 않을 것이다. 어떻게 해서인지 그녀는 그걸 알고, 깨달음과 함께 폭풍 앞에서 날아오르는 새들처럼 멈출 수 없는 어떤 감정이 밀려든다. 이십 년 전, 그들의 사랑은 정열의 불꽃으로 폭발하고 궤도에 진입하는 로켓처럼 높이 솟아올랐다. 그 추진력이 이제 힘을 잃어간다는 것은 그녀가 차마 맞대면하지 못한 초라한 사실이다. 종종 그때로부터 지금에 이르는 세월이 아코디언처럼 접히고 짜부라져 아득한 기억을 가까이로 불러오는 것 같기도 하다.

두 번째 데이트 때 그들은 영화 〈크라잉 게임〉을 보러 갔고, 끝난 뒤에는 극장 밖에 서서 영화에 대해 얘기하며 발을 동동거리며 떠들고 웃어댔다. 두 번째 데이트는 그 자체로 고유의 법칙과 조건을 지닌 에너지장이다. 세 번째 데이트쯤 되면 몇몇 일들을 이해한 상태고, 첫 번째 데이트는 가식 없는 천연의 실험이라 할 수 있다. 하지만 그 사이에 낀 두 번째 데이트는, 더듬더듬 찾아가야 하는 지뢰밭이자 드높은 희망과 여기저기 끼어드는 회의 사이의 시험대다. 두 번째 데이트는 관계가 언제라도 눈앞에서 뻥 터져버릴 수 있고 둘 사이의 모든 것은 잠정적이며 그저 억측에 불과할 수도 있다는 사실을 지나치지 않은 채 서로의 관심을 솔직히 인정하는 행위다. 두 번째 데이트는 모호성의 바다라, 그 안에서 헤엄쳐 나오지 않으면 가라앉아버린다.

그리 따뜻한 밤은 아니었다. 아직 이른 봄이었다. 그래도 사람들이 날씨를 낙관적으로 받아들여 필요한 만큼 뜨듯하게 싸매고 나오지 않는 시기. 조디와 토드도 예외가 아니었다. 조디는 카디건 차림이었고 그는 스웨트 셔츠만 입었다. 그들은 구체적인 목적지도 없이, 뭔가 먹으러 간다는 막연한 생각만 가지고 걷기 시작했다. 그러다 곧 최면에라도 걸린 듯 무지막지한 관성에 빠져들어 계속 걸었고, 둘 다 멈출 수가 없었다. 그들은 미시간 애비뉴를 따라 남쪽으로 걷다가 공원을 거닐고, 공원을 나와 다시 처음으로 돌아갔다. 손을 잡지도 않고 팔짱을 끼지도 않았지만 눈앞의 과제, 두 번째 데이트라는 이 과제에 진지하게 몰두하며 줄줄이 개인 정보를 폭로하고 솔직한 고백을 이어갔다.

"어렸을 땐 뚱뚱했어요." 미시간 애비뉴 다리를 건널 때 그가 말했다.

"정말로 엄청나게 뚱뚱한 건 아니었겠죠." 그녀로서는 상상이 안 되었다.

"학교 다닐 때 별명이 뚱뚱이였는걸요."

"와. 얼마나 오래 그랬어요?" 분명 오래는 아니었겠지.

"아, 열둘이나 열셋쯤까지. 그때 차를 훔치기 시작했죠."

"차를 훔쳤다고요?"

"이 얘기는 괜히 했네요."

"정말로 훔친 건 아니겠죠."

"무슨 뜻이죠?"

"다 쓴 다음엔 돌려줬을 거 아녜요."

"그럴 리가."

"차를 해체해서 부품만 팔고 그러진 않았겠죠."

"아니, 아니, 그런 짓은 안 했어요. 그저 카스테레오를 크게 틀고 운전하며 돌아다녔죠. 친구들을 태우고, 여자애들도 태우고. 잠시나마 세상 전부를 가진 부유한 개자식이 된 척했죠."

"잡힌 적은 없었어요?"

"한 번도. 운이 좋아서."

전혀 그런 사람으로는 보이지 않았다. 그에게 남다른 면이 있긴 했다. 이런 뜻밖의 청소년기 모습은 물리쳐버리는, 뭐랄까, '위풍당당하다'는 말이 마음속에 떠올랐다. 그에 대한 그녀의 관점이 살짝 재조정되었다.

그녀가 말했다.

"자랄 때, 부모님이 주기적으로 서로 말을 하지 않는 시기가 종종 있었어요. 한번은 거의 일 년이나 갔죠."

"어떻게 그게 가능하죠?"

"말을 하기는 해요. 서로를 향해 하지 않을 뿐이죠. 주위에 아무도 없고 우리 아이들만 있으면 이런 식으로 말하는 거예요.

조디, 네 아버지에게 이발 좀 하셔야겠다고 말씀드려야겠구나, 하고요. 물론 아버지도 그 방에 있는데 말이죠."

"그럼 아버지에게 전하나요?"

"놀랍게도 난 대부분 그 말을 그대로 되풀이했어요. 그땐 너무 어려서 내가 그런 일에서 빠질 수도 있다는 걸 몰랐어요."

"두 분이 서로를 무척 싫어했나 보군요."

"가끔은 정말로 그런가 싶을 때도 있었죠. 하지만 다른 때는 모든 게 무난했어요."

"우리 가족은 적어도 일관적이었어요. 아버지는 겁을 주고, 어머니는 겁을 먹고. 늘 그랬죠."

"나라면 그렇게 생각 못 했을 거예요." 그녀는 충격받은 얼굴로 립밤을 꺼내려 가방을 뒤적였고, 그동안 그에 대한 인상이 다시 변했다. "아버지가 당신에게도 겁을 주었나요?"

"딱히 그런 적은 없어요. 대체로 저를 무시했죠."

"무슨 일을 하셨죠? 당신 아버지요."

"공원에서 일하셨죠. 계절에 따라 달랐지만요. 겨울에는 주로 집에 있었죠. 의자와 자기 물건들을 지하실에 갖다 두고 빈둥거렸죠. 아버지가 중얼거리는 소리가 들리기도 했어요. 저녁 식사 시간이면 코가 비뚤어지도록 술에 취했고요. 그러면 아버지가 그냥 그 자리에서 잠들어버렸길 기도하며 슬금슬금 기어 다녔죠."

"힘들었겠네요." 그녀는 여전히 인상을 조정하고 있었다.

"오래전 일이에요. 아버지는 이젠 돌아가셨죠. 부모님 두 분 다." 그는 신발끈을 묶으려 잠시 멈추었고 냉기 속에서 뻣뻣하게 허리를 굽혔다.

그녀가 말했다.

"우리 가족에게서 가장 힘들었던 부분은 가식이었던 것 같아요. 내 말은, 대개는 상황이 괜찮긴 했는데, 그렇지 않을 때도 아버지는 출근하시고 어머니는 저녁을 차리고 우리 가족 모두 둘러앉아 식사하곤 했어요. 부모님은 아이들에게 학교에서 뭐했느냐고 묻고, 매일 밤 두 분이 같이 침대에 드셨죠. 별말은 없었어요. 우리 모두 아무 일도 없는 척했죠."

"부모님 사이의 문제가 정확히 뭐였나요?"

"아, 알잖아요. 그렇고 그런 것. 아버지는 일부일처제에 충실하지 못했죠."

"일부일처는 남자들에 맞게 만들어진 제도가 아니죠. 혹은 남자들이 일부일처제에 맞게 만들어진 게 아니든가. 어느 쪽이든 말하고 싶은 대로예요. 둘 다 사실이니까."

"그렇다고 생각해요?"

"그렇다는 것을 알죠."

"당신 부모님에게도 비슷한 문제가 있었나요?"

"우리 아버지는 딱 하나만 사랑했죠. 그건 위스키였고."

"그런데 왜 일부일처제를 그렇게 말해요?"

"남자들 모두 언젠가는 바람을 피워요. 이런 식으로든 저런 식으로든. 내 아버지는 술과 바람을 피운 거죠."

이 대화를 회상하며 조디는 생각한다. 그때 정신을 차리고 멈춰 생각했어야 했는데. 하지만 머릿속에서 응당 울렸어야 할 알람 소리가 그때는 이상하게도 조용했다.

라살 스트리트에서 북쪽 방면으로 향하며 상공회의소를 지나고 은행과 상점, 시청을 지나 터널을 통과해 걸을 때의 압도적인 감각이 밀려왔다. 높다란 사무용 빌딩들이 그들 양쪽에 절벽처럼 솟아 하나의 소실점으로 모이고, 그 끝에 가느다란 조각으로 보이는 하늘은 자력처럼 그들을 앞으로 끌어당겼다. 그는 아버지의 죽음과 그를 키워낸 어머니의 헌신을 이야기했다. 시하실 소굴에서 나온 아버지는 소파 위에서 점점 쇠약해져갔지만, 어찌되었든 결국 죽으리란 걸 알았기에 어머니는 아버지가 술을 마셔도 모른 척했다.

토드가 말했다.

"아버지는 노랗게 됐어요. 몸에서 알코올과 소변 냄새가 났고. 손이 덜덜 떨렸고, 화장실도 제대로 가리지 못했죠. 병원에서 사람이 와서 아버지를 집에서 끌어내던 날, 나는 소파를 쓰레기장에 내다 버려야 했어요."

"어머니가 성녀 같은 분이었나 봐요."

"한참 전에 아버지를 버렸어야 했는데."

"왜 그러지 않으셨죠?"

"비뚤어진 의리 때문에? 누가 알겠어요? 다른 사람의 결혼 생활 속사정이야 알 수 없는 일이죠."

"난 알 것 같은데. 다른 사람들에게야 어떻게 보이든, 결혼으로 맺은 유대 관계는 파괴될 수 없는 법이거든요."

"당신 아버지는 의사나 교수나, 뭐 그런 중요한 인물이었을 것 같은데요."

"그렇지도 않아요. 이제 은퇴하셨지만 아버지는 약제사셨어요. 파크 애비뉴와 메인 스트리트 모퉁이에서 약국을 운영했죠. 난 방과후에 거기서 일하곤 했어요. 온 가족이 일했죠. 뭐, 나랑 오빠, 남동생이. 어머니는 아니고."

"어머니는 왜 빼죠?"

"엄마는 집안일 돌보기도 벅차셨거든요. 모르겠네요. 어쩌면 엄마가 인생에 실망이 많아서 그랬을 수도 있고요. 엄마는 가수가 되려고 훈련을 받았지만 교회 성가대원 이상은 되지 못했어요. 브로드웨이 뮤지컬에 출연하는 게 엄마 꿈이었어요. 모든 노래를 알았고 집에서 노래를 부르고 다녔죠. 어머니는 약간 괴짜였어요. 공상파라고나 할까."

"여자들은 보통 어머니를 닮지 않나요?"

"그렇다고들 하더라고요. 하지만 난 아버지를 좀더 닮은 것 같아요."

"그럼 부모님 중 어느 분이 운전을 못하시는 거예요?"

나중에 조디는 추위 속에서 왜 그토록 오랫동안 밖에 있었는지에 관한 이론을 세웠으나, 이제는 기억이 나지 않는다. 인내와 유대감이 있었다는 것 말고는. 하지만 지금도 한 가지는 잘 알고 있다. 두 사람이 뭔가 먹을 만한 곳을 찾아내 음식이 나오기를 기다리며 커피잔으로 두 손을 덥힐 때쯤에는 꺾이지 않는 느낌이 있었다. 장벽이 무너져 내렸다는 감각. 그리고 자정이 다가오던 시각, 그들은 벅타운의 수리중인 저택으로 돌아가 촛불을 켜고 침낭을 펴서 털었다.

그 남자

토드는 나타샤를 아파트 문 앞에 내려주고 집으로 향한다. 날은 뜨거운 태양으로 찌는 듯 덥고 바람 한 점 불지 않아 잠시나마 여름으로 돌아간 듯하다. 포르셰 안에는 쓰레기가 어지러이 널려 있다. 구겨진 냅킨, 벗겨낸 포장지, 텅 빈 종이컵, 여행의 증거들. 잠이 너무 부족해 머리가 멍하지만, 나타샤의 냄새가 옷과 피부에 달라붙어 있다. 그녀에게서 나온 취할 듯한 분비물로 탁해진 공기 속의 향수, 로션, 헤어젤 냄새. 그의 일부분은 아직도 부풀어 있고, 그는 벌써 그녀를 다시 만나기 전까지 보내야 할 시간들이 두렵다. 그녀와 연달아 시간을 보내고 나니 뇌의 화학 체계가 변한 듯, 그녀의 부재 앞에서 시냅스가 고통스럽게 폭발한다.

그는 지친 마음으로 남아 있는 난관을 그려본다. 조디와 함께 집에서 보내야 하는 저녁. 처음에는 엄밀하게 계산된 대화를 나누며 적당하게 술을 마시고 저녁을 들겠지. 그런 다음에는 불을 끄고 갓 세탁한 파자마를 갖춰 입은 채로 이불 속에 들어가는 잠자리 의식이 뒤따를 것이다. 언제부터 그의 가정생활이 고행이 되었을까? 분기점은 기억나지 않는다. 조디가 그렇게도 능숙하게 제공하던 편안함에 흥미를 잃어버렸던 순간.

그러나 집에 도착하자 기분이 바뀐다. 떠들썩하게 소란을 떨며 아낌없이 애정을 표시하는 인사를 받는 순간 그는 웃음을 터뜨리고 만다. 어떻게 개를 잊을 수 있었지? 집은 시원하고 여기저기 놓인 꽃병 속에 풍성히 피어 있는 장미에서 흘러나온 감미로운 향으로 가득하다. 부엌에는 뚜껑을 따놓은 차가운 와인이 있고 그 옆에 훈제 굴을 올린 크래커 접시가 놓여 있다. 뜻밖에도 이런 유혹은 효과가 있다.

당장은 조디의 모습이 보이지 않지만, 베란다 문이 열려 있다. 그는 옷을 벗고 샤워 부스 안으로 들어가 수도꼭지를 세게 튼다. 물이 피부를 강타하며 기분 좋게 얼얼한 감각을 일으키고 역겨우면서도 달큼한 주말의 냄새를 씻어낸다. 수건으로 몸을 닦고 깨끗한 카키 바지와 셔츠로 갈아입은 그는 굴을 먹으며 와인 한 잔을 따른다.

조디는 베란다의 기다란 안락의자에 반라로 누워 있다. 경이로운 선홍색 스판덱스 비키니 팬티가 그녀의 볼록한 엉덩이와 둥근 둔덕에 제2의 피부처럼 달라붙어 있다. 그녀가 길게 뻗은 V 자로 다리를 구부리고 있어서 그의 시선은 그녀의 가랑이를 타고 올라와 흉곽의 가운데로 쏠린다. 그녀의 가슴은 애초에 작기도 하지만 지금은 드러누운 자세 때문에 퍼져서 납작하게 보이고, 열기로 힘이 빠진 젖꼭지는 행운의 일 달러 은화처럼 드러나 있다. 아내가 일광욕을 그리 즐기지 않는다는 것을 그는 안다. 그녀는 피부를 갈색으로 태우지 않기 때문이다. 장밋빛 홍조로 물들어 있는 그녀의 피부는 나중에 벌겋게 벗겨지겠지만 당장 큰 위험은 지나갔다. 해가 지면서 베란다는 그늘에 잠겼다.

"당신 오는 소리가 들렸나 싶더라니." 그녀는 선글라스를 들어올리고 그를 실눈으로 바라본다.

조디에게 있는 신체적이고도 감정적인 경제성은 항상 그를 매혹한다. 그녀는 여간해선 자신감을 버리는 일이 없다. 어떤 상황도 딛고 일어설 수 있는 여자다. 그토록 오랜 세월을 함께 보냈는데도 그는 여전히 그녀를 잘 모르는 느낌이다. 표면 아래 있는 것을 진정으로 이해할 수 없다는 느낌. 조디가 그의 인생에 있어 하나의 힘이자 세련된 솜씨로 그를 능숙하게 연주하는 대가라면, 나타샤는 그의 원초적인 뇌에 직접 플러그를 꽂는다. 조디가 위라면 나타샤는 아래다. 조디가 완만한 상승이라면 나타샤는 10층에서부터의 추락이다.

그와 나타샤가 방을 받으러 나타났을 때, 시골 여관 주인은 못마땅한 기색을 숨기지 않았다. 주인은 이름을 다시 말해달라고 하더니 숙박계를 엄숙하게 바라보다가 고개를 저으며 말했다.

"'허니문' 스위트를 예약하셨군요."

그들에게 마음을 바꾸라고 강권하는 것만 같았다.

"킹사이즈 침대와 자쿠지가 있는 방이에요."

나타샤가 확인해주었다. 주말 내내 그들을 따라다닌 퉁명스러운 눈길만 보면 토드가 친딸과 놀아나기라도 하는 것만 같았다. 토요일 정오 그와 나타샤가 스위트룸에서 나와 점심을 먹으러 식당에 들어갔을 때, 그는 문질러 벗겨진 입술과 거대하게 발기한 성기 탓에 벌거벗은 것이나 다름없는 꼴이었다. 사람들은 나타샤가 무슨 열두 살짜리 소녀라도 되는 듯 굴었다.

첫날 그들은 숲속을 거닌 후 무덥고 목마른 상태로 호텔에 돌아와 라운지로 들어섰다. 대나무 블라인드와 시골풍 단풍나무 가구로 장식한, 바람 잘 통하는 공간이었다. 배불뚝이 바텐더가 주문을 받더니 나타샤의 앞에 맨해튼을 놓아주면서 토드에게 윙크를 보냈다. 주제넘은 마초식 뉘앙스의 윙크였다. '이 여자에게 술만 잔뜩 먹인다면 당신 같은 늙다리도 행운을 누릴 수 있을 거야.' 혹은 '당신한텐 뭐든 도움이 필요할 테니 특별히 독하게 탔지.' 혹은 '당신이 이 여자랑 하고 나면 내가 한번 해도 되나?'

하마터면 나타샤 탓을 할 뻔했다. 나타샤가 걸치고 다니는 옷가지들, 브래지어 밖으로 솟은 가슴, 윙크하는 듯한 배꼽 링, 부스스한 머리카락, 평행봉을 하는 나디아 코마네치처럼 허리를 한껏 비틀어 몸의 곡선을 강조하는 자세.

나타샤는 바 의자에 앉아 옆으로 빙글빙글 돌며 손가락을 그의 허리띠 사이에 집어넣고는 마치 갓 태어난 송아지에게 하듯 그에게 얼굴을 디밀었다. "약속대로 우리가 유월에 결혼하려면 지금부터 계획을 세워야 할 텐데. 그리고 살 곳도 알아봐야 하고."

그의 허리띠를 잡아당기고 입술을 귀에 갖다 대며, 그녀는 둘만의 허니문 스위트의 킹사이즈 침대에서 밤새 함께 보낸 것이 상황을 바꿔놓았다고 덧붙였다. 이제 다시는 돌아갈 수 없다고, 두 사람은 이제 문턱을 넘었다고 그녀는 말했다. 슬금슬금 돌아다니며 사랑을 숨기던 관행은 더는 유지될 수 없다고 했다.

유월에 결혼하자고 약속했었나? 토드는 기억이 나지 않았다. 그녀를 저지시킬 방편으로, 그는 무슨 계획이든 세우기 전에 담당 변호사와 이야기해봐야 할 것 같다고 말했다.

조디는 라운지 의자에서 일어나 남편을 지나쳐 집안으로 들어간다. 그는 선탠오일 아래 겹쳐진 따뜻한 살 냄새를 음미하며 그녀가 욕실로 향하는 모습을 바라본다. 조디의 몸은 작고 가냘파서 등이 넓고 풍만한 나타샤와는 극명한 대조를 이룬다. 그녀는 허리에 끈을 매는 짧은 실크 가운을 입고 돌아온다. 그녀가 자리에 앉자 가운이 벌어지며 허벅지와 봉긋하게 솟은 가슴이 드러난다.

"주말은 어땠어?"

"집에 오니까 좋은데." 그는 어물쩍 넘긴다. "나 없는 동안 뭐 했어?"

"별로. 물고기는 좀 잡았어?"

물고기 얘기를 하면서 조디는 명랑하게 눈살을 찌푸린다. 진실을 알거나 추측하고 있다 해도, 그녀는 적어도 그를 징벌하려 들지는 않을 것이다.

"냉장고에 강꼬치고기를 잔뜩 쟁여놨다고 말할 수 있으면 좋겠지만……. 당신만 괜찮으면, 저녁은 밖에서 먹자."

둘은 스피아자 레스토랑으로 가서 세 코스로 구성된 맛있는 저녁을 해치우며 감칠맛 나는 아마로네를 곁들인다. 그는 디너 재킷을 입었고, 그녀는 어깨가 드러나는 칵테일 드레스에 두 줄짜리 진주 목걸이를 걸었다. 그날 밤 두 사람은 한 달 만에 사랑을 나눈다.

다음날은 일련의 불운한 사건으로 문을 연다. 먼저 그가 평소처럼 이른 시간에 출근해보니 열쇠 중 하나가—건물 정문 열쇠—가 열쇠고리에서 사라지고 없다. 보도에 서서 휴대전화로 건물 관리인에게 연락을 해보지만 연결이 되지 않자 그는 욕설을 내뱉는다. 어떻게 이런 일이 생길 수 있는지 알 수가 없다. 열쇠가 강철 고리에서 저절로 빠지진 않는다. 그럼에도 그는 포르셰까지 세 블록을 돌아가 좌석과 바닥을 살펴보고 아내를 전화로 깨워 집에서 찾아봐달라고 한다. 그후에는 건물 앞에서 기다리며 누가 조만간 와서 자기를 들여보내주지 않을까 생각하지만, 여전히 이른 시각이다. 곧 그는 포기하고 아침을 먹으러 간다.

관리인의 근무시간은 8시부터일 것이다. 8시 오 분 전, 토드는 테이크아웃 커피를 들고 건물 앞으로 돌아오지만 관리인이 나온 것은 십이 분 더 지난 뒤다. 십이 분의 기다림이 그의 남은 인내심을 끝장내버리고 낭비한 한 시간 반에 대한 전적인 책임은 관리인이 뒤집어쓴다. 몇 년 동안 자리를 지켜온 조용하고 믿을 만한 이 관리인은 아무 열쇠도 내놓지 않고 자리를 떠버린다. 몇 분, 정확히 말하자면 십구 분이 지난 후에 다른 세입자가 와서 토드를 들여보내준다. 그가 여분의 열쇠를 가지러 관리실에 들이닥치는 순간 스테파니에게서 문자가 온다. 아이 하나가 아파서 출근할 수 없다는 내용이다. 그는 평소 스테파니가 하던 업무를 처리하면서 남은 아침 시간을 보내고, 점심 때 나타샤가 전화해서 변호사와 이야기해봤냐고 묻자 세상은 네 변덕에 따라 돌아가지 않는다고 말한다.

즉시 불쾌함을 드러내는 나타샤의 태도, 잘 울고 잘 삐치고 휙 물러서는 성향…… 이 모두가 그에게는 새롭고 진 빠지는 일이다. 조디는 이런 식으로 행동하지 않는다. 나타샤는 대체 뭐가 문젤까? 그는 따지고 싶지만 조심스럽게 입을 다문다. 그날 하루가 스르르 빠져나가고 있지만, 그는 나타샤를 달래서 점심 약속을 잡는다.

그는 리틀이털리 구역의 프란체스카 식당에 도착한다. 대학 가까이에 있어서 두 사람이 애용하는 곳이다. 나타샤는 기둥 옆에 앉아 메뉴를 읽고 있다. 그가 맞은편에 앉지만 그녀는 눈을 들지도, 달리 알은체도 하지 않고 벌써 외우고도 남았을 메뉴를 붙들고 있다. 어째서 나타샤는 자기 나이에 맞게 행동하지 않을까? 그에게 말을 걸고 한두 마디 욕을 해준 뒤 말끔히 풀어버리면 되지 않나? 하지만 그가 그런 식으로 말한 뒤에 여기서 만나기로 한 것만도 그녀에게는 분명 큰 양보였으리라. 그는 무척 상냥하게 그녀의 손에서 메뉴를 빼앗아 옆으로 치운다.

"싸우지 말자." 그는 말한다. "미안해."

그녀가 눈길을 보낸다. 미소 없는 불길한 표정을 보고 그는 자기와 헤어질 작정이라는 것을 눈치챈다. 하지만 그러기엔 너무 사소한 말다툼 아닌가. 분명 다른 일이 있을 것이다. 올 것이 왔다. 그가 항상 두려워하던 일이 마침내 일어나고 만 것이다. 매일 나타샤와 학교에서 얼굴을 맞대는 남자들이 줄을 섰을 텐데 안 그런 게 더 이상하겠지. 말이야 뭐라고 하든, 그녀가 곁에 영원히 남아주리라고는 결코 생각해본 적 없다. 결혼 얘기는 그저 지엽적 문제로, 그를 떠보기 위한 말일 뿐이다. 나타샤는 그런 식이다. 어떤 일이 일어날지 그냥 보고 싶어서 추측하고 가정하기를 좋아한다. 안 그럴 이유도 없지. 앞으로 살아갈 인생이 창창한데 무엇을 해야 할지, 누구와 함께해야 할지 알아낼 필요가 있을 테니까. 반면 그는 이제 반환점을 돌았다. 마흔여섯. 내리막길. 몇 년만 있으면 비아그라를 들이붓게 되리라. 그는 자기 나이의 절반쯤 되는 적수와 겨룰 수 없다. 사실을 직시하고 그녀를 보내주어야 한다.

"널 보낼 순 없어. 사랑해."

눈이 커지더니 그녀는 살짝 웃는다. "바보 같은 소리 마요."

"나랑 헤어지려는 것 아냐?"

"아니. 당신은 차여도 싸지만."

웨이터가 나타나자 나타샤는 미트볼 샌드위치를 주문한다. 식욕이 없긴 하지만 토드도 그걸 시킨다. 그는 점심 식사 규칙을 깨고 맥주를 주문한다. 그녀가 그와 헤어지려는 게 아니니 안도감을 느껴야 하겠지만 뭔가 잘못되었다. 그는 묻는다.

"뭔데?"

질문은 무시한 채 나타샤는 학교 이야기를 시작한다. 9시 수업, 교수의 복장, 야수파에 대한 교수의 설명. 적어도 말은 하기로 한 모양이지만, 음식이 도착하자 거기 열중하느라 다시 조용해진다. 그는 아침에 일어난 일을 얘기한다. 잃어버린 열쇠가 발단이 된 일련의 곤경들. 그는 그녀를 즐겁게 해주려고, 웃겨주려고 애쓰지만 그녀의 마음속엔 다른 생각이 있다. 그는 맥주를 다 마시고 한 잔 더 주문한다. 그녀는 샌드위치를 부스러기까지 긁어먹고 앞에 놓인 차 한 잔을 마신 후에야 비로소 얘기를 꺼낸다. 그녀의 얘기를 듣자 그는 머리통을 한 대 걷어차인 듯한 기분이 든다.

"어떻게 그런 일이 생길 수 있어?" 그는 고함친다. "약 먹고 있는 줄 알았는데."

그녀는 쉿 소리를 내며 그를 조용히 시킨다. 얼굴은 창백해졌고 당황한 듯하다.

"당신이 아이들을 원한다고 생각했는데."

"물론 원하지!" 그는 소리쳤다.

물론 그는 아이들을 원한다. 그가 원하는 걸 그저 '아이들'이라는 단어로 표현할 수 있을지는 모르겠지만. 나타샤는 아이들을 원했다. 그녀의 끊임없는 관심을 필요로 하고 가족과 소속감을 느끼게 해줄 무력하고 작은 녀석들. 그가 원하는 건 그런 게 아니다. 그가 원하는 것은 후손들, 상속자들이다. 아니, 단 한 명의 상속자, 가급적이면 아들. 그의 DNA를 물려받고 그가 사라지면 그를 대체할 변이형. 더 젊은 남자였을 때는 이에 대해 심각하게 생각해본 적이 없었고, 어쩌면 계속 그런 식으로 살아

갔을 것이다. 어느 날 아침 문득 눈을 떴을 때 바이러스처럼 몸 속을 뚫고 가는 후손에 대한 강력한 욕구가 치솟지 않았더라면. 그리고 나타샤를 만나자 그 욕망은 걷잡을 수 없는 갈망으로 변모하여 떠나지 않았다. 그로 인해 그는 자신의 삶이 지금 이대로는 황무지라고 느꼈다. 그로 인해 그는 나타샤를 좇으면서 가차없는 긴박감을 느꼈다. 그에게는 그녀를 사랑하는 것이 너무 늦지 않았다는 뜻이었다.

"물론 아이들을 원하지." 그는 반복한다. "그저 이런 것이 아닐 뿐이야."

"이런 게 뭔데?"

"이런 것. 점심 먹는데 불쑥 얘기를 꺼내놓는 것."

"그럼 언제 얘기를 꺼내야 하는데?"

"이 일에 대해 얘기해본 적도 없잖아."

"아니, 했었잖아요. 당신은 아이들을 원한다면서."

"그건 논점을 벗어난 얘기고."

그는 다시 언성을 높이고 있다. 나타샤의 얼굴엔 그에 대한 마음이 식어가는 기색이 역력하다. 그녀는 일어서서 의자 등받이에 걸어놓은 배낭을 들고 식당을 떠난다. 그는 지갑을 꺼내 지폐 몇 장을 접시 밑에 밀어넣고 서둘러 그녀를 뒤쫓는다. 그녀가 뛰어가 사라져버릴까 두려웠지만, 그녀는 그 자리에 빈들빈들 서 있다.

"수업에 가야 해요."

그는 한 팔을 그녀의 어깨에 두른다. 두 사람은 그런 채로 루미스 스트리트를 지나 해리슨 스트리트로 향한다.

"낙태를 할 수도 있어."

"그렇게 할래?"

"당신이 원하는 게 그거라면."

그 말은 한줄기 햇살이고, 그것이 가져다주는 희망과 함께 공포가 약간 찾아든다. 그는 걸음을 멈추고 그녀를 돌려세워 마주본다. "얼마나 됐어?" 그가 묻는다. "내 말은, 낙태가 가능하냐고."

그녀는 몸이 움츠러들 만큼 강렬한 증오의 표정으로 그를 쳐다본다.

"말을 먼저 꺼낸 건 너야." 그가 말한다.

말다툼이 계속되는 동안 그는 어쩌다 이런 일이 생겼는지 추궁해야겠다던 생각을 잊고 만다. 나타샤가 일부러 그랬을지 모른다는 생각은 들지 않는다. 그는 천성적으로 의심이나 복수심이 많지 않다. 그 사실을 모르는 채 그녀를 비난하는 일은 제쳐두고 문제를 해결하려는 과정을 시작한다. 물이 새는 배관을 보수하거나 심각한 빚을 해결하는 방식으로. 이제 그는 이런 말들을 늘어놓고 있다.

"걱정 마. 제대로 해결할 수 있을 거야……. 괜찮을 거야."

하지만 이런 말로는 충분하지 않다.

"당신은 아직도 이게 문제인 것처럼 말하네."

"알았어, 좋아. 하지만 나는 스물한 살이 아냐. 내게도 사정이 있고 그것 때문에 복잡하다고. 게다가 지금 당장은 자유로운 몸이 아니잖아."

"그게 누구 잘못인데? 한참 전에 그 여자에게 말하기로 했잖아요."

그는 이 말이 사실인지 되짚어본다. 나타샤와 의논하면서 조디에게 말하기로 동의했는지 기억이 나지 않는다. 조디에게 말하라고 나타샤가 압박을 주었던 것만 생각날 뿐이다.

"말하기로 한 것 같진 않은데. 이젠 말할 수밖에 없겠군."

이 말의 현실성이 그의 마음속에 점차 떠오른다. 나타샤가 낙태를 고려하지 않는다면 사람들은 알게 될 수밖에 없다. 당장은 아니더라도 결국에는. 조디도 알게 되리라. 그리고 딘도.

"네 아버지에게 얘기하는 건 아닌 것 같아. 당장은 말이야."

나타샤는 다시 걷기 시작한다. 몇 발짝 앞서 걸으며 어깨 너머로 말을 던진다. "아버지에겐 벌써 말했어요."

그는 보폭을 늘려 그녀를 따라잡는다. "딘에게 말했다고? 언제 말했어?"

"당신이랑 통화한 다음에."

"그런 짓을 저질렀다니 믿기지가 않는군."

그녀는 어깨를 으쓱한다. 그는 그녀가 앙갚음을 하려고 그랬음을 깨닫는다. 그녀가 전화해서 변호사와 이야기해봤느냐고 물었을 때 그가 퉁명스럽게 대꾸했기 때문이다.

"정확히 뭐라고 했어? 내 얘기를 하진 않았겠지? 그러니까 우리 얘기를 말이야."

"어떨 것 같은데요? 임신했다고 하면서 누구랑 그랬는지는 말하지 말라고?"

"애초에 아무 말도 할 필요가 없었어."

그녀는 다시 어깨를 으쓱인다. 분개심과 자존심, 반발심이 모두 그 버릇없는 동작 하나에 들어 있다. 그녀가 일정하게 계산된 속도로 걸어가자 그는 속도에 맞추려고 노력할 수밖에 없다. 총총히 쫓아가는 바퀴벌레가 된 기분이다.

"천천히 가. 얘기 좀 해."

"할말이 뭐 있어서?"

"많지. 할말은 많아. 얼마나 오래됐어? 언제 알았어?"

"얼마나 오래됐는지는 몰라. 오늘 아침에야 알았어요."

"오늘 아침에 알았다고? 오늘 아침엔 수업이 있는 줄 알았는데?"

"일어나자마자 처음으로 해봤어요. 보통 그런 때 해보는 거."

토드는 가정용 임신 테스트기에 대해 들어본 적이 없다. "일어나자마자 뭘 했다고?"

"소변을 묻혀보는 플라스틱 막대기 같은 게 있어요. 약국에서 구할 수 있죠. 그게 양성이면 분홍색 줄이 나타나요."

"플라스틱 막대기?"

"그게 다는 아니에요. 생리일도 지났고."

"확실히 알아보려면 의사에게 가봐야 하잖아."

"그러니까 당신은 사실이 아니길 바라는 거네."

그들은 이제 해리슨 스트리트에서 남쪽을 향하고 있다. 보도는 양방향으로 움직이는 학생들로 가득하다. 두 사람은 군중 속에서 사람들과 스치며 부딪힌다.

"아버지 반응은 어때?"

"어땠을 것 같은데?"

"기뻐하진 않았겠지."

"그렇더라고요."

"뭐라는데?"

"당신 목을 졸라버리겠대요."

"그게 다야?"

"그걸로 충분하지 않나?"

"그것 말고 다른 얘기도 했을 텐데."

"아, 그래요. 하마터면 깜박할 뻔했네. 아빠가 직접 조디와 얘기해보겠대요."

그는 그녀가 헨리 홀 안으로 사라질 때까지 기다리다가 차로 돌아간다. 소란을 피운 게 벌써 후회된다. 분명 이건 민감한 상황, 그가 주도해야 할 사안이고, 좀더 요령 있게 처리해야 한다. 그렇다고 해서 뭐가 크게 달라지지는 않을 것이다. 여자들은 변덕에 따라서 아기를 가질지 말지 결정하지 않으니까. 남자들이 뭘 원하는지, 심지어 그 남자에게 책임이 있는지는 중요한 게 아니다. 이 세계의 남자들에게 의지라는 건 없다. 남자들은 이용당하기 쉬운 호구 종족이고, 섹스를 한다는 것이 그들이 무릅써야 할 가장 큰 위험임을 미처 깨닫지 못한다. 그의 세계가 이 순간을 기점으로 변하고 있고 할 수 있는 일은 개뿔 하나도 없다. 그는 여기서 자기주장을 해야 하지만, 상황은 그렇게 흘러가지 않는다. 사람들이 뭐라고 말하든 규칙을 만드는 건 여자들이다. 이 경우 규칙을 만드는 건 나타샤다. 이제 그녀는 화가 났고, 그는 여전히 딘과 조디를 상대해야 한다. 한 아이, 혹은 후계자, 뭐라고 부르든 그 존재의 아버지가 된다는 감정과는 상관없이 이제 상황이 너무 복잡하고, 너무 문제투성이고, 너무 빨리 돌아간다. 잘못된 차선으로 들어서서 역주행하는 차에 타고 있는 기분이다. 어쩌다 여기까지 왔는지 그가 모른다는 사실은 전혀 중요하지 않다. 책임을 져야 하는 사람은 그가 될 것이다.

UIC 파빌리온 경기장 앞을 지나면서, 그는 휴대전화를 들어 저장된 번호로 딘에게 전화를 건다. 천천히 여유를 갖고 생각을 정리해서 딘에게 무어라 말할지 생각해야 하지만, 시간이 흐르고 있다. 딘이 조디에게 연락하기 전에 먼저 연락을 취해야 한다. 이미 늦은 게 아니라면. 그는 아직 기회가 있을지도 모른다고 생각한다. 딘이 알게 된 것도 고작 몇 시간 전이니까. 핵심은 그가 납작 엎드려 빌 마음이 있다는 것이다. 딘에게 충분한 자유를 주고 그가 던지는 맹비난을 받아낼 각오가 있다. 약간 거칠거나 난폭하게 굴 수도 있고 완고하게 나올 수도 있지만, 딘이 꽉 막힌 인간은 아니다. 지금 일어난 사건이 마음에 안 들지 몰라도 시간을 주면 적응할 것이다. 딘은 뭐니 뭐니 해도 의리 있는 인간이고, 토드는 그의 가장 오랜 친구니까.

하지만 딘이 현실로 돌아와 합리적인 대화를 할 만큼 충분히 시간이 지났다고 생각한 건 그의 실수다. 토드가 한마디 꺼내기 전에 딘이 선수를 친다.

"네놈을 친구라고 생각했다니, 이 더러운 개새끼. 대체 내 딸에게 무슨 짓거리를 한 거야?"

토드는 미안하다고 말하고 싶다. 일을 이렇게 만들 작정은 아니었다고, 딘을 상처 입히거나 우리의 우정을 위태롭게 할 마음은 없었다고, 딘이 화내는 것도 지극히 당연하다고. 그는 이런 말들을 하고 용서받고 싶은 마음이 간절하지만, 무엇보다도 지금 당장은 부디 조디에게는 말하지 말라고 부탁하고 싶다. 자기가 먼저 얘기할 기회를 달라고. 하지만 딘은 그의 말을 들을 분위기가 아니다.

"네 머리를 뜯어버리겠어, 냄새나는 똥덩어리 새끼." 친구가 말한다. "그리고 네놈을 성폭행으로 고소할 거야." 그 말과 함께 딘은 전화를 끊는다.

토드도 이제 화가 치민다. 저 개새끼가 그의 성질을 건드린 것이다. 화를 삭여야만 한다. 계속 걸어가니 약간 진정이 된다. 걷기는 자제심을 불러일으키는 효과가 있다고 널리 알려진 치료법이다. 산책을 나가, 하고 다들 말하지 않는가. 밖으로 나가서 떨쳐버려.

햇빛이 낮게 깔린 구름 사이를 뚫고, 빗방울이 쉭쉭대는 소리와 함께 보도로 떨어지는 그런 날이다. 간간이 소나기도 내린다. 비는 그의 머리와 어깨를 적시고, 대학의 너른 부지 대부분을 지배하는 태초의 잔디밭에서는 냄새가 피어오른다. 그는 미래에 집중할 필요가 있다. 먼 미래가 아니라—물론 그것도 위험에 처했기는 매한가지지만—바로 눈앞의 몇 시간에. 저녁은 어디서 먹어야 할까? 조디가 직접 요리를 할 계획이었는데. 그리고 어디서 자야 하지? 무슨 일인가 해야 하겠지만, 그게 과연 뭘까?

여러 생각들이 뒤죽박죽 섞여 불협화음을 일으키며 과하게 돌아가는 뇌 속에서 고통스러운 소리를 내고 측두엽을 두드린다. 하지만 또 다른 무언가도 일어나고 있다. 놀라고 언짢고 불안한 상태에서 그는 어떤 양가적인 감정을 깨닫는다. 그의 생각은 주로 한방향으로 흐르지만, 완전히 쓸려간 것은 아니고 결론에 다다르지도 않았다. 너덜너덜해진 생각 속에서 온전하고 유쾌하고, 심지어 우스꽝스럽기까지 한 무언가의 옅은 기운이 희미하게 울린다. 오케스트라의 접전 속에서 우러나는 강렬하고 짤막한 소곡 같은 것. 나타샤와 그녀에게 느끼는 모든 감정과 관련이 있는 무언가다.

나타샤와는 그녀의 평생 동안 알고 지낸 사이였다. 사실상 그녀가 태어나던 그날부터. 그의 마음속 고리타분한 한구석에서 그녀는 아직도 어머니를 여읜 가여운 아이, 교복을 입고서도 입이 걸던 말썽쟁이, 교정기를 낀 여드름투성이 소녀이고, 이 모든 모습이 뭉쳐 한 사람을 이룬다. 그녀가 자기 애를 가질 사람이 되리라는 것을 알았다면, 그는 그저 웃어넘겼으리라. 정말 무릎을 칠 만큼 웃긴 농담이라 생각했을 것이다.

그는 완전히 어른의 형체를 갖춘 그녀를 처음으로 보았던 순간을 기억한다. 이 새로우면서도 놀라운 버전의 나타샤를 그는 발견했고, 사랑하게 되었다. 그는 드레이크 호텔 바에 앉아서 딘을 기다리고 있었다. 어쩌다 돌아보았는데 그녀가 들어오고 있었다. 아름답고 낯선 여자는 그와 시선이 마주치자 앞으로 사뿐히 걸어왔다. 과즙이 터질 듯 눈부신 여자가 아연할 만큼 으스대는 태도로, 엉덩이를 살랑거리고 가슴을 출렁이고 귀걸이를 딸랑이면서. 그에게는 언감생심인 여자였다. 그 여자가 그의 입술에 가볍게 키스하자 메말랐던 그의 마음에 희망과 꿈의 정원이 피어났다.

"나타샤예요." 그녀가 선언하듯 말했다. "여기서 아빠 만나기로 했어요. 용돈 받아야 해서."

그녀를 마지막으로 보았던 것이 몇 년 전이었다. 나타샤는 맨해튼을 주문했고, 이십 분 후 딘이 나타났을 때쯤 두 사람은 이미 돌아올 수 없는 선을 넘은 뒤였다.

걸으면서 이런 기억들을 떠올린 토드는 혼자 미소 짓는다. 하지만 책상에 돌아와 앉자마자 예의 문제들이 그를 사로잡고, 다시 일어나서 서성거리기 시작한다. 스테파니가 출근하지 않았으므로 이 공간을 마음대로 돌아다닐 수 있다. 그렇게 서성거리다가 사무실을 나와 스테파니의 사무실로 들어갔다가 안내 데스크를 지나며 한 바퀴 돈다. 두 손은 축축하고 입에서는 녹슨 못 같은 맛이 돈다. 그는 조디에게 전화하고 싶은 마음을 억누른다. 뭐라고 말해야 할지, 그의 비공식적 사생활이라는 주제를 어떻게 꺼내야 할지, 두 사람 다 공공연히 인정하지 않았던 일들을 어떻게 얘기해야 할지 갈피를 잡을 수가 없다. 그 자신의 마음속에선 사실상 아무것도 변하지 않았다. 나타샤와의 일은 조디와 아무 상관이 없다. 그 역逆도 마찬가지다. 하지만 그의 두 세계, 완전히 별개의 궤도를 도는 두 세계가 충돌할지도 모른다는 전망은 상상할 수 없고 참을 수도 없으며, 지금과 같은 삶이 끝장나는 미래다.

그는 전화벨이 끝까지 울리고 녹음된 메시지가 나올 때까지 기다린다. 지금은 집에 아무도 없어서 전화를 받을 수 없다고 말하는 자신의 목소리가 들린다. 안도감을 느껴야 마땅하다. 그는 서랍에서 납작한 양철 상자를 꺼낸다. 남은 것을 긁어모아 전용 홀더에 넣은 후 불을 붙이고 창문으로 가져간다. 몇 모금이면 충분하다. 머리를 맑게 해줄 만큼만. 딘 개자식이 지금쯤이면 조디에게 전화를 했겠지. 하지만 통화를 못 했을 수도 있다. 당장 바랄 수 있는 최선은 그뿐이다.

그는 사무실 문을 잠그고 차로 걸어간다. 오후의 러시아워가 평소와 다르게 무척 일찍 시작된 듯하다. 한때 사람들은 9시부터 5시까지 일했지만 이제는 대체 근무 스케줄이라는 게 있고, 아무도 하루에 여덟 시간씩 일하지 않는다. 막히는 길 위의 차 안에 앉아 있으려니 짜증이 치밀고 누구에게라도 덤비고 싶은 기분이 든다. 그는 경적을 울리며 차선을 바꾸고 앞에 서 있는 차 앞으로 끼어든다. 이미 그득 차올라 있는 정신의 영역에서 여러 생각들이 서로 치고 들어오려 다툰다.

그의 옆자리인 조디의 주차 구역은 비어 있다. 엘리베이터를 타고 올라가며, 그는 마지막으로 평일 저녁에 집에 있었던 날이 언제였는지 헤아려본다. 모르긴 몰라도 조디도 몇 년 동안이나 애인이 있었는지도 모른다. 지금 이 순간 그의 침대에 그자와 함께 있을 수도 있다. 두 집 건너 사는 십 대 남자애가 마음속에 떠오른다. 야구 모자를 쓴 키 큰 남자애. 조디 말로는 그 애가 수학을 잘하고 바이올린을 켠단다. 어떻게 그 애에 대해 그렇게 많이 아는 거지?

문을 열자 개가 쏜살같이 달려나와 분주하게 복도를 오간다. 옆집 이웃이 엘리베이터로 가는 길에 멈춰서 안부 인사를 건네고 개의 장난을 보며 그와 함께 웃는다. 육십 대 여성인 이웃은 몸매가 좋고, 반투명 스타킹에 하이힐을 신은 다리는 여전히 근사하다. 그녀가 지나가자 그는 개를 집안으로 몰아넣고 거실로 들어간다. 기척 없는 분위기와 반쯤 내린 블라인드가 조디가 집에 없다는 것을 알려주지만, 그래도 방 하나하나를 확인한다. 깨끗하게 정리한 침대와 갓 빨아서 대칭으로 정리해둔 수건, 꼿꼿이 세워놓은 쿠션과 가지런히 배열한 잡지 말고는 아무것도 없다. 그는 두리번거리며 휴대용 핸드셋을 찾아본다. 책상에 놓여 있는 것이 보여 집어 들고 스크롤을 내리며 수신 목록을 살핀다. 정오부터 딘의 이름이 세 번, 삼십 분 간격으로 기록되어 있다. 새로운 메시지는 없다. 만일 딘이 메시지를 남겼다면 조디는 벌써 듣고 그에게 전화했을 것이다. 이제 토드는 땀을 흘리며 막막한 기분에 빠진다. 딘이 그렇게 다혈질만 아니었다면. 딘은 속도를 조절하고 진정하는 법을 배워야 해. 그저 좀 화가 났다는 이유로 섣불리 전화를 집어 들어 남의 인생을 망가뜨리면 안 되지.

그는 주차장으로 발길을 돌려 시내에 있는 드레이크 호텔로 간다. 호텔 바의 멋진 점은 이른 시간에도 결코 비어 있는 적이 없어서 혼자 술을 마실 필요가 없다는 것이다. 어느 호텔이든, 낮이건 밤이건 아무 때나 가도 항상 손님이 있다. 전 세계 사람들이 호텔로 오고, 그들은 각자 자기 나름의 시계에 맞춰 움직이기 때문이다. 그는 더블 샷을 주문해서 다 마신 뒤 파인트 잔으로 하나 더 주문한다. 술이 흘러들어가자 점심때 이후로 몸속에 맺혀 있던 공포가 풀려나가기 시작한다. 근육이 이완된다. 신경을 조이던 집게가 느슨해진다. 그의 방어벽에 틈새가 생기면서, 이제까지는 받아들일 수 없었고 받아들이고 싶지도 않았던 개념이 그리로 밀려든다. 아버지가 된다는 것. 그 느낌이 몸안을 씻어 내려가며, 술잔을 비우고 다른 잔을 마시기 시작할 즈음엔 마침내 간명하고 단순한 현실이 된다. 수증기가 손으로 잡을 수 있는 물방울로 응축되는 것처럼.

바를 둘러보자 각양각색의 남자들이 보인다. 분명히 아버지로서 살아가는 남자들이리라. 남자들이 하는 일이란 그런 것이니까. 그는 그 남자들에게 애정을 느낀다. 하나하나를 개별적으로, 또 집단으로서 그들 모두를 사랑한다. 이들이 이제 그의 일족, 형제들이며, 이 남자들도 그를 동료 아버지, 종족 번식자 모임의 허가받은 일원, 정력을 증명한 도전자이자 가문 건설자로서 받아들여야 한다. 그 일이 어떤 식으로 일어났든 간에 그가 원했던 것임은 부인할 수 없다. 나타샤를 만난 뒤로 원하던 것, 다른 방식으로 자신을 증명하느라 너무 바빠서 미처 깨닫지 못했을지는 몰라도 항상 진정으로 원하던 것. 이것. 이 위대한 신체의 과업. 발생과 번식이라는 태초의 늪. 확인과 검증이 가능한 부성. 궁극의 충족. 그리고 이제 이것은 나타샤와 나눌 수 있는 감정이기도 하다. 그는 자신이 생각하고 느끼는 모든 것을 그녀에게 말하고, 그녀의 생산성에 찬사를 보내고, 자신의 것도 인정받으며 서로를 찬양하는 대화를 나눌 필요를 느낀다. 휴대전화를 꺼내지만 어째서 그녀가 전화를 받지 않는지, 어떻게 아직도 화를 낼 수 있는지 이해할 수가 없다. 그들의 싸움은 사소하고 무의미했다. 그녀가 전화를 받기만 하면 그는 용서를 구할 것이고 두 사람은 함께 미래로 나아갈 것이다. 이 세계에 존재하는 새로운 길을 향해.

그는 다시 술을 마시며 공상에 잠긴 채 몇 분 간격으로 나타샤와의 통화를 시도한다. 그러다 마침내 기억해낸다. 자기가 전화를 걸려고 했던 사람은 조디라는 것을. 그녀에게 이야기할 필요를 느끼는 이유가 있다. 그는 딘이 선수 치기 전에 그 소식을 조디에게 말하고 싶다. 그러나 그는 축하의 기분을 그대로 유지하고 싶기도 하고, 따라서 전화를 거는 대신 바의 모든 손님에게 술을 한 잔씩 돌린다. 5시가 다가오자 자리가 점점 채워진다. 바의 사람들은 그에게 잔을 들어 보이며 후한 인심에 고마움을 표한다. 그는 아버지가 될 거라는 말을 흘리고 사람들로부터 축하를 받는다. 가까운 자리에 앉은 무리가 그를 위해 축배를 들자 그는 진지하고 솔직하게 말한다.

"아내는 모르기를 바랄 뿐입니다."

축하를 보내준 이들이 이 수수께끼를 스스로 알아서 풀도록, 그는 더이상 아무 말도 하지 않는다.

그 여자

주말 내내 그녀를 괴롭히던 음울한 생각들은 대체로 마음속에서 사라졌다. 그가 무엇을 했건 누구와 그랬건 지나간 일이다. 그녀는 과거에 매달려 사는 사람이 결코 아니다. 잘못된 일에 머물러 사는 사람이었다면 몇 년 전에 그를 떠나거나 목을 졸랐을 것이다. 게다가 열쇠로 작은 복수를 했고, 최소한의 만족감은 느낄 수 있다.

아침 식사가 끝나자 그녀는 월요일 아침에 진료 예약이 되어 있는 '바지저고리'에 대한 파일을 훑는다. 버저를 눌러 그를 들이자 그는 헐렁한 양복을 입은 여윈 몸을 의자에 얹는다. 그녀는 잡아서 길들여야 하는 야생 멧돼지를 보는 양 그를 바라보고, 그도 음침하게 마주본다. 인생이 자신을 부당하게 취급한다는 것이 바지저고리의 굳건한 확신이다. 운명이 자신에게 불리하게 정해졌으며, 자기가 무슨 짓을 해도 달라지지 않는다고 진심으로 믿는다. 이것이 바지저고리의 장광설이고, 그를 정의하는 것이자, 그의 무미건조한 인생행로 밑에 깔린 본질적이고 최우선적인 편견이다. 그다지 복잡한 인간은 아니지만 고집 때문에 그에게는 어떤 영향도 주기가 힘들다.

조디의 내담자들에겐 스스로를 심각하게 받아들이는 경향을 줄이는 편이 이롭다. 조디의 치료 방식에는 구슬림과 회유가 일정 부분 포함되어 있다. 정확히 책에 나온 처방대로는 아니지만, 그녀가 내담자들의 문제를 다루는 방식은 자신의 문제를 다루는 방식과 비슷하다. 특히 바지저고리는 선의를 가지고 살짝 잔소리를 하면 반응을 보인다. 그녀는 불평을 잠시 들어준 후 말한다.

"그렇게 투덜거리면 추가 요금을 청구할 거예요. 당신이 여기 오는 이유는 가족이 더는 받아주지 않기 때문이라는 거 알아요. 지난주에 일어났던 좋은 일 한 가지만 말해주면 어때요? 딱 한 가지만요. 노력하면 할 수 있을걸요."

대단한 도전은 아니지만 그는 당장 하던 말을 멈춘다. 그는 입을 떡 벌린 채 그녀를 멍하니 바라보다가 예고도 없이 하얗고 고른 예쁜 치아를 드러내며 반사적으로 씩 웃는다. 그 웃음 하나로 그는 완전히 다른 사람으로 바뀐다.

"자, 진지하게요." 그녀가 기회를 잡는다. "지난주를 돌이켜봐요. 긍정적인 일 딱 하나만요."

이런 연습에 준비가 덜 되어 있는 그는 대신 차 때문에 골치 아팠던 문제를 털어놓는다. 그래도 조디는 반가운 마음이다. 그가 미소 짓는 모습을 본 건 처음이다.

바지저고리가 나간 다음 그녀는 처음 온 새 내담자를 만난다. 자신을 내세우지 않는 여자로, 조디는 상담을 시작한 지 몇 분 만에 마음속으로 여자에게 제인 도Jane Doe라는 암호명을 붙인다. 여자가 내놓은 문제는 남편에게 맞설 수 없다는 것이다. 남편은 아내가 하는 모든 일을 병적으로 감시하는 질투 많은 남자다. 이번 진료 시간은 정보 수집에 할애한다. 설문지를 통해 가정환경과 어린시절을 훑으며 상담을 시작한다. 문제는 제인이 어린시절의 상당 부분을 기억하지 못한다는 점이다. 그녀의 기억은 여덟 살 무렵까지 대체로 비어 있다.

일을 마치자 초조함이 느껴져 체육관에 가서 기분을 떨쳐버린다. 점심 식사는 치즈와 루콜라 샌드위치, 그리고 물 한 잔으로 때운다. 샤워를 한 뒤 옷을 입고 책상에 돌아와 내담자 명단을 치운 다음 메시지를 확인한다. 앨리슨이 저녁 약속을 확인하느라 전화했고, 딘 코박스가 급하게 할 말이 있다면서 메시지를 남겼다. 그녀는 이유를 짐작조차 할 수 없다. 딘과 잘 아는 사이이긴 하다. 아내가 죽고 일이 년 동안 종종 딸과 함께 저녁 식사에 왔고, 아직도 이런저런 모임에서 이따금 그를 만난다. 하지만 보통 토드가 가운데서 중재하는 편이다. 딘과 조디는 토드 없이 둘만 만나는 친구 사이로 발전하지는 않았다. 그녀는 딘에게 전화해서 음성 메시지를 남긴다.

오후 과제의 대표급은 그녀가 소속된 전문가 협회에서 주관하는 섭식 장애 세미나다. 조디는 섭식 장애 환자를 치료하지는 않지만 최신 정보를 얻고 동료들과 섞이는 것은 좋아한다. 가는 길에 잡다한 일을 처리할 수 있을 만큼 시간이 넉넉하다. 나갈 준비를 하며 내담자들에게서 받은 수표를 모으고 세탁소에 맡길 옷가지를 모은다.

첫 번째로 들른 곳은 은행이다. 토드는 그녀의 일을 취미로 치부하지만, 그녀는 지금 예금액을 받는 은행원이나 이웃 스타벅스에서 일하며 그녀가 테이크아웃해 갈 라테를 만들어주는 바리스타보다는 더 많이 벌고 있을 것이다. 어쨌든 기본 생활비와 가외 비용을 충당할 정도는 된다. 세탁소에서 그녀는 에이미가 한 남자와 셔츠에 묻은 피 얼룩에 대해 이야기하는 동안 기다린다. 남자는 고지식한 외모에 술 장식이 달린 구두를 신고 손톱은 길게 길러 매니큐어를 발랐다. 그는 자기 셔츠의 상태에 불안해하고 심지어 창피해하는 것 같지만 에이미는 프로이고 일말의 관심조차 내비치지 않는다.

조디는 자기 차례가 오자 앞으로 나서서 옷가지를 카운터에 올려놓고 에이미가 살펴보는 동안 기다린다. 에이미는 옷들을 털어보고, 떨어진 단추나 다른 흠이 있나 살펴보고, 주머니를 확인한 뒤 분류해서 다른 옷 더미 위에 올려놓는다. 토드가 입는 낡은 카키 바지에 이르자, 에이미는 주머니에서 물건 하나를 꺼내 조디에게 건넨다. 조디는 물건을 힐끔 쳐다보고 가방에 넣는다.

차를 불법으로 주차해둔 터라 그녀는 서둘러 돌아간다. 다음으로 들른 곳은 웨스트사이드 근처에 있는 액자 가게로, 지난주에 맡겼던 라지푸트 그림을 찾아야 한다. 약간 늦었지만 신호를 잘 받은 덕에 도서관에서 열리는 세미나에 몇 분 남겨놓고 도착한다. 웅성대는 강의실 안에 드문드문 사람들이 앉아 있긴 하지만, 대부분은 삼삼오오 짝을 지어 서 있다. 조디는 사람들 얼굴을 훑어보고 몇몇 익숙한 얼굴들을 발견하지만, 한 바퀴 돌기도 전에 진행자가 마이크를 잡고 모두 착석해달라고 알린다.

첫 번째 강연자는 헤링본 트위드 정장에 점잖은 구두를 신은 여성이다. 키가 작아서 단상 너머에 간신히 모습을 드러내 마이크를 아래로 낮추는 동안 자신의 키에 관해 농담한다. 그 말에 키득키득 웃는 소리가 청중 사이에서 물둘레처럼 퍼져간다. 어색했던 분위기가 풀어지고, 그녀는 소속을 다시 밝힌다. 이미 진행자가 자세히 소개했던 내용이다. 여자는 사회심리학 박사이고 웨스트코스트에 있는 섭식 장애 클리닉 프로그램 팀장이다. 조디는 섭식 장애 클리닉들에서 식욕 부진증 환자에게 억지로 음식을 먹인다는 말을 들은 적이 있다. 그 때문에 어떤 환자들은 폭식증에 걸리고, 많은 이들이 도망친다는 것이다. 팀장은 그에 대해서는 아무 말도 하지 않는다. 클리닉 직원들과 평가 과정, 치료 계획, 영양학 강의 같은 화제를 꺼낸다. 섭식 장애는 치료가 까다로우므로 환자는 체계적인 환경에서만 받을 수 있는 특별 치료를 요한다는 것이 그녀의 말이다. 또한 훈련된 치료사의 보조는 회복기 치료 프로그램의 일부로서 도움이 된다는 말을 더한다. 여자는 안내 책상에 브로슈어가 쌓여 있으니 참고하라는 말로 강연을 끝맺는다.

두 번째이자 마지막 강연자는 『부모와 아이의 섭식 장애』라는 책의 저자다. 그는 사십 대 초반의 의사로 피곤한 얼굴이지만 태도는 친절하다. 자신의 세 딸이 청소년기에 접어들며 차례로 거식증을 보였고 그에 대처하면서 이 주제로 연구를 시작하게 되었다고 설명한다. 그는 미의 기준과 음식과 다이어트에 대한 미국인들의 강박증을 이야기한다. 자아 이미지와 자기혐오에 관해 말한다. 딸들이 치료 센터에서 돌아와서도 자해 습관이 재발했을 때 자신이 느꼈던 감정에 대해 말한다. 그 자신도 해답을 갖고 있는 것은 아니지만, 비슷한 상황에 처한 다른 부모들에게 도덕적 지지를 보내고자 책을 썼다고 한다. 그들의 잘못이 아니며, 신체적이든 심리적이든 모든 질병이 치료될 수 있는 게 아니라고 말해주기 위해서. 의사로서 그가 확신 있게 할 수 있는 말이다. 때로 우리는 불쾌한 현실을 끌어안고 살아야 한다.

토론 시간이 되자 두 발표 사이에서 발생한 명백한 모순이 한층 분명하게 드러난다. 의사는 치료 센터에 실망을 느꼈다고 반복한다. 프로그램 팀장은 숫자 속으로 피신한다. 클리닉의 성공 확률은 높고 재발 확률은 낮다, 의사의 딸들은 치료를 거부한 몇 안 되는 케이스에 속할 거라고 팀장은 말한다. 의사는 팀장의 숫자에 질문을 던지고 후속 연구와 자료 수집 방법을 문의한다. 둘 사이의 분위기가 점점 전투적이 되자, 그 자리에 모인 치료사들과 상담사들은 자리를 뜨지 못하고 경청한다.

조디는 커피를 마실 때까지 남아 있다. 그녀는 둥그렇게 둘러선 동료들 사이에 서서, 그들이 막 일어난 다툼에 관해 명랑하게 떠드는 동안 커피를 마신다. 그녀의 마음은 잠시 다른 곳을 헤매다 문득 세탁소에 갔던 일과 가방에 넣은 물건에까지 미친다. 그녀는 그 물건을 꺼내 옆에 선 여자에게 보여준다. 공교롭게도 여자는 정신분석의라고 한다.

"수면제네요, 그렇죠?"

정신분석의는 약병을 받아들고 라벨을 본다.

"그러네요. 에스조피클론이군요." 의사는 건성으로 약을 돌려주고 다시금 전체의 대화에 몰두한다.

건물을 빠져나오면서, 조디는 나타샤 코박스 앞으로 처방된 수면제병을 어쩌다 토드가 손에 넣었는지 그 이유를 풀어내려고 애쓴다. 나타샤를 마지막으로 본 지 몇 년이나 흘렀고, 그녀가 아는 한 토드도 마찬가지다. 지난주 딘과 저녁 식사를 했지만, 그게 이 일과 무슨 상관이 있을지 짐작할 수 없다. 우연히 나타샤가 나타나서 합석했다면 모를까. 하지만 토드는 그런 말은 하지 않았다.

집으로 돌아오는 길에 그녀는 십 대의 나타샤를 머릿속에 그려본다. 마지막으로 만났을 때의 모습이다. 직설적인 태도의 꺽다리 여자애였다. 약간 광적인 구석이 있었으니 수면제를 먹는 것도 설명할 수 있다. 게다가 지금 대학에 다니기도 하고. 조디는 대학 스트레스가 얼마나 심한지 똑똑히 기억하고 있다. 공부해서 좋은 학점을 받는 것이 중요한데, 집중력을 흩트리는 일들이 지천에 널렸다. 늦게까지 친구랑 밤을 새우고, 커피나 술을 너무 많이 마시고, 이상한 각성제를 먹고, 결과적으로는 약에 찌들어 잠을 잘 수 없게 된다. 차를 세울 때까지도 그녀는 딘을 떠올리지 못한다. 딘이 전화했고, 자신이 그에게 다시 전화했고, 이번에는 그의 차례라는 사실을 잊고 있다. 집에 들어가서 전화를 확인하지만 아무런 메시지도 없다.

그녀는 그림의 포장을 풀어 벽난로 위에 세운다. 미처 몰랐는데, 금빛 액자 덕에 공작 깃털에 금빛이 돈다. 화려한 드레스를 입은 여자는 아름답지만 오늘은 왠지 수심에 잠겨 있고 버려진 것 같아 보인다. 세속으로부터 격리당해 이 아름다운 정원에 고립된 듯한, 심지어 갇혀 있는 느낌이다. 이토록 연약한 주제를 묘사한 섬세하고 작은 그림에 비해 액자가 너무 장식적이고 대담한지도 모른다.

조디는 눈이 멀 듯한 섬광이 번쩍하면서 순식간에 뭔가 깨닫는 일이 일어날 수 있다는 것을 안다. 내담자들이 그런 경험을 하는 것을 보았기 때문이다. 하지만 그녀에게 일어난 일은 그렇지 않다. 그녀의 경우에는 얼마간의 시간에 걸쳐 점진적으로 떠올랐다. 토드의 우울증이 발발하던 때와 시작을 같이한다고 할 수도 있을 것이다. 상황이 나쁜 쪽으로 바뀌기 시작한 때. 그러다 갑자기 살아야 할 이유를 되찾은 양 그의 우울증은 걷혀버렸다. 그때가 아마 봄이나 초여름이었을 것이고, 그녀는 그가 되돌아왔다는 것만으로도 기뻤다. 대체로 정신이 딴 데 가 있는 사람처럼 보이기는 했다. 하지만 이제 사건들에 속도가 붙고 멀미가 날 정도로 앞으로 돌진하자, 그녀는 딘이 왜 전화했는지 깨닫는다.

조디는 낮에 입었던 옷을 벗고 단순한 검은 드레스로 갈아입는다. 옷장 거울 앞에 서서 자신이 완벽할 정도로 멀쩡해 보이는 것을 보고 놀라움에 가까운 모호한 감정을 느낀다. 낯빛은 창백하지만 타고난 얼굴색이 늘 그랬다. 사람들은 이에 대해 말하며 의사에게 가보라고 하기도 한다. 이따금 뺨에 화색이 돌도록 블러셔를 바르기도 하지만 우윳빛 피부와 대조되어 천박하게 보일 수도 있어서 보통은 그대로 놔두고 있다.

지갑과 열쇠를 클러치 백에 넣는데 전화가 울린다. 그녀는 휴대전화를 집어 들고 발신자를 확인한다. 당장은 딘과 통화할 수 없다. 식당에 가야 할 시간이다. 벌써 약간 늦었고, 앨리슨이 기다리고 있을 것이다. 딘과는 나중에 통화해도 된다고 결정 내리지만, 그래도 휴대전화를 현관으로 가져와 콘솔에 놓고 코트를 입는다. 여섯 번째로 벨이 울리자, 그녀는 휴대전화를 들고 통화 버튼을 누른다.

"딘, 저한테 연락하셨던가 봐요."

통통한 금발의 앨리슨은 뺨이 사과처럼 붉고 푸른 눈은 털실 방울 같은 여자다. 조디와 비슷한 또래, 즉 전성기를 약간 지난 나이이며, 앨리슨의 의견에 따르면 그것은 더 높은 하이힐을 신고 목이 더 깊이 파인 옷을 입어야 할 이유다. 두 번의 이혼 경력이 있는 앨리슨은 기능적으로 독립적인 삶에 정착했으며 짧았던 결혼 생활은 자신의 삶에서 사소한 불편에 지나지 않는다고 여긴다. 나쁜 날씨처럼 일시적이고 피할 수 없었던 문제, 자신의 잘못은 아니며, 결혼하지 않았으면 평온했을 수면에 예기치 못하게 닥친 돌풍일 뿐이라고.

가닛 클럽은 앨리슨의 본거지이자 사교 구역이다. 그녀는 쉬는 날이면 종종 바에 앉아 콜라를 홀짝거린다. 직원들과 단골손님들은 대가족의 구성원 같고, 그녀는 걸스카우트 지도자인 양 스케줄이며 의상, 음악, 영역에 대해 사사건건 잔소리를 늘어놓는다. 상사인 클럽 매니저는 그녀가 모든 것들을 한데 묶어주는 접착제와 같은 존재임을 알기에 앨리슨에게 어느 정도 자유를 보장해준다. 이 모든 사실은 앨리슨 본인이 조디에게 직접 말해준 것이다.

오늘밤 두 사람은 레이크 포인트 타워 꼭대기층에 있는 시테 레스토랑에서 식사를 한다. 두 사람은 그곳에서 도시 위로 저무는 석양을 즐겨 바라본다. 벌써 식당 저편에 자리를 잡고 와인 한 잔을 마시고 있는 앨리슨을 발견하자 조디는 멀찍이서 즐겁게 미소 짓는다. 앨리슨은 언제나처럼 호들갑을 떨며 조디를 맞는다. 활력 넘치는 생생한 존재감이다. 두 사람이 만난 요리 교실에서 앨리슨은 타고난 리더로 나서며 칼질이 서툰 사람들을 도와주곤 했다. 본인 역시 결코 요리를 좋아한 적이 없으면서도. 앨리슨 쪽에서는 조디가 돈을 받고 조언을 해준다는 사실에 깊은 인상을 받았다. 본인은 항상 무료로 해온 일이었으니까.

"그 와인 덕혼이야?" 조디가 자리에 앉으며 묻는다.

"어떻게 알았어?"

"넌 항상 덕혼만 마시잖아." 조디는 손짓으로 웨이터를 불러 같은 와인을 한 잔 주문한다.

"그래, 어떻게 지냈어?" 앨리슨은 묻지만, 딱히 대답이 필요한 건 아니다. 그 질문은 자신이 전할 뉴스의 전주곡일 뿐이다. "크리스털이 남자친구랑 깨졌다는 반가운 소식이 있지." 앨리슨이 말을 잇는다. "어째 오래 끈다 했어. 그리고 레이의 아내가 결국 죽었대. 불쌍하게도. 레이에겐 힘든 일이지만 이제 앞으로 나아갈 수는 있겠지."

조디는 크리스털이 낮은 자존감으로 고생하는 스트리퍼라는 것을 안다. 크리스털이 엄청 힘들게 버는 돈을 남자친구가 족족 써버린다는 얘기를 귀에 못이 박이도록 들었다. 레이는 클럽 단골손님 중 한 명으로, 여자들에게 가장 귀여운 애완동물 대접을 받는 나이 지긋한 남자다.

"둘 다를 위해서 정말 안심했지 뭐야." 앨리슨이 말한다. "한 짐 덜었지. 정말 그렇다니까."

조디의 와인이 도착하고, 그녀는 잔을 든다. "자, 크리스털과 레이의 밝은 앞날을 위하여."

앨리슨은 자기 잔을 조디의 잔에 맞부딪치고 서서히 이야기를 풀어놓는다. 상세한 소문의 보고寶庫를 공유하고 싶어서 좀이 쑤시는 모양이다. 레이의 아내가 걸렸던 중병이며, 크리스털에게 차인 남자친구의 반응이며. 조디는 레이와 크리스털이 앨리슨에게는 오빠와 여동생 같다는 것을 이해한다. 그들에게 일어난 일은 앨리슨 자신의 인생 이야기 중 하나다. 앨리슨은 마음이 널따란 대지 같고, 타인의 삶에 오지랖 넓게 끼어드는 스스로를 책망하긴 하지만 사실 타인의 삶이야말로 그녀의 모든 것이다.

식당은 평소보다 분위기가 잔잔하다. 사건이라곤 창문 너머, 태양이 들뜬 열을 발하며 바삐 하강하느라 붉어진 하늘뿐이다. 태양이 지평선에 가까이 가면 갈수록 점점 더 극적인 효과가 나타난다. 앨리슨은 계속 주절대다가 웨이터가 주문받으러 올 때만 잠깐 그칠 뿐이다. 그녀의 목소리는 위로가 되고, 신경을 다른 데 쏟도록 도와준다. 지붕에 떨어지는 빗방울처럼 일정한 속도로 신뢰감을 주며 경쾌하게 이어진다. 그들의 와인잔이 다시 채워지고 음식이 탁자에 놓이자, 앨리슨은 비로소 분위기를 파악하려 말을 멈추고 화제를 전환하려 한다.

"오늘 조용하네." 앨리슨이 말한다.

사실, 보통 때라면 조디가 질문이나 촌평으로 앨리슨의 말을 끊었을 것이다. 그녀는 고개를 끄덕이며 대답한다. "피곤해서 그런가 봐."

그녀는 거짓말을 한다거나 뭔가 숨기려 한다는 의식이 없다. 그보다는 오랜 세월 토드를 상대한 것이 정말로 자신의 진을 다 빼버렸다는 기분을 느낀다. 사실, 딘에게서 알게 된 모든 진실을 앨리슨에게 기꺼이 털어놓고 싶지만, 그 소식은 새장에 갇힌 새처럼 그녀의 내면에서 허우적대며 정신적 현기증 같은 것을 일으킨다. "이해가 안 돼." 둔하게 찾아오긴 했어도 몸이 마비될 만큼 충격적인 뜻밖의 사건을 가리켜 그녀는 이렇게 말한다. 임신,

결혼, 배신의 규모, 음모의 범위. 하지만 이야기를 하는 것만으로도 말과 그 뒤에 있는 생각이 흩어져 의미를 모두 잃을 것만 같다. 누군가 말을 해야 한다면, 앨리슨인 편이 낫다.

"레니는 어떻게 지내?" 첫 남편에 대한 말을 시작하면 앨리슨은 내릴 수 없는 기차에 탄 듯 줄줄 이야기를 늘어놓는다. 레니는 실패자이긴 해도 앨리슨에겐 잊을 수 없는 남자다. 그녀는 이런 한탄을 종종 되뇌곤 한다. "나 그 남자한테 미쳤나 봐. 그 남자가 철만 들면 재혼할 거야."

레니는 퀘벡 주의 작은 마을 출신으로 프랑스계 아버지와 영국계 어머니 밑에서 자랐다. 정식 이름은 실베스트르 아르망 르네 뒬롱. 마약 거래를 하다가 복역한 적이 있다. 앨리슨은 어느 해 여름 몬트리올의 나이트클럽에서 웨이트리스로 일하다가 그를 만났다. 그는 오토바이를 타는 친구들과 함께 클럽에 들르곤 했고, 그들은 무대에 가까이 앉아서 여자들의 팬티 끈에 백 달러짜리 지폐를 슬쩍 끼워 넣었다. 앨리슨은 그저 웨이트리스였지만 레니는 그녀에게도 같은 액수의 팁을 주었다.

앨리슨이 레니를 따라다니던 시절은 그녀 인생의 정점이었으니, 다량의 코카인 흡입, 황혼부터 새벽까지의 섹스, 그의 할리 데이비슨을 타고 산 사이를 누비는 신나는 드라이브로 요약되었다. 결혼 자체는 채 한 달도 가지 않았다. 그는 다른 여자를 만나고 있다는 말조차 하지 않았다. 그냥 집에 돌아오지 않았고, 앨리슨은 혼자 짐작할 수밖에 없었다. 그래도 레니는 여전히 몬트리올에서부터 오토바이를 타고 와 앨리슨을 놀래주고, 여전히 그녀의 마음을 뒤흔들어놓길 좋아한다.

"늘 나한테서 돈 뜯어낼 생각뿐이지 뭐." 앨리슨이 이야기를 늘어놓는 중이다. "밤에는 보통 일하는 걸 아니까, 내가 자려고 하는 새벽 3~4시에 전화해. 물론 대놓고 부탁하진 않지. 그건 레니답지 않으니까. 자기가 하는 사업이 있는데 투자할 수 있는 멋진 기회를 주겠다는 식이야. 만 달러 투자하면 오십 달러 돌려받는 투자. 그런 수준으로 사업을 하니 안 망하고 배겨?"

조디는 정신을 바짝 차리고 이야기를 따라가려 안간힘을 쓴다. 거센 바람 속에서 나무 꼭대기에 올라앉은 기분이다.

"내가 필요한 건 말이지," 앨리슨은 말한다. "적당한 수입을 올리는 친절하고 조용하고 착실한 남자야. 클럽에 와서 나를 꼬이려는 남자야 늘 있지. 유부남들. 그 사람들은 대체 나를 뭐로 보는 걸까?"

앨리슨은 와인을 한 모금 넘기고 자기 매니큐어를 보며 얼굴을 찡그린다. 웨이터가 그들의 빈 접시를 가져가고 디저트 메뉴판을 가져다 놓는다.

"조용하고 착실한 남자란 신화 속 인물이나 다름없어. 생물학적으로 남자들은 포식 동물이야."

"그 얘기 좀 더 해봐." 앨리슨이 재촉한다.

"여자들은 자기 남자가 실제보다 더 괜찮은 사람이라고 믿고 싶어 하거든." 조디가 덧붙인다. "남자들을 위해 대신 변명해주지. 큰 그림을 못 봐. 한 번에 조금씩만 볼 뿐. 그래서 남자들이 실제만큼 나빠 보이질 않는 거야."

조디는 웨이터가 앞에 똑바로 놓아준 디저트 메뉴를 본다. 하얀 공간 안에 떠도는 작은 보트들처럼 글자들이 둥둥 떠다닌다.

"고르기 어렵네."

"너 크림 캐러멜 좋아하잖아." 앨리슨이 말한다.

"그래, 그걸로 하자."

"하지만 디저트까지 먹을 필요는 없어. 네가 너무 피곤하면."

"우린 항상 디저트 먹었잖아."

"꼭 그럴 필요는 없다는 거지. 몸은 어때?"

"솔직히, 약간 어지러워."

조디가 말한다. '어지럽다'는 지금 그녀가 느끼는 기분에 어울리는 단어는 아니지만, 콕 집어 말하거나 설명할 수 없는 증상들이 일제사격처럼 쏟아지는 이 느낌을 편리하게 뭉뚱그려 표현할 수 있는 말이다.

앨리슨은 즉시 진심으로 걱정해준다. 그녀는 웨이터를 부르더니 신용카드를 주며 서둘러달라고 말한다. 그러고는 조디의 한 팔을 잡고 집까지 태워주겠다고 나선다.

"바보 같은 말 마. 걸어서 십 분 거리인걸."

앨리슨은 이 말을 무시한다. 식당을 나오면서 앨리슨은 조디를 보호하듯 한 팔로 어깨를 감싼다. 주차원이 차를 가져오자 앨리슨은 조디가 아이라도 되는 양 앉히고 안전띠를 매준다. 조디를 데리고 집에 가서는 소파에 눕히고 차까지 끓여 가져다준다.

"토드는 어디 있어?"

조디는 고개를 젓는다. "아직 시간이 이르잖아."

"내가 전화 좀 해봐야겠다."

"맙소사, 하지 마."

"왜?"

"안 하는 게 좋겠어."

"그렇군." 앨리슨은 팔걸이의자에 앉아 등을 기댄다. "그 남자가 무슨 짓을 한 거야?"

조디는 금방 대답하지 못한다. 앨리슨은 기다린다. 흘러가는 시간 속에 팽팽한 긴장감이 흐르고, 저 멀리 수도관에서 물이 흐르는 소리와 키닝어 탁상시계가 똑딱거리는 소리만이 시간을 새긴다. 조디는 그 소식을 폭로하고 싶은 충동에 저항한다. 지금 그녀의 머릿속에는 그 말들밖에 없기 때문이다. 자기 귀로 듣기는 했으나 여전히 잊어버리려고 애쓰는 그 이야기.

"내가 전에 나타샤 코박스라는 사람에 대해 말한 적 있던가?"

마침내 조디는 말해버린다.

"없는 것 같은데. 일단 나는 기억 안 나."

"토드가 그 애를 임신시켰어."

"오, 맙소사."

일단 입을 떼고 나니 이야기를 계속하기는 훨씬 수월하다.

"고작 스무 살 아니면 스물한 살밖에 안 된 애야. 딘 코박스의 딸이지. 딘은 토드의 옛날 학교 친구고."

"토 나온다. 어떻게 너한테 그런 짓을 할 수 있어?"

"그 애랑 결혼할 계획이래. 딘이 그러더라."

"무슨 결혼까지 한대? 참 웃긴다. 그냥 애를 지우면 되잖아."

앨리슨이 분통을 터뜨리자 조디도 덩달아 분노가 솟는다.

"그 사람이 결혼하고 싶어 해. 딘의 말에 따르면 걔랑 결혼하고 싶어 죽을 지경이라더라."

"뭐, 딘은 사정도 모르고 말하는 건지도 모르잖아. 결혼이야 딘 생각일 수도 있고. 고리타분한 사람이라 여자를 임신시키면 결혼해야 한다고 생각하는 유형일지도."

"토드가 자기 딸과 결혼하길 바라는 것 같진 않아. 전혀 아닌 것 같던데."

"좋아. 뭐, 성급히 달려들진 말자고. 먼저 얘기부터 분명히 들어보는 게 좋을 거야."

조디는 어깨를 으쓱한다. 딘이 그녀를 속일 이유가 없다. 그가 말하는 방식이 아마 가장 진실에 가까울 것이다.

앨리슨이 떠난 후 그녀는 소파에서 일어나 머리카락과 옷을 매만지고 침실로 들어간다. 세미나에 입고 갔던 옷들이 잘 정리된 침대 위에 펼쳐져 있다. 베이지색 바지, 흰 셔츠, 피부와 같은 색의 브라와 끈 팬티, 투명한 팬티스타킹. 의자 위에 펜디 가죽 가방이 놓여 있고, 의자 밑에는 표범 무늬 지미추 펌프스가 비딱하게 쓰러져 있다. 아름다운 옷가지를 살펴보고 있자니 일말의 안도감이 찾아든다. 외모에 자신감이 없지는 않지만, 전만큼 상큼할 수는 없겠지. 더 젊은 여자에게는 조디가 더는 내세울 수 없는 이점이 있었는지도 모른다. 한때는 그녀도 리바이스 청바지와 티셔츠만 걸치고 다닐 수 있었다. 물론 아직도 그럴 수는 있지만, 잘 차려입으면 새삼 안심이 된다.

그녀는 셔츠와 속옷을 들고 가서 옷가지를 하나하나 빨래바구니에 넣는다. 바지는 옷걸이에 걸어 옷장 속에 정리한다. 신발은 원래의 상자에 넣고 다른 신발 상자들을 두는 선반 위에 도로 올려놓는다. 저녁 먹으러 가기 전에 핸드백 속 물건을 몇 개 꺼냈지만, 나머지는 아직 들어 있다. 그녀는 가방을 열고 거꾸로 뒤집어 내용물을 침대에 쏟아놓는다. 볼펜, 작은 수첩, 모아놓은 영수증, 잔돈 그리고 수면제. 돌려 여는 커다란 뚜껑이 붙은 투명 플라스틱 수면제병이 침대보 위의 살짝 우묵한 자리로 굴러가며 아기 딸랑이 같은 소리를 낸다. 그녀는 병을 집어 들고 라벨의 글자를 읽는다. 코박스, 나타샤. 처방에 따라 취침 전

1정 복용.

이젠 몸이 좀 나아졌다. 앨리슨을 안심시키려고 '거의 정상으로 회복'되었다는 표현을 썼고, 이는 사실에 가깝다. 적어도 중력에 붙들린 감각은 되찾았고, 주위의 물건들도 형태를 갖춰간다. 조디는 꼼꼼하게 저녁 일과를 수행하며 위안을 찾는다. 침구를 개키고, 베개를 두드려 부풀리고, 여기저기 어질러진 물건들을 정리한다. 옷을 벗고 화장을 지운 후 머리를 빗는다. 토드의 열쇠가 돌아가는 소리가 들릴 때쯤에는 가운과 슬리퍼 차림으로 소파에 앉아 여행 잡지를 읽고 있다. 그가 현관에서 더듬거리며 재킷을 벗고 열쇠와 잔돈을 꺼내는 동안 그녀는 기다린다. 그가 헛기침을 하는 소리, 숨죽여 한두 마디 웅얼거리는 소리가 들린다. 양탄자의 올 위로 발을 질질 끌며 다가오는 소리까지도 들린다.

"아직 안 자고 있었네."

그는 소파를 돌아와 그녀 앞에 서더니 정수리에 입을 맞춘다. 그녀는 잡지를 덮고 옆으로 치운 뒤 일어선다. 그의 태도에 뭔가 심상치 않은 구석이 있다. 딘이 전화했다는 낌새를 알아채고, 그녀가 정면으로 따져 묻기 위해 자지 않고 기다렸을지도 모른다고 생각하는 것이다. 그는 한 손을 조디의 어깨에 얹고 얼굴을 살핀다.

"앨리슨이 왔었어." 그녀가 말한다. "시테에서 저녁 먹고, 집까지 태워다 줬거든. 오늘 하루는 어땠어? 저녁은 뭘 먹었어?"

"드레이크 호텔 바에서 버거 하나 먹었어."

그에게선 술과 튀김 냄새가 난다. 코는 번들거리고 어조가 높아져 있다. 그녀는 읽던 잡지를 집어 커피 테이블의 다른 잡지 위에 올려놓는다. 등을 돌리자 그는 아직도 그 자리에 서서 그녀를 쳐다보고 있다.

"무슨 일 있어?" 그녀가 묻는다.

"아무 일 없어. 당신 얼굴 보니 좋아서."

"당신이 개 산책시켜야지. 돌아올 때까지 안 자고 있을게."

그가 돌아와보니 그녀는 부엌에서 나무 국자로 오벌틴• 냄비를 젓고 있다. 이제 그는 괜스레 말이 많아진다. 저녁 때 바에서 일어났던 이런저런 일을 늘어놓고 싶어 한다. 서로 더듬다가 진짜로 선을 넘을 뻔했던 남녀. 술에 취한 신부 무리, 호텔에서 어떤 종교 회의가 열렸던 것이다. 그는 열쇠를 잃어버렸던 아침의 불운에 대해 얘기하고, 성질을 부렸던 일을 웃으며 넘긴다. "불쌍한 인간." 관리인을 두고 하는 말이다. "정말 쌩하니 사라졌다니까. 핑계만 기다렸나 싶을 정도였어."

그녀는 토스터에 빵 네 조각을 넣고 레버를 내린다. 그가 말을 이어가는 동안 그녀는 기계적인 고갯짓과 중얼거림으로 대

• 몰트 추출물과 설탕 등을 섞어 만든, 우유 맛이 나는 음료.

응한다. 그녀가 진심으로 귀기울여 듣고 있지 않다는 것을 그는 알아채지 못하는 듯하다. 토스트가 준비되자 그녀는 버터를 바르고 딸기잼을 펴 바른 후 삼각형으로 자른다. 토스트를 접시에 담아 바에 올려놓는다. 그는 삼각형 하나를 입에 쏙 집어넣고 방안을 휙 둘러보더니, 돌아와서 접시를 집어 들고 계속 서성거린다.

"오늘 딘이랑 얘기한 적 없지?" 그가 말한다. "혹시나 싶어서 말이야."

"딘? 딘이랑 얘기할 이유가 있나?"

"이유는 없지."

"토스트 더 만들어줄게."

"딘은 개자식이야. 당신이 그건 알았으면 좋겠어."

그는 위험하게도 고백 직전까지 간다. 그가 벽난로로 가서 선반 위 새로 표구한 그림에 주의를 돌리자 그녀는 안도한다.

"이거 참 대단한 그림이야. 그림 속 세부 묘사가 정말 훌륭하다니까."

"액자는 마음에 들어?"

"액자라니. 알아차리지도 못했네." 그가 웃는다. "좋네. 마음에 들어."

그가 빈 접시를 가지고 오자 오벌틴을 담은 머그잔이 기다리고 있다. 그리 뜨겁지 않아서 그는 단번에 절반을 삼켜버린다.

"사랑해, 당신도 알겠지만." 그는 전투적으로 말한다.

그녀는 싱크대에 서서 냄비와 나무 국자를 씻는다. "그거 좋네." 그녀는 어깨 너머로 그를 보면서 대답한다. "오벌틴 맛 어때?"

"좋은데." 그는 머그잔을 입에 대고는 거침없이 마셔버린다.

"그거 줘." 그녀가 손을 내민다.

그는 바를 돌아와 그녀에게 머그잔을 건넨다. 그녀가 수돗물에 잔을 헹구는 동안 그는 뒤에서 두 팔로 아내의 허리를 끌어안으며 몸을 밀착한다.

"당신은 나한테 과분할 정도로 좋은 사람이야."

소파에서 깨어난 조디는 한참이 지나서야 어째서 거기 와 있는지 기억해내고, 공포가 확 치밀어오른다. 간밤에 그녀는 토드의 옷을 벗기고 그를 침대 가장자리에 앉혔다. 입을 헤벌리고 눈을 거의 감은 그를 밀자 죽은 고깃덩이처럼 뒤로 넘어가버렸다. 다리를 들어 제자리로 굴려 눕히려 했으나 실패했고, 매트리스 위에 대각선으로 뻗어 있는 그에게 이불을 덮어주고서 그대로 나왔다.

수면제 열한 알. 병 속에는 딱 그만큼 들어 있었다. 아기 옷에 달린 단추 같은 둥글고 파란 알약. 그녀는 알약을 손에 쏟아붓고 하나하나 세어가며 절구에 떨어뜨렸다. 여자가 절구로 수면제를 빻아서 남편의 취침 전 음료에 분필 같은 가루를 넣고 휘젓는 짓, 의심받기 딱 좋고 심지어 그녀의 이름이 만천하에 알려지게 될지도 모르지만, 당시에는 그런 생각을 할 수가 없었다. 그저 정당하고 적절한 행동 같았다. 수면제는 그의 주머니에 있었다. 그는 그걸 그대로 둘 만큼 경솔한 사람이고, 따라서 그가 약을 다 삼켜버리는 게 맞다. 그가 수면제를 삼켜버리면 그것들은 사라질 테고, 그 과정에서 두 사람은 무승부가 될 것이었다.

안타깝게도 그녀는 적정 복용량을 미처 확인하지 못했다. 이제 그 정보는 사라졌으니 확인하기에도 너무 늦었다. 라벨은 뜯어서 변기에 내려버렸고 병은 어제 쓰레기와 함께 쓰레기 활강 장치에 넣어버렸다. 어느 정도의 용량을 써야 남편이 죽게 될지, 그가 얼마나 술을 마셨는지, 약이 술과 결합하면 얼마나 기하급수적인 효과를 일으키는지 전혀 모르니 적정량을 알아봤자 딱히 도움이 되지도 않았다. 지금에야 돌아본 그녀는 자기가 제정신이 아니었다는 것을 깨닫는다. 잠시 시간을 갖고 생각해보지도 않고 위험한 짓을 저질렀다.

그녀는 꼼꼼하게 기록하기를 좋아하는 자신의 기질을 알고 있다. 부부 상담사들은 누가 누구에게 무슨 짓을 했는지 죄다 적어놓지 말라며 내담자들을 나무라곤 한다. 너그러움 없이는 건강한 관계를 가꿀 수 없다고. 그녀가 보기엔 너그러움이란 존경할 만한 특성이지만 언제나 실용적이진 않다. 사물의 균형을 맞추는 신중한 보복 행위, 불만거리를 막아내는 비밀스러운 앙갚음이 없다면 그녀 자신의 관계를 포함하여 대부분의 관계는 적개심의 화염 속에서 연소해버리리라.

중요한 건, 수면제 열한 알을 먹였다는 게 그때나 지금이나 그렇게 충격으로 다가오진 않는다는 점이다. 알코올 때문에 필름이 끊기는 일은 있을지언정, 그는 약을 많이 먹어도 끄떡없는 덩치 큰 남자다. 가장 그럴듯한 결과, 의도한 결과는—조디가 약국집 딸이라는 사실을 잊지 말자—조만간 그가 깨어나리라는 것이다.

그녀는 침실과 거기 딸린 욕실을 피해 현관에 있는 화장실을 이용한다. 맨발에 나이트가운 차림으로 부산하게 움직이며 커튼과 블라인드를 걷고, 담요를 개고, 소파 쿠션을 탕탕 쳐서 원래 모양대로 만든다. 개에게 아침밥을 준 후에는 책상에 앉아 일정표와 이메일을 확인한다. 버그먼이 예약을 취소해서 메리 메리만 남아 있다. 그날의 첫 내담자다. 11시 전에는 그럴 리도 없겠지만 남편이 일어나서 비틀비틀 돌아다닌다고 해도, 그때가 되면 메리 메리는 가고 없을 것이다.

더는 침실을 피할 수 없게 되자 그녀는 경계심 많은 동물처럼 코와 귀를 쫑긋 세우고 침침한 어둠 속으로 들어간다. 갇혀 있던 공기에 시큼한 냄새가 배어 목구멍을 간질이자 남편이 술과 알코올은 이겨냈지만 토사물에 목이 막혀 죽었을지도 모른다는 소름 끼치는 생각이 마음속으로 파고 들어온다. 그런 경우가 있다는 얘기를 들은 적이 있다. 남편이 아직 숨을 쉬고 있다면, 숨쉬면서 소리 하나 내지 않는 것이리라. 침대 발치에 멈춰서 이불속에 불룩하게 솟은 부분, 저 위험해 보이는 알프스 산등성이를 바라본다. 그녀가 보기에는 마지막으로 보았던 여덟 시간 전 이후로 모양이 전혀 바뀌지 않았다.

그녀는 재빨리 옷을 입은 다음 욕실에서 양치질을 하고 머리를 뒤로 넘겨 묶은 후 화장을 한다. 마스카라와 압축 파우더를 가볍게 바르는 정도다. 거울에 비친 얼굴은 상황에 어울리지 않을 만큼 젊고 예뻐서 부끄러울 정도다. 침실을 다시 지나면서 그날 하루가 어떻게 흘러갈지 넌지시 알려주는 암시 혹은 전조를 기다리지만, 아무런 조짐도 없다.

현관 벽장에서 개 목줄이 나온다. 또 나이키 운동화와 바람막이도 찾아낸다. 그녀는 프로이트와 엘리베이터를 타고 로비로 내려간다. 거기서 도어맨에게 손을 흔들고, 문을 나서며 때마침 들어오던 이웃에게 인사한다. 탁 트인 하늘 아래서 맑고 순수한 공기를 들이마시니 기분이 좋다. 풀려나온 지금에야, 자기가 이제껏 집에서 범죄자처럼 슬금슬금 기어다니며 긴장하고 있었다는 사실을 깨닫는다. 적어도 지난밤의 구역질이나 현기증 같은 것들이 재발하지는 않았다. 그녀로서는 처음 겪는 일이자 정말 마음에 들지 않는 일이었다.

평소 다니던 아침 산책길을 짚어가며 호숫가를 따라 부두까지 걸어간다. 그런 다음에는 게이트웨이 파크를 가로질러 돌아온다. 하늘은 회색이고 호수는 탁한 녹색 병 색깔이다. 그러나 몸을 감싸는 공기와 약동하는 다리가 새로운 생명력을 준다. 라테를 사 들고 집으로 돌아와, 조심스레 침실 문을 열고 문지방을 넘지 않은 채 열심히 어둠 속을 들여다본다. 그녀가 보기에는 아무것도 달라진 게 없다.

메리 메리는 열두 살 난 소녀로, 말을 잘 듣지 않고 반항적이라는 이유로 부모가 조디에게 보낸 아이다. 아이는 치료 시간을 좋아한다. 그 덕에 학교를 빠질 수 있고 특별한 사람이 된 기분이 들어서지만, 강압적이고 거슬리는 행동을 습관적으로 한다. 그 아이는 경계를 모른다. 조디와 토드 사이에 문제가 생기면 반드시 냄새를 맡고 끼어든다. 토드가 저대로 있어서 그 아이가 별 탈 없이 오고 갈 수 있으니 다행이다.

그녀는 머리를 식히려고 발코니에 서서 상황을 찬찬히 점검한다. 메리 메리와 있는 동안 토드의 휴대전화가 침실의 닫힌 문 뒤 서랍장 위에서 소리를 냈다. 간밤에 남편이 옷을 벗는 것을 도와주며 주머니를 비울 때 거기다 둔 것이다. 토드는 전화를 진동 모드로 해놓고 다니는데, 나무판 위에서 부르르 떨리는 소리가 마치 인부들이 전기 해머 드릴로 작업하는 것만 같았다. 저렇게 한참 울리면 깨어나겠지, 다른 때라면 이렇게 생각했을 것이다. 토드는 자기 전화에 칼같이 반응하며 사니까. 그에게 전화가 울리는 소리는 엄마에게 아기가 우는 소리와 같이 즉각적이고도 상냥한 관심을 필요로 하며, 그는 그것을 무시한 채 몸을 뒤집어 다시 잠드는 사람이 아니다. 토드는 눈을 뜨는 즉시 침대에서 벌떡 일어나는 사람이다.

조디는 갈매기 두 마리가 급강하하여 호수로 뛰어드는 광경을 바라본다. 갈매기들은 망설이지도 어물쩍거리지도 않고, 수면 아래 자기들이 원하는 게 있다는 걸 알아챈 순간 전속력으로 곤두박질치며 무모하게 공격한다. 그들의 시끌벅적한 소리, 인간으로 치면 큭큭거리고 고소해하는 소리에도 먹이는 도망가지 못한다. 무엇이 덮치는지 알기도 전에 통째로 삼켜진다.

이제 그녀는 평범한 일상에서 벗어난 건 전혀 없다는 듯 하루를 밀고 나가고 싶은 유혹을 느낀다. 한쪽 눈을 감고 외면해버리는 요령을 조디는 잘 안다. 그녀는 가만히 놔두고 그저 무슨 일이 일어날지 기다리는 데 무척 능숙하다. 지금은 운동 시간이고, 그후에는 보통 점심을 먹곤 한다. 냉장고에 해동해둔 작은 필레가 어떤 맛일지 기대가 되었다. 하지만 토드가 깨어나면 그는 이것저것 물어보리라. "늦잠 자는데 왜 안 깨웠어? 뭔가 이상하다고 생각 안 했어?" 그리고 만에 하나 그가 깨어나지 않는다면 그 질문은 다른 곳에서 들어올 것이다. 구급대원. 경찰. 그런 입장이 되면 뭐라고 말할지 미리 정해두어야 한다. 무슨 이야기가 될지, 어떻게 자기 행동을 설명할지. 사랑하는 남편이 아침에 침대에서 일어나지 못하게 됐을 때 자신은 아무 짓도, 정말 아무 짓도 하지 않았다는 사실을 말해야 한다. 어느 의욕적인 경찰이 그녀에게 말하는 소리가 귓가에 울리는 것 같다. 길버트 부인, 남편이 돌아가신 지 여섯 시간—아니면 여덟 시간이나 열두 시간—이 흐른 후에야 911에 신고하셨습니다. 적어도 남편을 들여다봐야겠다는 생각은 안 하셨나요? 한번 들여다봐야겠다는 생각은 안 하셨나요? 거기서부터 계속 질문이 이어진다. 눈치채지 못하셨습니까? 그런 생각이 들지 않던가요? 마음속에 떠오르지 않았어요? 남편이 아플지도 모른다는 생각요. 남편이 괴로워하고 있을지도 모른다는 생각, 남편이 의식을 잃었을지도 모른다는 생각요. 남편이 죽었을지도 모른다는 생각 말입니다, 길버트 부인.

의식을 잃었을지도, 그녀는 생각한다. 그는 의식을 잃었을 수도 있다. 그 생각을 뒤따라 다른 불길한 생각이 이어진다. 그가 혼수상태에 빠져 있을지도 모른다는 생각, 이 순간까지는 머릿속에서 교묘히 벗어나 있던 가능성. 윙크하는 침입자처럼 '뇌손상'이라는 용어가 그녀의 정신세계로 미끄러져 들어오고, 그와 함께 살지도 죽지도 못하고 식물인간이 된 토드의 모습이 따라온다. 그 누구의 것도 아니며 심지어 자기 자신조차 아니지만, 그럼에도 상황을 지배하는 존재. 사람들이 수선을 떨며 그에게 밥을 먹이고, 몸을 씻기고, 마사지를 하고, 일으켜 앉혔다가 다시 눕히기를 반복하는 낮과 밤은 달이 되고 해가 되며, 가정에 대한 그의 충성심은 자산과 함께 제삼자에게 예탁된다. 그래도 의문은 남을 것이다. 그녀는 남들이 자기를 바라보고 판단한다고 느끼기 시작하리라. 움직임 하나하나가 기록되어 불리하게 작용할 것 같은 느낌. 프로이트가 오전 내내 닫혀 있는 침실 문을 코로 밀고 들어갔다 나오기를 반복했지만 아무런 위로가 되지 않는다. 길버트 부인, 개도 뭔가 이상하다는 걸 눈치채지 않았습니까.

그 남자

토드는 변기에 앉아 무릎에 팔꿈치를 괴고 얼굴을 손에 묻은 채로 누린내 나는 소변을 흘려보낸다. 똑바로 앉아 있는 것이 고작이다. 커피 생각이 간절하다. 그 향과 맛. 커피 생각에 변기에서 간신히 몸을 일으켜 샤워기로 가서 찬물을 튼다. 얼음 같은 물방울이 닿자 가차없는 순전한 고통이 밀려오지만 머릿속에서 울리는 전기드릴의 충격에 비하면 댈 것도 아니다. 그는 물줄기를 향해 고개를 들고 입으로 물을 받아 헹군 후 뱉어낸다. 가래도 컥컥 끌어올려 뱉어낸다.

수건으로 몸을 다 닦은 뒤 그는 세면대 앞에 서서 얼굴을 비누로 문지른다. 면도기를 든 손가락은 감각이 없고 어색하다. 늦잠을 잔 느낌인데 옷을 입으러 침대로 돌아올 때는 그 기분이 더 확실해진다. 조디는 벌써 일어나 있다. 생각보다도 한참 늦은

게 분명하다. 그래도 옷을 다 입고 손목시계를 찬 뒤에야 시간을 확인한다.

부엌에 가보니 조디가 달걀을 깨서 휘젓고 있다.

"시계가 늦게 가나 본데." 그는 어정거린다. "배터리가 나간 모양이야."

"커피 다 됐어." 그녀는 머그잔에 커피를 따르고 크림과 설탕을 넣어 휘저은 후 그에게 건넨다.

"지금 몇 시야? 내 시계로는 1시 30분인데."

"오후 1시 30분이야."

"농담이지."

"정말로 시간이 그래."

"그럴 리가. 10시에 클리프를 만나기로 했는데."

그녀는 어깨를 으쓱한다. "전화해서 늦잠 잤다고 하면 되지." 그녀는 달걀을 지글거리는 팬에 붓고 포크로 뒤섞는다.

"말도 안 돼. 왜 안 깨웠어?"

"푹 자야 할 것 같아서."

"망할." 그는 커피를 조금 삼키고 한 손으로 관자놀이를 누른다. "고주망태로 취했었나. 침대에 어떻게 갔는지도 기억 안 나."

피로의 물결이 밀려와 그는 커피를 들고 식탁으로 간다. 그녀가 이미 식탁에 매트를 깔고 나이프와 포크, 냅킨을 차려두었다.

"내가 당신 옷 벗는 거 도와줬지. 신발도 제대로 못 벗더라."

그녀는 달걀을 접시에 올리고 스토브에 따뜻하게 데워둔 팬에서 베이컨과 감자를 꺼낸다. 접시를 탁자로 가져가 남편 앞에 놓는다. 그가 포크를 든다.

"고마워. 배고파 죽는 줄 알았네."

음식을 먹는데도 입속 자기 몸이 낯설고 혀가 까끌까끌하다. 그래도 음식을 퍼 넣으며 무기력과 피로에 먹이를 준다. 그는 쓰러져버리고 싶다. 침대로 돌아가든가, 바닥에 웅크리고 눕든가. 대신 똑바로 앉고 다리로 바닥을 단단히 딛는다.

"그렇게 많이 마신 것 같지 않았는데. 어쨌든 평소보다 더 마신 것도 아냐."

그는 술집에서 있었던 일을 기억하려 한다. 몇 시에 갔었는지, 얼마나 머물렀는지, 몇 잔이나 주문했는지. 그러나 계산이 잘되지 않는다. 기억나는 것이라고는 축하하고 싶었던 기분뿐이다. 축하 기분에 젖었으니 과하게 마셨을 수는 있다.

"내 말은, 그래, 평소보다는 좀더 마셨을 수도 있겠네."

"잠이 필요했나 봐."

"클리프에게 그렇게 말 좀 해줘. 스테파니에게도."

그녀는 커피 주전자를 탁자로 가져와 머그잔을 채워준다.

"맙소사, 조디. 왜 안 깨웠는지 모르겠네."

"오늘 저녁 집에서 먹을 거야?"

"기분으로는 그럴 것 같은데."

"맛있는 카술레 만들어줄게. 돼지고기엔 철분이 많잖아."

그가 식탁에서 어물쩍거리고 있을 때 전화가 울리고, 그는 그 소리를 따라 침실로 간다. 화면에 나타샤의 번호가 뜨자 그는 약간 들뜬다. 간밤에 그녀가 다시는 그와 말하지 않겠다고 한 것만은 기억이 난다.

"어디에요? 아침 내내 전화했는데."

"숙취 때문에 늦잠 잤어."

"아직도 집?"

"거의 문밖에 나와 있어."

"그 사람은 뭐래요?"

그는 나타샤의 말뜻을 파악하려 애쓴다. 꽉 막혀버린 정신이 오물 찌꺼기 웅덩이에 잠겨 다 타버린 엔진 같다.

"지금은 얘기하기 어려운 상황인가 보네." 나타샤가 콕 찌른다.

그는 열린 문을 힐끔 본다. 부엌에서는 톡톡 두드리는 소리가 들린다.

"잠깐은 괜찮아."

"그래서? 그 사람은 뭐래요?"

"누가 뭐라고 해?"

나타샤는 귀에 들리게 한숨을 내뱉는다. "그 여자, 얼마나 화났어요? 조용히 받아들여줄 것 같아요?"

임신 얘기군, 그는 생각한다. 조디에게 말하겠다고 약속했었나?

"집에 늦게 왔어. 아직 얘기할 기회가 없었어."

그는 한 팔을 서랍장에 얹었다. 하얀 표면에 옹이가 지고 갈라져 골동품처럼 보이는 효과가 있어서 실제 골동품보다도 훨씬 비싸게 주고 산 것이다. "내가 너 사랑하는 거 알지."

"아, 제발, 토드. 그 여자가 아버지랑 얘기한 다음에 무슨 일이 있었냐고!"

"조디가 네 아버지랑 무슨 얘길 했다 그래."

"했어요. 어제. 아버지가 다 얘기했다던데."

"그럴 리가 없어."

"어째서 그럴 리가 없어요? 그랬다니까. 대체 무슨 일이에요? 괜찮아요?"

그는 침대에 무겁게 주저앉는다. 무슨 병 같은 것에 걸렸나 싶은 생각이 서서히 들기 시작한다. "난 괜찮아. 걱정할 거 없어. 나중에 전화할게."

전화를 끊으며, 그는 이 상황이야말로 자신과 조디가 함께하는 삶의 전형이라는 것을 깨닫는다. 고집스러운 가식, 침묵의 골, 맹목적인 전진. 일찌감치 눈치챘어야 했는데, 이런 상황이 괴상하고 일상적 궤도에서 벗어나 있다는 생각은 한 번도 들지 않았다. 다른 부부들은 시끄럽고 말이 많고 싸우다 화해하기를 반복하며 여러 어려움을 헤쳐나가지만, 조디와 그에게는 위선뿐이다. 겉으로는 괜찮은 척 가장하고 시늉만 하면서 아무 말도 하지 않는다. 모든 것이 좋고 앞으로도 좋을 것처럼 행동한다. 조디의 위대한 재능은 침묵이고, 그는 항상 아내의 그런 점을 사랑했다. 그녀가 자기 일에만 신경쓰고 비밀을 지키는 법을 안다는 점이 좋았다. 그러나 침묵은 그녀의 무기이기도 하다. 항의하지 않으려는 여자, 고함치지도 악을 쓰지도 않는 여자. 그 안에 힘이, 강인함이 있다. 감정을 무시하고, 비난하거나 싸움을 걸지 않는 그녀의 방식은 그에게 비집고 들어갈 틈을 주지 않고, 다시 감정을 불어넣을 여지도 주지 않는다. 그러한 거부가 그를 선택의 기로에 홀로 남겨둔다는 건 그녀도 알고 있다. 그러나 조디가 그 때문에 고통스러워한다는 것도 그는 안다.

그는 고통을 이해한다. 그는 가톨릭으로 자라났다. 삶에는 고통이 내재되어 있고 고통을 겪지 않을 수는 없다. 삶에는 모든 것이 있으니까. 삶은 모든 것의 모자이크이며 가장자리가 깔끔하게 나뉘어 떨어지지 않는다. 삶의 모자이크 속에서는 그 무엇도 일방적이지 않으므로 서로 겹치기 마련이다. 그의 아버지가 그런 예다. 그는 아버지를 경멸하게 되었고, 그것은 기정사실이지만 아버지와 함께한 시간 중에는 이따금 즐거움 비슷한 감정으로 기억될 만한 순간들도 있었다. 공항에서 비행기가 뜨고 내리는 것을 지켜보던 오후. 그가 일고여덟 살 때였을 것이다. 점보제트기의 둥근 기체가 활주로를 굴러가다 가뿐하고 우아하게 떠오르는 광경을 보는 것이 좋았다. 날개 끝에 비쳐 튕기는 햇살. 그후로 몇 년간 그는 비행사가 되고 싶었는데, 아버지도 격려하며 원하는 건 뭐든지 될 수 있다고 말해주었다. 그때 둘 사이에는 사랑 비슷한 게 있었다. 물론 다른 것들과 뒤섞인 사랑이었고, 삶에서 그 무엇도 일방적이지는 않다는 원칙으로 돌아가는 얘기다. 노친네에게는 그 나름의 선한 마음이 있었고 심지어 웃음과 재미도 있었지만, 가운데 자리잡은 어둠은 계속 자라났다. 아버지가 술주정뱅이에 불한당이면 때를 노리는 판단력이 생긴다. 언젠가 덩치가 커지고 끼어들 수 있을 만큼 힘이 세질 날을 기다리는 마음. 궁극의 해방이 올 날을 고대한다. 그러나 막상 그날이 오더라도 그것이 끝이 아니며, 다시 한번 삶은 모든 것이 뒤죽박죽 섞인 잡동사니 같다는 교훈을 얻을 뿐이다.

그날은 토드가 열여섯 살 때 왔다. 그 무렵 그는 키가 훌쩍 자라 건장해졌고, 여름 동안 공사장에서 일하며 무거운 시멘트 자루를 나르고 타르 양동이를 옮기느라 힘과 자신감을 얻었다. 춥고 비가 오는 어느 가을 토요일이었다. 집에서 시간을 보내며 숙제하고 텔레비전을 보던 날이었다. 노친네는 왠지 곧 터질 지뢰처럼 안절부절못하고 짜증을 부리는가 하면, 간간이 지하실에서 올라와 아내를 못살게 굴고 투덜거렸다. 폭풍이 일기 전 부글부글 끓는 상황이라는 건 누가 봐도 분명했다. 언제 폭발하느냐의 문제일 뿐. 그러나 항상 밑에는 낙관이 깔려 있었다.

상황이 그렇게 나쁘게 흘러갈 리는 없다는 완강한 믿음이 있었다. 어머니도 마찬가지로 느낀다는 것을 그는 알았다. 어머니는 감자 껍질을 벗기면서 이렇게 말하곤 했다. “저녁 먹으면 진정할 거야.” 하지만 그때, 무릎 위에 접시를 놓은 채 텔레비전을 보던 중(그의 기억으로는 〈아내는 요술쟁이〉였다) 유순하기 짝이 없는 어머니가 냅킨을 들고 남편의 턱에 묻은 그레이비소스를 닦으려 했을 때 갑자기 그들 셋 모두는 자리에서 벌떡 일어났다. 저녁 식사가 다 뒤집어졌고 노친네는 어머니의 머리끄덩이를 움켜쥐었다. 귀에 우르르하는 소리가 밀려들면서 까만 점들이 시야를 뒤덮는 가운데 토드는 주먹을 휘둘렀다. 펀치를 날렸다. 거칠고 어색하기 그지없었으나 어딘지 모를 곳에 주먹이 명중했고, 아버지는 체면이고 뭐고 없이 부서진 의자처럼 고꾸라지더니 바닥에 쓰러져 코피를 흘렸다. 다음날, 이제 남자가 된 소년에게는 슬픔이 덮쳐왔다. 이렇게 둘 사이가 모두 훤히 드러나버렸다는 것이, 이제 아버지와 아들은 없으며 증오와 가난 속에 붙어 있는 두 성인 남자만 있다는 사실이 지독히도 혐오스러웠다.

이제, 출근했어야 하는 평일 오후에 집에 남아 전화기를 들고 침대에 앉아 있는 그는 방금 전 나타샤가 한 말에 혼란을 느낀다. 눈은 나른하게 방안을 떠돌며 높이와 너비를 잰다. 넉넉한 공간, 높다란 창문, 서서히 물러가는 남청색 벽면. 집 어디에서도 소리가 들리지 않고 바깥에서도 아무런 소리가 나지 않는다.

이렇게 높은 곳에서는 새소리도 들리지 않는다. 이보다 더 평화로울 수가 없는데도, 악마나 들개에게 포위라도 당한 양 자신의 무게에 의해 아래로 끌려 내려가는 기분이다.

그는 고통에 대해 아는 만큼 헌신에 대해서도 안다. 열린 마음으로 자신의 공물을 바쳐왔다. 사랑하는 이, 조디에게 공물을 바쳤다. 그렇다, 그는 그녀에게 안락함을 제공했다. 그것만이 아니다. 그는 관심을 기울이고 헌신했으며, 이따금 둘이 같이 집에서 영화를 볼 때면 몇 시간이나 그녀의 발을 주물러주기도 했다. 주말에는 부엌에서 시간을 보내며 그녀가 젤리와 잼을 만드는 것을 돕느라 한없이 냄비를 젓기도 했다. 영원히 걸쭉해질 것 같지 않던 묽은 혼합물을 말이다. 조디는 그가 앞치마를 두르고 집안일을 해주면 좋아한다. 그럴 때 그와 더 가까워진 기분을 느끼는 것이다. 그것이 그녀가 갈망하는 유의 친밀감, 그녀를 행복하게 해주는 동반자 의식이다. 그는 그 일을 기꺼이, 심지어 경건하게 헌신하는 신도의 정신으로 떠맡았으며 그녀가 부탁하면 그 이상도 해줄 마음이 있었다. 하지만 조디가 그에게 뭔가 부탁하는 법은 거의 없다. 그녀가 더 부탁한다면 차라리 낫겠다. 어머니도 그랬다. 부탁하지 않았다. 그러나 아버지는 제대로 응해주지 않았을 테니 그편이 최선이었다. 외도에 관해서라면 노친네는 수준이 달랐다. 술과의 외도, 그건 그저 단순한 일탈이나 하룻밤의 오락이 아니라 철저한 전념이요, 계약이요, 서약이었으니, 그로 하여금 아내를 완전히 영원히 외면하도록 만들었다. 토드의 어머니는 버림받은 여자였고 어머니의 외로움은 어린시절 내내 그를 감쌌던 물안개였다.

그는 일어서서 문설주에 기댄다. 평범한 숙취가 아니다. 식중독일까. 바에서 먹었던 버거가 잘못되었나. 그렇지만 식중독이라면 토하거나 적어도 설사를 해야 하지 않나? 그 대신 그는 울고 싶고 포기하고 싶고 굴복하고 싶은 기분이다. 의식적으로 몸을 추스르고 한 발을 다른 발 앞에 내디디며 나가보니 조디가 소파에 앉아 있다. 책상다리를 한 채 그저 앉아 있을 뿐 잡지나 요리책을 읽지도 않고 전화 통화를 하고 있지도 않다. 아무것도 하지 않고 있다. 그는 그녀 옆에 앉아 머리를 어깨에 기댄다.

"내가 당신 오후를 망치고 있네."

"별로." 그녀는 정신을 다른 곳에 쏟는 듯 약간 멀게 느껴진다. "장 좀 보고 와서 저녁 준비할게. 닭고기 수프 같은 걸 해야 하지 않을까."

"당신도 다른 계획이 있을 텐데."

"중요한 건 아냐. 지금은 당신 챙기는 게 중요하지."

"난 다시 침대로 가야겠어."

"그렇게 해. 푹 자. 내일 새롭게 시작하면 돼."

"닭고기 수프 맛있겠다. 만두도 넣을 거야?"

"당신이 좋다면 뭐든."

“당신 없으면 난 정말 어떻게 될까 모르겠네. 더 좋은 남편이 되어주지 못해 미안.”

“바보 같은 말 하지 마. 지금은 상태가 안 좋은 것뿐이야. 침대 정리해줄게. 그때까지 여기 좀 누워 있어.”

그 여자

부엌에서 저지른 악행, 집안에서 벌인 사소한 장난이 역사에 길이 전해지는 대신 두 사람만의 사적이고 우발적인 사건으로 남게 되자 그녀는 자기 뜻이 옳았다는 확증을 얻었다고 믿는다. 남편이 스물네 시간 만에 말끔히 회복되었다는 것은 그녀의 뛰어난 본능에 대한 유의미한 확인이었다. 수면제 열한 알로는 남편이 죽지 않을 거라 생각했고, 실제로 남편은 죽지 않았다.

재난을 피하자 그녀는 안전지대로 돌아와 자신의 공포를 비웃을 수 있게 된다. 딘의 관점에서 하는 이야기는 확실히 믿을 수가 없다. 그렇게 결정이 난다. 딘이 신뢰할 수 없는 사람이라는 결론에 다다른다. 적어도 그 순간 그는 평소의 자신이 아니라 현실에 관한 기본 전제가 급작스럽게 바뀌어버린 남자다. 가장 친한 친구가 성폭행범이 되고, 딸은 기대와 달리 지각 있는 여자

애가 아니라는 생각. 딘이 잠시 정신이 나갔다는 것은 기정사실이다. 게다가 딘은 늘 지나치게 성급하다. 연극적으로 일을 벌인다. 약간 프리마돈나 같다. 조디야말로 토드를 가장 잘 아는 사람이다. 그녀가 확실하게 아는 것 하나는 가정이 그에게 중요하다는 사실이다. 토드뿐 아니라 대부분의 남자에게 가정은 외도를 화려하게 만드는 대척점이 된다. 외도란 그 정의상 비밀이고 일시적이며 아무것도 약속되지 않는 것이고, 장기적인 관계에서 나오는 복잡한 일들로 이어지지 않기에 매력적인 것이다. 토드는 그 여자애와 결혼할 의도가 없다.

아이였을 때 나타샤는 그다지 눈에 띄지 않았고, 어머니가 죽은 후에는 성격이 거칠어졌다. 조디는 그 아이의 검은 립스틱, 삐쭉삐쭉한 머리카락, 통통한 배를 기억한다. 손톱을 자근자근 씹던 모습도. 그런 아이가 어떤 식으로든 매력적으로 자라났으리라고는 상상하기 힘들다. 토드가 끌린 것은 그 애의 젊음과, 자기 나이의 반 정도 되는 아이가 그에게 흥미를 보이기 때문이겠지. 남자들은 그런 식이다. 재확인을 갈망한다. 확실히 나타샤 코박스는 영향력 있는 존재가 아니다. 높이 평가할 만한 사람이 아니다. 토드가 잠깐 그 관계에 빠질 수는 있겠지. 그게 그의 패턴이다. 그리고 미래의 행동에 대한 가장 좋은 예측 변수가 과거의 행동이라는 건 누구나 안다.

적어도 조디가 안정적이고 성숙하며 충실하고 결혼을 제대로

운영할 능력을 갖추었으니 다행이다. 세계는 망가진 이들로 가득차 있고, 정신이 똑바로 박힌 쪽이 침체기를 맡아 해결하지 않으면 어떤 커플도 안전하지 않다. 그녀는 이 결합에서 유능한 구성원으로서 기꺼이, 기쁘게 임무를 맡아 수행한다. 정신 건강 증명서를 가진 쪽, 행복한 어린시절을 누리고 심리적 결함 없이 성장한 쪽. 그녀의 경우 이 부분만큼은 분명하다. 능력 있고 정신이 똑바로 박혀 있다는 사실. 학교에 다니면서 그녀는 심리 치료 과정을 이수했다. 자기 인식이라는 훈장을 힘들게 얻어냈다.

심리 치료는 아들러 학교에서 가르치던 교수님에게 권유받았다. 내담자 의자에 앉으면 어떤 기분인지 직접 경험해보는 게 도움이 될 거라고 했다. 자신의 심리를 들여다보면 남들도 그렇게 하도록 도울 줄 알게 될 거라는 얘기였다. 교수님이 모든 학생에게 이런 제안을 하진 않는다는 것을 알았기에 어째서 자기만 골라냈는지 궁금했지만 물어보지는 못했다. 그녀가 알기로, 개인 심리 치료를 졸업 요건으로 정해놓는 학교도 있었다. 가령 융 심리학을 전공하는 학생들은 훈련 과정에서 활발하게 개인 분석을 해야만 한다.

대학 졸업 후 공부를 더 해보기로 결심했을 때, 그녀는 아들러 학교로 정하기 전에 융 연구원도 선택지 중 하나로 살펴보았다. 그녀는 융의 개별화라는 개념이 마음에 들었다. 한 사람이 자신의 인종적·문화적 유산과 떨어져서 스스로를 인식하는 과정으로, 융의 용어로는 온전성을 획득하는 방식이다. 사람들은 삶과 그 의미에 대해서 그들의 조상이 가르쳤던 지식 외에 자기만의 이해에 도달해야 한다. 하지만 전반적으로 그녀는 융의 접근 방식이 비밀스러우며, 신비주의와 상징주의를 향한 그의 관심에서 비롯된, 일종의 자물쇠 걸린 상자 같은 매혹을 지닌다는 사실을 알게 되었다. 언젠가 융 신봉자가 의미 있는 삶이란 상징적 극劇을 참여자로서 경험해본다는 뜻이라고 말해준 적이 있었다. 그녀로서는 절대 획득할 수 없었던 불신의 유예였다. 아들러는 사회적 관심과 목표 구성체에 대한 실용적 관점 때문에 더 매력적으로 보였다.

그녀가 고른 심리 치료사는 제러드 하트먼이라는 사람으로, 아들러학파였으며 그녀처럼 상담 심리학자였다. 하지만 제러드는 훨씬 나이가 많았고 경력이나 임상 경험도 더 많았다. 그때 그녀는 이십 대, 그는 사십 대였다. 화요일 오전 10시 정각이면 그녀는 공원 근처의 워싱턴 스트리트에 있는 빈티지풍 고층 건물에 도착해서 시도 때도 없이 냉난방을 하는 방안에 그와 함께 앉았다. 그녀는 바깥 날씨와는 상관없이 필요할 때 걸치거나 벗을 스웨터 두 벌을 챙겨 가는 습관을 들였다. 그녀가 상담 시간에 결부한 또 다른 중요 사안은 심리 치료의 기본 전제에 대한 자신의 이해, 여러 학파를 넓게 나누는 전제였다. 인간은 누구건 출신이 어떻건 간에 어린시절의 정원에서 현재의 모양과 형태로 자라난다. 다른 말로 하면, 삶의 지향과 주변 세계—정신적 기본틀—는 부모의 감독 없이 집을 떠날 만큼 나이가 들기 전에 벌써 자리잡는다는 뜻이다. 편견과 선호도, 어디에서 막히고 어디에서 두각을 나타낼지, 어떻게 행복의 선을 긋고 언제 고통을 느낄지, 이 모든 것들은 성인기에 접어들기 전에 거의 확립된다. 아주 어렸을 때, 순진하고 예민하며 발달중인 자아 속에서 자신의 경험을 측정하고 그에 따라 세상에서 자기 자리와 관련한 결정을 내리기 때문이다. 이 결정은 뿌리를 내리고 또 다른 결정으로 자라나 태도로, 정신적 습관과 표현 양식으로 굳어진다. 심오하고 결연하게 자신을 깨닫게 되는 모습이다. 그녀는 이것을 학교 공부를 통해 이론적으로 이해했으므로 이제 치료를 통해 실제로 대면할 준비가 되어 있었다. 조디가 편안하고 침착하게 기대할 수 있었던 건, 자신이 제대로 시작했고 건강한 관점을 갖고 있으므로 과정이 어렵지 않으리라는 믿음 덕분이었다.

그녀는 제러드에게 금방 호감을 느꼈다. 그는 순전히 키와 덩치만으로도 엄청난 남성성을 발산하는 사람이었다. 커다란 머리와 발, 넓은 가슴과 어깨, 인상적인 신장. 무엇보다도 털이 많았다. 윤기가 흐르는 짙은 머리카락, 손목에 돋아난 털. 그에게서는 담배와 차의 가죽 시트 냄새가 났다. 그녀에게 남자와 남성을, 즉 아버지와 삼촌들을 떠올리게 하는 냄새였다. 또한 제러드는 약간 사시였다. 카우보이가 되어도 될 것 같은 외모였지만, 그는 항상 정장을 입고 타이를 매어 그런 이미지와 싸웠고 절대로 재킷을 벗지 않았다. 진찰실 온도가 들쭉날쭉하다는 사실을 의식하지 못하는 듯했다.

첫날 건너편에 앉아서, 그가 항상 팔걸이에 놓아두기는 하지만 절대 쓰지 않는 펜과 공책, 세상의 모든 시간을 들여서라도 어떤 질문에든 대답해주려는 그의 습관을 살피며, 조디는 제러드가 피곤해 보인다고 생각했다. 완전히 기진해 보였다. 내담자들과 까다로운 말다툼을 너무 많이 거쳐온 인상이었다. 하지만 습관적으로 떠올리는 애상 어린 표정이 그가 내담자들의 고통, 조디의 고통까지도 애석해한다는 점을 알려주었다. 그가 배려심 깊고 동정이 많으며 안전한 사람이라는 것도.

"기억하고 있는 가장 최초의 일을 말해봐요." 제러드는 이런 식으로 시작했고, 조디는 마음속에 떠오른 기억을 술회했다.

"편도선 수술을 받으러 병원에 입원했을 때요. 하지만 그 부분은 어머니가 나중에 얘기해주셨어요. 내가 기억하는 부분은 침대 위에 서서 병실의 다른 아이들을 쳐다본 것과 그중 하나가 울기 시작하자 불안해졌다는 거예요."

그가 기다리자 그녀는 덧붙였다. "어째서 그 아이가 우는지 이해할 수 없었어요. 그래서 알아내고 싶었죠."

그가 계속 기다렸고, 마침내 그녀는 말했다. "아마도 어린시절부터 심리 치료가 천직이었나 봐요."

이 말에 그는 웃음을 터뜨렸다. 그가 유머 감각이 있는 사람이라서 기뻤다.

그는 어린시절의 추억을 더 물었고, 그녀는 대여섯 개 더 끄집어냈다. 그래도 그는 더 요구했다. 그녀는 물론 어린시절 회상을 중시하는 아들러식 접근에 익숙했고 자기 설명이 정확한지, 심지어 사실인지도 제러드에겐 상관없다는 걸 알았다. 아들러 연구자에게 한 사람의 기억이란 단순히 그 사람이 하는 이야기에 불과하다. 하지만 그 사람의 태도가 기억에 반영된 방식에는 가치가 있다. 치료사에게는 비옥한 토양이지만 그녀는 이런 시각을 자신에게 적용한 적이 없었다. 감상적인 유형이라서가 아니라, 일기를 쓰지 않고 심지어 사진첩도 없었으므로 과거를 생각하는 일이 거의 없었던 것이다. 놀라운 것은 기억을 떠올릴 때마다 그와 함께 고조되는 감정이었다. 지나간 날의 잔해는 그녀가 생각했던 것처럼 유물이나 화석이 아니라 여전히 생생하게 살아서 펄쩍펄쩍 뛰고 있었다.

그녀는 타탄체크 무늬에 가장자리가 벨벳으로 장식된 파티 드레스를 떠올렸다. 딸의 머리카락을 동그랗게 말아주던 어머니, 얼음 낀 난간에 혀를 댔던 때, 나무에서 떨어져 팔목을 삔 일, 브렛 할머니와 함께 쿠키를 구웠던 것, 이야기책을 읽어주던 아버지, 그네에서 밀어버렸던 큰오빠, 다른 애들과 함께 소꿉놀이와 사방치기와 숨바꼭질을 하던 것, 친구에게 팔찌를 주었지만 친구가 그것을 잃어버려 차라리 내가 갖고 있을걸 하고 너그러운 행동을 후회했던 기억. 학교에서는 달린이라는 예쁜 소녀가 생각났다. 그녀는 그 소녀를 따라 하고 싶었다. 질문을 받으면 틀린 답을 말하던 페니라는 소녀도 있었다. 삼인조에는 사람이 몇 명 있지? 페니는 둘이라고 대답했다. 각각의 사건과 함께 평가가 따랐다. 그때 무슨 결정을 내렸는지. 조디는 여자아이인 게 좋았고, 자랑쟁이나 말썽쟁이가 된다고 해서 이로울 게 없었다. 남자들은 그녀에게 친절했고 다른 애들과 어울려 노는 것은 즐거웠다. 필요할 땐 이기적으로 굴어도 괜찮았다. 그녀는 달린에게서 마음에 들었던 점을 따라 할 수 있었다(가령 멋진 자세라든가). 그녀는 페니보다 영리했고 성공을 거둘 능력이 있었다.

다음 몇 번의 상담 동안에 이런저런 이야기가 이어졌다. 조디는 제러드에게 자신이 심리학에 입문한 계기를 말하고, 그것을 소명으로 여겼지만 길을 잘못 들어섰는지도 모른다고 털어놓았다. 일고여덟 살 때부터 가족 내에서는 집안의 정신과 의사로 통해 남동생 라이언을 달래는 역할을 맡았다. 라이언은 악몽을 잘 꾸었고 분노발작을 일으켰고 제 몸을 여기저기 깨물기도 했다. 동생이 피를 흘리거나 침대에서 발버둥치면 부모님은 "조디 데려와"라고 말하곤 했다.

그녀는 라이언을 예뻐했다. 그녀는 동생을 꼭 껴안고 흔들어 재워주거나 농담과 게임으로 관심을 끌었다. 결과적으로 부모는 그녀를 칭찬했고, 그녀는 칭찬을 진심으로 기쁘게 받아들였다. 하지만 남동생을 어르는 것은 맹점을 안고 자신의 분노, 질투, 고독, 탐욕과 씨름하는 내담자들을 다루는 일과 조금도 비슷한 구석이 없었다.

"우리는 최선을 다할 뿐이에요." 제러드가 말했다.

"만약 최선이 충분하지 않으면 어쩌죠?"

"당신이 신경써주는 것을 그들이 깨닫는다면, 싸움은 반쯤 이긴 거예요. 감정적 지원 그 자체로 기적을 일으킬 수 있거든요. 그다음부터는 당신이 받은 훈련과 당신의 재기를 믿으면 됩니다."

"적성은 어쩌고요? 그게 어느 정도는 중요할 텐데요."

"다른 직업이랑 마찬가지죠. 직접 일하면서 해결해요. 실습을 하다 보면 더 나아질 겁니다."

제러드는 조디의 존경을 얻었고, 깊이를 모를 물에서도 굳건히 자리잡을 수 있게 하는 닻이 되었으며, 한편으로는 그녀의 뮤즈이기도 했다. 제러드가 보여주는 고갯짓 한 번, 말 한마디, 몸짓 하나가 지표가 되고 대본이 될 수 있었다. 믿음직스러운 눈길과 그윽한 모음 발음이 공모해서 조디를 부추기고 말을 끌어내는 과업을 완수했다. 심지어 그 방 자체도 중립적인 색깔, 획일화된 조명, 조용함이 어우러져 기억의 크랭크를 돌려서 그녀를 어린시절의 영역으로 데려갔고, 그 시간들에 다시 생기를 부여했다.

이 모든 것에도 불구하고 그녀는 별로 큰 기대가 없었고, 제러드와 함께 작업하면서도 딱히 대단한 일이 생기리라 예견하지 못했다. 그녀는 사물을 본질적인 모습 그대로 받아들이는 편을 선호했다. 교육의 일부로, 자기가 받는 훈련의 한 가지로. 결국 그녀가 문제를 안고 이곳에 온 건 아니었기 때문이다. 사실, 그녀의 삶은 예외적일 정도로 순조롭게 흘러갔다. 자살해서 그녀의 자신감을 산산조각 내버렸던 어린 서배스천은 이제 천천히, 그러나 확실하게 정확히 측정한 거리를 두고 물러나고 있었다. 그렇게 떨어진 곳에서 보니, 그 일은 그녀의 무지라기보다 다른 요소들이 개입된 결과였다. 그녀와 토드가 부부로서 함께하는 행복한 삶은 삼 년 차에 접어들고 있었지만 여전히 어딜 가든 함께인 열정 넘치고도 지속적인 단계였다. 그들은 욕정의 영광에 젖어 그런 티를 내려 외출했다. 그때껏 그녀는 이보다 더 깊은 사랑에 빠진 적이 없었고 육체의 즐거움에 그처럼 충만하게 탐닉한 적도 없었다. 심지어 대학 1학년, 도매급 난교의 시절로 묘사할 수 밖에 없는 단계를 거치면서도 이렇진 않았다.

필연적으로 조디와 제러드는 부모님의 결혼이라는 화제를 건드리게 되었다. 특히 그들의 침묵에 대해서. 그가 계속 이 화제로 돌아오려는 것으로 미루어, 제라드는 이것이 풍부한 논의의 온상이라고 생각하는 듯했다. 하지만 그녀에게는 과거의 영역이었고, 새삼스러울 것도 없었다.

제러드: 부모님이 서로에게 말을 하지 않을 때 조디는 어땠나요?

조디: 자식들 사이에서도 긴장감이 높아졌던 것 같아요.

제러드: 그래서 긴장되었나요?

조디: 가끔은 웃기기도 했어요. 저녁 식사에 손님을 초대하면 부모님은 과하다 싶게 손님을 접대했죠. 아시잖아요, 손님에게 집중하면 배우자와는 말을 나눌 필요가 없으니까……. 라이언을 쳐다보면 그 애는 눈알을 모으면서 자기 목을 조르고 있었고요. 그럼 전 웃음을 터뜨렸고 걔도 웃음을 터뜨렸죠. 우리는 식탁에 앉은 채 우스워 몸을 떨면서 입으로 음식이 튀어나오지 않게 하려고 애를 썼어요. 그런 일이 실제로 몇 번 있었죠. 그런 식의 일이요.

제러드: 웃음은 좋은 해소법이죠.

조디: 그게 그렇게 큰일이었는지는 모르겠네요. 부모님이 서로 말을 안 하는 거 말이에요. 부모님에게는 큰일이었겠죠, 확실히. 전 나이가 더 들 때까지는 알아차리지도 못했지만요.

제러드: 나이가 들어서는 뭘 알아차렸죠?

조디: 아버지 때문에 어머니가 어떤 일을 겪었나 하는 거요. 어머니가 무엇을 참아야 했는지. 제 고향은 작은 동네였고 무

슨 일이 일어나는지 서로 다 알고 있었어요. 어머니를 괴롭혔던 건 무엇보다도 굴욕이었다고 생각해요. 사람들이 자기를 동정한다는 사실. 어머니는 의기소침했을 거예요.

제러드: 그럼 아버지는 결혼 생활에 충실하지 못했고, 어머니는 의기소침했다는 거군요. 그게 당신에겐 어떤 영향을 끼쳤죠?

조디: 웃긴데, 이것만은 기억나요. 저는 아버지를 따라 그 여자의 집에 한 번 갔었어요.

제러드: 그 얘기 좀 해봐요.

조디: 손님이었어요. 약국에 오곤 했죠. 그리고 전 항상 그 여자가 무슨 옷을 입었는지, 어떤 행동을 했는지, 무엇을 샀는지 알아봤죠. 보통은 감기용 알약이었어요. 그리고 바륨•. 아빠는 그 여자의 처방전에 바륨을 넣어주곤 했죠. 옷을 잘 차려입는 여자였어요. 립스틱, 치마, 하이힐. 너무 뻔했어요. 뻔뻔한 여자였고, 어떤 면에서는 그게 제겐 충격적이었죠.

제러드: 계속해요.

조디: 어느 토요일 제가 일손을 도우려 약국에 나갔는데, 그 여자가 왔어요. 여자가 물건을 사서 나가자 아버지는 약사 가운을 벗고 제게 가게 좀 보고 있으라고 하더군요. 하지만 전

• 진정제의 일종.

그러는 대신 가게 문을 닫고 아버지 뒤를 밟았어요. 그때까지는 의심의 여지가 있다고 생각했죠. 하지만 뻔히 보이는 일, 이미 끝난 일이었어요. 아버지가 그 여자 집 앞 계단을 올라 초인종을 울리는 걸, 여자가 문을 열고 아버지를 들이는 걸 봤으니까요.

제러드: 어머니에게 얘기해봤나요?

조디: 그래봤자 무슨 소용이 있었겠어요?

제러드: 아버지에게는 말했습니까?

조디: 아뇨. 그때도 전 잘 알고 있었던 것 같아요. 그 여자는 남편을 잃고 혼자 살고 있었어요. 흔한 베트남전 사연이죠. 남편이 휠체어를 타고 귀환했지만 몇 달 후 약물 과다 복용으로 죽는 그런 얘기 있잖아요. 아버지는 일을 벌이고 나중에 후회했을지는 모르지만, 그 여자를 버릴 수 없었죠.

제러드: 그리고 어머니는 아버지를 떠나지 않았고요.

조디: 그랬다가는 가정이 깨질 테니까요.

제러드: 당신이 어머니 입장이라면 어떻게 했겠습니까?

조디: 저한테 애가 셋 있었다면요? 저라도 똑같이 했을 것 같아요. 끝까지 버티는 거죠. 하지만 부모님의 실수에서 뭔가 배우지 않겠어요? 저는 그런 입장에 놓이지 않을 거예요.

제러드: 무슨 뜻입니까?

조디: 전 결혼하지 않을 테니까요. 가정을 갖지 않을 거예요.

제러드: 무척 단호하네요.

조디: 제 생각이 그러니까요.

제러드: 어떤 면에서는 부모님이 저지른 실수의 대가를 당신이 치르는 셈일 텐데요.

조디: 저는 제 삶을 스스로 통제하고 싶어요. 행복해지고 싶어요.

제러드: 행복은 우리가 미리 처방할 수 있는 게 아닙니다.

조디: 제 처지가 어머니처럼 되고 만다면, 탓할 사람은 저 자신밖에 없겠죠.

하지만 부모님의 문제는 성인의 문제였고 어린이였던 조디의 삶에는 별 영향을 미치지 않았다. 고된 노동, 권력 획득, 공동체 정신 그리고 교육을 단단한 핵심 가치로 삼는 윤택한 중산층 가정은 더할 나위가 없었다. 여름휴가, 피아노 교습, 수영 연습, 일요일 교회와 가족 정찬이 가득했던 안정되고 균형 잡힌 어린시절도. 자라면서 그녀는 사랑과 칭찬, 적절한 훈육과 격려를 받았다. 학교에서는 우등생에, 친구들을 잘 사귀었고, 남자애들과 데이트를 했으며, 힘든 시기도 겪지 않았다. 세 남매 중 유일한 딸로서 그녀는 오빠와 남동생 사이에 껴서 보호받았는데, 제러드와 상담하면서 이런 형제 관계가 유리하게 작용했다는 사실도 문득 깨닫게 되었다. 그녀는 응석받이였지만 그건 막내인 남동생 라이언도 마찬가지였다. 오빠인 대럴은 나이 차이가 있어서 경쟁자라기보다는 정신적 지주에 가까웠다.

제러드에게 상담을 받는 동안, 이따금씩 그녀는 자신이 특권을 누렸다는 것을 부인할 수 없다는 사실에 불편하기도 하고 사과해야 할 것 같은 기분도 들었다. 그가 그녀를 바라보는 눈길(더 묻는 듯, 뭘 바라는 듯), 더 털어놓기를 기다리는 습관, 이야기를 거들어주는 행동, 이 모든 것 때문에 그녀는 말을 더듬거나 자문하곤 했다. 그녀 스스로가 가짜인 듯 느끼는 순간들이 있었다. 혹은 제러드가 그녀를 가짜라고 생각하는 것 같기도 했다. 그녀가 가식을 보이거나 자신에 대한 심오한 진실을 숨기면서 더 어둡고 황량한 이야기를 꺼내놓지 못한다는 의심, 제러드를 거부하고 치료에 저항하는 것일지 모른다는 의심을 그가 품은 건 아닐까 걱정이 들었다. 하지만 그가 그런 얘기를 입 밖에 낸 적 없었기에 그녀는 모두 자신의 착각이라는 결론을 내릴 수밖에 없었다. 어설픈 편집증, 심리 치료 과정에 대한 가벼운 불편일 뿐이라고.

그 남자

그후로 한동안 토드는 나타샤의 손에 틀어잡힌다. 나타샤는 자기가 사소한 잡일이나 나들이를 하느라 시내에 나갈 때마다 토드가 동행해야 한다고 우긴다. 그는 매일 뜬금없는 시간에 일하다 말고 나와야 한다. 그들은 산부인과에 가거나, 임대 아파트를 보러 가거나, 아기 물건을 사러 간다. 장난감, 유모차, 요람과 서랍장 세트. 이 물건들을 산대도 달리 놓아둘 데가 없으므로 토드의 사무용 건물 안 축축한 지하실에 쌓아두어야 한다. 그러니까 더욱 서둘러서 살 집을 찾아야지, 하고 나타샤는 말한다.

구월 셋째 주 그는 리버노스에 있는 침실 두 개짜리 아파트의 임대계약서에 서명한다. 나타샤는 마음에 들어 한다. 최근 개축된 곳인데다 부엌은 티크재와 화강암으로 꾸몄고 자쿠지가 있다는 이유다. 또 코앞에 닥친 시월 첫째 주에 이사 들어올 수 있다는 것도 좋다고 한다.

임대계약서에 서명한 후, 평일 오전인데도 나타샤가 축하의 섹스를 반드시 해야 한다고 주장해서 그들은 평소처럼 크라운 플라자에 방을 잡는다. 토드는 최선을 다해 임무를 수행하긴 하지만, 오늘 아침 일찍 제퍼슨파크 아파트 지하실에 물이 샌다는 소식을 클리프에게 전해 들었다. 습기가 차리라는 건 원래 알고 있었지만 어제 쏟아진 폭우가 모닝콜이 되었을 정도로 심하다고 했다. 토드는 빠져나올 수 있게 되자마자 공사 현장으로 가서 서쪽 벽(세탁실을 내려고 계획한 부분)을 따라 훑으며 누수를 직접 확인한다. 상태가 심해지기만 할 것 같다. 이로써 그의 이윤에는 커다란 흠집이 생길 테고, 아침에 집을 계약할 때부터 줄곧 기분이 좋지 않다. 같은 도시에서 두 집 살림이라니 질 게 뻔한 멍청한 게임 같지만, 선택의 여지가 있겠는가? 나타샤는 그를 꽉 틀어쥐고 놓지 않고, 조디와의 관계는 아직도 곪아터지지 않은 이 마당에 말이다. 나타샤는 조디가 진실을 안다고 우기지만 그는 그 말을 믿어야 할지 확신할 수 없다. 조디와 이야기를 해야겠다고 생각하다가도, 어떤 대화가 이어질지 마음속으로 떠올려보면 막다른 길에 다다르고 만다. 그 자신이 미래에 대해 최종 결정을 내린 적이 없으므로, 조디를 떠난다는 것은 결코 그의 사안에서 불변의 요소가 될 수 없다. 나타샤가 조르고 압박을 가할 수는 있어도 그는 천천히 시간을 들여 자신의 결론에 다다를 것이다.

그의 인내심을 시험하는 또 다른 것은 조디에 대한 나타샤의 질투다. 나타샤는 그가 조디를 떠나 호텔로 이사하기를 바란다. 이건 아니지, 그녀는 말한다. 자신이, 나타샤가 그의 아이를 뱃속에 키우고 있는데 그는 매일 밤 조디에게 돌아가다니. 설상가상으로 나타샤는 그와 조디가 함께하는 삶에 관해 병적인 호기심을 키운다. 그녀는 그들이 무슨 이야기를 하는지, 저녁으로 무엇을 먹는지, 침실에서는 무슨 옷을 입는지 알고 싶어 한다. 그는 나타샤에게 자신과 조디는 친구이며 몇 년 동안 사랑을 나눈 적이 없다고 말한다. 심지어 조디가 그들의 행복을 빌어주었다고 말한 적도 있다. 그러나 나타샤를 달랠 길은 없어 보인다. 그녀가 상황을 제대로 파악하고 진정해주면 얼마나 좋을까. 그는 조디와 오랜 시간을 함께했다. 나타샤는 어리다. 그녀는 세월의 정을 이해하지 못한다. 그녀는 참을성이 없고, 다양한 관점을 취할 줄 모르며, 자기 아버지처럼 다혈질에 고집스럽고 제멋대로인 경향이 있다.

하지만 나타샤는 모성애가 넘치고 대가족을 원하는데다 아이를 잘 키울 수 있는 유형이기도 하다. 그는 그 점이 마음에 든다. 자신이 대가족의 수장, 키가 다 다른 아들딸들을 거느린 자상한 가장이 된 모습을 상상한다. 그들이 가족사진 속에 쭉 줄지어 선 모습을 그려본다. 깨끗하고 깔끔하며 차분하고 얌전한 아이들. 무엇보다도 아이들은 예의 바르게 행동해야만 한다. 날뛰면서 뒤집어엎도록 놔둘 수 없다. 아들들이 자라면 사업을 가르칠 것이다. 도시를 구경시켜주고 몇 년 동안 동네들이 어떻게 성장했는지, 부동산 가격이 어떻게 변동했는지, 괜찮은 매물을 보면 어떻게 점찍는지 알려주면서 그가 축적해온 지식을 전하고 헛되이 버려지지 않게 하리라. 그는 이제껏 살아온 삶과는 다른 삶을 누릴 것이다. 여러 면에서 그는 이런 생각에 매혹된다. 그래도 지금까지는 그저 구상, 기획, 가능성일 뿐이다. 나타샤는 진득하게 참으면서 일이 일어나는 대로 받아들일 필요가 있다. 아무것도 아직 정해지지 않았으니까. 그는 거칠 것 없는 길이 눈앞에 열릴 때까지는 앞으로 나아가지 않을 것이다. 조디와 함께 만든 가정과 오랜 시간 함께 나눈 모든 것을 무모하게 버리지 않을 작정이다. 조디는 그의 시금석이자 세계이며, 약속된 땅이다. 그녀가 그의 삶에 들어왔을 때…… 그녀가 혼잡한 교차로에서 폭우를 맞으며 그토록 아름다운 모습으로 나타났을 때, 그가 벅타운 저택을 축성하는 것을 도왔을 때, 그를 믿기로 하고 어느 날 페인트칠하는 걸 도우러 와서는 극상의 우아한 태도로 사다리에서 균형을 잡았을 때, 오래전 그 시절에는 어떤 날에도 그녀의 몸안에서 살고 싶을 뿐이었다. 티 하나 없는 그녀의 피부, 유연한 몸, 열린 마음. 그러다 상황이 진척되고 두 사람의 관계가 깊어지면서 그의 안에서 뭔가 변했다. 발밑의 땅이 더 단단해졌다. 그는 자기가 제대로 발을 내딛지 못할 거라는, 어떻게 발을 디뎌도 잘못된 땅에 떨어질 거라는 감각을 버릴 수 있었다.

소년 시절 그의 집에 평형감각이란 없었다. 항상 불확실한 동맹이 문제였다. 어머니는 그를 아버지에게서 보호했고, 아버지는 그가 어머니를 적대하도록 했으며, 그 자신도 혼란을 느끼고 충성이라는 감각을 변형시켰다. 그는 코박스 가족과 오랜 시간을 보냈으며, 딘과 그 집 식구들과 함께 저녁을 먹고 이따금 자고 오기도 했다. 코박스 씨가 항상 식사에 함께해서 음식이 맛있다고 칭찬하는 모습은 낯설고 인상적이었다. 게다가 그 아버지의 손에 술잔이 들려 있는 건 거의 본 적이 없었다. 코박스 부인은 추수감사절에 토드를 불러주기도 했고 어느 해에는 같이 여름휴가를 가자고 하기도 했다. 딘도 친구가 같이 가면 좋을 거야, 하고 부인은 말했다. 부인은 그런 식으로 친절을 보여줬다. 토드가 호의를 받는 것이 아니라, 반대로 베푸는 듯 여겨지도록.

조디의 부모를 처음 만났을 때, 그는 코박스 부부가 떠올랐다. 그들은 다정한 천성을 가진 사람 특유의 편안한 분위기를 풍겼고, 그들의 집에서는 코박스 부부의 집에서처럼, 의지할 수 있는 중산층 생활에서 누리는 위안이 있었다. 그들과 함께 앉아 고기찜과 사과주스 한 잔을 들고 있자니 날카로운 기시감이 느껴졌다. 식사를 하며 그는 조디와 어머니 사이의 편안한 느낌, 딸을

'조디 박사'라고 부르며 학계에서 보이는 급속한 발전을 놀려대는 아버지와 그 말에 예쁘게 얼굴을 붉히는 딸 사이의 동료 의식에 깊은 인상을 받았다. 자신이 하류층에서 튀어나온 침입자, 학교에서 빠져나와 위험하고 곧 망할 수도 있는 운명 속에서 싸우는 사업가 지망생 남자친구가 된 기분이었다. 그는 빈털터리에 경험도 없고 검증되지 않은 사람이었고, 조디 부모님의 검열을 통과하지 못하리라는 건 말할 필요도 없었다.

하지만 브렛 씨는—뿔테 안경을 쓴 몸이 다부진 남자, 농담할 때조차도 웃지 않으며 조디 말에 따르면 아이들을 무척 엄격히 훈육했던 아버지—우아하고 타인의 말에 귀기울일 줄 아는 사람으로 밝혀졌으며, 토드를 무척 따뜻하게 맞아준 브렛 부인 역시 세련된 분위기를 풍기는 무척 친절하고 아름다운 여성이었다.

모두가 자리에 앉아 무릎 위에 냅킨을 얹자 조디가 말했다.

"토드는 벅타운에 있는 오래된 대저택을 재건축하고 있어요. 이전 주인이 하숙집으로 개조해서 엉망으로 망쳐놓은 곳이에요. 토드가 도시에 대단한 봉사를 하는 셈이죠. 사람들이 알기나 할까 모르겠지만."

"그런가요, 토드?"

"도전적인 작업 같군요." 브렛 씨가 말했다.

"그 모든 일을 혼자 해요." 조디가 덧붙였다. "그는 사업에 대해선 모르는 게 없고, 정말 잘해요."

"작업 일정이 어떻게 되죠?" 브렛 씨가 물었다.

"네, 선생님. 그저 할 수 있는 한 빨리 하려고 합니다."

"이 사람, 도구도 정말 잘 다뤄요." 조디가 말했다.

엄밀히 말해 그가 그녀에게 거짓말을 한 건 아니지만, 그렇다고 사실을 말하지도 않았다. 벅타운 저택은 유사流砂나 다름없었고 그는 빚의 늪에 빠져 허우적거리기 직전이었다. 결국 공사장 인부로 끝날 수도 있었다. 고등학교 내내 여름마다, 그후로도 몇 년 동안 해왔던 일이었다. 그리고 이 중대한 순간, 조디의 부모 앞에서 약간이라도 허세를 부리려는 순간엔 자신감이 완전히 사라지고 말았다.

"그런 일을 하려면 배짱이 필요할 텐데." 브렛 씨가 말했다. "하지만 지금이 적기이긴 하지요. 아직 젊고 에너지가 있을 때."

"아버지도 젊었을 때 약국을 사셨잖아요." 조디가 말했다.

"네 어머니와 나도 얼추 너희 둘 나이였지."

"최악은 싸워보지도 않고 꿈이 빠져나가게 놔두는 거야." 브렛 부인이 말했다.

"어머니는 가수가 되고 싶어 하셨거든." 조디가 말했다. "노래할 때 목소리가 무척 아름다우셔."

"옛날엔 그랬지." 브렛 부인이 말했다.

"자기 사업을 하는 게 성공에는 제일 좋은 방법이지요." 브렛 씨가 말했다. "무슨 일을 하든 상관있나, 자기가 사장인 한."

"어떤 사람들은 안정성에 더 신경을 쓰기도 하니까요." 토드는 이 모든 인정에 의심을 품으며 말했다.

"그건 때가 되면 다 생기는 거고." 브렛 씨가 말했다.

"어디서든 시작은 해야 하니까요." 브렛 부인이 말했다.

"어떤 집이지요?" 브렛 씨가 물었다.

토드는 1880년에 지어진 집이라고 순순히 대답했다. 하지만 그 시기의 많은 시카고 저택들과는 달리 빅토리아풍이라기보다는 고딕 양식의 재현에 가까웠으며, 사실 약간 지나치게 크고 흉물스러운 건물이었다.

"전형적인 귀신 들린 저택처럼 보입니다. 게다가 폐허가 되어 버렸고요. 심지어 부지도 엉망이라 돌멩이와 잡초가 무성합니다. 경운기를 불러서 땅을 뒤엎어야 할 것 같아요."

"지금 당장 풀씨를 심고 싶겠군요." 브렛 씨가 말했다. "추운 겨울이 오기 전에 뿌리를 내릴 기회를 줘야지. 아니면 뗏장을 깔 수도 있겠지만. 그럴 계획인지도 모르겠군요. 하지만 장기적으로 봐선 씨앗이 낫지. 그쪽이 더 싸기도 하고."

"아버지 말 믿어. 아버지는 잔디에 대해선 모르는 게 없으시니까." 조디가 말했다.

"집에 들어오면서 잔디밭을 보고 눈치챘죠." 토드가 말했다.

"잔디밭이 이 사람 자랑이자 기쁨이에요." 브렛 부인이 말했다.

"잔디를 어렵게 생각할 것 없어요. 잔디 키우기는 단순한 화학이니까." 브렛 씨가 말했다.

나중에 조디와 함께 걸어 나오며 토드는 말했다.

"당신 부모님들 정말 좋아. 무척 친절하시네."

늦여름이었고 일 년 중 초목이 가장 우거진 시기였다. 꽃은 지고 어스름이 천천히, 태곳적 장엄함을 간직한 채 내리고 있었다. 저녁 빛이 서쪽 하늘에 어른거릴 때 두 사람은 조용한 거리를 걸었다. 조디가 예전에 다니던 고등학교, 가족들과 함께 다니던 연합 감리회 교회, 조디처럼 거기서 자라다가 이사 간 친구들의 집. 그즈음 조디는 그의 인생에 확고히 자리를 잡았으나 여전히 신비의 기운이 감돌았고, 그로서는 확실히 가늠할 수 없는 원천에서 광휘를 내뿜고 있었다. 그가 아는 것이라고는, 이제까지 그녀처럼 좋은 인상을 주고 싶었던 여자를 만난 적이 없다는 사실뿐이었다. 그녀가 자신에게 갖는 기대에 맞추어 살고 싶은 마음이 간절했다. 그녀가 필요로 하는, 그녀에게 어울리는 남자가 되고 싶었다. 빛을 발하는 어스름 속, 지나는 차도 하나 없는 작은 시골 동네의 다른 세계 같은 고요 속에서 두 사람은 나란히 걸었다. 향긋한 산들바람이 살랑살랑 불어왔고, 마음을 달래는 이 목욕물 같은 공기 속에서 그는 자신의 삶이 마침내 시작되었다고, 그녀야말로 자신이 숭배할 신이며 좋은 결과를 불러올 부적이라고 느꼈다.

산책에서 돌아올 무렵에는 하늘이 이미 어둑해져 가로등 불빛이 들어와 있었다. 원래 계획은 그날 밤 거기서 자고 다음날 점심 식사 후에 돌아가는 것이었다. 이날 방문에서는 정숙한 모습을 보여야 했다. 부모님이 약간 구식이라고 조디가 미리 경고를 준 덕이었다. 아닌 게 아니라 브렛 부인은 남동생 라이언이 쓰던 방으로 안내하면서 그 뜻을 확실히 했다. 조디는 그가 알기론 복도 아래 있는 자기 방에서 그날 밤을 보내기로 되어 있었다. 적어도 한 지붕 아래 있는 한은 딸을 최대한 누에고치처럼 둘둘 감싸서 보호하려는 부모의 충동에 그는 친밀함과 심지어 존경심마저 느꼈다. 대부분의 부모처럼 그들은 다 자란 딸을 아직도 어린애로 여기는 게 확실했고, 어떤 면에서 그는 어쨌건 그들 가족의 유대 사이로 파고 들어온 위험한 이방인이었다. 그래도 그는 기분 좋게 그들의 호의를 액면 그대로 받아들이며, 그들 집안의 기반 아래로 기어들고 있을지 모를 그 무엇에도 관심을 두지 않았다. 가령 조디와 그녀의 남자 형제들 사이에 어떤 문제가 있다는 것은 토드도 알고 있었다. 조디는 오빠와 말을 하지 않았고, 한편 가족의 검은 양처럼 되어버린 동생을 걱정했다. 하지만 형제들 이야기는 일상적인 대화에 오르지 않았고, 부모 사이에도 어떤 갈등의 조짐은 비치지 않았다.

몇 달 뒤, 나무 우듬지가 물들어 타오르고 비스듬한 햇살이 도시에 황금빛을 던지는 가을날—그는 언제나 가을이면 트럼펫이나 집합 나팔 소리가 울려야 할 것 같은 기분이 들곤 했다—벅타운 저택을 팔고 적어도 마음속에서는 미래를 확정한 후, 그와 조디는 루프 지구의 작은 아파트를 찾아 둘의 살림과 삶을 합쳤다.

토드는 조디와 결혼하고 싶었고, 결혼할 작정이었으며, 그녀의 저항을 뒤집을 청혼 방법을 궁리했다. 함께 있는 것만으로 완벽하잖아, 하고 그녀는 말했다. 어째서 망치려는 거야? 하지만 그로서는 설득하면 설득할 수도 있을 것 같았다. 그는 그녀의 경계를 뚫고 다가갈 수 있었다는 것에 우쭐했다. 계약으로 맺어진 관계가 그에게는 매력적이었다. 단란함의 요새, 그들의 미래를 보증하는 약속. 시작 단계에서부터 거점을 확보하지 못한다면 폭풍우가 불어올 때 어떻게 살아남겠는가? 그는 서로에게 사랑을 주고 두 사람보다 더 위대한 무엇에게 그 사랑을 넘겨줄 수 있기를 바랐다.

결국 그는 가장 훌륭한 전술은 그녀가 자발적으로 동의해줄지도 모른다는 희망을 품고 불쑥 얘기를 꺼내놓는 것이라고 결론 내렸다. 그리고 이를 몇 번이나 시도했지만, 그녀는 결코 진지하게 받아들이려 하지 않았다. 그가 "결혼하자"고 말하면 그녀는 "슈퍼마켓에 먼저 들러도 될까?"라고 말하곤 했다. 그래서 그는 약간 상처를 받았지만, 그녀의 결연한 태도에는 감탄할 만한 점이 있었다. 어쨌든 남자애들은 결혼식 날을 꿈꾸며 자라지는 않는다. 그녀에게 약속을 받는 것, 청혼 허락을 듣고 결혼 서약을 하는 것이 그에게 중요한 의미가 있을 수도 있었지만, 그녀의 사랑과 헌신은 의심할 여지가 없었다. 그녀는 그의 것이었다. 두 사람은 서로의 것이었다. 그리고 그들은 행복했다. 그녀는 놀라운 방식으로 그를 돌보고 예술적으로 집안을 돌보며 일상의 부담을 편히 덜어주었다. 그에게는 새로운 경험이었다. 이 같은 가정의 행복, 집에 돌아가면 그녀가 기다리고 있다는 것, 그녀의 아름다운 모습, 맛있는 저녁 식사, 그리고 필요할 때마다 깨끗하게 다려진 옷, 그녀가 그들을 위해 해준 모든 일들. 그 경험이 너무도 다정하고 아름다워서 그는 이것이 영원히 지속되지 않을까 두려울 정도였다. 그러나 두 사람은 놀랄 만큼 천부적인 안정감을 찾았다. 조디와 함께 있는 건 결코 섹스의 문제가 아니었다. 적어도 섹스가 주主는 아니었다. 아니, 섹스 이상의 것이었다고 말하는 편이 나으리라. 조디는 단호한 핵심 가치를 지니고 있었고, 자신이 원하는 것을 잘 알았다. 조디와 함께라면 긴장을 풀 수 있었다. 숨은 의도도, 불쑥 튀어나올 뭔가도 없었다. 그럼에도 조디에겐 그 이상의 것이 있었다. 그가 짐작할 수 없는 깊이, 그를 데워주지 못하는 불, 그가 닿을 수 없는 장소가 있었다. 그녀에게는 본질이 있었다. 그녀는 한 남자가 바랄 수 있는 모든 것이자 그 이상이었다.

그 여자

"길버트 부인?"

"그런데요."

"나타샤 코박스예요."

조디가 전화를 끊을까 생각하는 동안 잠시 침묵이 흐른다. 이 대화를 지속해봤자 이로울 것이 없다.

"전화 끊지 말아주세요, 길버트 부인."

얘가 바라는 게 뭐람? 조디는 의아하다.

"저는 부인이 생각하는 그런 사람이 아니에요. 제 말 믿어주세요. 저도 일이 이렇게 된 건 무척 안타까워요. 토드와 저 둘 다요. 어떤 면에서는 죄송하다는 말 전하고 싶어서 전화했어요. 우리 둘 다 죄송하다고요."

그렇게 오랜 세월 동안 일을 제대로 풀어보려고 최선을 다했건만 어떻게 삶이 이처럼 어처구니없는 절정의 순간에 이를 수 있을까? 종종 큰 노력을 요하는 힘겨운 상황에서도 내조 잘하고 남편에게 잘 맞춰주는 착한 아내이자 동반자가 되려고 했는데. 토드는 같이 살기 쉬운 남자가 아니지만 조디는 성공을 거두었다. 여러 일들을 조화롭게 잘 엮었고 두 사람을 위해 평화롭고 기분 좋은 삶을 꾸리며 유지했다.

"우리를 위해 해주신 일들 모든 것에 감사한다고 말씀드리고 싶었어요. 엄마가 죽은 뒤 저와 제 아버지에게 해주신 일요. 제가 잊었다고는 생각지 말아주세요. 생일 선물도 챙겨주시고. 데리고 나가 학교에 입고 갈 옷을 사주시기도 했죠. 끝까지 최선을 다해주셨어요, 길버트 부인. 그 빈 공간을 채우러 와주신 분은 부인뿐이었고, 무척 큰 의미가 되었어요. 부인에게는 정다운 마음뿐이고, 결코 그럴 마음은 없었는데……."

이 횡설수설을 계속 놔둘 수가 없다. 대체 이 여자애는 무슨 생각일까?

"나타샤, 이 관계의 끝이 좋지 않을 거라는 건 너도 알고 있을 거야. 그리고 나를 멘토로 생각하지는 말아주겠니? 나는 더이상 네 행복을 바라지도 않고 우리가 토론할 일도 없을 것 같구나."

이런 말을 듣고도 나타샤는 끈질기다.

"그런 식으로 느끼시는 것도 이해해요. 저를 싫어하실지도 모르죠. 그렇다고 해도 부인을 원망하지는 않을게요. 하지만 적어도 제가 노력했다는 것만은 알아주시길 바라요. 부인께 이렇게 전화드리기는 쉽지 않았어요. 토드가 뭐라고 했든 간에 제 전화를 받아주실지도 알 수 없었으니까요. 토드 말로는 부인은 우리 일을 기분 좋게 받아들이셨다는데, 그건 그이의 희망사항일 뿐이었는지도 모르겠네요. 그이하고 오래 같이 사셨잖아요. 그 사람을 그리워하시리라는 건 알아요. 적어도 익숙해지실 때까지는요. 그이가 말했죠? 말 안 했나요? 우리가 리버노스에 아파트 빌렸다는 거?"

나타샤는 말을 멈추고 반응을 기다린다. 침묵만을 맞닥뜨리자 그녀는 더 밀고 나간다.

"이 말에 충격받으셨다면 죄송하네요, 길버트 부인. 아기를 위해서 가정을 꾸려야 했거든요. 예쁜 아파트예요. 저희가 일단 자리잡으면 언제 한번 와서 보세요. 꼭 와주셨으면 좋겠어요. 어떤 면에선 우리에겐 숙모나 마찬가지시니까."

조디는 일그러진 8자 모양을 그리며 방안을 왔다갔다한다. 벽난로를 바라보는 소파와 의자 주위와 창문 있는 벽을 따라 시계 방향으로 돌다가, 식탁 주위를 반시계 방향으로 둘러서 되돌아간다. 이제는 가만히 멈춘 상태다. 이 일에 잘못을 저지른 사람이 있다면 토드다. 그녀를 이런 일에 노출되도록 만든 사람이 바로 그다. 이 아이를 고르다니, 부끄러운 줄 알아야지. 이렇게 순진하고 악의에 가득찬 애를, 이처럼 필사적이리만치 불안해하는 애를. 토드가 둔감할 수는 있지만 어떻게 이런 여자애를, 그것도 가장 친한 친구의 딸을 이처럼 무정하게 거짓으로 속일 수 있을까. 이 불쌍한 아이는 토드가 진짜로 어떤 사람인지, 그가 어떤 수를 쓰는지 까마득히 모른다.

"나타샤. 상황이 버거워서 뭘 어떻게 해야 할지 모르겠다는 것 이해해. 네가 몇 살이지? 스무 살, 스물한 살? 너희 아버지는 네가 아직도 학교를 다닌다고 하시던데. 네가 아주 영리하다는 말씀도 하셨어. 하지만 나는 네 선택을 보면 그렇다는 인상은 받을 수 없단 말은 해야겠다. 네가 인생에서 어디로 가는지 보면 말이야. 요지는 이 모든 건 사실 내 문제가 아니고, 나는 너를 좋아하지 않는데다 도와줄 만큼의 관심도 없다는 거야. 바쁘니 이만 끊을게. 그리고 다시는 내게 전화하지 않기를 간절히 바란다."

이런 적은 여러 번 있고, 지금도 그중 하나다. 토드와 결혼하지 않은 게 어쩌면 실수인지도 모른다는 생각이 드는 때. 때로는 어째서 결혼에 그처럼 극렬히 반대했는지 기억해내기도 힘들다. 결정이라기보다는 반응. 혐오, 기피, 본능적 수준의 무엇이었다. 그는 결혼하기를 바랐고 청혼도 했다. 그것도 여러 번이나. 그녀가 가장 잘 기억하는 때는 팔월의 어느 날, 햇빛이 찬란하고 찌는 듯 더웠던 날이었다.

두 사람은 호수에 허리까지 몸을 담그고 저 멀리 돛단배가 지나가는 것을 보고 있었다. 점점 작아져가는 배의 모습에 사로잡혀 한참을 바라보았고, 이제 배는 자그마하고 형태도 없는 작은 점만 해져서 수평선의 파도 위에 둥실 떠 있었다.

그가 말했다.

"저게 돛단배였다는 것도 모르겠어. 뭐라고 해도 믿겠는데."

"너무 작잖아." 그녀가 대답했다. "한 톨의 소금일 수도 있어."

"한 톨의 소금이라. 대략 그 정도 크기군."

"세계의 끝자락에 걸쳐져 있는 거지."

"흔들리는 거 보여?"

"빛이 어른거리네. 꼭 콧노래를 부르는 것 같아."

"소멸하기 직전인데."

"영원으로 사라지는 거야."

"장관이겠는데."

"불가능을 보는 것처럼."

"우주적 작업을 보는 것처럼 말이지."

서로의 몸에 매달린 두 사람은 기대감과 눈의 긴장으로 어지러웠지만, 물리법칙이 무너지고 불가능한 일이 일어날 찰나의 순간, 돛단배가 눈앞에서 사라지는 그 순간을 놓칠까 두려워 눈도 깜박이지 않으려 갖은 애를 썼다. 막 헤엄친 뒤라 아직 젖어 있는, 젊고 사랑에 빠진 그들을, 머리 위의 하늘이 감싸주었다. 그들은 이 경험을 대단한 사건이자 환희로, 돌파구를 지나 하나가 되는 순간으로, 축하로 받아들였다. 그리고 기적처럼 그 일이 벌어졌을 때, 돛단배가 사라졌을 때, 두 사람 사이에는 한순간의 오차도 없었다. 그가 그 광경을 본 것과 그녀가 그 광경을 본 것은 동시였고, 두 사람은 입을 모아 자기도 모르게 환호성을 질렀다. 바로 그때 그는 말했다.

"결혼하자."

열정적인 순간의 열정적인 생각. 지금 그녀가 다시 되돌려 생각해보고 싶은 한순간이었다.

그 남자

10월 1일 아침 토드는 일찍 일어난다. 똑바로 누워 자기 성기를 쥔 채 관능적 꿈의 여운을 붙들고 있다. 꿈이 마침내 돌이킬 수 없이 사라지자 그는 모로 돌아누우며 조디와 자신을 갈라놓는 침대 위의 너른 공간을 더듬는다. 그녀는 그를 등지고 무릎을 끌어올린 채 누워 있다. 그는 한 팔로 그녀의 허리를 감으며 둥글게 웅크린 척추에 몸을 밀착한다. 그녀는 목에서 낮은 소리를 내지만, 규칙적인 숨소리는 흐트러지지 않는다. 그녀에게서 나는 향기, 청결한 머리카락과 따뜻한 피부 냄새가 뒤섞인 향기를 가득 들이마신 그는 눈을 감고 졸음 속으로 가라앉는다. 두 번째로 잠에서 깰 때야 그를 괴롭히는 문제가 밀려와 여러 생각을 천둥처럼 터뜨린다.

이삿날.

이 말은 깜박이는 극장 간판의 대문자, 푸른 하늘에 날리는 현수막, 젖은 모래에 막대기로 그린 글자처럼 나타난다. 그로서는 어떤 시점에도 사실상 결정을 내린 적이 없고, 심지어 이 순간에도 완전히 마음을 먹었다고 할 수 없다. 하지만 앞으로 나아가려는 관성, 탈주를 시도해 안전지대에서 빠져나와 자신을 흔들어 일으키고 싶은 충동을 느낀다. 뿌리내리고 살던 곳을 떠나 외국으로 이사하는 것과 비슷하다. 그런 사람들이 느낄 법한 감정이다. 이질적인 것에 대한 욕구, 자신을 새롭게 창조해내고 싶다는 욕망. 그는 자신의 불안감이 부분적으로는 신체 반응이라는 걸 알지만, 쇄신의 이야기 쪽이 더 마음에 든다. 그는 또한 자기가 하는 행동이 너무 진부하다는 것도 알고 있다. 그러나 자기 용서의 본능은 강하다.

나타샤는 그가 그날 연차를 내야 한다고 우겼다. 그는 10시쯤 이삿짐센터 직원들이 도착할 때 맞추어 그녀의 집으로 가겠다고 했다. 나타샤의 쓰레기 같은 가구와 부엌살림은 적어도 그들에게 시작할 거리를 줄 것이다. 토드는 살림살이를 두고 조디와 싸우지는 않을 생각이다. 무슨 일이 일어나든 이 상황을 구질구질한 싸움으로 만들고 싶진 않다. 결별로 그는 대가를 치러야 할 것이고, 그 정도는 그도 안다. 하지만 재정적 전망에 대한 두려움은 여전히 불확정적이고 형태도 모양도 없는 유령이다. 여러 가지를 피해왔듯이 그는 이 문제에도 실체를 부여하는 일을 피해왔다. 가령 변호사에게 전화를 해본다거나. 떠날 거라고 조디에게 말한다거나.

이제 일이 곤란해지리라는 것은 그도 직감한다. 이런 문제에서 될 수 있는 한 마지막 순간까지 기다린다는 건 나쁜 생각이다. 어떤 종류의 변화나 분열이 닥칠 때, 여자들은 타이밍에 무척 연연한다. 하지만 누가 알겠는가. 어쩌면 조디도 이해할지. 그녀는 천성이 유하고 소유나 영역에 집착하지 않으며 여러 상황을 침착하게 받아들인다.

그는 조디를 깨우지 않고 침대에서 나와 옷을 입는다. 이런 일이 실제로 일어나고 있다는 게 믿기지 않는다. 오늘밤 집에 돌아오지 않을 것이고, 다시는 이 익숙한 방에서 그녀 옆에 누워서 자지 않을 것이며, 늘 오르락내리락하는 언덕처럼 그려왔던 두 사람의 삶이 실제로는 선로 위의 기차여서 마지막 종착지를 향해 다가간다는 것. 그는 리버노스의 임대 아파트를 그려보려 하지만 실패한다. 거기엔 끽해야 십오 분쯤 있었을 뿐이고 그나마 그중 십 분은 집주인과 계약을 하느라 정신이 없었다.

식탁에 앉아 조간신문을 넘기며 세 잔째 커피를 마시고 있을 때 조디가 모습을 드러낸다.

"아직 안 나갔네." 그녀가 말한다.

설명을 해달라는 뜻이지만, 토드는 한 시간 동안 어정거리면서도 뭐라 말해야 할지 생각해내지 못했다.

"개랑 산책 나가려고?"

"응, 왜?" 그녀는 한 손에는 개 목줄, 다른 손에는 열쇠를 쥐고 있다.

"같이 갈래."

그녀는 얼굴을 찡그린다. "무슨 일이야?"

"아무것도 아니야. 그냥. 할말이 있어서."

"말해."

"나가서 할게."

엘리베이터에서 그들 셋은 앞을 보고 나란히 선다. 그, 조디, 개. 누군가 로비의 CCTV 카메라를 보고 있다가 문이 열리자마자 스냅사진을 찍을 준비를 하고 있다면 좋을 텐데. 이런 순간은 찍어놓을 가치가 있다. 막 깨어지기 직전의 가족. 한때는 나란히 배치되었던 지질구조판이 움직여 분리되기 직전. 모든 것이 달라진다. 돌아갈 수 없다. 무엇보다 개가 가장 힘들 것이다. 무슨 일이 있었는지 이해하지 못하고 얕은 잠을 자면서 토드가 언제라도 집에 돌아오기를 기다릴 테니까. 호수로 향하는 동안 눈물이 그의 얼굴을 타고 흐른다. 조디는 아무 말 않는다. 어쩌면 눈치채지 못했을지도 모른다. 그녀는 쭉 말이 없다가 바깥에 나와서야 화창한 날이라고 말하며 선글라스를 쓴다. 앞으로 무슨 일이 생길지 각오하고 있으리라. 나타샤가 주장한 대로 딘과 이야기를 나누었다면 더더욱. 그녀의 침묵은 짙고 고의적이라는 생각이 든다. 마치 바리케이드처럼.

그들은 자전거도로를 지나 호수 옆의 잔디밭으로 가서 개 목줄을 놓아준다. 평일 아침치고 부두는 번잡하다. 다들 다가올 겨울을 대비해 초가을 햇볕을 받아 저장하고 있다. 땅 쪽을 바라보고 선 조디는 빛을 발하는 하늘과 호수를 배경으로 한 액자 속 모습 같다. 그는 그녀의 선글라스 렌즈에 비친 자신을 본다. 축 처진 어깨, 뺨 위에 번들거리는 눈물 줄기. 그녀의 눈은 가려져 있지만, 그는 그녀의 분위기가 바뀌었음을 감지한다. 그녀도 여하튼 사실을 알고 이해하는 것이다.

"미안해."

그는 그녀를 가까이 끌어당기며 정수리에 대고 흐느낀다. 그녀는 저항의 기미 없이 그의 품안에서 힘을 뺀다. 그들은 서로의 따뜻한 몸에 바짝 붙어 가슴을 찢어놓는 슬픔의 순간을 함께한다. 가슴과 가슴을 맞대고, 서로의 심장 고동을 느끼며 아침 햇살 속에 하나가 된다. 그리고 두 사람이 떨어진 후 그녀가 자세를 바꾸고 구십 도쯤 몸을 돌리며 선글라스를 벗었을 때야, 그는 자신의 착각을 깨닫는다. 그녀는 마른 눈으로 눈살을 찌푸리고 있고 눈에는 의심이 가득하다.

"무슨 일이야? 무슨 얘길 하고 싶은 거야?"

이제 그는 이런 처지를 자초한 것을 후회한다. 차라리 쪽지를 남기는 편이 나았을 것을. 그녀가 새로운 삶의 체계에 편안히 적응할 수 있도록 뭔가 간결하고 애매한 내용으로. 직접 얘기해보았자 서로에게 좋을 게 없는데 왜 굳이 직접 얘기하려 했을까? 얼굴을 맞대고 전하는 것은 너무 가혹하다. 이런 상황이 이끌어낼 수밖에 없는 최종적 결말이 그렇다. 이야기를 통해 벽을 세울 필요는 없지 않은가. 말은 도구와 같아서 쉽게 흉기로 바뀔 수 있고 굳이 필요하지 않은 영구적 종결을 만든다. 삶은 말이 아니다. 인간은 천성상 양가적인 모호성에 흠뻑 빠져 있고, 변덕스럽고 경박스러운 바람에 휩쓸리기 마련이다.

"당신이 알고 있는 줄 알았어. 딘하고 얘기한 줄 알았는데."

그녀의 표정은 변하지 않는다. 그녀가 보내는 눈길은 가늘고 돌처럼 무감각하다. 그는 안에서부터 졸아들어 위축되는 기분으로 입을 연다.

"이러지 마. 나 힘들게 하지 마. 내가 이러려고 이런 게 아냐. 그냥 주사위 던지기 같아. 모든 일이 다 우리가 결정한 대로만 흘러가는 건 아니잖아. 당신도 알잖아."

그는 개자식이 된 기분이다. 그녀는 한마디도 하지 않지만 그를 궁지에 몰아넣는다. 그는 그녀에게서 시선을 돌려 잔디밭을 넘겨다본다. 두 남자가 프리스비를 던지며 주고받는 중이다.

"정확히 무슨 얘길 하는 거야?"

"있잖아, 미안해. 오늘밤 난 집에 오지 않을 거야."

"집에 오지 않는다는 게 무슨 뜻이야? 어디 가는데?"

"나 이사 나가. 정말 몰랐어?"

"이사 나간다고? 어디로?"

"나타샤 코박스 기억하지." 그는 질문이라기보다 진술처럼 말한다. "그렇다고 당신을 사랑하지 않는 건 아니야."

공공장소에서 소란스럽게 다투고 있다는 데 둘 다 놀란다. 몇 년 동안이나 그들은 두 사람의 불화를 멀리 밀어두고 있었다. 최악인 점은 두 사람이 엉뚱한 사안으로 말다툼을 벌인다는 것이다. 짐작했듯이, 조디는 그의 타이밍에 집착한다.

"나한테까지 말해주다니 친절하네. 당신이 더 미뤄주지 않아서 참 기분 좋은데. 내가 꼴찌로 축하하고 싶진 않았으니까."

그는 그녀가 냉소를 보일 때가 싫다. "당신 말이 맞아. 내가 다 망쳤어. 내 잘못이야. 내가 모두 엉망으로 만들었어."

"아, 그래, 참 아쉽게 됐네. 당신을 위해 파티도 열어줄 수 있었는데. 금시계도 사주고."

"더 빨리 말하지 않아서 미안해."

"이유가 뭐야? 왜 더 빨리 말하지 않았어?"

"내가 어떻게 하게 될지 몰랐어."

"내가 당신을 쫓아내리란 걸 알았겠지. 그래서 말 안 한 거고."

"그렇지 않아."

"당신을 쫓아냈을 거야."

"그래, 하지만 그런 생각을 한 건 아니었어."

"그럼 무슨 생각을 했는데, 토드? 그냥 말해봐. 마음속에 대체 뭐가 있었던 거야? 대문 밖으로 나가는 순간까지 기다렸다가 이 소식을 내게 알리는 이유가 뭐야?"

"말했잖아. 내가 어떻게 하고 싶은지 몰랐다고. 복잡해. 상황이 복잡하다고."

"일주일 전 임대계약서에 서명했잖아. 계약서에 서명했다고! 참도 복잡하네!"

"당신도 알고 있었군. 줄곧 알고 있었어."

"난 믿지 않았어. 당신이 이렇게 해버릴 거라고는 생각지 않았다고!"

두 사람 다 고함을 지르며 세월의 공간을 넘어 말을 던진다. 그의 일부분은 굴복하고 싶다. 모두가 커다란 실수이며, 자기가 무슨 생각이었는지 모르겠다고. 이런 생각이 조디의 마음속에도 있다는 것을 안다. 그녀가 반길 결말이고, 반쯤은 기대하고 있을지 모른다. 추악한 아수라장이 그저 찻잔 속의 태풍으로 끝나고 용서를 보이면서 마무리되기를. 그리고 이따가 도시에 저녁이 내리면 그들은 샴페인 칵테일을 나누고 달빛 속에서 강을 따라 산책하리라. 유쾌한 환상이다. 그는 거의 그쪽으로 넘어갈 뻔했다.

아무런 경고도 없이 그녀가 괴성을 내지르며 움켜진 주먹으로 그에게 달려든다. 그녀보다 덩치가 두 배쯤 큰 그는 손쉽게 그녀의 손목을 움켜쥔다. 그녀는 무릎을 날리지만, 그는 팔을 길게 뻗어 그녀를 떼어놓는다. 결국 그녀가 진이 빠지자 그는 놓아준다. 그녀는 헝클어진 머리에 일그러진 얼굴로 숨을 헐떡인다. 사람들이 쳐다본다. 그는 프로이트가 어디 있나 두리번거리다가 가까운 관목 숲에 있는 개를 찾아낸다. 다른 개들처럼 구멍을 파는 중이다. 허공에 엉덩이를 쳐들고 꼬리를 흔들며 앞발을 빠르게 움직인다.

그녀가 말한다.

"좋아. 가서 당신 짐 가져가. 십 분 줄게. 집에 갔을 때 당신 얼굴 보고 싶지 않아."

그 여자

북반구가 태양에서 휙 멀어지자, 길어지는 밤과 사라져가는 낮이 그녀 자신에게만 내리는 처벌 같다는 생각이 문득 든다. 거센 바람이 비와 안개를 휘갈기고, 휘파람 불며 나무 사이를 지나쳐 유리창을 내려친다. 지난주까지만 해도 푸르렀던 나뭇잎은 똥오줌색으로 변해 보도에 쌓여간다. 조디에게는 이처럼 거침없는 속도로 닥치는 기상 변화가 쿵쿵대며 행진해오는 시간에 대한 비웃음 섞인 대조로 여겨진다. 매일, 그녀는 시간을 짐처럼 질질 끌고 다닌다.

아침, 베개에 뺨을 대고 부드러운 파동으로 숨을 내쉬며 눈을 뜰 때마다 가장 먼저 보이는 것은, 구석에 놓인 폭신한 의자다. 널찍한 좌석과 땅딸막한 팔걸이. 식물 줄기 문양이 명암으로 표현된, 비단처럼 윤기가 도는 면 커버. 어린아이의 눈으로 잎맥

무늬를 따라가고 유쾌한 명상 속에 생각 없이 가만히 누워 있지만, 결국은 침대에서 일어나 하루를 시작한다는 것이 끔찍하고도 무용한 일, 그러나 반드시 해야 하는 일이라는 사실에 직면한다.

기이하게도 토드의 신체적 부재는 딱히 고통스럽지 않다. 잠들 때까지 그가 집에 오지 않는 경우는 종종 있었고, 그는 보통 그녀가 깨어나기 전에 출근하곤 했다. 가장 거슬리는 것은 일상의 궤도에 닥친 타격이다. 그녀는 요리책을 골몰해서 읽고, 식단을 고안하고, 재료를 사고, 그가 가장 좋아하는 음식에 살짝 변형을 주던 시간이 그립다. 언제나 그의 몫이었던 잡일도 부담스럽다. 저녁 식사 후 개를 산책시키고, 자동차를 수리소에 가져다주는 일. 활송 장치에 쓰레기를 넣는 것조차 그녀가 억지로 할 필요는 없었던 슬프고 짐스러운 일이다. 조간신문도 또 다른 문제를 만든다. 세심하게 신문을 접어 남편이 읽을 수 있도록 커피 테이블에 놓아두던 습관을 그만둔 후, 그녀는 신문이 없다는 사실 자체에 움찔 놀란다. 이따금 그녀는 그의 옷장에 서서 재킷을 다시 정리한다. 어느 날에는 서랍에서 티셔츠를 모두 꺼내 흔들어 폈다가 개킨 후 도로 넣어놓았다.

산산조각 난 일상으로 그녀는 뭘 해야 할지 모르게 되고, 설상가상으로 과거에 즐거워했던 일들도 더이상은 기쁨을 주지 않는다. 아침에 외출해 하루 계획을 세우는 것. 벨벳 같은 개의 귀를 어루만지는 것. 이탈리아제 백 수짜리 면 셔츠를 입고 작은 진주 단추를 잠그는 것. 그녀는 이제 무엇에도 재미를 느끼지 못하고, 로비를 지나며 경비원에게 손을 흔들 때면 그가 자신에게 느낄 동정과 호기심이 머릿속에 그려진다. 의심의 여지 없이 그녀는 이 건물 안에 떠도는 가십과 추측의 대상이리라. 안부 인사를 건넬 때의 어조나 얼굴에 머무는 눈길뿐이라 해도, 이웃들이 그녀를 대하는 태도가 이젠 다르다.

딘이 전화를 걸어 음성 사서함에 장황한 비난을 남기며 그녀의 괴로움 위에 자신의 괴로움을 쌓아놓은 일도 도움은 안 된다. 딘도 그녀처럼 측면 접촉사고를 당한 것이다. 다가오는지도 몰랐는데 옆에서 가해진 일격. 그래서 그렇게 횡설수설하고 고함을 질러대며 고통을 해소하는 건지도 모르지만, 딘의 고통은 그녀의 문제가 아니다. 물론 직업상 사람들이 그런 식으로 그녀에게 하소연하는 경우는 늘 생긴다. 마치 그녀가 자기들의 고통을 처리해주도록 프로그래밍되어 있는 것처럼.

하루 중 가장 좋은 때는 내담자들과 함께 있는 시간이다. 그녀는 상담실의 도전적인 업무가, 내담자들이 들고 오는 복잡한 사건들이 좋다. 삶의 수수께끼, 조금씩 누그러지는 경계, 신뢰의 학습, 저항의 기복. 다른 이들보다 내면을 더 굳게 닫아건 사람들도 몇몇 있지만, 그녀를 찾아오는 귀찮음까지 무릅쓴 이들은 바뀌고자 하는 의욕이 있는 사람들이다. 그렇게 노력할 만큼 그들은 감정적 고통에 젖어 있다. 내담자들은 그녀에게서 가장 좋은 면을 이끌어낸다. 그녀는 내담자들과 함께 있을 때의 자기 자신을 더 좋아한다. 특히 지금처럼 그녀의 세계가 흔들리고 낙관주의가 무너지고 있을 때라면 더더욱. 내담자들과 함께라면 그녀는 인내와 동정과 포용을 보일 수 있고, 그들은 회복으로 보답한다. 덜컥거리지만 앞으로 나아가고 빛을 향해 틈을 벌린다. 요전날 제인 도는 남편에 대해 이렇게 말했다.

"그가 뭘 하라고 말해주면 안전한 기분이 들어요. 나는 복종이라는 피난처를 좋아하나 봐요."

놀랍다. 역경에 빠진 제인 도에게 절대적인 우선순위는 결혼에서 자기는 그저 피해자가 아니라 참여자라는 사실의 분명한 인정, 사기실현을 향한 용감한 발걸음이다. 이는 또한 어째서 제인 도가 끝까지 버티는지에 대한 단서를 준다. 그 이유를 조디가 영 모르는 건 아니다. 한 여자가 남자 옆에 남아 있는 이유는 여러 가지가 있다. 심지어 그를 바꾸는 것을 포기했거나 그와 함께하는 여생이 어떤 형태일지 분명하게 예상하는 경우에도 그렇다. 조디의 어머니에겐 하나의 이유가 있었다. 모든 여자에게는 이유가 있다.

예전에 조디는 토드에 대해 이렇게 말하곤 했다. "그는 나의 약점이야. 나는 그 사람한테 약하지." 그녀는 이 말을 일종의 합리화로서 자기 자신에게, 그리고 친구들에게도 했다. 남자를 위해 자기의 모습을 변형하는 것은 이제 환영받는 일이 아니고, 현대 여성해방의 관점에선 관계를 유지하는 방식도 아니다. 사랑이라는 제단에 자기의 가치를 바치는 것은 더이상 이데올로기로서 유효하지 않다. 그럼에도, 도를 넘어선 관용이 널리 설파되지는 않을지언정, 두 사람이 일상적으로 몸을 맞대고 살며 생활의 전제로서 서로의 존재 방식을 호흡해야 한다면 필연적으로 어떤 유의 희생이 따를 수밖에 없다. 관계를 끝내고 나올 때가 되면 관계에 진입했을 때와 똑같은 사람일 수 없다. 그녀가 그때도, 처음에도 이 사실을 이해하지 못했던 것은 아니다. 그에게 맞섰을 때, 그가 사과했을 때, 두 사람이 눈물을 흘렸을 때, 그들의 사랑을 재확인했을 때, 몇 번이고 이를 반복하면서도 그녀는 자기 안에서 일어나는 단념을 느끼지 못했다. 결국 그는 토드였고, 그가 그녀에게 소중했기 때문이다. 그의 난동, 자기 본능에 충실하겠다는 방식까지도 소중했다. 그는 잔인하지도, 불친절하게 굴지도 않았다. 토드가 비열하거나 심술궂다고 말할 수는 없었다. 도리어 그 반대였다. 토드는 자기를 언짢게 해도 또 한 번의 기회를 줄 사람이었고 백 번을 언짢게 하면 백 번의 기회를 줄 사람이었다. 그러나 토드는 반드시 자기 삶을 살아야 하는 사람이기도 했고, 그러기로 결심했다. 결국 그녀가 할 수 있는 일이라고는 이를 받아들이는 것뿐이었다. 심지어 그녀가 어떤 면에서는 자기 어머니와 같은 부류가 될 것이라는 것을 알면서도 말이다. 다른 선택을 했음에도, 다른 시간대에 살고 있음에도, 책임이 한 세대에서 다른 세대로 넘어갈 수 있다는 것을 심리학 공부를 통해 배우고 미리 경고를 받았음에도, 그녀가 발 디딘 곤경은 오래전부터 피하려고 작정했던 바로 그것이었다.

기대할 일들이 있는 날들은 좀더 견딜 만하다. 꽃꽂이 교실이나 저녁 약속. 갓 잘라낸 꽃송이가 가득찬 방이나 축제 분위기의 식당과 같은 사교 공간에서 잘 차려입은 낯선 사람들 사이에 있으면 짜증을 내기가 힘들다. 그녀는 일정한 간격으로 저녁을 같이 먹을 사람들을 공들여 골라낸다. 한 사람에게 너무 자주 전화하지 않으려고 꼼꼼하게 친구들의 순번을 돌린다. 자기 처지에 대해서 이야기할 때면 초연한 분위기를 유지하고, 가끔은 웃거나 청춘의 힘에 건배를 하기도 한다. 보아하니, 친구들은 그녀가 잘 받아들이고 있다고 생각하며 마음을 놓는다.

가면을 내려놓을 때는 앨리슨과 함께 있을 때뿐이다. 조디와 앨리슨은 평소보다도 훨씬 더 자주 어울린다. 앨리슨의 근무시간 전에 이른 점심을 들거나 앨리슨이 쉬는 날 저녁을 먹는다. 조디가 자기 상황을 가볍게 말했을 때 정색하고 받아친 친구는 앨리슨뿐이다. 또한 그녀가 줄곧 토드가 집에 오기를 기다리고 있다는 사실을 집어낸 유일한 친구이기도 하다.

"자기가 상처받은 거 알아. 하지만 이런 일에는 순진하게 굴면 안 돼. 그 남자는 자기 선택지를 쭉 훑어보고 떠나기로 작정한 거야. 자기에게 필요한 건 이혼 변호사야. 머리 위에 지붕은 이고 살아야지. 자기에게 떨어질 정당한 몫도 확실히 챙겨야 하고. 이십 년이나 그 남자 뒤치다꺼리하며 살았는데."

"토드가 나를 갈취할 거라고는 생각 안 해."

"제 코가 석 자인 남자가? 난 못 믿겠는데. 어쨌든 안전하게 해두는 편이 좋지."

앨리슨이 대신 경계해주는 건 위안이 되지만, 충고를 순순히 받아들이진 않는다. 머릿속에 맴도는 생각이라고는, 사람들은 충동적으로 행동하고 실수를 저지른 후 나중에 후회한다는 것뿐이다. 어쩌면 그도 자기가 용서받았다는 사실을 알 필요가 있는지도 모른다. 어쩌면 신호를 기다리는지도 모른다. 그리고 생각해보면 그녀가 사실상 별 해를 입은 것도 아니지 않은가. 아기야 크게 복잡할 문제도 아니고 그럴 필요도 없다. 아기가 어릴 동안에는 토드가 그 애에게 많은 시간을 쓰지도 않을 것이다. 아기들이야 어머니가 필요하니까. 그리고 그 애가 크면…… 뭐, 어린애가 주변에 있으면 활기가 돌고 좋겠지.

그 남자

토드는 뒤돌아보기를 거부한 채 새로운 삶으로 풍덩 뛰어들어, 남겨두고 온 옷장을 대신할 옷 쇼핑부터 시작한다. 나타샤가 따라오겠다고 우겨서 그는 물건 사는 일에 그녀가 간섭하도록 내버려둔다. 그 결과 그는 좀더 세련되고 유행에 맞는 모습이 된다. 허리띠에는 더 큰 버클이 달렸다. 신발은 앞코가 뾰족하다. 그는 블레이저와 청바지에 티셔츠를 입는 법을 배운다. 새로 산 옷들은 명품 브랜드이고 그에게 더 잘 맞는다. 그는 다시 개발한 자기 자신이 마음에 든다. 그 모습에 익숙해져, 머리카락을 자르지 않고 불한당풍의 수염을 기른다. 전반적으로 그는 더 젊고 더 섹시한 남자가 된다. 아직도 연애 게임에서 승산이 있는 사람처럼 보인다. 거기에는 다른 모든 것을 덮고도 남을 장점이 있다. 나타샤와 함께 외출할 때, 이제 사람들은 그를 아버지로 오해하지 않는다.

저녁은 식사를 준비하고, 산책하고, 쇼핑을 가고, 사랑을 하면서 보낸다. 나타샤에게 과제가 있으면, 토드가 설거지나 빨래 같은 일을 맡는다. 토드가 술집에 가면 나타샤는 따라가지만, 임신한 그녀는 술을 마시지 못하기 때문에 본격적으로 술기운이 오르기도 전에 그를 끌어낸다. 이 때문에 그는 친구들로부터 놀림을 받고, 특히 클리프는 나타샤를 여사장님이라고 부른다. 주말이면 그들은 도시락을 싸서 교외로 나가거나, 피자를 먹으며 영화를 보거나, 같은 건물에 사는 사람들의 아이를 봐준다. 나타샤는 이웃들과 친구로 지낼 필요가 있다고 말한다.

어느 토요일 오후에 그들은 커플 문신을 하기로 한다. 서로 얽힌 팔목 모양의 문신으로 그의 것과 그녀의 것이 짝을 이룬다. 바늘에 찔리자 눈물이 흐른다. 그는 그렇게 아플 줄 미처 몰랐기에 대비하지 못했다. 하지만 통과의례, 일종의 입문 의식, 함께하는 삶의 시작을 상징하는 무언가라는 생각이 마음에 든다. 문신은 나타샤의 생각이었다. 문신은 영구적이고 타협할 수 없는 거잖아, 나타샤가 말한다. 결혼반지와는 다르지. 그녀가 결혼을 건너뛰고 싶어 하는 건 아니다. 그러기는커녕, 그녀는 날짜를 십이월 중순으로 당겨 잡았다. 그즈음이 이상적이지, 그녀는 말한다. 크리스마스 휴가가 있을 뿐만 아니라, 배가 나온 것도 별로 티가 나지 않아 꿈에 그리던 웨딩드레스를 입을 수 있다.

출근하는 날엔 에너지와 목적의식이 고조된 상태로 임한다. 그가 그동안 제퍼슨파크의 아파트를 사라고 부추겨온 고객은 서명을 마쳤으므로 이제 마무리만 하면 된다. 서쪽 토대 보수와 외벽 방수 처리, 그 과정에서 훼손된 콘크리트 벽을 대체하는 작업이 포함된다. 새로 사무용 건물을 지으리라 염두에 두었던 현금 액수는 예상보다는 적겠지만 이제는 낙관주의의 기운에 올라탄 상태고, 나타샤가 있기에 삶의 모든 축복에 감사할 수 있다는 느낌이 든다. 나타샤를 만나기 전에는 삶이 살 만한 가치가 있다고 할 수 없었다. 이제 새로운 기운이 물결처럼 밖으로 퍼져나가 미래를 위한 약속을 만들어낸다. 그는 자기가 내린 선택과 자기가 고른 길을 확고히 고수한다. 모든 이에게 그가 하는 충고는 이러하다. 그 무엇도, 그 누구도 우리의 삶을 방해하도록 놔두면 안 돼.

궁극에는 조디와의 문제를 해결해야만 한다는 것을 그도 안다. 그렇게 달갑진 않은 일이다. 결별을 겪은 친구들을 충분히 보았기에, 수입과 자산에 충격이 있으리라는 정도는 예상하고 있다. 변호사에게 전화해야 한다. 미뤄봤자 좋을 것도 없다. 심지어 지금도 조디는 거기서 그의 돈을 쓰고 있지 않은가. 조디의 신용카드 명세서가 그의 사무실로 날아오고 스테파니가 결제한다. 콘도의 월세와 다른 살림 비용과 함께.

이런 걱정들에도 불구하고, 그는 결국 나타샤의 닦달을 듣고서야 행동에 나선다. 나타샤는 그가 조디와의 일을 정리해야 한다고 강경하게 말한다. 나타샤는 그에게서 그와 조디의 재산 관리에 대해 세세한 항목을 캐냈고, 그가 아무것도 변한 게 없는 양, 그와 조디가 여전히 함께인 양 일이 흘러가게 놔둔다며 펄펄 뛴다.

토드의 재산 거래 입출금 일체를 도와주는 변호사는 가족법 전문이기도 하다. 육십 대인 해리 르그루트는 세 건의 이혼 소송을 경험했고, 잘못을 저질러 대가를 치른다는 게 어떤 일인지 안다. 그는 로스쿨 학생일 때 첫 아내와 결혼한 뒤 삼십 년 동안 그녀와 눈 한번 마주치지 않았지만, 여전히 매달 수표를 보내줘야 한다. 두 번째와 세 번째 아내들은 그의 돈을 끝없이 빨아먹을 뿐 아니라 그가 멍청하게도 결혼 기간 동안 구입하고 지불했던 궁전 같은 집에 아직도 살고 있다. 해리 자신은 임대 아파트에 살며 매일 그들의 죽음만을 기도하고 있다. 주님, 부디 쇼샤나를 데려가주십시오. 부디 베키를 데려가주십시오. 부디 케이트를 데려가주십시오. 하지만 쇼샤나, 베키, 케이트는 서둘러 이 세상을 떠나려 하지 않는다.

토드는 점심시간에 프린터스로의 블래키 식당에서 해리를 만난다. 두 사람은 스테이크 샌드위치와 생맥주를 주문한다. 해리는 은발을 뒤로 빗어 넘겨 인상적인 외모와 높은 이마를 강조한다. 연회색 소모사 양복에 진회색 셔츠를 입었고, 넥타이는 매지 않았다. 해리와 토드는 이십 년 넘게 알고 지낸 사이다. 토드가 부동산 개발 사업을 시작하던 초창기부터다. 사업에 기반을 둔 관계이지만 식당이나 술집에서 곧잘 일을 처리한다. 기분이 좋아지면 서로 개인적 속내까지 털어놓기도 한다. 토드에게 해리는 아버지 대신이나 마찬가지일뿐더러 이 도시의 편법과 도시 정치학이라는 신비의 영역을 안내하는 전문 항해사다. 한편 결혼에 여러 번 실패하면서 위험을 참아내는 너그러움을 다 써버린 해리에게 토드를 성공으로 이끄는 대담성과 정력은 감탄의 대상이다.

음식과 술을 받아 자리에 앉자, 토드는 소식을 전한다. "이 얘기 들으면 좋아하시지 않겠지만, 저 조디랑 헤어졌습니다."

해리는 샌드위치를 베어 물고 씹어서 삼킨 후 혀로 위아래 입술을 닦는다. 그런 뒤 맥주잔의 술을 들이켜고 예의 바르게 한 손으로 입을 가리고 트림한다. 입을 연 그의 목소리는 낮게 깔린 바리톤이다.

"자넨 근사한 가정도 있고, 자네를 사랑하는 아름다운 아내도 있고, 그 외에 남자라면 원할 수 있는 모든 유흥도 즐기고 있지. 자네를 속속들이 싫어하는 흡혈귀 전처들에게 돈을 쭉쭉 빨릴 위험에서 다행스럽게도 벗어난 삶은 말할 것도 없고. 그런데 이제 모든 걸 내던지고 여자에 눈이 멀어서 뇌를 바지 속에 집어넣어버린 나 같은 중년 남자 대열에 끼어들겠다니. 토드 자네에게 실망했어. 그보단 좀더 분별력이 있는 줄 알았더니." 그는 슬프게 고개를 젓는다. 물기 어린 푸른 눈이 식당 안을 두리번거린다. "그 여자 몇 살인가?"

"조디가 몇 살이냐고요?"

"가정파괴범이 몇 살이냐고. 그리고 그 여자랑 결혼할 계획이라는 말은 제발 말게."

"그만해요, 해리. 아직 그 사람 만난 적도 없잖아요."

"그 여자는 만날 필요도 없어. 누가 됐든 그만한 가치는 없으니. 그리고, 그 여자가 자네보다 어리다면 자네 인생을 지옥으로 만들 거야."

"해리가 이렇게 냉소적인 인간이 된 데도 이유는 있겠죠. 해리 일은 저도 안타깝게 생각해요. 정말입니다. 그렇게 많이 했는데도 진정한 결혼을 찾지 못했잖아요. 나타샤와 저는요, 해리는 절대 이해 못 할 관계예요. 전 죽었다가 다시 태어난 것만 같아요. 그래요, 걔가 저보다 젊죠. 하지만 그건 저희가 가족을 가질 수 있다는 뜻입니다. 저 아버지가 됩니다, 해리. 축하해주세요. 적어도 해리에겐 자식이 있잖아요. 아이들이 없었다면 어땠을지 상상해보세요."

"부성은 어처구니없이 과장되어 있어." 해리가 말한다. "텔레비전 안 보나? 법정은 양육권을 어머니에게, 전처에게 주지. 그럼 그 여자는 애들을 꼬여서 아버지에게 등돌리게 만들고. 자네를 경멸하는 자들이 자네가 번 돈을 가지고 피둥피둥해져서 빈둥빈둥 잘 먹고 잘 사는 꼴을 보게 된다니까. 꽁지 빠져라 일만 해도 헤어날 수가 없지."

"그 얘길 들으니 마음이 무너지네요."

"자네라고 특별히 다를 것 같나? 무슨 일이 생기든 조디가 반을 갖게 돼."

"좋아요. 제가 알고 싶은 게 그겁니다. 조디가 뭐의 반을 갖게 되는 거죠, 정확히?"

"자네의 순자산 반을 갖는 거지, 멍청한 사람 같으니. 자네 투자액의 반, 자네가 소유한 모든 부동산의 반이지. 자네 두 사람은 사실상 애송이 시절부터 함께해오지 않았나. 자네가 처음 집을 사기 전부터. 그렇다면 그녀에게 일 센트까지도 권리가 있다는 거야. 자네 돼지 저금통에 든 푼돈까지도."

토드는 아랫입술을 내밀고 앉아 이 소식을 이해하려 애쓴다. 해리가 한 말에는 옳지 않은 데가 있다. 그는 기억을 곱씹으며 실제로 과거에 일어났던 일들을 기억해내려 안간힘을 쓴다.

"조디를 처음 만났을 땐 이미 첫 집을 산 상태였어요. 그건 기억해요. 조디를 데려가서 집을 보여줬으니까요. 그땐 처참했죠. 그러니 아니에요, 제가 그 집을 샀을 땐 그녀를 알지도 못하는 사이였어요. 그 집을 판 후에야 함께 살기 시작했고요."

"함께 사는 건 별개 문제고. 자네들 언제 결혼했지?"

"안 했어요. 제 말은, 실제로 식은 안 올렸죠."

"결혼을 안 했다고?"

"저희는 사실혼 관계예요."

"농담이겠지."

"상황이 그렇게 안 좋은 건가요?"

"불쌍한 조디. 그녀에게 미안한 마음까지 드는군."

"조디가 결혼하고 싶어 하지 않았어요. 그럴 필요가 없다고."

해리가 눈을 빛내며 원숭이처럼 싱긋 웃는다. 토드는 조롱을 당하는 기분이다. "그거 무슨 뜻입니까?"

"술을 한 잔 더 해야 한다는 뜻이지. 우리 축하해야겠어."

그 여자

화요일, 조디는 운동이 끝나고 점심 먹기 전에 그의 휴대전화로 전화를 건다. 그가 전화를 받더니 다소 높고 불안정한 목소리로 그녀의 이름 같은 소리를 읊조린다.

그녀가 말한다.

"깜짝 놀랐지! 지금 어디야?"

"차 안이야. 어떻게 지냈어?" 그는 당혹스럽고 경계하는 목소리다. 그녀가 자기를 힐책하려 전화했다고 짐작한 게 분명하다.

"잘 지내지. 줄곧 당신 생각 했어. 좋은 쪽으로."

"정말이지, 기대하지 못한 얘긴데."

"그래, 알잖아. 세상일이 다 그렇지. 우린 그저 앞으로 나아가기만 하면 되는 거야."

"당신이 그런 식으로 받아들이니 참 기쁘다. 나도 당신 생각했어."

"잘됐네. 나 보고 싶었어?" 그런 질문을 할 작정은 아니었다.

"물론 보고 싶었지. 매일 보고 싶어."

그녀는 숨을 들이쉰 후 내뱉는다. "난 여기 있어."

"그래, 그러니까, 난 미처 생각을……."

"알아. 우린 그렇게 좋게 헤어진 건 아니었으니까."

"당신 목소리만 들어도 좋네."

두 사람은 약간 수줍어하며 조심스레 단어를 고른다. 그녀의 계획은 먼저 분위기를 살피며 그가 자기 초대를 받아들일지 알아내려는 것이다.

"있잖아, 저녁 식사하러 오지 않을래?"

그는 얼른 대답하지 않는다. 그녀는 수화기 너머 들려오는 소음을 의식하며 기다린다. 자동차, 라디오 뉴스의 아나운서 목소리. 운전대에 앉은 그의 모습을 그려보니 여전히 똑같은 카고 바지에 떠나던 날 아침에 입은 스웨트 셔츠 차림이다. 그가 몸에 걸친 옷가지만 갖고 집을 나갔다는 사실을 그녀는 거의 매일 생각한다. 아마도 쇼핑을 했겠지만, 그녀는 오로지 그 순간의 모습만을 떠올린다.

"그러고 싶지." 마침내 그가 대답한다. "언제 갈까?"

"내일이 어떨까 생각했는데."

"내일이라." 그는 불확실한 목소리로 반복한다.

그의 마음속엔 무슨 생각이 스치고 있을까? 매번 저녁 외식 비용을 책임져야 하나? 저녁에 외출을 해도 되긴 하는 건가?

"내일이면 괜찮아."

"7시에 올래?"

"7시." 그가 동의한다. "한시라도 빨리 보고 싶어."

대화에는 변형의 힘이 있다. 전화를 끊자마자 그녀는 벌써 변화한 세계, 예전 모습 그대로인 그들의 사랑이 부활하여 창조해낸 세계에 살고 있다. 때묻지 않고 온전해서 쉽사리 분해되지 않는 젊은 사랑. 나누는 데 목매지 않고 내 것 네 것 따지지 않던 때. 그 시절에는 그녀의 기벽도 사랑스러웠다. 소비 중독, 어지르는 것에 대한 강박에 가까울 정도의 혐오, 와인 코르크와 치즈 껍질을 모아놓는 습관, 청바지를 입을 때도 껴입는 팬티스타킹 사랑, 과시하지 않는 천성. 그는 출근하기 전 애정이 담긴 쪽지를 끼적여 예상치 못한 곳에 놔두곤 했다. 조디의 머리카락을 어루만지고 같이 샤워도 했다. 그리고 마찬가지로, 그때는 그에게도 그녀가 좋아하지 않는 점은 없었다. 가령 커피를 마시는 방식, 커피가 식은 지 한참 후에도 우스꽝스럽게 입술을 내밀고 후후 불어댄다든가. 그가 샤워하는 방식, 거품 속으로 사라져버릴 정도로 머리부터 발끝까지 비누칠을 한다든가. 작게 잘라낸 버터 조각으로 토스트 위를 뒤덮는다든가. 심지어 그의 운전 습관까지도 사랑했다. 그는 다른 차들을 추월하고 운전자가 손가락을 내밀어 욕하면 웃어버렸다. 그녀는 오랫동안 그를 사랑했다. 심지어 그를 잘 알게 된 후에도 마찬가지였다. 그를 잃었다는 충격이 깊은 영향을 끼쳐서 심장을 다시 뛰게 했으며, 가슴 속의 폐기된 방들을 몰아냈다.

그녀는 그날 남은 시간과 다음날 종일 시간만 헤아리며 보낸다. 시간은 슈퍼마켓, 치즈 가게, 생선 가게, 꽃집을 오가는 가운데 펼쳐진다. 허브를 다지고, 양념을 만들고, 오징어를 손질하고, 채소를 다듬는 가운데 펼쳐진다. 그녀는 개를 미용사에게 데려다주고 매니큐어, 페디큐어, 비키니 왁스, 피부 관리, 전신 마사지를 받는다. 내담자와 상담할 때는 초조해서 시간을 조금씩 단축한다. 늦게 잠자리에 들고 일찍 일어난다. 발작적으로 옷을 입어본다. 이 일에 많은 것이 걸려 있음을 그녀는 안다. 바에서 술 한잔하거나 식당에서 식사를 해도 되었을 것이다. 그러나 그녀는 설득력 있는 희열에 사로잡혀, 보이는 것이라고는 눈 속의 별뿐이고 들리는 것이라고는 머릿속의 음악뿐이다.

이런 시간들은 조디의 삶 일부분이었다. 행사가 다가올수록 흥분은 점점 고조된다. 소녀였을 때는 어머니와 함께 흥분에 빠져들곤 했다. 행사의 감각, 약속과 가능성을 두고 연애 장난을 하는 느낌, 인생의 전성기로 이끌어주는 것들. 하지만 평범한 나날에도, 실망을 직면할 때에도 낙관적인 전망이 그녀를 지탱하는 대들보다. 그녀는 후퇴했다가도 다시 튀어 오르며 저층의 역류에 저항하고 물살을 타는 데 익숙하다. 둥실둥실 떠 있는 것이 그녀가 가장 잘하는 일이다. 토드도 항상 말하곤 했다. 그런 그녀의 부력이 좋다고. 덕분에 그가 블랙홀로 떨어지지 않을 수 있으며 알코올에 의존하지 않을 수 있고, 아버지처럼 의존자가 되지 않을 수 있다고. 그래도 토드가 우울증에 빠졌던 시기에는 그를 도울 수 없었다.

그녀는 치료를 받게 하려 애썼지만 그는 거절했다. "그건 당신 세계지. 나는 빼줘." 어쩌면 더 애를 써야 했는지도 모른다. 그도 제러드 하트먼처럼 아들러학파의 실용적 접근에서 이득을 얻었을지도 모른다. 힘든 어린시절이 있었던 만큼 토드는 좋은 사례가 되었으리라. 알코올의존자 아버지와 학대받는 어머니를 둔 아이라면 상처받기 마련이고, 토드가 자수성가하긴 했지만 진짜 이야기는 거짓말과 애매모호함과 뒤섞인다. 감정을 말하지 못하는 불능과 권위에 대한 혐오, 충동적인 모험심은 사업에는 도움이 되었지만, 그의 끝없는 외도는 깊이 자리잡은 열등감을 반영한다. 열등감이 그로 하여금 끊임없이 자기 자신을 증명하게 만드는 동력으로 작용하는 것이다. 아들러에 따르면, 자존감이 높은 경우 우리는 자유로워져서 착수하는 모든 일에 가치 지향적이기보다는 과업 지향적이 되지만, 열등감이 있는 경우에는 자기 자신에 집중하게 된다. 간단히 말해서 토드가 바로 그러하다.

조디는 대학에 와서야 처음 아들러를 접했지만, 아들러 학교에서 했던 공부와 제러드와 함께한 작업을 통해 아들러의 원칙을 실행할 수 있는 확고한 실용 지식을 얻었다. 아들러는 융과 함께 20세기 초반 빈에서 프로이트의 동료로 일했으나, 두 사람 모두 차례로 프로이트와 결별해 자기만의 학파를 형성했다. 아들러학파가 실용적이고 사회적 필요에 맞춰져 있다는 점은 무엇보다 그의 세 가지 인생 과업에 명확하게 드러난다. 그가 정신건강의 특징이라고 규정한 세 가지, (1)사랑의 경험과 표현 (2)우정과 사회관계의 발달 (3)의미 있는 직업이다. 이러한 면에서 조디는 완전히 정상적이라고 인정받을 수 있었다. 그리고 제러드와 함께하는 치료가 진전을 보이면서 이 사실은 확연히 두드러졌다. 어느 길로 향하든, 어떤 탐구 방향을 모색하든 그들은 그녀가 토드와 맺은 고양된 관계, 그녀의 탁월한 사회적 기술, 그녀의 직업에 대한 헌신과 정면으로 맞닥뜨렸다. 그녀는 내담자용 의자에 앉아 오랜 시간을 보냈고, 정말로 매주 상담을 계속할 필요가 있을까? 하는 질문이 마음속에 자주 떠오르다 결국 곪아터지자 제러드에게 그만두자고 제안했다. 하지만 제러드가 계속하는 편을 택했기에, 그들은 계속 이어갔다. 제러드는 질문을 하고 귀를 기울이고 받아 적었다. 조디는 자기가 꾼 꿈을 보고하고, 원가족原家族에 대해 이야기했다. 부모님, 오빠인 대럴, 남동생 라이언.

그녀는 라이언보다 세 살 위지만 동생이 새 가족이 된 시점에 대한 기억은 없고, 맨 처음 동생을 보았을 때 어떤 모습이었는지도 머릿속에 떠올릴 수 없었다. 기억이 있는 한 내내 라이언은 조디의 삶 속에 있었고, 동생에 대한 그녀의 관심은 항상 독점적이었다. 어렸을 때 라이언은 그녀가 가장 좋아하는 동물 인형이나 다를 바가 없었다. 껴안고, 예뻐해주고, 옷을 입혀주고, 가르쳐주고, 꾸짖고, 많은 경우 자기 마음대로 휘두를 수 있는 소유물. 그때 라이언은 말을 잘 듣고 다정하고 착했으며, 누나의 선의 어린 폭정에 쉽사리 항복했다. 그러다 라이언이 더 나이들어 젖먹이가 아니라 아이가 되자 발작이 시작되었다. 모든 이들을 근심케 했던 악몽과 자해. 그러나 그것도 결국에는 지나가버렸고, 다른 많은 단계들도 마찬가지였다. 못된 장난꾸러기, 심술궂은 척척박사, 편집광 외톨이.

그 모든 일을 겪는 동안에도 조디는 남동생을 사랑했고, 오히려 그래서 더 사랑했지만, 결국 변해버린 그 애의 모습과는 절대 화해할 수 없었다. 라이언이 대학을 중퇴한 후 인도와 동아시아를 여행하면서 이십 대를 보냈고, 그후에는 일 년의 반은 말레이시아 쿠알라룸푸르에서 영어를 가르치고 나머지 반은 멕시코의 바하칼리포르니아수르에서 서핑하고 식당일을 하며 보낸다는 사실을 받아들일 수 없었다. 가족도 인정한 천덕꾸러기로 살다가 어느 날 너무 늙어서 지금 하는 일을 못 하게 된다면 어찌되겠는가? 돈도 없고 집에서 멀리 떨어진데다가 자존심이 너무 세서 도움을 청하지도 못할 텐데.

어느 쪽인진 확실히 모르지만, 라이언은 전화가 없거나 있어도 번호를 주진 않을 것이기에 조디가 연락할 길은 없었다. 그리하여 그녀는 기다릴 수밖에 없었고, 고맙게도 그 애는 이따금 전화를 걸어주긴 했지만 실제로 만날 기회는 드물었다. 제러드에게 상담을 받던 무렵에는 그 애를 못 본 지 한참이었고, 그 전에 마지막으로 본 건 그 애가 급하게 환승하느라 공항에 잠깐 내렸을 때였다. 라이언은 아침 6시에 전화를 걸었고, 그녀는 동생을 만나 공항 가판대에서 냉장 보관되어 있던 샌드위치를 사서 무릎에 올려놓고 아침 식사로 먹었다. 늦은 십일월이었지만 동생은 열대 지역에서 다른 열대 지역으로 이동중이라 옷차림이 가벼웠고 짐도 배낭 하나뿐이었다. 티셔츠와 청바지에 샌들 말고는, 푸른 유리구슬 목걸이와 해적 깃발 모티브로 장식하고 옆쪽 챙을 젖힌 검은 밀짚모자만 걸치고 있었다. 그 애는 살짝 다부지게 자랐고, 면도가 필요해 보이긴 했으나 언제나 그러했듯 푸른 눈의 요정 같은 외모에 건강해 보였다. 다만 인생에서 지금 같은 위치에 머물러 있기에는 너무 나이가 들었을 뿐이었다. 여전히 독신이고, 서핑에나 골몰하며, 자신의 재능과 잠재성을 무시한 삶. 소년 시절에 라이언은 체조와 그림에 재능이 있었고 곤충과 식물에 관심을 보였으며 운동선수나 삽화가, 생물학자 등이 되고 싶다고 이야기하곤 했다. 고등학교 시절엔 캠프 상담사였고, 교사가 되고 싶다고 했다. 건성으로 가르치는 교사가 아니라 학생들을 끝까지 지켜봐주고 차이를 만들어내는 교사 말이다.

조디는 라이언의 꿈을 반복해서 꾸었다. 그 애가 길을 잃거나 도망 다니는데, 그녀는 미칠듯이 동생에게 연락을 취하지만 항공편을 예약하거나 비행기에 올라탈 수 없는 꿈이었다. 그녀는 여전히 매일 동생을 생각했다. 그보다는 동생이 끊임없이 마음속에 있다고 하는 편이 맞으리라. 걱정스러운 부재 때문에 오히려 더 눈에 띄는 영원한 동반자. 조디는 본능적으로 동생을 돕고 보호하고 싶었지만, 그 애 본인이 그것을 불가능하게 했다. 조디는 자기가 동생의 생활 방식에 감히 뭐라 말하기라도 하면 그 애가 몸을 사려 앞으로는 전화하지 않으리라는 것을 알았다. 부모가 바로 그런 실수를 저질러서 결과적으로 라이언의 소식을 조디를 통해 들을 수밖에 없게 되었다. 게다가 동생이 틈을 주는 성격도 아니었다. 그 애는, 라이언은 거리를 유지하려 했고 중요한 얘기는 전부 피했으며 누나의 개입을 허락하지 않고 매사 익살을 떨며 가볍게 받아넘겼다. 그녀가 할 수 있는 일이라고는 그 애가 자기 실수담을 들려주면 웃어버리고, 그 애에게 돈을 주겠다는 충동을 억눌러 자존심에 상처를 입히지 않는 것뿐이었다.

대조적으로 오빠인 대럴은 아버지의 전철을 밟아 미니애폴리스에서 약학 박사 학위를 따고 집으로 돌아와 고등학교 시절 여자친구와 결혼했다. 부모님은 대럴이 고향에 남아 가족의 약국을 물려받지 않을까 하는 희망을 품었지만 결국 오빠는 이사를 선택했고, 지금은 캐나다의 의과대학 부속병원에서 약제과장으로 있다.

대럴은 조디보다 여섯 살 많은 남자아이였지만, 처음부터 그녀 인생의 환한 빛이었다. 친절하고 남을 잘 돕고 재미를 사랑하는 멘토로서, 동생을 위해 시간을 내주었고 웃겨주었다. 핼러윈에 사탕을 받으러 갈 때 데려가준 사람도 대럴이고, 그녀에게 토끼 귀 모양으로 신발끈 매는 법을 가르쳐준 사람도 대럴이었다. 심지어 같이 소꿉놀이를 해주었던 것도 기억났다. 대럴은 진흙으로 파이를 만들어 대접하고 바비의 여동생 스키퍼 목소리를 흉내내기도 했다. 조디가 좀더 자라자 대럴은 숙제를 도와주고 카드놀이를 함께했다. 심지어 그때 그는 벌써 고등학생이었고 조디는 여전히 어린아이였는데도. 대럴은 드물게도 천성이 유하고 모든 이와 잘 지내는 친절한 소년이었다. 모두가 그의 앞길을 열심히 닦아주려 했으므로, 무척이나 태평하고 스스럼없으며 사교적인 이 청년은 결국 인생에서 성공할 수밖에 없는 운명이었다.

제러드는 그녀의 가족사에 흥미를 보이면서 질문을 던졌다.

제러드: 어느 형제랑 주로 어울렸죠?

조디: 라이언하고요. 대릴 오빠도 나와 놀아주려고 했지만, 그러려면 오빠가 내 수준으로 내려와야 했죠.

제러드: 누구와 싸웠습니까?

조디: 라이언과 제가 가끔 싸우곤 했어요.

제러드: 라이언이 여러 단계를 거쳤다고 했는데요, 젖먹이 때는 유순하고 착한 아이였다가 나중에는 못되고 심술궂고 편집광이 되었다고요. (여기서 그는 노트를 참고한다.) 전체적으로 동생에 대해 뭐라고 할 수 있을까요? 한 단어로 동생을 묘사해야 한다면요.

조디: 예민하다고요. 라이언은 예민한 아이였어요. 우리는 그걸로 그 애를 놀리곤 했죠.

제러드: 그럼 당신은 어떤 아이였습니까?

조디: 저는 남을 휘두르는 애로 통했어요.

제러드: 누구를 휘둘렀나요?

조디: 모든 사람을요. 하지만 오직 라이언만이 제가 시키는 대로 했어요. 그 애가 더 나이들고서는 그것도 끝났지만.

제러드: 형제들이 자랄 때 아버님은 어땠죠?

조디: 저희에게 많은 걸 기대하셨어요. 저보다는 두 아들에게 더 엄격하셨지만요.

제러드: 여자애라 좀더 편하게 풀어줬다는 거군요. 어머니는 어떠셨죠?

조디: 약간 몽상가 쪽이에요. 식사도 청소도 깔끔하게 잘해내고 지역 봉사 활동도 하셨지만, 대체로 당신만의 세계에 살고 계셨죠.

제러드: 어머님께서 어떤 봉사 활동을 하셨습니까?

조디: 결식아동 돕기 기금 운동을 조직했어요. 무료 급식소에서 자원봉사 일도 하셨고. 아버지는 어린이 야구단을 지도하셨어요.

제러드: 지역 봉사 활동이 가족의 가치였군요.

조디: 부모님은 지역 봉사 활동에 열심이셨어요. 또 교육열도 높으셨고.

제러드: 자식 중에서 공동체 정신이 가장 강한 사람은 누굽니까?

조디: 대럴 오빠요. 오빠는 토요일마다 노인들에게 책을 읽어주곤 했어요. 그 활동을 몇 년이나 했죠.

제러드: 그럼 가장 공동체 정신이 없는 사람은요?

조디: 굳이 말하자면 라이언일 거예요. 라이언이 그런 종류의 일에 참가하는 건 한 번도 못 봤으니까요.

제러드: 당신은 어떻죠?

조디: 저는 교회에서 하는 빵과 과자 바자회를 도왔어요. 하지만 대럴 오빠만큼의 열성은 없었죠.

제러드: 학교에서 가장 성적이 좋았던 사람은 누구죠?

조디: 대럴요.

제러드: 가장 성적이 나빴던 사람은?

조디: 라이언.

제러드: 누가 어른들에게 가장 예쁨받았습니까?

조디: 대럴 오빠죠. 모두가 대럴을 좋아했어요.

제러드: 가장 예쁨을 덜 받은 사람은?

조디: 라이언요. 그 애가 하는 걸 보면, 우리 식구 같지가 않았어요. 가끔 부모님은 그 애를 업둥이 꼬마라고 부르기도 하셨죠. 아버지가 그러셨어요. 라이언이 버릇없이 굴 때면 그 애를 업둥이라고 부르곤 하셨어요.

제러드: 누가 가장 순종적이었고 누가 제일 반항적이었죠?

조디: 대럴과 저는 순종적이었죠. 라이언은 반항아였지만.

제러드: 그럼 대럴은 가장 귀여움받는 자식의 자리를 쟁취했겠군요. 그리고 라이언은 반항으로 튀었고. 당신은 어디에 자리를 잡았습니까?

조디: 저는 여자애였어요. 제가 남자애들과 경쟁하리라는 기대는 아무도 하지 않았죠.

제러드: 하지만 가족 내에서 라이언보다는 좀더 사랑받는 위치에 있지 않았습니까. 그리고 라이언과 싸우거나 그를 휘두르기도 했다고 했죠.

조디: 제 마음속으로는 그 애를 돌보았던 거라고 생각해요.

그 애는 그렇게 생각하지 않을지도 모르지만.

제러드: 동생이 어떻게 생각할까요?

조디: 그 애는 제 밑에서 벗어나고 싶었던가 봐요. 우리는 어릴 때 무척 가까웠지만, 지금은 그렇게 가깝지 않아요.

제러드: 그러면 어떤 기분이 듭니까? 둘이 더이상 가깝지 않다 생각하면?

조디: 가슴 아프죠. 그 애가 우리 사이에 둔 거리가요. 그 애가 걱정도 되고요. 하지만 제 잘못이었는지도 몰라요. 저는 스스로 인정하는 것보다 더 경쟁적인 사람이었으니까요.

그 남자

토드는 사무실을 떠나 오래전부터 익숙한 길을 따라간다. 어퍼 랜돌프 드라이브로 오르는 램프를 타고 가다가 저 멀리 콘도가 보이는 순간 그는 그리움이 습격하기를 기다리지만, 그런 감정은 들지 않는다. 어쩌면 그걸 제외한 다른 감정들의 고물 더미로 대치되었는지도 모른다. 그 고물 더미의 꼭대기에는 불안이 있다. 그는 무슨 일이 일어날지 전혀 예측할 수 없다. 전화로 듣기로는 조디는 충분히 사근사근했지만, 지금은 여느 때와 다르다. 무슨 일이 일어나든 거기 있는 동안 물건 몇 가지는 챙겨서 나와야 한다. 적어도 스웨터 몇 벌과 겨울 코트는. 하지만 옷은 차 트렁크에 넣어두어야 할 것이다. 안 그러면 그가 어디 갔었는지 나타샤가 알게 될 테니까. 그게 아니더라도 알아낼지 모른다. 나타샤는 자칼 같은 후각을 가졌다. 오늘밤은 해리와 식사를 하며 계약서를 살펴본다고 말해두었지만, 어떻게든 방법을 찾아내 확인할 수도 있다. 함께 살기 시작한 이후 처음으로 저녁 시간을 따로 보내는 날이다.

포르셰를 32번 주차 칸 안으로 매끄럽게 들이면서 그는 순간 소유욕이라는 위압적인 감각과 씨름한다. 이상하게도 영역 표시 본능을 억누를 수가 없다. 십팔 제곱미터의 이 작은 공간은 그의 것으로, 그가 소유하고 있다. 그는 또한 33번 주차 칸, 조디의 아우디가 주차된 그 자리도 소유하고 있으며 사실상 아우디도 그의 재산이다.

엘리베이터를 타고 올라간 토드는 주인된 자의 자존심에 자극받아 현관문을 직접 열쇠로 따고 들어간다. 그녀가 만드는 복잡한 요리의 냄새가 문지방을 넘기도 전에 그를 맞으며 이제껏 기다렸던 향수를 끌어낸다. 프로이트도 거기서 그를 맞으며 발치에서 껑충대고 빙빙 돈다. 개는 건강해 보인다. 눈은 반짝이고 털은 반들반들 윤이 나며 풍성하다. 그는 거실로 들어가 마치 오랫동안 떠나 있다 온 사람처럼 새로운 눈으로 바라본다. 거실에는 그가 여기 살았을 때라면 익숙했을 호화로운 분위기가 감돈다. 어쩌면 그가 이미 현재 거주지의 지저분한 상태에 젖어 오염됐는지도 모른다. 그곳에서는 발 디딜 자리만 있으면 어디든 생활용품을 늘어놓는 나타샤의 습관이 살림의 지배 원칙이다.

그는 부엌에서 조디를 찾아보지만, 찾을 수가 없다. 하지만 돌아서니 그녀가 그의 눈앞에 있다. 기억보다 체구가 작고 다른 면에서도 다르다. 더 연약하고, 더 목이 길며, 피부가 더 하얗고, 어쨌든 외모의 특징이 재배열된 느낌이다. 그가 보고 있지 않았다는 이유만으로 어떻게 이처럼 많이 변할 수 있을까?

그녀는 평상복인 베이지색 바지와 흰 셔츠를 입고 있다. 어쩌면 그녀에게 이건 별일 아닐지도 모르고, 그가 마음속에서 번갈아가며 그려보는 것처럼 중대한 만남이나 결별이 아닐지도 모른다. 그녀의 눈이 그의 캐시미어 재킷과 더 길어진 머리카락에 닿자 의문스러운 빛을 띤다. 그는 그녀에게 키스할까 하다가 그 대신 부엌으로 돌아선다.

"내가 술을 만들까?"

이전의 일상적인 행동으로 어색한 시작을 넘어선다. 하지만 그가 잔을 들고 스톨리치나야 보드카를 냉장고에서 꺼내고 그녀가 파슬리를 다지고 작은 갑각류들을 접시에 올려놓는 동안, 그 무엇도 과거와 어렴풋하게나마 비슷하지 않다는 것이 소름끼치도록 선명해진다. 두 사람은 서로 낯선 이들이나 다름없다. 극도로 정중하고 부자연스러운 대화 속에서, 그들은 상대의 움직임을 무척 조심스럽게 재고 서로의 간격을 확인한다. 잔을 부딪치고 몸을 덥혀주는 술 한 모금을 들이마시며, 그는 의자에 앉아 그녀가 레몬을 길게 사 등분하는 모습을 바라본다. 그녀는 전채를 내놓으며 미소 짓지만, 그에게 보이는 것이라고는 그 눈

속의 거리뿐이다. 그가 음식을 씹어 삼키고 그녀가 새침한 흰 셔츠의 단추를 가슴골까지 채운 채 부엌을 돌아다니는 동안, 그는 그녀가 벌거벗었을 때 어떤 모습이었는지 기억해내려 한다.

저녁 식사 내내 그들의 대화는 일에만 집중될 뿐 다른 중요한 문제는 회피한다. 그의 새로운 생활환경, 그녀의 외로운 밤, 곧 닥쳐올 아버지의 역할 등 미래와 관련된 일은 아무것도 말하지 않는다. 생각하지 않으려 해도 몰아낼 수 없는 생각들이 주위에 맴돌고 있다. 그는 끈덕지게 배관과 곰팡이 이야기를 한다. 그녀는 내담자들의 근황을 얘기한다. 아기 돼지 아가씨는 임신을 했는데 애 아버지가 남편인지 애인인지 모른다는 얘기를 듣자, 그는 웃을 수밖에 없다. 그는 아기 돼지 아가씨에게 호감을 느낀 적이 한 번도 없었고, 그 문제에 관한 한 장기적으로 혼외 관계를 유지해온 사람이라면 사실상 다부다처제나 다름이 없다. 지나가는 바람은 별개고 매춘부와의 섹스도 별개지만, 충성심을 분배하는 삶의 방식은 부정한 선택이며 결국 끝이 좋지 않다.

조디는 언제나 그의 이런 면을 이해했다. 그녀는 더 큰 그림을 볼 수 있었다. 조디와 함께 있는 한 그는 그녀의 것이었고, 조디도 그 사실을 알았다. 많은 여자들이, 아마 대부분의 여자들이 작은 일탈에 난리를 피우고 사소한 바람이나 살짝 샛길로 빠진 것에 분개한다. 어쩌면 그가 조디의 인내와 절제를 지나치게 당연히 여기고 그를 참아준 데 대해 적절한 경의를 표하지 않았을 수도 있다. 저지르기 쉬운 실수다. 조디에겐 남을 받아들이는 요령이 있다. 그녀는 쉽게 위축되거나 균형을 잃지 않는다. 엄밀히 계산된 방식과 저울 같은 감각으로 움직이며, 놀라거나 극단적으로 받아들이지 않는다.

샐러드와 오징어, 연어 앙크루트•를 먹으면서 그는 마치 집을 떠난 적이 없었던 것처럼 느낀다. 여기 그들은 평소처럼 식탁에 앉아 평소의 접시로 저녁 식사를 먹고 있다. 그녀는 평상복 차림이고, 크리스털 잔이나 은식기, 식탁보에도 딱히 신경쓰지 않았다. 음식은 맛있지만, 조디는 원래 요리를 잘했다. 탁자 위에는 촛불과 천 냅킨이 차려져 있지만 이 또한 보통이다.

그때 그는 깨닫는다. 그녀는 고의적으로 이 행사에 일상적인 기운을 가미하고 있다. 이것이 딱 한 번만 일어나는 대단한 사건이나 특별한 행사가 아니라 매일의 주식, 반복되는 일이라고. 그녀는 이 일들을 평소처럼 진행하고 아무것도 변하지 않은 듯 행동하려 한다. 그에게 저녁 식사를 만들어주는 것은 일상의 일부고, 반복되는 기쁨은 그녀의 대들보이자 행복의 절정이요, 존재의 골자다. 와인 한 병, 가정식, 소박한 집의 기쁨, 예측 가능한 일탈, 든든한 안정감. 그는 그녀가 어떤 속셈인지 정확히 파악한다. 이건 게임과 같다.

• 연어를 패스트리에 싼 요리.

그는 그녀를 과소평가한 것에 죄책감을 느껴왔다. 그녀는 존경할 만큼 실용적인 지성을 지녔다. 그녀에게는 사랑스러운 명료함이 있다. 남자들이 그녀에게 주목할 거라는 생각이 마음에 스쳐간다. 벌써 그랬는지도 모른다. 조만간 그는 사라지고 다른 남자들이 바로 이 접시로 저녁 식사를 할 수도 있다. 다른 남자들이 그녀를 사랑하고 그의 침대에서 그녀와 자고 그가 남기고 간 세면도구를 쓰게 될 수도 있다. 별로 유쾌한 생각들은 아니라, 그는 나선형으로 빙글빙글 돌아가는 상상을 가라앉히려 애쓴다. 식탁에서 일어나 방안을 쿵쿵 돌며 자기의 지배력, 자기의 소유권을 주장하고 싶은 또 다른 자신을 억누른다.

"요새 어떻게 지냈어?" 그가 불쑥 묻는다.

"아, 알잖아. 늘 똑같지 뭐."

"아하." 그는 의자에서 자세를 고쳐 앉는다. "요새 누구 만났어?"

"취조하는 거야?" 그녀가 온화하게 묻는다.

"그럴 리가."

"엘런, 준, 앨리슨."

그는 손가락을 두드린다. "요새 누구 만나? 그러니까, 연애로?"

그녀가 눈을 휘둥그레 뜬다. 그 질문뿐만 아니라 그런 생각 자체에 놀란 눈치다.

"그래, 알아." 그가 말한다. "하지만 당신 매력적이잖아. 그런 일이 생길 수도 있지. 남자들이 쫓아다닐걸. 이미 그러고 있지 않다면 말이지."

조디는 접시에 음식을 삼각 구도로 담는다. 연어, 완두콩, 애호박. 각각의 음식 사이 나눠진 구획이 느슨하게 평화를 상징하는 로고를 만든다.

"어떤 남자들? 난 아무 남자도 모르는데."

"글쎄, 하하, 남자야 세상에 널렸잖아."

"내 분야엔 없어. 심리학엔 여자들만 널렸지."

"아들러와 프로이트와 융은 남자 아닌가." 그는 그 분야의 스타들 이름을 댄다.

"시대가 변했잖아. 이젠 모두 여자야."

토드는 입을 다물어야 한다는 것을 안다. 하지만 스스로 불러일으킨 이미지를 머리에서 몰아낼 수 없다. 이름도 얼굴도 없는 남자가 그의 욕실에 벌거벗은 채로 서 있는 모습. 갓 샤워를 마친 젖은 몸으로 성기를 달랑거리며 그가 놔두고 간 수건, 치약, 면도용 비누를 멋대로 쓰는 모습을.

"복도 끝에 사는 카슨 녀석이랑 친하잖아."

"조엘 카슨? 걔 겨우 열다섯이야."

"걔가 당신 쳐다보는 눈길 봤어."

"착한 애야. 아주 다정하고 순진해."

"십 대 남자애가 순진할 리가 있나."

"뭐, 아닐지도 모르지. 그런데 난 걔 엄마뻘이거든."

"당신이 걔 엄마뻘일지도 모르지. 하지만 엄마는 아니잖아. 장담컨대 걔도 그 차이는 구분할 수 있을걸."

"토드, 지금 황당한 소리 하고 있는 거 알지."

"내가 걔 나이일 땐 역사 선생님에게 반했다고. 래러비라는 여자였는데 예쁘고 세련되었지만 역시 의지가 강하고 점수를 엄격하게 매겼어. 그 여자 때문에 얼마나 흥분했는지. 생각해보니까 당신하고 많이 비슷한 것 같네. 난 늘 그 여자만 생각했어. 선생님 집에 가서 데이트에 데리고 나가는 생각도 했지. 심지어 선생님 차를 고쳐주겠다고 한 적도 있었다니까. 물론 내가 관심 있었던 건 차가 아니었지만."

"뭐, 조엘 머릿속에 그런 생각이 스쳐갔을지 모르지만, 전혀 티는 내지 않던데. 한번 여기 왔을 때는 문손잡이에 손을 대고 서서 탈출하기만 기다리는 것 같더라."

"언제 여기 왔었는데?"

"잡지 빌리러 왔어. 바이올리니스트에 대한 기사가 있었는데, 이름이 뭐더라. 〈천사와 악마〉에서 솔로 연주 했던 사람. 조엘은 바이올린을 정말 아름답게 연주해." 그녀는 일어나더니 새 와인 한 병을 식탁으로 가지고 와서는 코르크를 따고 빈 잔을 채운다. "어쨌든 당신이 상관할 바 아니잖아, 이런 상황에서는."

"걔가 연주하는 건 언제 들었어?"

"학교 발표회 때 들었지."

"학교 발표회도 갔어? 맙소사, 그놈이랑 진짜 가까운 사이군."

"그래, 맞아. 조엘 카슨과 나. 당신이 이제 짐작했으니까 말인데, 인정하는 게 낫겠네. 우리 한동안 열렬한 관계였어. 걔 열다섯 살 생일부터 시작됐지. 아니, 열네 살 때던가? 어쩌면 열두 살 때일 수도 있고. 웃겨, 기억도 못 하겠네. 어쩌면 걔가 아홉 살이나 열 살 때 사랑에 빠졌는지도 모르지."

"알았어, 이해했어." 그가 말한다. "하지만 당신은 매력적이야. 아름답고. 당신도 알잖아. 머리에 눈이 달린 남자라면 알아볼 거라고. 바이올린 켜는 여드름쟁이 꼬마라도."

"조엘은 여드름쟁이 아닌데."

"뭐가 됐든." 토드는 카슨 녀석에겐 흥미를 잃었다. "요는 당신은 매력이 넘치는 여자고 환상적이란 거야. 난 처음 본 순간부터 당신을 사랑했어. 그래, 물론 그때 당신이 흠뻑 젖어서 내 차를 들이받기는 했지. 그래도 정말 근사했어. 지금도 그렇고."

그녀의 눈에 눈물이 고이는 것을 보고 그는 탁자 너머로 손을 뻗어 손을 잡는다. 불현듯 그는 자신이 이제까지 뿌리 없이 헤매 다녔음을 깨닫는다. 어느 날 누군가 다른 사람의 삶 속에서 깨어나 집으로 돌아올 길을 찾지 못했던 거라고. 지금 여기에 앉아서 그녀의 손을 맞잡고 있으려니 아득한 선로 위를 지나는 기차처럼 시간이 저 멀리서 흐르는 느낌이다. 아직 기회가 남은 이 순간 속에, 그가 옆으로 제쳐놓았던 생각과 감정이 대거 모여든다.

"당신이 그리웠어. 집에 오는 게 그리웠고 당신과 함께 침대에 드는 게 그리웠지. 당신을 포기할 수 있었다고 생각했다니 내가 정말 정신이 나갔었나 보다라는 말밖에 할 말이 없네."

그녀도 그의 손을 맞잡는다. 눈물이 흐르기 시작한다. 그의 눈물과 그녀의 눈물이 쪼그라든 심장과 시든 사랑에 물을 준다. 그들은 이제 서로를 바라보며 서먹함과 거리감을 넘어선다. 마침내 두 사람은 눈물을 닦고, 그녀가 일어서 초콜릿 무스를 내놓는다. 그들은 식탐 많은 어린이들처럼 숟가락으로 퍼먹고 그릇을 싹싹 핥은 다음 서로를 보며 웃는다.

식탁을 치운 후 그녀가 팔꿈치까지 소매를 걷어붙이고 싱크대 앞에 서서 그릇을 헹군다. 동그랗게 만 머리카락이 흘러내리자 그는 뒤에서 다가가 두 팔을 허리에 감고 턱을 그녀의 정수리에 기댄다.

"사랑해."

그녀는 품안에서 빙그르르 돌아 그를 마주본다. 두 손은 가슴까지 들어 마치 기도하듯 맞잡았다.

"난 아직도 당신 변한 모습에 적응이 안 되네. 머리와 옷 때문만은 아냐. 더 젊어 보여. 살 빠졌어?"

그는 두 손으로 그녀의 등과 어깨의 섬세한 뼈를 탐색하며 그

미묘한 곡선과 어린애 같은 비율을 새로이 깨닫는다. 나타샤의 더 튼튼한 뼈대와 풍만한 엉덩이, 그리고 과하게 쑥 들어간 허리에 벌써 익숙해진 참이다.

"눈의 착각이야." 그가 말한다.

그녀가 가슴에 대고 중얼거리자 그녀의 숨결이 면 셔츠를 통해 그의 피부를 데운다.

"거리에서 지나쳤더라면 못 알아봤을 거야. 당신에게 두 번 눈길도 주지 않고 곧장 지나쳐버렸을걸."

"내가 당신을 불러 세워서 자기소개를 했겠지."

그녀는 미소를 띠며 대꾸한다. "난 낯선 남자하고는 얘기 안 해." 그 말과 함께, 그는 그녀의 응어리가 풀리고 그녀가 젤리처럼 그의 몸 앞에서 무너져내리는 것을 느낀다.

"그거 극복해야 할 거야." 그가 말한다.

별 수고도 들이지 않고, 그는 그녀가 의식을 잃은 사람이거나 시체라도 되는 양 팔로 들어올려 안는다. 마치 인형처럼 무게가 별로 느껴지지 않는다. 그녀를 안고 문지방을 넘어 침실로 가면서, 그는 조디의 이런 면을 기억해낸다. 그녀가 성적으로 흥분할 때면 이처럼 특이하게 몸을 느슨히 늘어뜨린다는 것을.

그 여자

조디가 아침을 먹으면서 미적거리는데 해리 르그루트의 사무실에서 전화가 온다. 전화를 건 사람은 해리의 비서로 대프니라는 이름의 성실한 여자다. 조디도 예전에 한두 번 만난 적 있다.

"르그루트 변호사님이 연결해달라고 하셔서요." 대프니가 말한다. "부인의 변호사와 접촉하고 싶으시답니다. 괜찮으시면 이름과 전화번호를 알려주시겠습니까? 르그루트 변호사님이 절차를 시작하고 싶어 하세요."

조디는 그 말을 들었지만, 단어들은 아무렇게나 훽 불어오는 바람처럼 휘파람 소리를 내며 주위에 맴돈다. 토드가 그녀와 진행해야 할 법률 사안이 있다면 직접 얘기하면 되지 않는가.

"길버트 부인? 전화 끊으셨어요?"

"아니, 끊지 않았어요. 다시 말씀해주시겠어요? 저보고 뭘 하라고요?"

"사실상 부인께서는 아무것도 하실 필요 없어요." 대프니의 어조는 친절하지만 사무적이다. "요는, 르그루트 씨가 가능한 한 빨리 절차를 시작하고 싶어 하신다는 거예요. 그래서 저희는 부인 변호사의 이름과 전화번호가 필요한 거고요."

토드와 그의 동기, 의도, 행적에 대해서는 그가 저녁을 먹으러 왔던 밤, 두 사람이 새로이 시작했던 밤 이후로 줄곧 신경이 쓰이던 터였다. 문제가 해결된 방식으로 보자면 그보다 더 목가적인 재결합, 유대 관계의 더 만족스러운 재생을 바랄 수 없을 정도였다. 그를 초대한 것은 올바른 판단, 첫 발걸음을 내딛기에 적절한 행동이었다. 일을 치른 뒤 그가 일어나서 떠났을 때는 마음에 들지 않았지만, 가치 있는 일은 하룻밤 새 일어나지 않는다는 것을 알기에 당연하게 받아들일 수 있었다. 사물은 제 나름의 방식으로 제 나름의 시간을 들여 한데 모인다. 그가 집으로 돌아오기 전 한동안은 데이트를 할 수 있으리라는 게 그녀 생각이었다. 그리고 그렇게 생각하며 체념할 수는 있다. 그런데 그가 왜 전화 한 통 하지 않는지는 알 수가 없다.

여전히 수화기를 든 채로 그녀는 거실로 옮겨간다. 태양이 가구들에 빛을 던지고 카펫의 색깔을 물들이고 있다.

"미안해요, 대프니. 무슨 말인지 따라가지 못하겠네요. 해리가 제 남편에게 전화해서 둘이 그 문제를 얘기하면 되지 않나요? 그게 가장 확실한 해결책일 텐데."

이 말에 대프니는 깜짝 놀란 듯 감탄사를 내뱉는다. "어머, 길버트 부인! 죄송해요. 부인이 알고 계시는 줄 알았어요."

대프니는 확실히 뭔가 실수를 저질렀다. 정신을 차리고 상사에게 물어보려면 통화를 종료해야 하겠지만, 그러는 대신 더듬대면서 조디가 듣고 싶지도 않은 설명과 반갑지 않은 충고를 늘어놓느라 애쓴다.

"제가 길버트 부인이라면요……." 그녀는 이렇게 말을 맺는다. "정말로 좋은 이혼 변호사를 고용하겠어요."

그 말에 조디는 통화 종료 버튼을 눌러버린다.

아침 먹던 것을 치운 뒤 조디는 금요일에 예약된 내담자 두 명의 파일을 꺼내 기록을 샅샅이 읽는다. 먼저 신데렐라, 자존감이 부족한 평범한 여자다. 지역 일간신문의 야간 교정 직원으로 일하는 신데렐라의 끊임없는 불평은 삶이 자기를 스쳐지나갈 뿐이라는 것이다. 조디는 주도적으로 여러 선택지를 제시하며 커다란 효과를 낼 수 있는 작은 발걸음을 내디뎌보라고 격려해준다. 가령 강좌를 듣거나 체육관에 등록하라고, 혹은 콘택트렌즈를 끼거나 머리를 예쁘게 잘라서 외모를 가꿀 수도 있다고. 정신적으로 타성에 젖은 생활에서 빠져나가고자 한다면 외관을 바꾸고 내면의 변화가 따라오도록 하는 게 가장 쉬운 방법이기도 하다. 자기 자신을 위해서 노력하면 종종 환경 또한 내게 유리한 방향으로 바뀌기도 하니까. 조디는 이를 믿는다. 그런 경우를 종종 보아왔다. 궁극적으로 토드를 저녁 식사에 초대할 수 있었던 힘도 그런 것이었다.

두 번째 내담자는 방탕한 아들. 신탁 기금으로 살아가며, 부모님이 습관적으로 그의 빚을 갚아준다. 그가 아직 젊고 기반을 잡고자 애쓰는 중이므로, 또 아직 잠재력이나 한계를 발견하지 못했고 부모님이 그의 자신감을 조금씩 깎아내고 있으므로, 조디는 그에게 조건 없는 지지를 보내준다. 그는 스스로 뭔가 찾아내야 한다. 조디가 부모의 편을 들면 그는 그냥 문을 닫아버릴 것이다.

그날 오후에야 그녀는 토드에게서 전화를 받는다. 대프니와 대화를 나눈 뒤로 다소 예상하고 있던 바다. 조디는 이제 그의 마음에 확신이 없고 그가 무슨 생각을 하는지 알 수가 없다. 하지만 여전히 희망을 지니고 있는 한—미래에 대한 일종의 약속이라든가—그녀는 재빨리 분별력을 되찾는다.

그가 말한다.

"당신도 내 상황 알잖아. 나는 지금 만사를 깔끔하게 처리하려고 노력하는 중이야."

"난 좀 혼란스러운데. 내게 왜 변호사가 필요한지 설명해줘."

"사람들에게 왜 변호사가 필요하겠어? 자신의 이익을 지키기 위한 거잖아. 내 말 들어봐, 조디. 개인적으로 받아들일 필요 없어. 우리 사이 감정이 상할 필요 없다고. 변호사들끼리 알아서 정리하도록 하면 우리는 계속 친구로 남을 수 있어."

마음속으로 따져보려 해도 고장난 계산기처럼 막혀버린다. 그녀는 상황을 정확하게 처리할 수 없고, 이제는 어찌할 바를 모른다.

"친구라니. 그게 우리 사이야? 난 이해 못 하겠으니까 당신이 잘 설명해봐."

"조디, 조디, 침착해. 우린 서로 사랑하잖아. 함께한 역사도 있고. 상황이 달라진 거야, 그뿐이야. 사람들이 발전하고 다음 단계로 나아가는 거, 건강한 일이잖아. 당신이 나한테 항상 하던 얘기 아냐?"

"그렇지. 사람들은 발전하지. 그렇다면 요전날 밤 여기서 했던 행동은 뭐야? 그건 뭐였어?"

"우리가 서로 안 보는 게 좋겠어? 어떻게 그게 말이 돼? 난 당신이 그리워. 가끔은 만나고 싶어."

"나를 가끔은 만나고 싶으시다."

"물론 그렇지. 당신도 똑같은 마음 아니야?"

그 남자

나타샤는 빠르게 닥쳐오는 결혼식의 계획을 세우느라 바쁘다. 매일 밤 식사할 때마다 꽃이나 식사 메뉴, 테이블 세팅, 음악, 결혼 서약, 케이크에 대해 독백을 늘어놓아 입에 재갈을 물리고 싶을 지경이다. 벌써 토드를 데리고 가서 예복 쇼핑은 마친 참인데, 적어도 그건 보람이 있었다. 상점에서 옷을 입어보았을 때 그는 우아한 재단과 입었을 때 젊어 보이는 실루엣에 황홀해졌다. 가격표는 보지도 않았고, 나타샤가 그에게 받은 신용카드로 대금을 지불하는 동안 그는 밖에서 기다렸다. 결혼식 준비에만 한재산 들어가는데 나타샤는 리오로 신혼여행을 가자며 막무가내로 밀어붙인다. 여기저기 돈을 쓰고 다니기엔 좋은 시기가 아니다.

그가 찬성한 결정 하나는 교회에서 식을 올리기로 한 것이다.

한동안 그 문제로 갈팡질팡하던 그녀의 옆구리를 찔러 올바른 방향으로 끌고 갔다. 그는 종교를 믿는 사람이 아니지만 그렇다고 무신론자도 아니다. 의식과 전통은 자기 자리가 있고 결혼도 그 자리에 속하는 것들 중 하나이니까. 무엇보다 결혼은 신뢰의 행위가 아닌가.

손님 명단에는 나타샤의 수없이 많은 친척 어른들과 사촌이 포함되었지만 토드 쪽 손님은 몇 안 되는 친구들뿐이다. 해리, 클리프, 남자 친구들 몇 명과 물론 그 아내들까지. 결혼 진행에 드리운 구름은 줄곧 완강하게 참석을 거부하는 딘이다. 그는 여전히 토드와 말을 하지 않고 나타샤와도 거의 연락하지 않는다. 그가 마지막으로 한 말은 나타샤가 토드 길버트 같은 자와 결혼하는 꼴을 보느니 차라리 죽겠다고 한 것이다. 딘은 생각을 고쳐먹을 필요가 있다. 제대로 된 상식이 있으면 딸을 위해 기뻐해야 하지 않겠는가. 딸은 부유하고 유복한 여자로 편히 살게 될 텐데. 자기 딸이 부양 능력도 없는 젊은 애송이를 만나는 편이 낫겠는가? 딘에게 할 말은 많지만, 그것도 딘이 기회를 주어야만 가능하다.

토드는 나타샤와 함께하는 삶이 편안히 정착될지, 지금보다 안정되고 정돈될지, 무엇보다도 조디와 함께하는 삶과 비슷할지 의문을 품기 시작한다. 나타샤는 예측할 수 없는 방식으로 행동한다. 보통의 임신부처럼 얼굴이 환하지도 않고 만족스러워하지도 않는다. 반대로 독사처럼 변해서 무엇에 자극받아 언제 덤벼들지 예측할 수가 없다. 그래도 그는 여전히 이해하고 적응하려 최선을 다한다. 가을학기가 끝나가고 결혼식이 다가오는데다 아버지와 문제도 있으니 스트레스가 많겠지. 배는 아직 나오지도 않았는데 몸무게가 느는 것도 다 스트레스 때문이겠지. 이마에 뾰루지가 난 것도 그게 원인일 수 있겠지. 적어도 섹스에 흥미를 잃진 않았다. 친구들 얘기를 들어보면 그런 경우가 있다고 하던데. 몇몇 남자들, 그전까지는 절대로 바람피우지 않았던 남자들은 마사지 숍이나 성인 전용 광고를 피난처로 삼을 수밖에 없었다고 한다. 나타샤는 이전과 똑같이 그를 원하고 있으니 그 점에서는 운이 좋은 듯하지만, 상황이 거꾸로 되어버린 것이 웃기기도 하다. 나타샤가 이제 정규 메뉴가 되었고, 조디와 함께 저녁식사를 했던 날 밤의 섹스가 불륜의 기분 좋은 짜릿함을 주었으니까. 조디의 기이한 고요함을, 그가 밀고 들어갈 때 그녀의 눈이 초점을 잃고 옆으로 떠도는 모습을 거의 잊고 있었다. 이전에는 그런 것이 거슬렸는데 그날 밤에는 어떤 영문인지 일종의 흥분제가 되었다. 삶은 진짜 커브볼을 던지기도 한다.

자칫 마음을 놓으면 조디를 그리워할 것만 같다. 결혼을 이루는 것은 일상의 패턴, 부부로서 시작하는 습관이다. 그것들은 삶에서 일종의 배경 리듬을 이룬다. 나타샤와 함께하는 삶은 아직 일정한 박자로 굴러가지 못해 거기에 발맞춰 나아갈 수 없다.

그래도 감상에 빠질 여력은 없다. 법에 의하면 그는 조디에게 아무런 빚도 없고, 조디는 무임승차가 끝난 전 여자친구일 뿐이다. 그녀는 함께했던 세월 동안이나마 그가 너그럽게 베풀어준 것에 감사해야 한다. 해리의 말이 바로 그거다. 해리는 그녀에게 퇴거 명령을 보내고 싶어 하는데, 그래야 필요시에는 법적 청구도 할 수 있기 때문이다. 그와 해리가 희망하는 바는 조디가 상황을 이성적으로 파악하고 소란 피우지 않고 이사 나가는 것이지만, 만약 그녀가 버티기라도 하면 믿을 건 퇴거 명령밖에 없다. 그 뜻인즉 보안관을 보내 그녀를 강제로 내쫓아야 한다는 말이다. 거기까지는 가지 않기를 바라지만 그건 전적으로 그녀에게 달려 있다.

마음속에 수많은 생각이 오가는 와중에 건강 걱정까지 하게 생겼다. 치아 정기검진을 받으러 갔다가 죽음의 문턱 앞에 서 있다는 생각을 하게 되다니. 치위생사들이 어느 학교를 다녔든, 전술이나 사교술 같은 것은 배우지 않은 것이 분명하다.

"병소가 있네요. 아구창 같은데요." 그녀가 장갑 낀 손가락으로 그 자리를 찌른다. "최근에 HIV 바이러스 검사 받아보셨나요?"

너무 뜬금없는 질문이라 그는 큰 소리로 웃어버리지만, 입안에 위생사의 손가락이 들어가 있어 웃음은 항의처럼 들린다.

"놀라실 거 없어요." 그녀가 서둘러 말을 잇는다. "걱정할 필요가 전혀 없는 증상일 수도 있으니까요. 이런 종류의 염증은 여러 다른 이유로도 생겨요. 하지만 면역 체계의 이상과 관련이 있는 경우도 빈번하니까 말씀드리는 거예요. 검사를 해보고 안심하시는 편이 낫죠."

아구창. 새의 이름.• 그에게 골칫거리를 주지 않는 무해한 이름. 핵심은 병소다. HIV와 에이즈에 결합된 '병소'라는 단어의 울림이 마음속에 선명히 울려 퍼진다. 지난해 언젠가 조디와 함께 영화 〈필라델피아〉 재방송을 본 적이 있다. 그 영화에서는 톰 행크스가 연기한 앤드루 베킷의 이마에 나타난 작은 병소가 급속한 죽음으로 이어졌다.

HIV 바이러스가 개인적인 근심거리였던 적은 없다. 1980년대 초 그것이 처음 뉴스를 강타했을 때, 그는 성적인 보호 장치 없이 섹스를 적잖이 즐기던 왕성한 청소년이었다. 차 뒷좌석에서 하다 보면 예방 조치를 취할 수 없었고, 예방 조치를 취하면 끝내주는 경험을 할 수 없기도 했다. 하지만 그때 그의 유일한 걱정은 임신이었다. 에이즈는 게이가 아닌 이상 생각할 필요가 없는 것이었다. 소문에는 그랬다. 그리고 그로서는 그쪽으로 마음이 동한 적이 없었다.

치위생사는 의사가 아니지만 여러 사람의 입을 들여다보는

• 아구창을 뜻하는 단어 thrush에는 개똥지빠귀라는 뜻도 있다.

사람이니까 어쩌면 치아와 딱히 상관없는 이상 상태를 파악하는 법을 일반 훈련의 일부로 배울 수도 있다. 사무실로 돌아가자 그는 화장실에 들어가 문을 잠그고 뺨 안쪽을 뒤집어 직접 살펴본다. 작고 하얀 곰팡이 딱지가 벽 보수용 회반죽 덩어리처럼 입안 내막에 붙어 있다. 이제 그는 거기서 혀를 뗄 수가 없다. 물론 십중팔구는 아무것도 아닌 허위 경보로 드러날 것이다. 생각건대 가장 위험한 상대는 매춘부일 텐데, 그들은 그가 콘돔을 쓰지 않으면 가까이 오지 않으려 했다. 가끔 콘돔이 찢어지는 것도 사실이지만 강박적으로 굴 이유도 없다. 결국 작은 곰팡이 아닌가. 그렇게 몇 시간 동안은 그 생각을 마음에서 몰아낸다. 특히 바쁜 날에는. 하지만 이따금씩 밤에 퍼뜩 깰 때 생각나는 것이라고는 죽음뿐이다. 물론 그 자신의 죽음이지만 주변 사람들의 죽음도 생각난다. 그다지 멀지 않은 미래의 어느 날, 그가 아는 모든 이들이 한 사람도 빼지 않고 죽어 사라진다. 그가 알지 못하는 모든 이들과 함께. 그리고 그 자리는 이방인 무리가 차지해서 남은 사회 구조를 이어받게 되리라. 건물도, 직업도. 이런 생각에 마음이 건잡을 수 없을 때면, 유일하게 위안이 되는 것이라고는 아직 태어나지 않은 아이 생각뿐이다.

그 여자

친애하는 브렛 귀하,

저는 토드 제러미 길버트의 법적 대리인입니다. 귀하도 분명히 인시하고 계시겠지만, 길버트 씨는 지금 현재 귀하가 거주하고 계신 노스웨스트쇼어 드라이브 내에 위치한 건물 부지(이하 당 부지)의 정당한 단독 소유주입니다.

제 의뢰인의 지시에 따라 저는 당 부지 내 귀하의 거주권이 소멸되었음을 알려드립니다. 의뢰인의 명령에 따라 귀하는 이 편지에 기명된 날짜로부터 삼십 일 이내에 퇴거하셔야 합니다. 그 날짜까지 당 부지의 모든 거주자가 개인 소유물과 함께 떠나야 하며, 부지에 속한 물건들은 반납하셔야 합니다.

이 문제에 협조해주셔야 귀하에게 불리한 퇴거 조치를 방지하실 수 있습니다. 만약 요구에 응하지 않으실 경우 제 의뢰인은 주저 없이 가능한 모든 법적 방안을 강구할 것입니다.

안녕히 계십시오.

해럴드 C. 르그루트

르그루트 앤드 기번스 법률 사무소

그후로 몇 년간 조디는 이 편지를 자신의 기질에 급격한 변화가 일어난 시점의 지표로 떠올리게 된다. 과거의 자아를 조용히 죽여버리고 환멸에 눈을 뜬, 달라진 모습의 여자가 나타났다. 미래에 과거를 돌아보면 이 변신이 순간적으로 일어났다고 생각하게 되리라. 꿈에 빠지거나 아니면 꿈에서 깨어나는 것과 비슷하게. 하지만 그건 착각이다. 진실을 말하자면 변화는 그후 몇 날 몇 주에 거쳐 점진적으로 일어난다. 변화에는 단계가 있으니, 첫 번째는 부정이다. 조작하거나 통제하는 감정이 아닌, 자기도 모르는 새 일어나 재난과 같은 상실로부터 쿠션처럼 감싸주는 반사적이고 자발적인 형태의 방어기제. 마음을 잠식하는 상념들처럼 빙빙 돌기만 할 뿐 내려앉지 않는 새가 그러듯이, 수신기에 잡힌 메시지가 잡음과 뒤섞이듯이, 사람이 총을 맞고도 움직이던 방향으로 계속 나아가듯이.

편지를 건넨 사람은 머리카락을 포니테일로 묶은 남자였다. 조디가 개와 함께 로비로 들어서자 남자가 다가왔다. 도어맨이 그에게 귀띔해준 모양이었다. 비 오는 토요일 아침이었다. 그녀는 우산을 접고 한번 흔든 후 그가 입을 열기를 기다렸다.

"조디 브렛 씨세요?"

"그런데요."

그녀는 떠넘기는 봉투를 받으며 그가 하는 말을 들었다.

"그럼 전해드린 겁니다."

엘리베이터를 타고 가면서 그녀는 편지를 두 번 읽었다. 집안에 들어서서는 편지를 현관의 다른 우편물과 함께 놓고 부엌으로 가서 커피메이커를 켰다. 이제, 커피가 내려지길 기다리며, 그녀는 쇼트브레드 쿠키 포장을 뜯어 하나 먹고 다른 하나는 개에게 준다. 사무실로 들어가 파일을 몇 개 치우고 음성 사서함을 확인한다. 한 여자가 과체중인 딸과 관련해 상담을 문의하러 전화했다. 그녀는 전화를 걸어 섭식 장애는 치료하지 않는다고 설명하고 책상 서랍에 둔 명단에서 몇몇 전화번호를 읊어준다. 커피는 잊은 채, 그녀는 방에서 방으로 옮겨다니며 카펫의 보풀을 뽑는다. 천과 광택제를 가져와 먼지를 닦고 가구마다 윤을 낸다. 마침내 생각이 편지로 되돌아가는 순간이 오고, 그녀는 일종의 반응을 느낀다. 들고 있던 천을 떨어뜨리고 휴대전화를 들게 할 정도의 분개심이다.

"그래, 해리한테서 온 편지는 어떻게 된 거야?"

"조디. 당신한테 전화하려고 했는데."

"전화를 해야 했고말고. 어떻게 이런 일이 생기도록 내버려둔

거지?"

"해리가 당신에게 편지를 보냈어?"

"어떤 남자가 로비에서 건네주던데."

"뭐라고 써 있었어?"

"세상에 맙소사, 토드. 나보고 이사 가라잖아."

"젠장. 그건 실수야. 그렇게 할 작정이 아니었는데."

"물론 실수겠지. 아주 언짢은 실수지만."

"조디, 들어봐. 내가 아는 한, 해리는 내가 당신에게 얘기할 때까지 기다리기로 했었어."

"나한테 뭘 얘기해?"

"이렇게까지 하고 싶진 않았는데, 해야겠네. 하지만 내게 다른 선택지가 없다는 건 당신도 잘 알 거야. 난 그 콘도를 유지할 여력이 없어. 그러는 게 옳지도 않아 보이고. 제발 이해 좀 해줘."

"농담 마."

"하지만 이렇게 불쑥 당신에게 통고하는 건, 그건 내 의도가 아니었어."

"대체 이게 무슨 일이야, 토드? 당신 대체 무슨 수작이야?"

"잘 들어봐, 조디. 내가 가구 가지고 당신과 실랑이할 생각은 없다는 거 알아줬으면 해. 당신이 원하는 건 다 당신 거야. 원하는 대로 가져. 당신이 가졌으면 좋겠어."

"토드, 대체 뭐에 씐 거야? 정신 차려. 나 이사 안 가. 당신도 내가 이사 가길 바라지 않잖아. 생각해봐. 우리가 함께하는 삶을 생각하라고."

"조디, 합리적으로 굴어. 상황이 변했어."

그녀는 통화 종료 버튼을 누르고 전화를 내려놓은 다음 저만치 물러선다. 선택지가 없다니, 그게 대체 무슨 뜻인가? 토드는 그저 자기 상황을 연극적으로 만들고, 책임을 회피하며, 자기 삶을 운영하는 주체가 자신이 아니라 통제할 수 없는 어떤 힘인 것처럼 구는 것뿐이다. 자신의 나쁜 행동에 대한 핑계를 대는 방법이다. 그녀는 물론 그가 다른 사무용 건물을 사고 싶어 하는 걸 안다. 몇 년 동안이나 얘기를 했으니까. 그게 다음으로 추진하는 커다란 프로젝트고, 어쩌면 마지막이 될 수도 있다. 평생 그를 먹고살게 해줄 사업. 소규모 스타트업이나 고전하는 사업가들에게 세놓을 사무실들이 오밀조밀 들어찬 사 층짜리 건물 개축은 아닐 것이다. 그는 좀더 크고 웅장한 계획을 마음에 품고 있다. 바로 지도에 나오는 건물을 짓는 것이다. 그리고 그녀에게서 콘도를 빼앗아 판 자금으로 그 꿈을 이룰 수 있다고 생각한다. 그들이 같이 살았던 이 부듯가 콘도를 팔아서. 호수가 훤히 내다보이는 전망, 대나무 바닥, 널찍한 방, 안방에 딸린 옷방, 테라초 조리대와 스테인리스스틸 부품들, 빌트인 커피메이커가 있는 부엌. 중년의 백인 여성과 거기서 살게 된 어린 골든레트리버에게는 아무런 관심도 쏟지 않고. 이제 그들은 즉시 사라져버릴 운명이다.

그날 늦게 딘에게 연락이 오자 그녀는 그저 무모한 기분에 전화를 받고 만다.

"딘. 그동안 전화 못 한 거 미안해요. 내 사정 어떤지 아시죠."

"알고말고요. 사정이 어떤지 너무 잘 압니다."

"딘도 무척 힘들겠죠. 늘 딘 생각을 하고 있었어요."

"뭐, 나도 늘 조디 생각을 하고 있었어요. 이 일로 뒤통수 맞은 사람은 나 하나뿐이 아니라는 말을 스스로 되뇌곤 했죠. 조디도 호구처럼 당한 건 마찬가지라고. 뭐, 제 말 뜻 알 겁니다. 당신에게도 유쾌한 일은 아니니까요."

"네, 유쾌하진 않네요."

"알아요, 압니다. 내가 생각한 게 그거예요. 그래서 연락해서 내가 당신 기분을 얼마나 이해하는지 말하고 혼자가 아니라고 알려주고 싶었어요. 당신과 난, 이 일에서는 같은 편이죠."

"정말 자상하네요, 딘. 혼자 감당하실 일도 많으실 텐데 내 생각까지 해주시고."

"아니, 아니에요. 정말로 마음을 나누고 싶었어요. 내가 누군가와 얘기를 해야 한다면 바로 당신이죠. 뭐, 알잖아요. 내 딸하고 얘기 좀 해봐요. 그 애 엄마가 이 세상에 없어서 걔가 제 신세를 그렇게 망치는 꼴을 안 보는 것만도 다행입니다."

"그 애 엄마가 있었다면 무척 가슴 아파했겠죠."

"나타샤는 착한 애였어요. 문제는, 이럴 필요가 없다는 거거든요. 그냥 지금 간단히 정리해버리면 그만인데 걔가 그걸 모르고 있는 것 같아요. 정말로 걔가 제정신 차리게 충고를 해줄 사람이 필요해요. 여자 말이죠. 내 말은 듣지를 않거든요. 걔 엄마를 잘 아는 사람, 당신 같은 사람이 필요해요. 조디가 정말로 걔한테 영향을 끼칠 수 있을 것도 같은데."

"날 과대평가하는 것 같네요, 딘."

"그 애가 결혼식 날짜 당긴 거 들었어요? 십이월 둘째 토요일이랍니다. 망할. 내가 항복하길 바라는 거죠. 이게 말이 됩니까? 차라리 걔가 끓는 기름에 뛰어드는 꼴을 보고 말지."

"진심 아닌 거 알아요."

"토드랑 얘기해봤습니까? 그 자식은 왜 나한테 계속 전화를 할까요? 서로 할말이 뭐 있다고? 삼십 년의 우정을 그 자식이 내던져버린 거라고요. 솔직히, 그 자식은 내일 당장이라도 모든 걸 취소할 수 있잖아요. 그래도 눈곱만큼도 달라질 게 없고요. 너무 늦었어요. 그 자식 선을 넘은 거예요. 조디도 같은 생각인 거 알아요."

딘은 어찌나 말을 잘하는지 조디 없이도 혼자 대화를 이어갈 수 있을 것만 같다. 분명 영업 사원에게는 큰 자산이겠지. 목표물의 정신을 흩트려놓아라. 혼자 생각할 겨를을 주지 말라.

"이봐요, 조디. 내가 술 한잔 사면 어떨까요? 아니, 점심을 사는 편이 나을 것 같은데. 우리가 힘을 합쳐야 해요. 짐을 나누고 서로를 지지해야죠. 내가 내일 데리러 가면 어때요? 중국 식당에 갈 수도 있는데."

그는 그저 고통을 함께 나누고 싶은 것이 아니다. 조디에게 용건이 있다. 많고 많은 사람 중에서 조디가 나타샤에게 영향을 끼칠 수 있다고 생각하다니 괴상하기 짝이 없다. 어떤 면에선 실로 다정하기도 하다. 그녀가 그에게 악감정이 있는 것은 아니다. 하지만 점심을 같이하는 건 실수가 아닐까.

그 남자

토드는 포르셰를 타고 미시간 애비뉴 북쪽 일리노이 센터로 향한다. 체육관은 일종의 피난처, 퇴근하고 집에 가는 길에 유일하게 허락된 탈선이 되었고 그는 몸을 만드는 데 더 많은 시간을 쓰게 되었다. 그럴 기분이 아닐 때도, 술 한잔이 몹시 간절할 때도. 바로 지금처럼. 조디와의 대화가 그를 흔들어놓았다. 그는 그녀의 문제가 뭔지 이해할 수 없다. 그가 남은 평생 그녀를 부양할 거라고 생각하는 건가? 그와 그의 가족은 없이 사는데도? 그녀에게 강하게 나가려는 것은 아니다. 집안의 모든 세간은 다 주겠다고 제안했다. 그 가격이 얼마나 나가는지 생각이나 하는 건가?

조디에게 다시 전화할까 생각하다가 대신 해리를 연결한다.

"조디에게 그런 편지를 보내다니 대체 무슨 생각이었던 겁니까? 내가 먼저 말할 생각이었다고요. 미리 의논했잖아요."

"대프니가 했나 보군. 한마디해놓지."

"됐어요. 비서 탓을 하다니. 요는 이제 조디가 공식적으로 열받아서 버티고 있다는 거예요. 망할, 해리, 내겐 지금도 골칫거리가 충분하다고 생각 안 해요?"

"자네에게 뭐 하나 알려줄까, 토드? 조디는 어떤 식으로 알았든 화냈을 거야."

"이제는 모를 일 아닌가요?"

"자네 목표만을 명심하는 게 어떻겠나. 중요한 건 이 일을 처리하는 거니까. 시간이 별로 없어."

그녀가 어떤 식으로 알았든 달라질 건 없었으리라는 해리의 말이 맞을지도 모르지만, 퇴거 동지는 불필요할 정도로 잔인한 듯하다. 그를 나쁜 사람처럼 보이게 한다. 가차없다. 냉혹하다. 하지만 일은 이미 벌어졌고, 어쩌면 그게 제일의 방안일지도 모른다. 정말로 그녀를 거기서 내보낼 필요가 있으니까. 나타샤는 조디가 아직 나가지 않았냐고 매일같이 물어보고, 조디가 떠나지 않으면 어쩔 생각인지 캐묻는다. 그는 흉한 소동은 절대로 원하지 않는다. 조디가 안에서 문을 잠그고, 보안관이 문을 부수고 들어가 그녀를 건물 밖으로 연행하기라도 한다면, 그녀는 절대 그를 용서하지 않으리라.

그녀는 그저 적응할 시간이 필요한 것일 수도 있다. 적어도 조디는 현실적이다. 한두 주 시간을 주면 아늑하고 작은 임대 아파트를 찾아내 정착하고 편안해질 것이다. 그녀의 수입을 생각하면 시내 중심가일 리는 없겠지. 어딘가 교외, 스코키나 에번스턴으로 이주해야 할지 모른다. 적어도 상담소를 확장해서 전일제로 내담자를 받을 때까지는. 자신의 직업을 좀더 진지하게 여기는 게, 또 자신을 좀더 진지하게 여기는 편이 그녀에게 좋을 텐데. 어쩌면 진짜 직업을 얻어서 자기 공부를 더 잘 이용하는 편이 좋겠지. 그녀는 기업계에서도 잘해낼 거고 돈도 많이 벌 것이다.

조디가 어디에 안착하든, 그가 가끔 찾아갈 수 있도록 해주기만 바랄 뿐이다. 어쩌면 그와의 관계를 중요하게 여겨줄지도 모른다. 이따금 그녀가 못 견디게 그립다. 그녀의 요리와 분별력, 함께했던 삶의 편안함과 위안이 그립다. 이렇게 향수를 느끼는 건 계절 때문인지도 모르겠다. 가을은 눈부시게 아름답지만 위험하기도 하다. 긴 그림자, 거센 바람, 날리는 나뭇잎들, 곧 시작될 서리. 나타샤를 트집 잡고 싶지는 않지만 집에 와도 예전 같지가 않다. 물건 늘어놓는 거야 그나마 약과다. 나타샤는 혼란 속에서도 잘만 사는 것 같다. 아이를 맡기러 온 이웃, 저녁 먹으러 찾아오는 사람들, 공부할 때 틀어놓는 시끄러운 텔레비전 소리. 아이가 태어나면 더욱 심해지기만 하겠지.

그는 포르셰 안의 온도를 높인다. 앞유리창에 공기를 보내 김

서림을 방지하고 라디오를 켜 뉴스를 듣는다. 아나운서의 목소리는 매끄럽고 풍성해서, 말의 내용이 그날의 재난을 보도하는 것이라 해도 위안이 된다. 고작 5시 30분밖에 되지 않았는데 밤이 빠르게 내리고 있다. 시골에 살면 낮이 짧아 견디기 어렵지만, 도시는 자체 발광하며 무지개 빛깔 속 환한 신기루를 생성한다. 바깥 우주에서 보면 빛을 발하는 돔, 그가 사는 위대한 도시의 자기장처럼 보일 것이다. 그는 평생 이 거리를 운전해 다녔으므로 보도 하나, 동네 하나까지 샅샅이 알고 있다. 더 젊었을 때 그는 이 도시를 소유할 거라는, 이 도시가 자기 것이 될 거라는 환상을 품었다. 거리, 건물, 발전소, 정수 장치, 심지어 하수 장치까지 전체 인프라 구조 모두. 지금도 거리를 달리거나 블래키 바나 크라운 플라자에 들어가거나 할 때면 자기가 이곳을 책임지고 있다는 느낌이 든다.

그는 차를 타고 여기저기 달리며 음악을 듣고 동네를 자세히 살피며 거리의 삶을 보는 것을 정말로 좋아한다. 차 안에선 자기만의 사적인 세계에 있는 셈이고, 넓은 견지에서 보자면 세계 안에 있는 것이기도 하다. 두 세계에 동시에 걸쳐 있다. 그는 차 안에서 간식 먹는 것도 좋아해서 보통 조수석 글러브 박스에 감초 젤리나 소금 양념 땅콩 등을 넣어놓는다. 이런 습관이 아버지가 술병과 트랜지스터라디오를 들고 지하실에 틀어박혀 있기를 좋아했던 것과 별반 다르지 않다는 것을 그는 인정할 수밖에 없다. 나를 내 세상의 중심에 올려놓는, 망할 왕처럼 앉아 있을 수 있는 나만의 왕좌, 나의 위엄 있는 횃대인 셈이다(노친네의 경우에는 무너지기 직전인 레이지보이 의자였지만). 이따금 차 안에서 그는 아버지 같은 기분을 느끼기 시작하며 그의 기운을 실감한다. 가령 고개를 끄덕이는 방식이 그렇다. 딱히 뭐라 꼬집을 수 없는 대상을 향해 알아차리기 어려울 정도로 살짝 고개를 끄덕이는 습관. 토드도 가끔 그렇게 한다. 공기의 흐름이나 오가는 차들을 향해 고개를 끄덕인다.

그 여자

조디는 문학사이자 법학사 바바라 펠프스의 사무실에 앉아 있다. 친구 엘런이 추천한 변호사다. 바바라는 체구가 작고 나이가 지긋하며 칠십 대 중반 정도로 보인다. 헤나로 염색한 머리, 연필로 그린 눈썹, 가는 손목. 어깨가 각진 재킷이 연약한 몸에 느슨하게 걸쳐져 있지만 그녀는 든든한 기둥처럼 위풍당당하게 움직인다. 엘런의 말에 따르면 바바라는 그 분야에 여자들이 희귀하던 시대에 법학 학위를 땄고, 의존적이고 불행한 아내들을 남의 도움 없이 혼자 달려갈 수 있는 전처들로 해방하는 일에 일생을 바쳤다. 유복한 이혼녀들의 자매 연대.

루프 지구의 사무용 고층 건물 위층에 자리한 바바라의 사무실은 무뚝뚝한 바우하우스식 가구와 거대한 추상표현주의 그림들로 장식되어, 거기 들어간 돈과 사업의 기반이 된 이 여성의 힘을 증명한다. 바버라는 조디에게 바실리 의자를 권한 후 예비 질문을 던진다. 이제, 변호사는 조디의 퇴거 명령서로 부채질을 하며, 그간 기회가 있을 때 토드와 결혼하지 않은 것은 바보짓이었다고 참을성 있게 설명한다. 그런 지점에서 조디가 집에 대해 갖는 권리란 길고양이 무리나 비슷하다.

"결혼 허가서 없이는 그가 소유한 어떤 물건에도 당신 지분이 없어요. 그 남자가 당신을 좌지우지할 수 있는 거죠. 판사도 그 사람에게 불리한 판결은 내리지 않을 겁니다. 이 주에 사실혼은 존재하지 않아요."

조디는 바버라가 자신의 상황을 제대로 이해하지 못한다고 느낀다.

"나는 이십 년 동안이나 그의 아내로 살았어요." 조디는 항의한다. "우리가 가진 모든 건 함께 이룬 거예요. 그 사람이 나를 내보낼 순 없다고요. 내가 거절하면 그 사람이 뭘 할 수 있죠?"

바버라는 고개를 젓는다. "당신은 거기 있을 권리가 없어요. 법을 무시하기로 하면 종국엔 상황만 더 악화될 뿐이죠. 가장 그럴듯한 시나리오는 등에 옷 보따리만 메고 거리로 쫓겨나는 거예요. 그것도 이웃 앞에서 그런 꼴을 당하게 돼요. 그건 추천할 수가 없지요."

"난 그 사람을 위해 가정을 꾸몄어요. 요리도 하고, 집을 관리하고, 그 사람을 돌보았다고요. 그저 내가 거치적거린다는 이유로 나를 차버리다니, 그럴 순 없어요."

"그럴 수 있지요. 그리고 돌아가는 모양을 보건대 그렇게 할 것 같은데요."

조디는 이 사실을 받아들이려 애쓴다. 그건 비상식적이고 그녀가 가진 정의의 개념과 일치하지 않는다. 하지만 그때 그녀는 바버라가 하려는 말을 깨닫는다. "좋아요. 알겠네요. 그건 그의 콘도라는 거죠."

"맞아요. 그건 그의 콘도죠."

"하지만 그 사람은 나를 부양해야 해요."

"왜죠?"

"항상 그렇게 했기 때문이죠. 그게 우리의 합의예요."

"반대로, 조디는 일리노이 법 아래에선 어떤 종류의 생활비도 받을 자격이 없어요. 하지만 종합적으로 고려해볼 때 처지가 아주 끔찍한 것만은 아니에요. 원하는 물건은 뭐든 가져가도 좋다는 구두 허가를 받았다면서요. 그 말이 진심이라면 살림살이를 두고 다투진 않아도 되죠. 자, 당신은 위엄과 재산을 유지할 수 있어요."

집에 가는 길에 그 말에 대해 생각해보지만, 그녀에겐 도무지 그렇게 여겨지지 않는다. 그에게 쫓겨나는 마당에 물건을 챙기든 아니든 어떻게 위엄이 유지되겠는가? 그들 모두가 똘똘 뭉쳐 그녀를 공격하고 있다. 토드, 해리, 심지어 자기편이 되어야 할

저 바바라 펠프스라는 여자까지도. 그들이 하고 있는 짓은 합법적일지 몰라도 결코 인간적이진 않다.

집에 도착하자마자 그녀는 코트와 신발을 벗고 소파에 눕는다. 낮잠 자는 습관은 없지만 흙탕물에 가라앉는 돌멩이가 된 기분이다. 다시 눈을 뜨자 창문 너머 하늘은 색을 잃었고 방은 어스름에 잠겨 있다. 그녀는 일어나서 발렌티노 치마 정장을 갈아입고 개에게 저녁밥을 준다. 개가 먹는 모습을 바라보면서 자기도 이놈의 반만큼만이라도 식욕이 있으면 좋겠다고 생각한다. 반신반의하며 냉장고를 열고 서서 내용물을 살핀다. 결국 그녀는 냉동실에서 보드카를 꺼내 텀블러에 약간 붓고 토닉을 더한다. 보통은 혼자서 술을 마시지 않지만 지금은 특별한 경우고 일종의 기념 의식이 필요하다. 그녀는 항상 자신의 삶을 책임지는 여자, 잘 운영하는 여자였는데 오늘은 완전히 쓰러지고 말았다. 살짝 밀기만 해도, 슬쩍 차기만 해도 넘어지고 만다는 사실이 밝혀진 것이다. 그녀의 처지는 그만큼이나 위태로웠다. 이십 년 동안이나 자신의 생활 방식이 안전하다 믿고 살았는데, 지금 알고 보니 그동안 줄곧 실 한 오라기에 매달려 있는 꼴이었다. 토드와 함께 살기 시작한 이래로 그녀는 망상에 빠져 있는 것이나 다름없었다. 그 밖에 다르게 생각할 길은 없다. 그녀는 거짓된 전제, 소망이 만들어낸 생각 위에 자신의 삶을 쌓아왔다. 진정한 자기 자신이라고 생각했던 사람은 한 번도 존재하지 않았다.

그녀는 술을 다 삼킨 후 또 한 잔 따랐다. 이번엔 토닉은 빼버렸다. 삼십 일, 그녀에게 허락된 시간은 그뿐이다. 현재 상태에서 자기를 빼내는 데 겨우 삼십 일, 살아 있는 동물의 살에서 조각 하나 빼내는 것처럼. 결국 이렇게 되어버렸다. 이토록 익숙한 환경에, 조디는 불법으로 끼어든 이질적 존재의 위치로 떨어져버린 것이다.

그녀는 이런 일들을 겪은 여자들을 알고 있지만 그중 누구도 어느 면에서든 모범이 되진 않는다. 친구 엘런을 포함해서 그런 여자들은 어떤 지혜나 우아함도 보이지 않았고, 자기들이 잃어버린 세월을 다시 찾거나 선의를 되살리는 데에도 성공하지 못했다. 그래도 그들 대부분이 그녀보다는 나을 것이다. 그들 대부분은 적어도 집을 차지할 수 있었으니까.

아들러 연구자들이라면 이런 상황, 그녀가 만들어낸 아수라장 속에서 자신들의 역량을 한껏 발휘하리라. 그들은 내담자의 생활 방식이나 개인적 논리, 경솔한 전제에서 오류를 끌어내는 데 일가견이 있다. 이 모든 특권과 기회를 두고 그녀는 벽을 들이받고 말았다. 그렇게 된 것은 삶이 자신에게 다정히 대해줄 거라는 사실을 너무 당연하게 여겼기 때문이다. 앞을 내다보거나 예방 조치를 취할 필요가 없었다고 여겼기 때문이다. 일종의 오만이었다. 조디도 이제 그 사실을 안다. 제러드 하트먼에게 상담받을 때 그가 이 사실을 알아차렸더라면 즉시 그녀를 바로잡아주었을 텐데. 아닌 게 아니라 조디가 허락만 했더라면 제러드는 그녀를 자기 자신에게서 구해주었을 가능성이 높다. 제러드는 자기 분야에 대해 잘 알았고 그녀와 계속 상담을 이어가야 한다는 직관도 있었다. 그렇지만 겉보기에 그녀는 아무 문제가 없었고(적어도 본인의 의견에 따르면), 그의 진료가 더 필요하지 않았다.

그렇다고 제러드에게 받았던 상담이 시간 낭비였다는 것은 아니다. 라이언과의 관계를 짚어보면서, 그녀는 그것이 풀어야 할 매듭임을 알 수 있었다. 심지어 매듭을 푸는 게 그렇게 고통스럽지도 않았다. 제러드는 자기 일을 잘하는 사람이었다. 능숙하고 지식을 갖췄으며 남다른 통찰도 있었다. 그는 또한 심문관 중에서는 가장 친절하고 부드러운 사람이기도 했다.

제러드: 라이언의 발작 얘기를 해볼까요. 악몽을 꾸고 자해를 한다고 했는데, 문제가 정확히 뭐였습니까?

조디: 그 애는 가끔 밤에 비명을 지르며 깨곤 했어요. 비명을 지르고, 발로 차고, 진정이 되질 않았죠. 어떤 땐 피가 날 때까지 자기 몸을 깨물기도 했어요. 팔이나 손바닥의 통통한 부분에 상처를 냈죠.

제러드: 그 증세로 병원에 갔었습니까?

조디: 부모님이 병원에 데려갔을 거예요. 그랬겠죠.

제러드: 어떤 진단이나 치료를 받았는지 알고 있나요?

조디: 그 애가 무슨 정신병으로 진단받았던 건 아니에요. 그런 걸 물으시는 거라면요. 그저 하나의 단계였죠. 결국엔 나이들면서 사라졌고요.

제러드: 라이언이 그렇게 행동할 때 부모님은 어떻게 대처했습니까?

조디: 대처한 사람은 저였어요. 그게 제 일이었죠.

제러드: 어쩌다가 그게 당신 일이 됐죠?

조디: 그게 제 일이 된 건, 부모님은 상황을 더 악화시키기만 했기 때문이에요. 아버지는 엄격하게 훈육을 하시는 분이었고, 어머니는, 왜 그런 사람 있잖아요, 주변에서 서성거리면서 무력하게 손만 쥐어짜는.

제러드: 부모님이 당신에게 개입해달라고 요청한 겁니까, 아니면 당신 생각이었습니까?

조디: 처음에는 제 생각이었던 것 같은데, 얼마 지나고부터는 부모님들도 당연히 제가 대처하는 걸로 여기셨어요.

제러드: 그럴 때 어떤 기분이 들었죠?

조디: 아, 그건 괜찮았어요. 라이언은 진정되었으니까요. 어머니도 진정되었고 아버지는 물러났고요. 모든 게 정상으로 돌아갔죠.

제러드: 그럼 당신이 처리해야 한다는 것, 그게 당신 일이라고

부모님이 당연히 여기는 것에 대해서는 어떤 기분이 들었습니까?

조디: 저로선 기분이 좋았다고 말할 수밖에 없네요. 전 그냥 어린애였는데 그런 권위와 책임을 갖게 되었으니까요. 그게 제게 힘을 주었던 것 같아요. 분명 저의 자아 이미지에 영향을 끼쳤을 거고, 물론 궁극적으로는 제 직업 선택에도 영향을 주었죠. 제가 라이언을 낫게 할 수 있는 사람이었다는 사실이요.

제러드: 책임이라는 말을 꺼냈는데요. 동생의 안녕에 책임이 있다는 사실에 기분이 어땠습니까? 당신도 말했듯이 그저 어린애였을 뿐이었잖아요.

조디: 전 라이언을 사랑했어요. 라이언을 돕는 건 제 제2의 천성이었죠. 그에 대해 두 번 생각한 적 없어요.

제러드: 라이언에 대한 책임 의식이 성인이 된 후에도 이어졌습니까?

조디: 지금 어른이 된 라이언에게도 책임을 느끼냐는 말씀이세요? 더이상 저와 친밀한 관계도 아니고, 의미 있는 일에 종사하지도 않고, 가족 대부분과 말도 하지 않는 라이언에게도요? 사실상 아들러의 기본 인생 과업 대부분을 무시하는 애에게요? 제가 그런 라이언에게 책임을 느끼냐고요?

제러드: 네.

조디: 제게 그런 질문을 하실지는 몰랐네요. 네, 어쩌면요. 그럼요. 물론 그 애에게 책임을 느껴요. 어떤 수준에서는 그래요.

제러드: 왜 그런 기분을 느낍니까?

조디: 제러드라면 그러지 않겠어요? 누구라도 그러지 않을까요? 그런 환경에서는?

제러드: 그런 환경이라는 게 뭔지 묘사해보겠어요?

조디: 좋아요, 어쩌면 제가 느끼는 게 정확히 책임감은 아닐지도 몰라요. 그저 걱정이라고 말해두죠. 저는 그 애를 도울 수 있었으면 하지만 도울 수 없어요. 그 애가 그렇게 하도록 놔두지 않으니까요.

제러드: 걱정의 이유가 뭐라고 생각합니까?

조디: 저는 라이언이 행복하기를 바라요. 삶이 충만하기를 바라죠. 그 애가 늙어서 자기 인생을 돌아볼 때 좋은 선택을 했다, 기회를 낭비하지 않았다, 어떤 목표가 있어서 그걸 따라갔고 뭔가 성취했다는 느낌을 받았으면 해요.

제러드: 당신의 목표에 대해서 얘기해봅시다. 당신 걱정의 목표에 대해서요.

조디: 무슨 뜻이에요?

제러드: 라이언 걱정을 그만두면 어떻게 될 것 같습니까?

조디: 제가 걱정하는 게 문제라고 생각하나요?

제러드: 당신의 걱정이 어떤 목적을 수행한다고 생각합니까?

조디: 걱정에 목적이 있어야 하나요?

제러드: 당신이 걱정하는 게 라이언에게 도움이 된다고 생각합니까?

조디: 그래요. 정곡을 찔렸군요. 알겠어요. 요점이 보이네요. 물론 걔에게 도움은 안 되죠. 나 자신을 돕는 거지. 제가 그 애 걱정을 하는 한 적어도 노력한다는 기분을 느낄 수 있고, 그 애를 버리지 않았다고 생각할 수 있으니까요.

제러드: 걱정하지 않으면 어떤 기분을 느낄 것 같습니까? 동생을 버린 기분일까요?

조디: 어쩌면요, 네.

제러드: 그 외에는 어떤 기분이 들까요?

조디: 제가 우리의 연결을 끊어버렸다고 느낄 것 같아요. 그 애와 연결된 느낌을 더는 못 받겠죠. 생각해보면 그 애를 거의 만나지 못하고 연락할 길도 없는 게 사실이니까. 제가 걱정을 안 하면 어떻게 연결되겠어요?

제러드: 라이언에 대해 걱정할 때 연결된 기분을 느끼는군요. 그러면 걱정을 그만둬서 연결된 느낌을 잃어버린다면, 다음엔 어떤 일이 일어날까요?

조디: 연결을 잃어버린 것을 걱정하겠죠. 우습게 들리겠지만.

제러드: 우습지 않습니다. 하지만 당신 안에 살아 있는 라이언

과 연결을 유지하기 위해 걱정하기보다는 더 좋은 방법이 있을 수도 있겠죠.

조디: 예를 들면요?

제러드: 스스로 생각해보는 게 좋겠는데요. 숙제로 합시다.

그 남자

체육관에 가는 길에 나타샤에게 전화가 온다. 7시까지 집에 와, 그녀가 말한다. 그리고 오면서 저녁 식사 때 마실 와인 좀 사 올 수 있어? 이런 게 나타샤다. 조디는 그에게 갑자기 심부름을 시킨 적이 없다. 와인을 사러 가기 싫어서 이러는 게 아니다. 그가 거슬리는 것은, 나타샤가 마치 당연하다는 듯, 자기에게 주도권이 있다는 듯 말하는 방식이다. 대체 공정한 거래라는 건 어디로 사라진 걸까? 그녀는 집을 깨끗이 청소하지도, 저녁 식사를 만들지도 않는다. 그가 문으로 들어서는 순간 그녀는 그를 부엌으로 보내 식사를 준비시킨다.

그는 미시간을 빠져나가 애덤스로 올라갔다가 프린터스로에 있는 와인 상점으로 되돌아간다. 상점은 붐비고 계산대 앞에는 사람들이 줄을 서서 기다린다. 거기서 나올 때쯤에는 운동은 이미 물 건너간 터라, 그는 대신에 맥주나 한잔하기로 한다. 바에 앉아 맥주를 마신 것도 무척 오래전 일이다. 처음에는 나타샤의 감시가 그렇게 거슬리지 않았다. 그녀가 그의 절반밖에 안 되는 나이에 성적 매력이 넘친다는 것을 감안하면 오히려 안심되는 점이었다. 그러나 이런 상황이 무한정 계속될 수는 없다. 게다가 이제는 사정이 달라졌다. 이제 그녀는 임신했고 아무 곳에도 갈 수 없다.

그는 간단히 한잔하러 갈 것이고, 될 대로 되라 싶다. 적어도 저녁 식사 시간에만 맞춰 가면 되겠지. 나타샤가 냄새를 맡고 수선을 피우겠지만, 조디를 만난 후 새벽 3시에 돌아갔을 때만큼 심하진 않을 것이다. 나타샤는 그가 밤새 해리와 함께 있었다는 말을 믿지 않았다. 그가 생각하기에는 완벽하게 그럴듯한 이야기를 꾸며냈는데도. "술집 문 닫을 때까지 있다가 심야 식당에 가서 베이컨과 달걀 먹었어."

"조디랑 있었지." 나타샤는 천리안이라도 가진 사람 같았다.

그녀의 닦달에 결국 그는 인정할 수밖에 없었다. 하지만 조디랑은 잠깐만 만났다고 주장했다. 그것도 해리와 만나기 전이지 후는 아니라고. 적어도 그 변명이 그가 가지고 온 옷을 설명해주었다. 그리고 이 사실을 숨겨야겠다는 생각은 하지 않았을 거야, 그는 덧붙였다. 네가 극성맞게 감시하려 들지 않았으면 말이지.

드레이크 호텔 바에 도착해 자리를 잡으며, 그는 집에 돌아온 기분을 느낀다. 윤이 나는 나무와 가죽, 전등, 줄줄이 늘어선 병과 잔에 반사되는 빛, 낮게 웡웡대는 목소리와 서로 팔꿈치로 밀어붙이며 자리를 잡으려는 움직임, 친한 바텐더가 그의 앞에 놓아준 생맥주를 처음 쭉 들이켰을 때의 맛. 그가 사랑하는 것들이다. 그는 주위에서 일어나는 만남과 인사에 안테나를 맞춘다. 퇴근 후 편하게 앉아 하루의 첫 술을 들이켰을 때 일어나는 해방과 가능성의 감각. 떠도는 이온과 페로몬, 대화와 웃음의 파도, 솟아오르는 희망과 기대.

그렇게 오랜만에 익숙한 의자에 앉아 있노라니, 다정스러운 애착에, 고색창연한 장식과 의식을 갖춘 이 기분 좋은 성역을 향한 경의에 굴복하게 된다. 셰이커와 거름망, 금속 와인잔, 샴페인잔, 브랜디잔, 양파 피클, 칵테일용 레몬 껍질 장식, 잔마다 다른 독특한 종이 컵받침, 웅성대는 손님들, 바 뒤에서 유서 깊은 의식을 수행하는 세속의 사제. 이곳은 어렸을 때 어머니와 함께 다녔던 성당을 떠올리게 한다. 어머니는 그를 가톨릭 신자로 키웠다. 아니, 그러려고 했다. 그는 하늘에 계신 높으신 분이라는 개념을 결코 이해할 수 없었지만, 성당의 광휘와 신비에는 처음부터 반해버리고 말았다. 엄숙한 행진, 다채로운 사제복, 연기가 피어오르는 향, 봉독과 찬송. 그는 무언가가 축복을 받아서 본성이 변할 수 있다는 사실을 사랑했다. 포도주도, 물도, 사람들도. 이따금 고대 교회의 꿈을 꾸기도 했다. 불가사의한 성물을 모시기 위해 지어진 기이하고 장식적인 작은 집. 그는 신비와 황홀경을 연결시켰으니, 이제 드레이크 바에서 그 비슷한 기분에 잠겨 있다. 구원은 여기에 있다. 바로 손에 쥘 수 있는 이곳에. 우리는 가장 기본적 진실을 위한 영매이다. 우리가 삶에서 가진 모든 것은 우리로 하여금 일상을 살아내게 하는 주요 동인이다. 있는 그대로의, 누구에게 가르침 받지 않았어도 항상 존재해온 우리의 타고난 주체성. 삶의 동력이란 우리 모두의 안에 있는 성령이다.

젊었을 때 그의 안에 내재하는 존재는 훨씬 강했다. 어린시절, 자신과 부모를 구분하는 법을 배웠을 때, 자유롭게 풀려나와 세계와 그것이 주는 흥분을 발견하고 사업에 발을 디뎌 자신의 힘과 무결함을 느꼈을 때, 그리고 처음 조디와 만나서 결합의 본질을 느꼈을 때. 그는 세계와 사랑에 빠진 연인이며, 그가 잘 해냈을 때 세계는 보답해준다. 그는 이렇게 매일의 일분일초를 살고 싶다. 모든 것을 펼쳐놓고 싶다. 단순히 관찰하고 포장하고 후회하는 사람이기보다는 맨얼굴의 신비를 직접 눈으로 보고 참가하고 그 안에 흠뻑 빠지고 싶다.

어떤 사람들은 삶을 그렇게 보지 않는다. 가령, 조디는. 하지만 다른 사람의 규칙에 따라 나의 삶을 살 수는 없다. 그리고, 그럼에도 불구하고 조디는 그를 높이 평가한다. 그의 성공, 그리고 약속을 실천하고 꿈의 영역을 걸어가는 그의 능력을 찬탄한다. 그는 조디에게 칭찬받는 게 좋다. 그녀의 칭찬은 몇 년간이나 그를 두둥실 떠오르게 하고 용기를 주었다. 또한 칭찬에는 그 자신을 약간 조절하고 궤도를 유지하게 해주는 엄격한 훈육 같은 것이 따라왔다. 그녀가 없었어도 그는 자기 길을 갈 수 있었을 테지만 그녀의 존재는 일종의 자동차 윤활유가 되어주었다. 모든 남자들이 그렇게 사랑받지는 않는다. 심지어 어머니의 사랑조차 타협의 결과였다. 어머니의 사랑은 죄책감으로 병들었고, 아버지에 대한 충성심으로 인해 다소 가로막히기도 했다.

그의 삶에서 많은 부분에 조디가 있었다. 살아온 나날, 소리 내어 한 말들, 느꼈던 감정, 축적된 역사, 의미의 몫. 조디와 함께했던 삶은 비축해놓은 보물로, 쌈지에 꿰매여 가슴속 빈 곳에 보관되어 있다. 그를 그 자신에게서 구하지 못한 건 그녀의 잘못이 아니다. 그가 지금 두려워하는 것은 그 어두운 방이 다시 열리리라는 사실이다. 이따금 그곳으로 빨려들어가는 느낌이 든다. 요즘은 약속의 땅이 멀어져간다. 그는 기회주의자가 되어 가능할 때 다시 불러들여야 한다. 오후의 술집 어스름 속에서나, 비 내리는 밤 강이 비쳐 보이는 보도의 웅덩이 속에서. 여자의 갈망하는 눈 속에서, 그 기막힌 나신 속에서. 사랑은 결국 나눌 수 없는 것이다. 한 사람을 더 사랑한다는 것은 다른 사람을 덜 사랑한다는 뜻이다. 신의는 눈에 보이는 구조물이 아니라 사람의 내면에 존재하는 것이다.

그는 재킷을 벗어 의자 등받이에 건다. 나타샤가 칭얼거리기 시작할 때까지는 반시간 정도 남았다. 그로부터 한 시간이 지나면 진짜 저녁시간이다. 그는 맥주 두 잔째와 버거 하나를 주문해 서너 입 만에 다 먹어치운다. 하지만 맥주는 천천히 시간을 들여 마신다. 그는 아버지처럼 꿀꺽꿀꺽 마시는 유형이 아니다. 주량 이상으로 많이 마신다고 비열한 개새끼가 되지도 않는다. 앉아서 맥주를 마시는 것은 하루의 일에 대한 작은 보상, 가치 있는 보상이다. 그는 좋은 부양자다. 자기가 할 일을 다 챙긴다. 아버지와는 다르다. 노친네야말로 진짜 처리해야 할 일거리였다. 아무도 그의 장례식에 오지 않았다는 사실이 그 증거다. 적어도 어머니는 아버지가 돌아가신 후 몇 년 동안은 편하게 살았다.

나타샤 생각을 하며 그는 주머니 안의 전화기를 두드린다. 그녀가 전화를 하면 비위를 맞춰주어야지. 최근엔 너무 많이 싸웠고 이전만큼의 즐거움과 감미로움은 없다. 나타샤는 기본적으로 불안정하다. 그게 문제다. 조디를 본받아야 할 텐데. 조디는 절대 그의 삶을 좌지우지하려 들지도, 싸움을 걸지도 않았다.

나타샤가 전화할 때쯤 그는 두 번째 햄버거를 다 먹어가던 참이다. 전화를 받기 전 그는 마지막 조각을 맥주와 함께 꿀꺽 삼켜버린다.

"소리 들어보니 술집에 있나 보네."

"집에 가는 길에 한잔하러 들렀어."

"체육관에 안 가고?"

"시간이 없었어."

"퇴근하고 쭉 술집에 있었던 거야?"

"내가 너 얼마나 사랑하는지 알지."

"그게 요점이 아닌데."

"그게 요점 같은데. 너는 아름답고 나는 널 사랑하고, 그게 중요한 거지."

"당신이 나를 사랑하면 여기에 있겠지. 저녁 손님이 있단 말이야. 잊어버렸어?" 그녀의 목소리가 날카로워지기 직전이다.

"진정해. 그냥 술 한잔하는 거야."

"누구랑 같이 있어?"

"아니, 혼잔데."

"와인 사 오라고 했는데 까먹었겠지."

"무슨 소리."

"와인 샀어?"

"그럼, 샀지."

"지금 집에 오면 좋겠는데."

"그래, 네가 오라고 하면 가야지."

"계산할 때까지 전화 안 끊을 거야. 계산했어?"

"아니, 하지만 네가 하라고 하면 해야지."

"계산해. 기다릴 테니까."

"지금 하고 있어. 계산하고 있다고."

그는 바텐더에게 손짓하며 지갑을 꺼낸다.

"계산 끝나면 말해."

그는 계산을 마치고 잔에 남은 술을 다 마셔버린다. "그래, 계산 끝났고 지금 술집에서 나가."

"일어섰어?"

"그래, 일어섰지." 그는 의자에서 일어난다. "문으로 걸어가고 있어."

"누구랑 얘기를 하던데."

"바텐더랑 얘기했지."

"뭐라고 했는데?"

"잔돈은 가지라고."

"아직도 안 나왔어?"

"아니, 지금 나왔지. 이제 전화 끊을게."

"집에 바로 와야 해."

"전화 끊는다."

그 여자

조디는 여드레 동안이나 집을 떠나지 않았다. 그럴 수 있을 줄은 몰랐는데, 필요 사항은 어려움 없이 충족되었다. 식품, 세면도구, DVD, 기타 등등 생필품은 인터넷으로 살 수 있다. 도어맨이 우편물을 가져다주고 개를 산책시켜주는 사람이 하루 세 번 아침, 오후, 저녁에 온다. 필요한 것은 대부분 이미 갖고 있다. 물건을 대량으로 구매해서 쟁여놓기를 좋아하기 때문이다. 그럼에도 집에 있는 일분일초가 타격을 준다. 평상시 그녀가 자극의 원천으로 삼던 더 넓은 세계에서의 활동을 잃은 후로는 일상이 꿈과 같은 성격을 띤다. 현실이 스러져간다는 자각. 별로 할 일도 없이 가을날을 보낸다. 벌써 압축되어 이전보다 훨씬 짧아진 나날들이다. 경계 같은 것도 없고 공간과 사건을 통해 뻗어가는 시간감각도 없이, 낮시간은 낮잠 속에 사라진다. 해가 뜨고, 해가 지고, 그사이에는 별일이 일어나지 않는다. 반면 밤은 완전히 공허한데도 설명할 수 없이 길다.

고독 속에서 미래에 일어날 수 있는 일들을 마음으로 재생해 보지만 생각하면 할수록 더 공포스러운 시나리오뿐이다. 그녀는 전쟁 영화에서 본 유의 급습을 곰곰이 생각한다. 제복을 입은 사내들이 문으로 들이닥쳐 그녀를 밤 속으로 끌고 나간다면. 자기가 습관적으로 문을 열어주는 사람들 중 하나가 배신행위를 할지 모른다는 상상도 한다. 내담자, 수위, 식료품 배달부 청년. 이성적인 순간에는 이런 걱정들이 불합리하다는 것을 안다. 사람들이 그녀를 쫓아내러 온다면 낮에 올 테고 토드가 그들에게 열쇠를 내어줄 것이다. 하지만 밤이 가장 두렵다. 해질녘부터 새벽 사이에는 안전하다고 느끼는 순간이 없다.

그녀에겐 수면제가 필요하다. 처방 없이 살 수 있는 제품으로는 효과가 없는데, 처방전을 받으려면 의사를 만나야 한다. 인터넷에서 찾아볼까 생각했지만 온라인으로 약을 사는 건 길에서 사는 것이나 다를 바가 없다. 이전에는 불면이 문제된 적이 한 번도 없었는데 최근에는 부쩍 심해져서 갑자기 멍하게 넋을 놓거나 사물이 두 개로 보이기도 한다. 그녀는 나타샤의 에스조피클론을 모아놓을걸 하고 후회한다. 토드에게 먹이고 뭐 하나 얻은 게 없다.

가끔 얕은 잠에 빠지기도 하지만, 꿈을 꾸기 시작하면 온통 동요와 혼돈뿐이다. 깨어날 때면 전보다 더 기분이 좋지 않다. 완전히 뻗게 할 좋은 수면제가 없다면 자지 않는 편이 낫다. 깊은 밤에도 컴퓨터 앞에 앉아 솔리테어 카드 게임을 연이어 하거나 소파로 이불을 가져가 영화를 본다. 전에는 책을 읽다 저절로 잠이 들곤 했는데 요새는 집중력이 떨어져 책을 읽을 수가 없다. 옆에 보드카 한 잔을 놓아두고 시간이 천천히 기어갈 때 홀짝홀짝 마시는 게 도움이 된다. 그녀는 그 쓰디쓴 날것의 맛을 좋아하고, 그걸 마시면 속 빠진 봉제 인형 같은 기분이 드는 게 좋다.

아침이 오면 완전히 진이 빠지고 여전히 반쯤 취한 상태다. 내담자를 맞을 준비를 하느라 한참 샤워를 하고 커피 한 주전자를 마신 후 리스테린으로 입가심을 한다. 자신의 안위가 위협받을 때일수록 소홀하지 않는 게 중요하다. 그녀는 외모를 깔끔히 유지하려고 최선을 다하지만 걱정거리는 얼굴에서 폭발하여 누구나 알아볼 수 있다. 이전보다도 나빠져서 죽을 사람 같은 낯빛, 부어오른 눈두덩이, 눈 밑 그늘, 파리한 피부. 뭔가 잘못되었다는 보편적 신호들이다. 화장품을 더 적극적으로 활용해보지만 블러셔와 컨실러도 한계가 있다. 그녀의 내담자들 누구도 뭐라 말하지 않지만 속으로 궁금해하고 있을 것이다. 집중력이 흩어지면 상담 시간에도 흐름을 따라가기가 쉽지 않다. 게다가 우울하고 쉽게 화가 난다. 내담자들을 만날 때마다 맥락을 잃기 직전까지 간다.

이제 그녀는 창가에 서서 밖을 내다보고 있다. 구름으로 얼룩진 하늘이 호수 위에 낮게 걸린 채 커다란 동물이 배설하듯 간간이 비를 뱉고 있다. 잔물결이 이는 진흙색 물이 끓어오르는 오물을 연상시킨다. 지금 상황은 그녀의 잘못이 아니다. 이 무엇도 그녀의 잘못이 아니다. 그녀는 토드와 원만히 살아보려고 최선을 다했다. 인내했고, 이해했고, 용서했다. 남편을 쥐고 살거나 소유하려 들지 않았다. 〈닥터 필〉 토크쇼에 나오는, 바람기 많은 남편이 외도했을 때 무너지는 그런 여자들과는 달랐다. 흑흑, 전 세계 여자들은 수 세기 동안 훨씬 더 심한 일들도 참아왔어요. 솔메이트란 멋진 개념이지만 실행되는 경우는 거의 없죠. 닥터 필 같은 결혼 생활 코치는 기준을 너무 높여놓고 여자들에게 너무 많은 것을 기대하라고 가르치는 바람에 결과적으로는 불만만을 낳는다. 우리는 엉망진창으로 어지럽혀진 영혼 속에 홀로 산다. 깊이 새겨진 신념과 멍청한 욕망과 끝없는 모순에 사로잡혀서. 그리고 좋든 싫든 우리는 서로의 이런 점을 참아야 한다. 당신 남편이 남자다운 게 좋습니까, 아니면 계집애 같았으면 좋겠습니까? 둘 다 가질 수 있다고는 생각하지 마세요. 조디는 토드에게 그런 실수를 저지르지 않았다. 그에게 충분한 자유를 주었다. 그는 불평할 게 없다. 이것은 그녀의 잘못이 아니다.

오늘은 수요일, 클러러가 청소하러 오는 날이다. 클러러는 십

대 아이들을 둔 기혼 여성으로, 가족의 수입을 보충하려 시간제로 청소일을 한다. 1시에 와서 네 시간 동안 걸레질을 하고 윤을 내고 진공청소기로 빨아들이고 침대 시트를 바꾸고 빨래를 한다. 클러러의 접근법은 모든 방에서 동시에 일을 시작하는 것이다. 그래서 그녀를 피하기란 불가능에 가깝기 때문에, 조디는 클러러가 올 때면 늘 외출하는 게 습관이었다. 적어도 과거에는 그랬다. 조디가 틀어박히기 전에는. 오늘 클러러는 평소처럼 들어왔다가 부엌에서 조디와 마주치고 소스라치게 놀랐다. 그녀와 조디가 실제로 눈을 마주친 것은 몇 달 만에 처음이었다.

"여기서 뭐하세요, 길버트 부인? 아프세요?"

그녀는 마지막 단어를 선명하게 발음하려 애썼다. 그녀의 영어는 훌륭하지만 헝가리 억양이 강했다.

"난 괜찮아요, 고마워요. 내가 없는 것처럼 그냥 하세요. 방해되지 않도록 할 테니까요."

지금 이 순간 클러러는 조디의 심부름 때문에 잠시 자리를 비우고 없다. 조디는 클러러에게 은행 현금 입출금기에 입금할 수표 몇 장을 주었고, 현금을 약간 찾아서 스톨리치나야 보드카를 사 오라고 부탁했다. 친구에게 부탁할 수도 있는 일이지만 그러자면 설명을 해야 한다. 친구들은 아직 최근의 전개를 모르고 있다. 알 필요도 없다. 가령 그녀가 스스로 생각했던 것과 같은 사람이 아니라는 것을 그들은 알 필요가 없다. 바람이 불면 휘기는 해도 부러지지는 않는 나뭇가지, 힘든 일은 웃어버리고 다른 사람들이 자기처럼 쉽게 다시 일어설 수 있도록 도와주는 일을 직업으로 삼은 사람이 아니라는 것을. 과거에는 친구들에게 사정을 항상 공개했지만 그건 모든 일을 통제할 수 있던 때였다. 상황에 대처하지 못하는 그녀를 굳이 그들이 목격할 필요는 없다. 게다가 그녀에게 일어난 엄청나게 고약한 사건을 그녀 스스로도 인정하지 않는 마당이다. 요새 그녀는 그날 넘어야 할 다음 장애물 정도까지만 내다본다. 내담자, 쇼핑 목록, 우편물을 건네는 도어맨의 얼굴에 어린 탐색의 표정, 제대로 된 식사와 굶기 사이의 타협.

친구들을 멀리하는 건 어렵지 않다. 수선을 피우는 사람은 앨리슨뿐이다. 그녀는 거의 매일같이 전화를 걸어온다. 앨리슨은 좋은 친구다. 요즈음이라면 제일 좋은 친구라고 해야 할 것이다. 그녀를 위해 곁에 있어주려 하는 사람. 앨리슨의 걱정은 정답고 이 이상으로 고마워할 순 없겠지만, 지금 당장은 에너지를 모아 자신의 집을 온전하게 지키는 일에 몰두해야 한다.

클러러가 보드카와 현금, 은행 영수증을 가지고 돌아오자 그녀는 사무실에 틀어박혀 전화기의 깜박이는 불빛을 바라본다. 전에는 걸려 오는 전화를 꽤나 의식하고 지냈는데, 요새는 전화벨이 울리면 짖어대는 개를 보듯 의심스럽게 바라본다. 매일 혹은 이틀에 한 번씩, 그녀는 부재중 수신 목록을 훑어보며 몇몇 메시지만 선택해서 들어본다. 어떤 것은 토드에게서 왔지만, 그녀가 알고 사랑하던 토드는 아니다. 이 사람은 다른 토드다. 그리고 오늘 다른 토드가 휴대전화로 아침 일찍 전화를 한 번 했다. 그녀는 메시지를 들어보지만 클러러가 벽을 쿵쿵 치는 바람에 잘 들리지 않는다. 진공청소기를 끌고 다니다 상인방이나 머름에 부딪혀 조디의 사무실 벽을 두드리는 것이다. 한 손으로 다른 귀를 막은 채, 조디는 토드가 하려는 이야기를 이해하려 애쓴다. 뭔가 악몽에 관한 얘기. 무척 심란한 목소리지만 소음 때문에 요점을 알아들을 수 없다. 어쨌든 그녀는 인내심이 없다. 일 초도 망설이지 않고 포기한 후 삭제를 눌러버린다.

그 남자

토드는 차를 타고 클라크 스트리트 남쪽으로 달린다. 곰팡이 치료용 정제 처방전을 받으러 클라크와 레이크 사이에 있는 월그린으로 향하는 것이다. 반창고 조각으로 고정해놓은 면솜이 팔뚝 안쪽, 바늘이 피부를 뚫고 들어간 자리를 덮고 있다. 그는 병원에 들러 채혈을 했다. 이걸로 일련의 성병 검사가 진행된다. 매독, 클라미디아, 임질은 물론 에이즈까지. 루벤 박사는 인간 면역결핍 바이러스가 병소의 원인이 될 가능성에 대해 언급하기를 거부했다. 토드가 생각하기에 상처는 전보다 더 커진 것 같다. "검사 결과를 기다려보죠." 박사는 말했다. 토드는 이를 나쁜 신호로 받아들였고, 이제 며칠을 기다려야 했다. 아무에게도 말할 수 없는 근심과 불길한 예감의 며칠. 물론 나타샤에겐 아무 말도 할 수 없다. 벌써 그가 부정을 저질렀다고 비난한 게 한

번 이상이니까. 만약 그녀가 낌새를 채면 무슨 일이 일어날까? 역설적인 점은, 그녀는 의심할 만한 이유가 전혀 없다는 것이다. 그는 나타샤를 사귄 이후로 다른 여자를 만난 적이 거의 없다.

의사가 혈관에 주삿바늘을 두 번이나 찔렀지만 토드는 아무 것도 느끼지 못했다. 주삿바늘은 안중에도 없었다. 그는 HIV라는 바이러스에 대해 생각하고 있었다. 그는 이제 이 바이러스를 요란하게 깜박이며 번쩍이는 돌연변이 디스코 볼 같은 모습으로 그려본다. 인터넷에서 찾은 삽화에 기인한 이미지다. 어떤 변태적인 정신을 가진 이가 그런 삽화를 그렸을까 궁금할 따름이다. 직경 0.00001밀리미터의 바이러스는 거의 보이지 않고, 너무 작아서 삽화에 쓰인 녹색과 분홍색, 주홍색을 다 담을 수도 없다. 이 바이러스를 탐지하려면 실제 크기의 오십만 배로 확대할 수 있는, 현미경계의 롤스로이스 정도 되는 고성능 제품이 필요하다. 지금 시점까지 미세하다면 바이러스는 무해하다. 그저 숱한 위협이 거기 도사릴 뿐. 개미나 벌이 위험이 되려면 수백 수천 마리가 필요한 것처럼. 그러나 일단 몸안에 들어가면 바이러스는 집을 짓고 조용히 퍼져나간다. 우리의 몸을 공장으로 삼고, 우리의 자원을 이용해 자기 복제품을 찍어내고, 전력 기지를 세우고, 우리의 피를 막고, 우리를 과학소설의 주인공으로 만들고, 그런데도 우리는 아무 문제 없다는 듯 모르는 채로 돌아다닌다. 어느 날 치과에서 삶의 바닥이 무너져 떨어질 때까지.

병에 걸린다고 반드시 죽는 것은 아니다. 요새는 항레트로바이러스 약물로 통제할 수 있다. 그렇다 해도 무시무시한 전망이다. 약값이 엄청난데다 그만큼의 부작용까지 있어서 결국 그를 의사들의 노예로 전락시킬뿐더러 성생활의 효과도 줄어든다. 그의 성생활. 그가 콘돔을 쓰기 시작하면 나타샤는 뭐라고 할까? 더구나 이제 임신한 마당에? 자기가 그녀를 위험에 빠뜨렸다는 것을 어떻게 설명할 수 있을까? 그녀뿐만 아니라 아기까지 말이다. 설사 결과가 좋아서 그녀와 아기가 안전하다 해도 그녀가 그와 다시는 말을 섞지 않을 가능성이 있다. 게다가 조디도 있다. 그녀 또한 이 얘기를 들어야 한다.

결과를 받을 때쯤엔 결혼식이 며칠 남지 않을 것이다. 먼저 결과, 다음에 결혼식. 급히 연이어서. 사실을 말하자면 그는 하나를 다른 하나만큼 두려워한다. 다가오는 두 사건에 대해 그가 느끼는 감정은 모든 게 자기로부터 빠져나간다는 것이다. 그는 요새 자신의 삶을 책임지는 사람이 누군지 알 수 없다. 그것이 그가 아니라는 것만은 여지없이 확실하다. 그는 이제 자신을 목격자 정도로 여긴다. 다른 사람이 그의 운명을 결정하는 동안 그는 사이드라인에 서 있다.

강을 건너갈 때 타이어가 다리 위 맨홀 뚜껑을 치더니, 일정하게 윙윙대던 엔진 소리가 거슬리는 떨림이 되었다. 와커 드라이브에서 빨간불을 보며 섰을 때 한 손이 사타구니를 향한다.

망할. 의사에게 이에 대해서도 물어볼 생각이었는데. 발진 같은 느낌이지만 어떤 흔적도 없다. 점도 없고 혹도 없고 사마귀도 아니고 붉지도 않으며 변색도 없다. 그저 뜬금없이 타는 듯 가렵고 지네떼가 포피 아래에서 깃털 같은 다리로 돌아다니는 느낌이다. 긁으면 긁을수록 간지러워지지만 긁지 않을 수 없다. 한 손을 운전대에 올리고 교차로를 건널 때 그는 미친듯이 몸을 앞뒤로 흔든다. 차가 휘청거리자 지나가던 사람들이 고개를 돌려 쳐다본다. 그들 중 몇몇은 웃고 있다. 그들이 무슨 생각을 하는지 짐작하긴 어렵지 않다.

나타샤가 밀어붙이면서 그의 손을 억지로 잡아끌지만 않았으면 그와 나타샤 사이는 완벽할 수 있었다. 제멋대로 임신하지 않았더라면, 결혼식을 지금처럼 밀고 나가지 않았다면. 매일 그녀는 초대할 사람을 늘리고 식사 메뉴나 상차림에 뭔가를 더한다. 이미 녹색 채소 모둠을 넣었는데 왜 또 아스파라거스를 끼워 넣고 싶어하는 걸까? 벌써 꽃 장식에 큰돈을 썼는데 어째서 얼음 조각도 필요하다는 걸까? 어제는 신부 들러리를 두 명 더 세우고 싶다고 했다. 그러면 총 여덟 명이 되지만, 그걸로 끝날지 누가 안단 말인가? 신부 들러리 한 명마다 드레스와 꽃 장식, 맞춤 구두가 들어간다. 또 그들의 머리와 화장 비용도 그가 대야 한다. 처음부터 그가 주도권을 잡아서 기본 규칙을 세우고 한도를 정했어야 했다.

그는 폭력적인 남자가 아니다. 그의 아버지 같은 사람도 아니고, 앞으로도 절대 그렇게 될 리 없다. 조디와 함께했던 세월 동안 그는 목소리를 높인 적조차 없었다. 나타샤는 자기 맘대로 그를 휘두를 수 없다는 사실을 배워야 한다. 그녀가 되었든 다른 어떤 여자가 되었든, 그가 마누라의 치마폭에 놀아나는 남자가 아니라는 것을 배워야 한다. 나타샤는 고압적이지만 미성숙하고 판단력이 부족하다. 그와 딘의 관계가 이미 충분히 나쁜데 아버지에게 조르르 달려가버릴 필요까진 없지 않은가. 사실 그녀에게 손을 댔다고도 할 수 없다. 뺨을 살짝 친 정도로는 폭행이라 할 수 없는데다 그것이 그녀가 넘어진 이유도 아니다. 맞아서 잠시 균형을 잃긴 했지만 그건 나타샤가 조심하지 않았기 때문이다. 먼저 공격한 쪽도 그녀 아닌가. 그래놓고 그가 반격하자 놀랐다. 그게 여자란 존재다. 어쨌든 그녀는 몸의 균형을 잡은 후 방을 나가려 돌아섰고, 바로 그때 비틀거리다 넘어졌다. 그래, 불행한 사고였지만 몇 초 후에 그녀는 이야기를 뒤집었다. 모든 건 그가 그녀에게 자제 좀 하라고 부탁했다는 이유만으로 벌어졌다.

"내가 사랑하는 거 알잖아, 하지만 너 지금 비이성적으로 굴고 있어."

그가 한 말이라고는 그게 전부다. 그 이상 말하지도 않았다. 그런데도 그녀는 그런 말투로 대꾸했다.

"내 들러리들 반이나 취소할 순 없어."

"애초에 그렇게 많이 초대하지 말았어야지."

"뭐든 원하는 대로 하라며."

"나타샤, 자기, 지금 들러리에게 아르마니를 입히겠다는 거잖아."

"모두는 아니야. 두 명은 베라 왕을 입을 거니까."

"좋아, 알았다고. 들러리 수는 원하는 대로 해. 열 명을 하든, 스무 명을 하든. 그저 예산만 삼천 달러로 맞춰. 그 정도면 공평한 것 같은데."

"아, 좋네. 그럼 타겟•에서 옷을 사란 소리지? 아니면 굿윌••이나 가야겠네."

"당신 아버지에게 그 비용을 대라고 하면 안 돼? 보통 신부 아버지가 예식 비용을 대는 것 아닌가?"

"그만해, 토드. 거기까진 하지 마."

"하지 말 건 뭐 있어? 왜 게으른 당신 아버지 대신 내가 비용을 다 부담해야 해? 그런 얘기는 한 적도 없었잖아."

"못 말리겠네. 어째서 당신하고 이런 얘기를 하고 있는지 모르겠다."

"당신 아버지는 적어도 백만 달러는 꿍쳐놨겠다, 자기집도 있

• 미국의 대형 마트.
•• 재활용품을 모아 판매하는 자선업체.

겠다, 그 돈 다 어디에 쓴대?"

"아버지는 여기서 빼. 아버지가 당신 싫어하는 거 알면서."

"날 너무 싫어해서 결혼식 비용 부담에서는 싹 빠지겠다는 거군."

"당신이 이 결혼 원한다고 생각했어. 이게 당신에게 중요하다고 생각했다고."

"이건 결혼이 아냐. 그냥 흥청망청 돈잔치지."

"당신 결혼하기 싫어?"

"애처럼 굴지 마."

"아, 그래. 당신이 이런 구두쇠인지 누가 알았겠어."

사건은 저녁 식사중에 일어났다. 음식이 고스란히 접시에 남아 있는데도 그녀는 일어서서 침실로 쿵쿵 들어갔다. 그도 일어나 따라 들어갔다. 어째서 이런 식으로 나오는지 이해할 수가 없었다. "그런 못된 짓 좀 그만두면 안 돼?" 그가 말했다. 그녀는 침대에 얼굴을 묻고 누워 있다가 그가 입을 열자 벌떡 일어나더니 이와 발톱을 세우고 고양이처럼 달려들었다.

바로 그때 그녀를 친 것이었다.

몇 날 며칠 잠을 자지 못해서 더 힘들다. 그는 밤마다 똑같은 악몽을 꾸며 깨어난다. 그에게는 정말이지 처음 있는 일이다. 그는 악몽을 꾼 적이 없다. 꿈도 거의 꾸지 않는다. 조디는 모든 사람이 꿈은 꾼다고 하지만, 그는 아침에 일어나면 대개 아무것도 기억나지 않는다. 그런데 모든 악몽을 끝낸 것이 바로 이 악몽이다. 조디라면 흥미로워하겠지. 그뿐 아니라 도와줄 수도 있을걸. 그녀라면 치료를 맡아주었을 텐데. 조디는 내담자들과 꿈 이야기를 하고 사람들을 일깨워주는 방법도 안다. 정말로 그녀와 이야기를 나누고 싶다. 이런저런 얘기들. 그가 느꼈던 통제력 상실, 건강과 미래에 대한 걱정. 너무 많은 일들이 일어나고 있고, 그것도 너무 빠르게 일어난다.

악몽 속에서 그는 체육관의 러닝머신 위를 달리고 있다. 평범한 날이고 평범한 운동이지만, 뭔가 불길한 일이 다가오고 있다는 느낌을 받는다. 그때 별안간 장면이 바뀐다. 러닝머신이 사라지고 그는 벅스 버니처럼 계속 달리고 있다. 하지만 이제는 허공에 매달려 발은 공중에서 계속 움직이고 팔은 풍차처럼 돌아갈 뿐이다. 동작을 지속하는 한 공중에 떠 있을 수 있으므로 목숨을 구하고자 미친듯 발을 움직이지만 근육이 당기고 힘이 달린다. 그는 오래 버틸 수 없다는 것을 안다. 돌처럼 떨어져버리는 것이 시간문제라는 것도.

그 여자

돌아보면 그 모든 일이 앨리슨의 짓이라고 말하고 싶지만, 조디 자신도 한몫을 담당하지 않았더라면 일어나지 않았을 일이라는 것도 안다. 그저 앨리슨에게 장단을 맞추는 정도 이상이었으니까. 실제로 조디는 친구에게 알랑거리며 비위를 맞추는 지경에 이르렀고, 그러는 자신이 싫다. 8학년 때 선생님에게 귀여움을 받으려고 애교 부리던 자신이 싫었던 것처럼. 그럼에도 그녀는 스스로를 구속하는 지경에 이르도록 가만히 내버려두었다. 고립되고, 나약해지고, 무너지고, 술을 많이 마시고, 끼니를 건너뛰고, 자신을 추스르려 애쓰지만 현실에서는 떨어져나가고 있는 이런 상황에.

앨리슨이 무척이나 즉흥적으로 그 말을 꺼냈기에 조디의 비상벨은 미처 울리지 않았다. 마치 갑자기 하수관이 새서 막아야 하는 것 같은 기본 집안 수리라든가, 염증을 일으킨 맹장을 떼어내는 것 같은 사소한 수술인 양. 배관공을 불러, 의사에게 가봐, 돈을 구해. 그러면 문제 해결이지. 그렇게나 쉬웠다. 앨리슨이 그 일을 쉽게 만들었다. 앨리슨이 무슨 제안을 하는 건지 마침내 깨닫자 조디는 어찌나 고맙고 안심이 되던지 무너져 울음을 터뜨릴 뻔했다. 수문이 열려서 모든 원망과 슬픔이 쏟아져 나오기에 완벽한 순간이었다. 하지만 조디라는 개인의 세계에서 눈물이라는 비는 좀처럼 내리지 않는다. 실컷 우는 게 이롭다는 건 그녀도 안다. 막혔던 감정의 분출, 몸에 쌓인 잡다한 찌꺼기의 해소. 하지만 세월이 흐를수록 점점 더 내보내기 어려워하는 자신을 발견한다. 내구성 있지만 동시에 깨지기도 쉬운 상황에 더욱 익숙해진다. 그런 날도 오겠지, 하고 조디는 상상한다. 자기 피부 위에 미세한 틈이 나타나 점점 벌어지고 갈라져서 저기 난로 선반에 놓인 잔금무늬 화병처럼 될 날이.

이제 앨리슨이 은둔의 봉인을 뚫고 들어와주어 조디는 기쁘다. 요리도 식사도 못 하는 주문에 걸렸던 오랜 날들이 끝나고 부엌에 들어가 두 사람 몫의 저녁을 차리는 행위가 좋다. 자르고 다지는 것과 같은 기본 절차들, 두툼한 구근과 박을 손질해서 마음대로 조리할 수 있는 형태로 만드는 과정. 길고 가늘게 찢어 쌓든지, 입방체 형태로 덩어리를 만들든지. 부엌은 정확한 계량과 예측할 수 있는 결과라는 소박한 만족을 준다. 그러나 정확성이라는 면에서는 또한 연금술이기도 하다. 약제사였던 아버지에게 물려받은 교훈이다. 요리 용어로 말하자면, 무언가에 열을 가하거나 휘젓고 치대서 틀 안에 넣는다는 점에서 연금술이나 다름없다. 거칠고 뚫기 어려웠던 것이 무르고 침투할 수 있는 것으로 변한다. 진득한 액체가 결국에는 거품이 된다. 마른 씨앗 몇 개가 뜻밖에 이국의 향을 풍긴다.

집에서 하는 조용한 저녁 식사인데도 앨리슨은 화장을 하고 스틸레토 힐을 신고 온다. 그녀에게서는 천국처럼 좋은 향이 나고, 머리를 매만지려 팔을 들 때마다 은팔찌들이 흥겹게 쩔렁거린다. 조디는 다른 모습의 앨리슨을 본 적이 없다. 앨리슨은 항상 나중에 파티나 화끈한 데이트 약속이 있는 사람 같다. 앨리슨에겐 평범한 일을 특별한 행사처럼 만드는 능력이 있다.

그녀는 와인잔을 받아들며 걱정 많이 했다고 말한다.

"나한테 이러면 안 되지. 잊어버렸는진 모르겠지만, 지난번에 마지막으로 식당에서 만났을 때 자기는 제대로 서 있을 수도 없었잖아. 전화 한 통 해주면 죽어?"

나무라는 소리가 정다워서 조디는 미소 짓는다. 두 사람은 잔을 들고 하늘의 파노라마가 펼쳐지는 거실로 들어선다. 온종일 잿빛으로 병들어 보이던 하늘이 이제는 건강한 청흑색으로 깊어져 있다. 조디는 방을 돌아다니며 등을 켠다. 난롯불을 키우고 소파로 가서 앨리슨 옆에 앉는다. 앞에 놓인 커피 테이블에는 조디가 아까 갖다 놓은 카나페 접시가 있었다. 향기로운 올리브를 올린 구운 바게트 조각.

앨리슨은 지금 조디가 어떤 궁지에 몰려 있는지에 대해 아무것도 모른다. 마지막으로 한 이야기는 나타샤의 임신과 토드가 나타샤와 결혼할 가능성이다. 딘의 말이기는 하지만, 결혼식 날이 잡혔다는 것을 앨리슨은 모른다. 퇴거 통지 이야기도 듣지 못했고, 조디가 지금 호빗처럼 자기 굴에 틀어박힌 것도 눈치채지 못한다. 바버라 펠프스가 뭐라고 했는지는 물론, 조디가 변호사를 만나러 갔다는 사실조차 모른다. 그런 일들을 조디는 혼자만의 비밀로 하고 있다. 친구들 중에서도 가장 조디를 잘 받아주는 앨리슨이라 할지라도, 결코 밖으로 나가지 않음으로써 집을 지키겠다는 조디의 결정을 지지해줄 리는 없다고 생각하기 때문이다.

하지만 그녀는 앨리슨을 잘못 판단했다. 앨리슨은 그런 유의 일에 종사하다 보니 다양한 불의를 목격해왔다. 매일 일어나는 사소한 폭압부터(여자들이 빵빵하게 나오는 에어컨 앞에서 춤을 춰야 한다거나, 심지어 무대 위에서 끈 팬티까지 벗어야 한다거나) 완전한 권력 남용에 이르기까지(여자들이 지배인의 친구까지 접대해야 한다거나, 경찰들에게 특별 서비스를 제공해야 한다거나). 앨리슨은 그런 문제에 철학적 관점을 취하지 않으며, 게임을 해야 한다는 둥, 흐름을 타야 한다는 둥, 가장 쉬운 방법을 택해야 한다는 둥

주장하지 않는다. 앨리슨은 약자들을 동정하고 다른 사람들의 문제를 떠맡아온 전력이 있다. 소란을 피우거나 자기 일자리를 위태롭게 하면서 주의를 끌지 않을 정도의 분별력도 있다. 전기를 끊어버리거나 음료에 알코올을 더 타거나 남자의 아내나 어머니에게 익명 전화를 하는 것이 앨리슨의 성향에 더 맞는다. 심지어 어떤 경찰이 헬렐레하는 사이 무기를 슬쩍했다는 소문도 있다. 조디는 앨리슨이 그보다 더한 일도 할 수 있다는 말을 들은 적이 있지만, 오늘밤까지는 그 말이 무슨 뜻이었는지 상상해본 적이 없다.

그들은 소파에서 식탁으로 자리를 옮겨 즐겁게 해물 리소토를 먹는다. 앨리슨은 크리스털의 전 애인이 저지른 행패에 대해 언급하며 크리스털이 접근 금지 명령을 받아내려 한다고 말한다. 이어서 브랜디와 수키라는 여자 둘 사이에 일어난 다툼을 묘사한다. 싸움이 격해져서 서로의 무대의상을 찢어버리는 지경에 이르렀다고. 조디는 예의상 듣고 있지만, 어쩔 수 없이 마음속으로는 다른 데 정신이 쏠린다. 물론 조디가 그렇게 끔찍한 곤경에 처했는데도 앨리슨이 다른 사람들의 문제에 집중하고 있는 것은 조디 자신 탓이다. 조디는 이제 친구에게 마음을 열고 모든 것을 털어놓고 싶지만, 여전히 회피한다. 앨리슨은 어차피 어쩔 수 없는 일인데 조디가 구멍을 파고 들어가 필요 이상으로 일을 복잡하게 만들고 있다며 비웃을 것이다.

하지만 그다음, 식사를 마친 뒤 그들이 의자에 기대어 다시 다리를 꼬고 앉아 와인에서 커피로 넘어갔을 때, 앨리슨이 불쑥 질문을 꺼내 조디를 놀라게 한다.

"토드가 그 여자랑 결혼한대?"

그리고 바로 이 지점에서 조디는 앨리슨의 본질을 이해한다. 온갖 수치스러운 이야기가 구구절절하게 흘러나오지만, 조디가 한심하게 틀어박혀버렸다는 대목에서도 앨리슨은 고개를 끄덕이며 수긍할 뿐이다. 사실상 이보다 더한 찬성과 지지를 보여줄 순 없을 것이다.

"자기는 제대로 하고 있는 거야. 그 자식이 그냥 빠져나가게 놔둘 순 없지."

"하지만 그냥 빠져나가고 말걸. 나한텐 그 사람을 막을 방법이 없어."

"아니야. 우리는 이 문제를 없애버릴 수 있어."

"우리가 이 문제를 없앤다고?"

"없애고말고."

"하하. 그러면 참 좋겠네."

"내가 농담하는 것 같아?"

"농담은 아니겠지. 하지만 어떻게 할 수 있겠어? 변호사도 도울 수 없다는데."

"할 수 있어. 그저 준비할 시간만 좀 벌면 돼."

"좋아." 조디가 말한다.

"시간이 얼마나 있어?"

"무슨 뜻이야?"

"걔들이 언제 결혼하는지 알아? 일단 결혼을 해버리면 선택의 폭이 확 줄어들어."

"결혼식 날짜를 알고 싶은 거야?"

"자기 친구가 얘기 안 했어? 딘이?"

"십이월 둘째 토요일이래."

"오늘이 며칠이지? 좋아, 처리할 수 있을 것 같다. 일단 우리에게 확실히 필요한 건 유언장이야. 아직도 자기가 상속인으로 되어 있으면……."

"음, 그럴 거야. 내가 아는 한은 그래. 하지만 그 사람이 유언장을 고쳤을 수도 있으니까."

토드의 유언장에 대해서는 생각해본 적이 없다. 그가 자기 아내와 아이에게 유리하도록 유언장을 고쳤거나 앞으로 고칠 것이 분명하다는 깨달음이 밀려오자 새삼 따귀를 한 대 얻어맞은 기분이다.

"아직은 고치지 않았을 거야. 아직 안 그랬을 가능성이 있어. 결혼할 건데 굳이 뭐하러 고치나, 그렇게 생각하기 십상이지. 결혼하는 순간 이전에 썼던 유언장은 무효로 돌아가니까." 앨리슨은 냅킨을 접었다 펴서 다시 매끈하게 만지더니 뒤집고, 직사각형으로 만들었다가 다시 정사각형으로 만들었다. "법은 전혀 신경쓸 것 없어. 법이란 자기를 이리 굴리고 저리 굴려놓고도 결국엔 자긍심을 비롯해서 모든 걸 잃게 만들 테니까. 난 그런 꼴 수백만 번은 봤어. 법은 잊어버려. 내가 전화 한 통만 하면 자긴 다시 삶을 찾을 테니까." 앨리슨은 냅킨을 옆으로 밀어놓고 이번엔 탁자 위의 물건들로 관심을 돌린다. 소금통, 촛대, 물잔, 커피잔을 모두 한 줄로 세운다.

조디는 일어나 찬장에서 병을 하나 가져온다. "이거 정말 좋은 아르마냐크 브랜디야." 그녀는 조심스레 집중하고 절제된 동작으로 호박색 액체를 따라 친구에게 잔을 건넨다.

이 대화가 진행되는 동안 일생의 경험이 한참 멀어진 듯 그녀 안에서 개혁이 일어나고 있다. 허물을 벗는 뱀처럼 그녀는 자신이 쓸모없는 반항심과 한심한 순수함, 그 누구와도 경생하지 않는다는 감각을 벗어버리고 있음을 깨닫는다. 그런 것들은 합법적인 농담거리가 되어버린다. 그런 태도의 미덕은 결정을 내려야 할 필요가 없다는 데 있다. 가령 그녀는 내향적인 성격을 극복하고, 충분히 분노를 일으켜 냉혹하게 행동하고, 결과에 대처해야 할지 말지 결정할 필요가 없다. 사막에서 길을 잃으면 친구가 건네는 오수라도 마셔야 한다. 죽을 만큼 고통받으면 외과 의사에게 자신을 맡겨야 한다. 더이상 찬반을 따지고 있을 이유가 없다. 선택지는 다 사라져버렸다. 이제 당장 해결해야 할 문제는 생존이다.

“레니가 블루칩이야.” 앨리슨이 말을 이어간다. “남편으로는 쓰레기지만 연락처 명단 하나는 좋은 걸 가지고 있지. 그리고 내게 빚을 졌으니까. 물론 돈은 들어가지만, 걱정 마. 레니가 적당한 가격에 해줄 거야.”

조디는 문제가 간단히 사라져버리는 이 대안의 세계에 사로잡힌다. 집을 온전히 지킨다는 당면 문제뿐 아니라 미래에 일어날 문제까지도 해결된다. 나타샤가 그녀를 대신하리라는 문제, 토드가 같은 도시에서 먹고 자고 섹스하는 가운데 자기는 끝없는 나날을 살아가야 하리라는 문제. 토드가 없는 세계는 그저 새로운 개념일 뿐 아니라 새로운 ‘종류’의 개념으로, 이제 구멍 뚫는 벌레처럼 그녀 안에서 새로운 신경 회로를 따라 천천히 움직인다. 하지만 진짜 놀라운 것은 앨리슨이다. 조디는 항상 앨리슨을 좋아했지만 지금까지는 그녀를 정당히 평가하지 못했고, 이 순간에는 완전히 새로운 눈으로 보게 되었다.

앨리슨이 말한다.

“현금이어야 할 거야. 하지만 은행에서 꺼내거나 신용카드 대출을 받을 생각은 하지 마. 그런 거래는 추적당하니까. 거액 인출을 했다는 걸 그들이 알면 늑대떼처럼 자기에게 덤벼들겠지.”

조디는 앨리슨이 말하는 ‘그들’이 경찰과 판사, 배심원, 검사라는 것을 이해한다. 사법 공동체 전체.

"어차피 은행에 그런 거액도 없어."

"만들어야지. 뭔가 좀 팔면 어때? 보석이라든가, 이런저런 장식품들." 두 사람의 눈은 여러 물건 위를 떠돈다. 페루산 황금 인형들, 마티스의 종이 석판화, 금테 액자에 든 라지푸트 회화. "중개인한테는 가면 안 돼. 온라인으로 구매자를 찾아." 그녀는 조디의 손을 잡고 반지의 보석을 살핀다.

"옮기기 쉬운 작은 물품들에 집중하자. 현금으로 달라고 우겨야 해. 빨리 움직이는 게 좋을 거야. 기왕 하는 김에 어디든 갈 수 있을 정도로 많이 받아둬. 때가 되면 떠나고 싶어질 테니까."

그 남자

아침이다. 토드는 책상에 앉아 있다. BLT 샌드위치 포장지는 오늘 아침 첫 커피의 종이컵과 함께 발치의 쓰레기통에 들어가 있다. 두 번째 커피는 아직 마시는 중이다. 아무리 카페인을 들이부어도 피곤하기 그지없고 잠이 깨질 않는다. 창자 속에서는 마치 작은 동물이 마구 휘젓고 있는 양 날카로운 느낌이 든다. 나타샤의 수면제를 먹어봤지만, 몸안에서 가만히 있지 못하고 갉아먹고 침을 뱉고 긁어대며 그가 오랜 시간 깊게 잠들지 못하도록 방해하는 존재를 가라앉힐 순 없다. 새로우면서도 익숙한 느낌이다. 내면에 화를 잘 내는 무언가가 살고 있다는 감각. 그리 오래지 않은 과거에 그는 순진하게도 나타샤가 근심을 영원히 없애주리라 믿었다. 그들의 사랑이 그를 언제나 안전히 지켜줄 일종의 마법이라도 되는 양.

스테파니가 들어오는 소리에 그는 시계를 본다. 스테파니가 근무시간이라는 개념을 느슨하게 해석하기는 하지만 요새는 변명조차 하지 않는다. 그가 사람 좋게 너그러이 받아줄 거라는 짐작이 못마땅하다. 그녀에게 시간관념에 대한 자신의 관점을 직접적으로 일러줄 필요가 있다. 더 나은 세계에서는 그녀에게 경고를 주었을지도 모른다. 문제는, 언제나 그랬듯이 스테파니가 그를 보란듯이 무시할 수도 있다는 것이다. 무례함에 가까운 소원한 태도. 분명히 조디에 대한 신의와 관련이 있을 것이다.

스테파니가 밖에서 돌아다니는 소리가 들린다. 화장실에서 머그잔을 헹구고 음성 메시지를 확인하고 전화를 거는 소리. 체리 껌 같은 향수 냄새가 콧구멍을 톡 쏘는가 싶더니 곧이어 그녀가 내리는 커피의 더욱 짙은 향이 풍겨 온다. 스테파니는 커피를 손에서 놓는 법이 없고, 휴식 시간에만 주어지는 커피 타임 정책을 공공연히 무시한다. 그녀가 매주 프리미엄 스타벅스 블렌드를 두서너 봉씩 비우는 탓에 그는 파운드당 십 달러씩 지불해야 한다. 스테파니는 경비로 커피를 사서 내리는 일을 담당하지만 자신이 출근하기 전 토드가 하루 몫의 커피를 다 마신다는 사실은 무시해버린다. 결국 그녀와 함께하는 사람은 202호의 회계장부 담당자인 발레리와 지하 인쇄부에서 일하는 케빈뿐이고, 그들은 매일 꼬박꼬박 행복하게 커피 타임을 즐긴다. 커피값뿐만 아니라 스테파니가 건물 세입자들과 수다떨며 보내는 시간에 대한 비용도 월급에서 제하고 말리라.

그는 스테파니에게 대놓고 한마디해주겠다고 마음을 먹지만 한 손엔 커피를, 다른 한 손엔 파일과 메모장을 들고 문간에 나타난 그녀의 무뚝뚝한 표정을 힐끗 보고는 괜히 운을 시험하지 않기로 한다. 게다가 그녀가 입은 스웨터가 그의 정신을 흩트린다. 처음 보는 스웨터다. 목이 둥글게 파여서 쇄골이 평소보다도 더 드러나고 가슴이, 특히 유두가 부드러운 직물 위로 뚜렷이 도드라진다. 스테파니가 그의 삶에 일상적으로 존재한다는 사실에서 비롯한 성가신 감정에 자칫 몸을 더듬기라도 했다가는 빈털터리가 될 수도 있다. 사실 그가 다른 어떤 여자보다도 더 지속적으로 환상을 품는 대상은 스테파니다.

스테파니는 방을 가로질러 와 그의 책상 반대편 의자에 앉으면서 이렇게 말한다. "우리 사무실 블렌드가 최상급인데 델리에서 산 그런 허접한 걸 드시다니 이해가 안 되네요. 얼마나 해요? 한 잔에 일 달러 오십? 이 달러? 그것도 쌓이면 꽤 될 텐데."

피가 머리로 확 쏠리지만, 그는 입을 꾹 다물고 그 순간을 넘긴다. "내가 아직도 조디의 신용카드 비용을 지불하고 있나?"

"물론이죠. 변한 건 없어요."

"몇 개나 되지?"

"여섯 장요, 일곱 장인가. 사장님도 같이 쓰시는 시트고까지 합치면 일곱 장이네요."

"그 카드 전부 동결해줘. 남은 대금 다 지불하고 취소해."

"시트고도요?"

"그래, 조디가 접근할 수 있는 건 뭐든. 모두 취소됐는지 꼭 확인하고."

그녀는 망설인다. 펜이 허공에 멈춰 있다.

"뭔데?"

"조디에게 이 일에 대해 미리 알려주는 게 좋을 것 같은데요."

"조디도 곧 알게 될 거야."

스테파니는 메모장으로 눈을 떨구고 아무 말 하지 않지만, 어깨의 자세와 고개의 각도로 똑똑히 전달되는 반발의 기운이 느껴진다. 안됐군. 그녀의 반발은 의도만큼 영향을 끼치지 않는다. 스테파니는 자기 일이나 신경쓰는 편이 좋을 것이다. 토드는 조디 일을 진지하게 처리해서, 무임승차하던 시절은 끝났고 이젠 그도 바보같이 당하지 않을 것이며 이 모든 것이 진심이라는 점을 알려줄 필요가 있다.

회의를 마친 후 스테파니가 파일을 정리할 때 그가 말한다.

"이 사무실에서 일어나는 일은 철저히 극비에 붙여야 한다는 건 말할 필요도 없겠지."

그는 대답을 기다리지만 듣지 못한다.

스테파니가 나가면서 문을 닫자 그는 일어서서 주먹을 쥐고 기이한 걸음걸이로 방을 돌아다닌다. 저항할 수 없는 충동을 최선을 다해 억누르지만 일 분도 안 되어 바스러질 저항이다. 결국 굴복해서 발작적으로 몸을 긁고 미친듯 흥분하며 히스테리를 부리고 만다. 고환에 전극을 붙여놓았거나 바지 속에 전기가 지지직 흐르는 전선이 있는 듯하다. 불쌍한 작은 페니스는 전 세계를 밝힐 수 있을 만큼 달아오른다. 그런 고통 속에서도 그는 부끄러움을 느낀다. 가만히 있을 수가 없다는 것, 사면발니가 있는 더러운 노인처럼 사타구니에서 손을 뗄 수 없다는 것에. 그건 최악이 아니다. 최악은 광란에 공포가 대리석 무늬처럼 섞여 있다는 것이다. 이 공포가 절대 사라지지 않는다면 어쩌지? 그저 지속되는 정도를 넘어 더 심해지고 퍼져나가서 생각할 수도, 먹을 수도, 잘 수도 없고, 긁는 것 외에는 아무것도 할 수 없게 되면 어쩌지? 병원에 가야 한다면 어쩌지? 그래봤자 병원에서는 손에 붕대를 감거나 침대에 묶거나 약을 먹여 혼수상태에 빠뜨리는 것 말고는 아무것도 해주지 않을 텐데?

그가 느끼는 공포의 다른 요소는, 기저에 더 심한 병이 있지 않다면 이런 증세가 생길 리가 없다는 생각이다. HIV에 걸린 게 확실하다. HIV를 직면해야 한다. 그것이 이 병소에 유일하게 개연적인 설명이라는 걸 그도 깨달았다. 말라가는 파이프처럼 면역 체계가 말을 듣지 않게 된 이상, 깨끗이 씻고 윤활유를 발라봤자 끝이다. 어둡고 축축한 곳에서 이런저런 것들이 자라날 것이다. 가령 곰팡이라든가. 생물학적으로 보면 곰팡이는 자신만의 왕국을 이룬다. 부패와 부식으로 기록된 땅, 효모와 사상균과 포자와 어둠 속에서 자라는 갖가지 것들을 위한 장소다. 동화가 잘못된 방향으로 흘러간다. '옛날 옛적, 곰팡이 왕국에 아구창이라고 하는 작은 회반죽 점이 살았습니다. 그는 누군가의 입에 집을 지었죠…….'

책상 서랍에서 곰팡이 치료 정제를 찾아낸다. 상자를 흔들어 한 알을 꺼내 입에 넣은 후 뺨 안쪽에 물고 가만히 기다린다. 하지만 기껏해야 임시방편이라는 것을 그도 안다. 아구창 씨앗이 일단 입안에 집을 지어버린 상황을 되돌릴 수도 없고, 점막 안으로 투지를 불어넣거나 면역 체계의 펌프를 작동시킬 수도 없으며, 악마 같은 가려움증을 멈출 수도 없다는 것을 안다. 조디에게 한 짓 때문에 벌을 받는 건가? 그가 가톨릭 신자였다면, 아직도 그 길을 지켰다면, 고해성사를 하러 가서 신의 용서를 구할 수도 있었을 텐데. 그렇게 했겠지. 미안하니까. 정말로 미안하니까. 그러나 그다음엔 어떻게 그의 삶을 이어나간단 말인가? 어떤 변화를 일으켜야 일을 바로잡을 수 있단 말인가? 지금 나타샤를 떠날 수는 없다. 그녀가 임신한 동안에는. 그렇다고 두 집 살림을 하는 건 그의 능력 밖이다. 그는 최대한으로 잘 살아보려 애쓰고 올바른 일을 하고자 노력하고 있다. 그래, 실수는 했지, 그렇다고 좋은 사람이 아니라고 할 순 없잖아. 양심이 없다고, 좋은 사람이 되려고 최대한 노력하지 않았다고 할 수는 없겠지. 난 너그러운 사람이니까, 망할. 다만 다른 사람들 생각만큼 부자가 아닐 뿐. 게다가 그는 좋은 사람이기도 하다. 원망을 오래 품지 않고, 벌레를 죽이지도 않고, 절수형 변기에 돈을 쓰고. 이 나라의 대기업들은 그의 변기가 평생 모을 양보다 더 많은 물을 하루에 낭비해버리는데도.

그는 왔다갔다하는 속도를 천천히 줄이다가 일단 멈춘다. 두 손을 깍지 끼고 숨죽인 채 기다리며 참는다. 기만적인 생각이 그를 사로잡는다. 긁기만 하면 간지러움은 사라질 거야. 보통은 그게 정상 아닌가? 하지만 이건 평범한 가려움증이 아니며, 저항을 통해서만 이를 제압하고 정상과 평화로 향하는 다리를 건널 수 있다. 자, 알겠지? 이제 연약한 떨림 정도로 가라앉는다. 현악기의 잦아드는 진동, 이파리의 떨림, 고양이의 가르릉 소리. 그러나 다시 기만이 고개를 쳐들어 힘을 발휘한다. 이건 그냥 긁기만 하면 되는 가벼운 가려움증이라는 생각. 그리고 긁고 싶은 충동은 압도적이다. 그는 무릎을 꿇고 고개를 숙인다. 화강암 타일 바닥에 눈물이 텀벙텀벙 떨어진다. 그는 신에게 인내를 달라고 간청한다. 그리고 갑작스레, 어떤 형식적 인사도 없이, 가려움증이 끝난다. 올 때처럼 갑자기 예고도 없이 사라져버린다.

그는 유령이 된 기분으로 일어선다. 한 손으로 머리카락을 훑으며 숨을 뱃속 깊숙이 들이마시다가 방안을 돌아 책상으로 가서 수화기를 들고 나타샤에게 전화를 한다.

그들이 빠져버린 슬럼프는 모두 자기 잘못이라고 토드는 기꺼이 인정한다. 긴장을 풀고 좀더 너른 시각을 가질 필요가 있다. 요사이 간과하고 있는 건 그의 아들이다. 아들은 물론 어머니의 부풀어오르는 배와 변화무쌍한 기분이라는 형태로 항상 존재하지만, 마음속에 새겨두어야 할 것은 인간으로서의 아들이다. 손가락과 발가락을 가진, 그리고 신이 내려주신(아주 미세하긴 해도) 타고난 축구선수. 영상의학과에서 소용돌이치는 저화질의 흑백사진을 보면서 두 눈으로 확인했다. 딸이었어도 괜찮았겠지만—지금 사소하게 가르고 있을 형편은 아니니까—그에게 아들이 있다는 것은 사실이다. 그 아들은 미래이고 앞으로 향하는 관성이며, 아이의 출생은 모든 싸움과 동요에 종지부를 찍어줄 역설이다. 그의 아들이 세상에 나오기만 하면 모두 무릎을 꿇으리라.

그리고 나타샤도 돌봐야 할 아이가 생기면 달라질 것이다. 관심의 초점도 필요한 게 많은 아이에게로 옮아가리라. 그는 그날을 고대하지만, 그동안 할 수 있는 최소한의 일은 좀더 인내를 보이고 고분고분해지도록 노력하는 것뿐이다. 기본적으로 나타샤는 자제할 수가 없으니까. 사실 그녀는 호르몬이 부글부글 이는 바다와 같아서, 최고의 둥지와 자신을 부양할 남성에 대한 독점권을 차지하려면 싸워야 한다는 걷잡을 수 없는 행동 본능을 따를 뿐이다. 그녀가 겪고 있는 상태는 일시적인 광기지만,

그녀의 목적이 또한 그의 목적이라는 것을 감안한다면 그녀를 막거나 방해하는 일을 원할 하등의 이유가 없다. 그는 아무 곳에도 매이지 않은 무소속으로서의 권리를 너무 성급하게 주장했다. 그도 그 사실을 깨닫는다. 그가 해야 할 일은 나타샤에게 사랑한다 말하고, 집에 돌아와달라고 부탁하는 것이다.

그 여자

인터넷에서 구매자를 찾는 일은 생각보다 쉽다. 그녀가 팔아야 할 물건과 관련한 시장은 그야말로 성업중이다. 실제로 사람들은 시카고 미술관이나 크리스털 가든에서 그녀를 만나 물건과 돈을 교환하려고 줄을 서다시피 한다. 거래를 실행하려면 보호자 없이 집을 나서야 하지만, 반드시 해야만 하는 일이고 막상 외출해보니 무척 즐겁다. 그동안 감각적 자극에 굶주렸던 그녀는 눈물이 찔끔 날 만큼 찬 바람, 레스토랑의 주방에서 나오는 음식 냄새, 공공장소에서 한가로이 거니는 낯선 사람들의 모습을 한껏 즐긴다.

처음에는 인증 문제가 있었다. 사람들이 광고를 보고 보내는 메일에는 이런 질문들이 있다. 반지는 마음에 드는데, 진짜인지 어떻게 알죠? 그림도 위조일 수 있잖아요. 문제가 있으면 어떻게 하죠? 전화번호 줄 수 있나요? 하지만 그런 건 신경쓰지 않는 사람도 많다는 것도 곧 알게 된다. 어쩌면 그들은 보석상이나 미술품 딜러, 이런저런 전문가일 수도 있다. 물어보지 않으니 알 수도 없다.

이메일 주소를 주고 직거래를 하는 것은 피할 수 없는 위험이다. 그래서 토드가 예전에 입던 오래된 아노락과 모직 털모자로 차려입어 보완한다. 반쯤 변장을 하면 드라마의 주인공이 된 기분이다. 시카고 미술관 현대관 3층에 걸린 마그리트의 〈자유의 문턱에서〉 앞을 서성이며 V 자 콧수염을 단 남자를 찾아보거나 높은 아치형 분수대 옆 벤치에 앉아 빨간 가죽장갑을 낀 여자가 있나 두리번거릴 때면, 그녀 자신이 연극 무대 위의 인물처럼 어떤 역할극을 하는 사람이라고 생각한다. 연기는 어차피 기분 전환용이다. 오직 돈만 받아 오면 된다. 무엇을 위한 돈인지는 생각할 필요가 없다. 집에 돌아오면 받은 돈을 검은 가죽 루이 비통 서류 가방에 넣어 점점 불어나는 뭉치에 더한다. 토드에게 선물로 주었지만 그가 한 번도 쓰지 않았던 가방이다. 돈이 불어나는 모습을 보면 흐뭇하다.

조디는 앨리슨이 계약금부터 달라고 할지도 모른다고 예상하지만, 결국에는 선금으로 총 액수를 넘겨버린다. 앨리슨이 그렇게 해주길 바라기 때문이다. 앨리슨은 지금 가장 좋은 친구다. 어차피 돈은 별로 의미가 없다. 결국 게임머니, 모노폴리 게임의 가짜 돈이나 마찬가지다. 거래하는 물건이 뭔지는 한 번도 생각해본 적이 없다. 그런 건 그녀에게 의미 없고 흥미롭지 않은 것이 되었고, 오로지 구매력이라는 측면만이 중요하다. 서류 가방에 대해서도 돈을 모아놓는 용기라는 용도 외에는 관심을 잃었다. 앨리슨에게 돈을 줄 때, 조디는 두 번 생각하지도 않고 가방도 덤으로 준다.

이제 그녀는 현금을 버는 법을 알기에 임박한 미래에 대해서는 별로 걱정하지 않는다. 이런 발전이 시의적절했다는 것이 곧 밝혀졌는데, 앨리슨과 거래를 끝낸 다음날 스테파니가 전화를 걸어왔기 때문이다.

"미리 말씀드리고 싶었어요, 길버트 부인. 아셔야 할 것 같아서. 사장님이 사모님 신용카드를 정지했어요."

"그렇군요. 그렇게 됐네요. 정말이에요?"

"네, 모두 다요." 스테파니의 음성은 작고 급박하다. 사람들이 비밀을 나눌 때 말하는 투. "미리 알려드려야 할 것 같았어요. 그래야 허를 찔리지 않으실 테니까. 사장님께는 제가 말했다고 하지 마세요."

뜻밖에도 조디에게는 이 얘기가 우습다. 토드는 둘이 게임에서 같은 편이 되리라고는 미처 생각지 않았을 테니까. 어쨌든 그녀에게도 자기만의 신용카드가 있다. 역설적이게도 그동안에는 토드의 선물을 사는 데 주로 썼던 카드다. 가령 그 루이 비통 가방이라든가. 하지만 루이 비통 가방은 그녀가 사다 바친 사치스러운 물건들 반열에는 끼지도 않는다. 어느 해 생일에는 말 한 필과 승마 강습권을 사준 적이 있었다. 그저 그녀의 생각이었다. 승마가 일에 바쁜 그에게 휴식이 되고 밖에 나가 신선한 공기를 마시며 운동할 기회를 줄 거라고 생각했다. 그도 처음에는 열심이었지만 물론 오래가진 않았다.

전화를 내려놓은 뒤 조디는 약간 흥분해서 춤을 추지만, 들뜬 기분도 결국엔 거품 꺼지듯 사그라지고 정지된 신용카드라는 시시한 문제만 남는다. 하지만 그녀에게는 가동중인 장대한 계획이 있다. 그녀는 말할 수 없이 어마어마한 미래의 사건을 일으켰고, 그것을 위해 돈까지 냈다. 마음속의 목소리가 아직 시간이 있을 때 다시 생각해보라고 해도 그녀는 운명이 펼쳐진다는 느낌에 사로잡혀 있다. 발걸음을 돌리고 싶지 않다. 마음 저쪽에서는 선을 넘었다는 생각, 도움을 받아야 한다는 생각도 든다. 그녀는 제러드를 떠올린다. 그를 찾아볼 수도 있겠지. 하지만 그 생각은 멀리 떨쳐버린다. 제러드는 분명히 은퇴해서 플로리다나 멕시코에 살고 있을 것이다. 게다가 그가 조디를 위해서 무엇을 해줄 수 있을까? 기회가 있었을 때 상담을 계속하며 치료가 제대로 진행되서 자연스러운 결론에 이르도록 했어야 했다.

제러드는 자기 일을 잘해냈다. 그것만은 의심할 여지가 없다. 그녀가 라이언 문제에 눈떠 현실과 타협할 수 있도록 하고 사실과 싸우는 습관을 마침내 끝내게 해준 사람은 제러드였다. 라이언이 자기 나름의 삶을 자기 나름의 방식으로 살고 있으며, 그 애가 어떤 선택을 내리든 그 애 자신이 할 일이라는 사실을 조디가 받아들일 수 있었던 건 오로지 제러드 덕분이었다. 조디가 동생을 위해 바랐던 경제적 안정이나 개인적 발전 같은 건 가치 있는 야심이긴 해도 그 애의 야심이 아니며, 그 애에 관한 조디의 의혹이 여러 판단에 기초를 둔 것이라 해도 다른 사람을 판단하는 것은 의식적으로 그들에게 해를 입히는 일이라는 사실도 깨달았다. 차이를 존중하는 일이란 단순히 허락이라는 행위를 넘어 좁은 시야의 관점을 포기한다는 것임을 그녀는 이해했다. 나는 반드시 옳고 다른 사람은 틀리며, 모두가 나처럼만 생각한다면 세계는 더 나은 장소가 되리라는 전제를 버려야 한다는 뜻이었다.

조디는 인정받을 만했고, 제러드는 아낌없는 찬사를 보냈다. 그녀의 적극성과 명민함에 박수를 보내며 그녀가 스스로 도전하여 변화를 일으킨 것을 칭찬해주었다. 처음에 제러드에게 갔을 때 자신에게 문제가 있다고 생각하지도 않았던 점을 감안하면 의외의 진전이었다. 그녀의 마음속에서 라이언은 문제가 아니었기 때문이다.

성취를 챙긴 후 조디와 제러드는 새로운 에너지를 얻어 계속 전진했다. 그들은 조디의 어린시절에 대해 끝없이 이야기했다.

가운데 낀 딸로서 사는 기분, 부모님이 그녀에게는 별로 기대를 걸지 않았다는 사실, 그녀가 학교에서 우등생이 되고 전문가이자 주부로서 가치를 드러냄으로써 부모님에게 반항하려 한 것. 그녀에게 경쟁심이 있다는 사실은 부인할 여지도 없었다. 또한 그녀가 양쪽 부모에게서 하나씩 물려받은 기질에 대해 이야기했다. 어머니에게서는 가정을 사랑하는 기질, 아버지에게서는 정연한 체계와 세부 사항에 몰두하는 기질. 그녀는 스스로 생각한 것보다도 더 원가족의 산물이었다.

제러드와의 상담에선 마음을 열 수 있었고 즐겁기까지도 했지만, 그녀는 점차 라이언과의 관계에 대한 통찰이 제러드와 함께하는 작업의 절정이 될 운명이 아니었나 회의하기 시작했다. 그후에는 성취할 만한 중요한 점이 남지 않았던 것이다. 그래서 그녀는 불안했고, 심지어 지루했으며, 제러드에게 자기가 그의 시간을 낭비하고 있는 것 같다는 느낌을 표현했다. 개인적으로는 자신이 너무 얄팍한 게 아닌지, 슬프게도 어떠한 깊이나 본질이 결핍된 사람은 아닌지 점차 두려워졌고, 그런 두려움은 차라리 끔찍한 어린시절, 학대하는 아버지, 알코올의존자 어머니가 있었던 편이 나았으리라고 생각하게 되는 지경에까지 이르렀다. 우울증이나 근심을 겪은 전력, 섭식 장애, 낮은 자존감, 조울증, 공황 발작을 겪은 시절도 없는데. 말을 더듬거나 강박적으로 손을 씻기라도 했더라면. 그러나 그녀에겐 심지어 일을 미루는 습관조차 없었다. 그렇게 몇 주가 지나자, 그녀의 안정적인 상태는 농담거리가 되었다. 그녀는 상담 시간에 가서 이렇게 말하곤 했다. "선생님, 전 제 삶을 사랑하고 행복해요. 어떻게 해야 할까요?" 그러면 제러드는 대답하곤 했다. "걱정 마요. 내가 치료법을 아니까."

그때 전환점이 찾아왔다.

딱히 상서로워 보이는 날은 아니었다. 뭔가 진척이 있을 것 같지도 않았다. 상담실 바깥은 봄이었고 나무에는 꽃이 피었지만, 조디는 에어컨 바람을 막으려 스웨터에 카디건까지 껴입고 있었으며 제러드는 약간 몸 상태가 좋지 않아 평소의 집중력을 잃고 있었다. 대화는 이런저런 화제로 튀어 다녔고 흥미로운 이야기를 좀처럼 끄집어낼 수 없었다. 상담이 끝나갈 때쯤 조디는 축 늘어진 채, 이제 다 끝났다고 생각했다. 집에 갈 시간이라고. 그때 제러드가 최후의 노력을 짜내어 꿈에 대해 물었다.

조디: 평소처럼 백색잡음이었어요.

제러드: 백색잡음을 정의해봐요.

조디: 제가 무슨 뜻으로 말하는지 아시잖아요. (그녀는 줄곧 그 용어를 써왔는데도 그가 이런 질문을 한다는 데 화가 났다.)

제러드: 맞장구 좀 쳐봐요. 예를 하나 들어줘요.

조디: 알겠어요. 그러니까, 저는 파티에서 모르는 사람들과 얘

기를 하고 있어요. 그때 거울에 비친 제 모습을 슬쩍 보고 제가 반쯤 벗고 있다는 것을 깨닫죠. 그렇지만 이렇든 저렇든 별생각이 들지는 않아요. 다음 순간 전 부모님 집에서 뭔가를 찾으러 다녀요. 하지만 뭔진 기억 못 하죠. 꿈속에서조차도 그게 중요한 것 같진 않아요. 그런 식이죠. 백색잡음.

제러드: (침묵)

조디: 죄송해요. 노력하긴 했는데.

제러드: 했다는 것 압니다.

조디: (침묵)

제러드: 그럼 그걸로 끝이군요.

조디: 그런 것 같아요.

제러드: (침묵)

조디: 잠깐요. 대럴 오빠에 대한 꿈도 꿨어요.

제러드: 대럴에 대한 꿈을 꿨다고요?

조디: 지금 이 순간까지는 잊고 있었네요.

제러드: 말해봐요.

조디: 오빠가 저를 찾아왔어요. 그때 전 꿈 얘기를 받아 적는 중이었죠. 오빠의 꿈이었어요. 오빠의 꿈을 꾼 꿈이었다는 거죠, 내가 오빠를 대신해 꿈을 꾼 거예요. 꿈을 받아 적은 게 공책 한 권은 됐어요. 오빠가 어릴 때부터 쭉 적은 거죠. 나는 오빠 대신에 꿈을 꾸고 받아 적었어요.

제러드: 계속해봐요.

조디: 바로 그런 꿈이에요. 저는 오빠에게 이 얘기 중 어느 하나라도 기억나는 게 있는지 물었어요. 하지만 오빠는 흥미를 보이지 않았고 꿈에 대한 이야기도 하지 않은 채 떠났어요.

제러드: 그런 일이 일어나는 동안 당신은 어떤 기분이었습니까?

조디: 무서웠어요. 무섭다는 기분이었어요.

제러드: 뭐가 무서웠죠?

조디: 모든 게요. 소름 끼쳤어요.

제러드: 곧이어 그 꿈을 잊어버리지 않았습니까. 제가 지금 꿈에 대해 물어봤을 때 오로지 백색잡음만 있다고 했잖아요.

조디: 마음속에서 몰아냈던 것 같아요.

제러드: 다른 것도 느꼈습니까? 두렵다는 감정 말고도?

조디: 딱히요. 그저 무서웠어요. 두려웠다고 해야겠네요.

제러드: 특히 뭐가 그랬죠?

조디: 오빠를 위해 두려워했던 것 같아요. 제가 마치 오빠에게 생명 유지 장치 같은 걸 단 것 같은데 오빠는 냉정했고 완전히 무심했죠. 거기에는 뭔가 무시무시한 점이 있었어요. 오빠가 자신의 꿈에 참여하지 않으려 한다는 것이. 마치 그 자리에 없는 사람처럼, 아예 존재하지 않는 사람처럼.

제러드: 그래서 당신이 오빠 대신 존재해온 거군요.

조디: 네.

제러드: 그렇게 한 이유는?

조디: 오빠를 사랑했으니까요.

제러드: 그 꿈에서 오빠에 대한 사랑을 느꼈습니까?

조디: 네, 그랬어요.

제러드: 그럼 꿈속에서 당신은 두려웠지만 오빠에 대한 사랑도 느꼈다는 거군요.

조디: 네.

그들은 잠시 그대로 있었다. 이윽고 제러드가 시계를 보고 말했다.

"다음주에 이 얘기로 돌아가봅시다. 할 수 있는 한 자세하게 그 꿈을 받아 적어서 가져오면 좋겠네요. 숙제예요."

조디는 일어서서 카디건을 벗어 가방에 넣은 뒤 옷걸이에 걸어둔 바람막이를 내려 입었다. 그러고는 나가면서 제러드에게 고맙다고 인사했다. 엘리베이터로 가서 내려가는 버튼을 누르고 기다리는 동안, 그녀는 엘리베이터 문과 닥터마틴 부츠를 신은 자신의 발과 융단의 무늬를 보았다. 융단은 아주 미세한 실에 파랑과 주황으로 기하학적 문양을 이루고 있어서 전체적인 색조가 베이지로 보였다. 갑자기 마음속에 톡 쏘는 바람이 일었다. 조디의 내면은 황량한 풍경뿐 그 외엔 아무것도 없는 듯 바람이 거침없이 불었다. 그녀는 계단으로 내려갈까 생각했으나, 장화 밑창과 융단이 접합 수술이라도 받은 양 그 자리에 붙들려 버린 것만 같았다. 그렇게 선 채 그녀는 돌아갈 길이 없음을, 바로 몇 분 전만 해도 단순하고 복잡하지 않았던 시간들이 이제 의미를 잃었음을 깨달았다. 무슨 이야기를 할까 고민하며 제러드와 함께 앉아 있는 일은 이제 더는 없을 것이다. 완벽한 어린 시절에 대한 농담도 이제는 끝이었다. 꿈을 모두 다 끄집어내자, 웨딩 카 뒤에 매달아놓은 깡통처럼 필연적으로 기억이 따라왔다. 그녀는 이제 그 과정을 되돌릴 수가 없었다. 그 이미지들에 마음을 닫고 다시 망각의 세포 속으로 빨아들일 수 없었다.

기억은 잘 매장되었다가 온전하고 때묻지 않고 다면적인 모습으로 돌아왔다. 맛·냄새·감각 등 신체적으로 강렬한 연상 작용들과 실제의 전류까지도 완전히 갖춘, 살아 있는 역사의 일부였다. 하지만 어둠의 옷을 입은 형체 없는 기억이었다. 그녀는 떠오른 사건들이 밤에 일어났다는 뜻으로 받아들이고 싶었다. 그것도 그렇고, 한때 결연히 눈을 감아버린 소녀였던 그녀는 처음부터 불쾌한 감각적 자극은 축소해버리기로 결심해버렸던 것이다. 처음 몸안의 폭발은 모두 고통과 경악뿐이었지만, 차츰 그녀는 항복하는 기술을 배웠고 투항은 자신이 관계를 끊는 방식, 빠져나가는 승차권이라는 걸 이해하게 되었다. 이제 그녀의 유일한 희망은 자신이 공모자였을지도 모른다는 것, 그 일이 벌어지는

데 일조했을지도 모른다는 것이었다. 그렇다면 그녀는 여전히 오빠를 사랑할 수 있고 아무것도 바뀔 필요가 없을 테니까. 하지만 조디는 겨우 여섯 살이었고 대럴은 열두 살이었으므로, 어떻게 봐도 조디 자신의 잘못으로는 보이지 않았다.

그 남자

나타샤는 집으로 돌아왔지만 아직 토드를 용서하지는 않았다. 여러 면에서 생활은 정상으로 돌아온다. 함께 앉아 저녁 식사를 하고, 그녀가 공부를 하고, 그는 정리를 하고, 손님들이 오가고. 하지만 그녀는 욕실에서 옷을 갈아입는가 하면 그가 침대로 오기 전에 잠들어버리고, 엄격한 귀가 시간을 지정함으로써 그의 선의를 한계로 몬다. 그러면서도 유모차와 카시트는 물론 테이블 장식이나 좌석 배치에 대해 끝도 없이 늘어놓으며 그의 인내심을 계속 시험한다. 그중 아무것도 그들이 서로를 사랑하거나 아들을 사랑한다는 본질과는 아무 관련이 없다. 아이 이름을 짓는 일은 이제 그녀의 친구들과 온 가족까지 끼어든 심사숙고와 논쟁의 주제가 된다. 그녀는 아들을 위해 『영어권 국가의 이름 짓기 백 년사』라는 백과사전 같은 책의 마지막 항목까지 다 읽었는데도 만족하지 않는다. 허셜이나 로스코 같은 이름은 논의할 가치도 없음을 받아들이지 않고, 계속 늘어나는 후보 목록에서 클래런스와 앰브로즈 둘 다 빼려 하지 않는다. 촌시나 몽고메리 같은 이름이 적힌 포스트잇이 욕실 거울에 붙었다가, 다른 이름의 순위가 올라오거나 내려가면 다시 배치된다.

저녁 식사가 끝나고 쉰내와 원치 않은 손님들이 꾸물꾸물 모여들어 아파트 안이 과열된 찜통처럼 느껴질 때, 그는 창문 밖으로 뛰어내리고 싶다는 생각뿐이다. 이전에 조디와 그랬듯이 얘기를 나눌 수 있는 사람이 있다면 좋으련만. 하지만 이제 조디는 그와 얘기하지 않으려 하고, 남자 친구들과는 오로지 자랑밖에 늘어놓을 수 없는데다 어차피 그들과 보내는 시간도 축소되어버렸다. "친구들을 만나고 싶으면 저녁에 오라고 하면 되잖아, 토드."

그는 밤에 집으로 돌아와 개와 함께 호숫가를 산책하던 때가 그립다. 낮 동안의 걱정거리는 없애고 밤잠을 부르는 간주곡 같은 시간. 도시가 잠들어 잠잠한 깊은 밤, 그는 호숫가로 걸어가 자신이 자연 속에서 혼자임을 실감하곤 했다. 호수의 숨결, 코 고는 소리와 한숨에 귀를 기울이며 하늘의 거대한 공동空洞에, 수평선까지 폭포처럼 떨어져 내리는 무한의 주름에 자신을 내맡겼다. 맑은 날이면 북두칠성과 북극성을 집어낼 수 있었다. 한때 그는 오리온과 카시오페이아, 페가수스자리뿐 아니라 더 많은 별자리를 알았고, 달이 없고 어두울 때면 은하수를 찾곤 했다. 소년이었을 때는 별의 바다 한가운데 있는 꿈을 꾸었다. 우주선을 타고서가 아니라 자유롭게 떠다니며 빽빽이 들어찬 별들 사이를 배영으로 헤엄쳐 가는 꿈이었다. 수십억, 수조의 광선 말단이 피부에 닿아 차가운 불꽃처럼 튀고 터졌다.

온갖 유쾌한 생각들이 북적댔건만 모두 잊혔다. 완전한 침묵 속에서 그는 소리를 듣는다. 식식대는 소리. 그는 기압 때문이라고 생각한다. 소년이었을 때는 모든 것이, 그야말로 모든 것이 소리를 낸다고 상상했는데. 그 소리를 들을 수 있는 귀만 있다면. 가을에 나뭇잎의 색깔이 변할 때, 노란색으로 물들 때와 빨간색으로 물들 때 나는 서로 다른 소리. 겨울에 내리는 눈. 봄에 나무에 맺히는 새순. 떠가는 구름. 열심히 날아가는 작은 새들, 그 아래 땅에 어리는 새의 그림자. 그는 사물과 있는 그대로 화음을 이루고 세상의 음악에 맞추어 나아가고 싶다. 세계가 그를 위해 돌아가면 그는 뭐든 할 수 있고 뭐든 될 수 있다. 어떤 사람들은 그걸 행운이라 부르리라.

음주를 저녁 시간으로만 제한하는 건 더이상 의미가 없다. 토드는 점심시간에 술집을 찾아다니기 시작한다. 새로이 찾아낸 곳은 훔볼트 파크에 있는 스포츠 바다. 앞쪽에는 싸구려 맥주를 마시거나 도미노 게임을 하는 오랜 단골들이 있고 뒤쪽에는 낡은 당구대가 자리한 머나먼 안식처다. 냄새로 판단하건대

1980년 이래로 공기가 미동도 하지 않았을 것 같은 가게다. 그가 거기 가리라고는 아무도 생각지 못하기 때문에 더 좋다. 구겨진 페도라를 쓴 나이든 스페인인 주인은 금전 출납기 앞에 앉아서 하루를 보내고, 술을 따르고 나르는 일은 웨이트리스 혼자서 도맡는다. 지난주 처음 그리로 흘러들어 갔을 땐 한 잔만 가볍게 하고 금방 뜰 작정이었지만 여자의 모습을 보는 순간 그 계획을 접었다. 그후로 그는 매일 거기 돌아가 주크박스 옆자리를 차지하고 벽을 등에 댄 채 안쪽을 마주보며 앉는다.

오늘 그는 여자의 동작을 추적하는 데 집중한다. GPS 같은 정확도로 눈에 뜨이지 않게. 그는 그녀의 위치, 경로, 속도는 물론 멈추는 스케줄까지 매 순간 인지한다. 술집 내부의 궤도를 돌 때마다 그에게서 온갖 눈치를 받아도 여자는 귀도 막히고 눈도 안 보이는 듯 굴지만, 그녀에게서는 예배하러 오라는 교회 종소리처럼 시끄러운 신호가 발산된다.

여자의 모습, 가는 머리카락에 빰이 팬 야윈 얼굴을 보면서 그는 영양실조에 걸린 아이를 떠올린다. 기다란 몸에 납작한 가슴, 골반뼈는 튀어나오고 배는 쑥 들어갔다. 판자 같고 좁은 발. 다듬지 않은 눈썹. 그가 여기서 시간을 보내는 동안 두 사람 사이에는 몇 마디 오가지 않는다. 여자는 지중해풍 외모지만 외국어 억양은 전혀 없다. 목소리에는 어조랄 게 없고, 똑똑히 발음할 에너지조차 없는 양 단어가 한데 뭉쳐 들린다. 여자는 결코 그를 바라보지 않는다.

"이름 말해줘요." 여자가 주문을 받으러 왔을 때 토드가 말한다. 그는 마음먹고 한참 동안 물어볼 기회를 노리다 그녀의 무관심에서 신호를 포착한다. 그는 이제 낯선 사람이 아니라 단골이다. 그녀는 그에게 익숙해졌다. 여자에 관한 한 그는 감이 좋다.

"일로나." 여자의 시선이 그의 얼굴에 잠깐 내려앉는다. 아마도 처음일 것이다.

그는 여자에게 정말 매력적이고 눈부시다고 말하고 싶다. 어느 모로 보나 여자는 그 사실을 모르고 있다. 그는 낭비해야 할 시간에 부담을 느낀다. 계산이 되진 않지만 그럼에도 그를 몰아붙이는 긴박감이 있다. 하고 싶은 일은 여자를 남자 화장실로 데려가 문을 잠그는 것이다. 할 수 있는 일은 아마도 근무가 언제 끝나느냐고 묻고서 좋은 식당에 데려가 돈을 좀 쓰며 좋은 인상을 주는 것이다. 돈을 충분히 쓰는 한 어떤 여자라도 넘어오게 되어 있다. 규정집에 뭐라고 씌어 있든, 여자에게 분위기를 만들어주는 것은 돈이다.

여자는 몸의 무게를 오른발로 바꿔 실으며 엉덩이를 내민다. 시선은 술집 앞쪽 무언가에 박혀 있다.

"맥주 파인트 하나, 위스키 한 잔." 그는 말한다. 사실 그가 지금까지 그녀에게 한 말은 거의 그것뿐이다. 그녀는 자리를 뜨려

한다. "일로나." 그가 부른다.

여자는 돌아보더니 다시 온다.

땀이 나기 시작한다. 따끔한 땀이 가슴을 타고 퍼지고 이마에서 번들거린다. 그는 말한다. "내가 열 살이었을 때…… 아버지가 어머니의 팔을 부러뜨리는 걸 봤어요. 어머니의 팔을 뒤에서 잡고 부러질 때까지 비틀었지. 왼팔이었어요. '이러면 일은 계속할 수 있겠지.' 아버지가 어머니에게 그렇게 말하더군요. 그러면서 나를 똑바로 보고 있었는데, 아버지 얼굴에 떠오른 표정을 잊을 수가 없어요. 마치 나한테 뭔가 보여준다는 듯, 시범을 보여준다는 듯, 가르친다는 듯."

그는 이야기를 이어가며 여자를 쳐다보고 소맷자락으로 이마를 닦는다.

"절대 아버지같이 되진 않겠다고 다짐했지. 난 평생 여자들을 존중했어요. 내가 성인군자라도 된다는 건 아니고. 그렇지만 여자들을 깊이 사랑했죠. 나이가 차자 어머니를 데리고 그 집에서 나와버렸어요. 그리고 어머니가 돌아가실 때까지 모셨죠."

그는 이런 말을 하는 자기가 싫다. 이건 그저 동정을 구하려 하는 비겁한 노력, 수치심도 모르는 계략이다. 그가 여자들에게 이 이야기나 비슷한 다른 이야기를 한 것이 처음은 아니다. 이 이야기가 근본적으로 진실이 아닌 것도 아니다. 어쨌든 이야기 안에는 감정적 진실이 있으니까. 그런데 얘기를 마치기도 전에 여자가 그에게 반 발짝 다가온다. 여자의 눈 속에 빛이 떠오른다. 불을 붙인 것이 동정인지 경멸인지 구분하기는 어렵다. 그러나 여자가 아직 오늘 첫 술잔을 가져오지 않았다는 건 그에게 유리한 점이다. 그는 속에 든 것을 전부 바닥에 쏟아버리는 술주정뱅이도 아니고, 고리타분한 옛 원한을 주절주절 떠드는 쓸모없는 수다쟁이도 아니다. 그는 정신이 멀쩡할 뿐 아니라 이곳에서 만날 수 있는 어떤 남자보다 수준이 높다. 목적을 제대로 달성하는 데 맑은 정신이 한몫하리라고 믿어본다. 그의 송아지 가죽 부츠와 세련된 머리 모양, 왼쪽 손목의 롤렉스 시계와 함께.

"내가 왜 당신에게 이 이야기를 하는지 모르겠군요."

여자가 다시 돌아서려 하자 그가 다시 부른다.

"난 당신 관심을 끌려고 필사적으로 노력중이에요. 미안해요. 당신은 이런 궁상스러운 얘기 하루 종일 듣겠지. 그리고 당신은 더 좋은 남자에게 어울려. 자기를 잊고 당신에게만 집중할 수 있는 남자. 당신을 아껴줄 남자. 꽃과 선물을 가져다주고, 일이 끝나면 발 마사지를 해주고. '우리 애기, 종일 그 발로 걸어다니느라 힘들어쪄, 증말 아푸지?' 일터에서 당신을 꼬시려 하는 패배자들을 조심해요. '걱정 마, 이 보리스한테 말만 해. 그러면 내가 소유즈 전함에서처럼 그 자식 머리를 잡아뜯어줄 테니까.'"

의외로 여자가 웃는다. 습관적인 공허함이 물러가고 태양이 구름 위로 기분 좋게 얼굴을 내민다. 그때부터 두 사람 사이는 미묘하게 달라진다. 술집을 나설 즈음 그는 여자가 쉬는 날 점심시간에 만나자는 약속까지 받아낸다. 그가 검사 결과를 받기 이틀 전이고, 결혼식 닷새 전이다. 저녁때 만나는 편이 좋지만, 아직은 귀가 시간이 정해져 있으므로 그건 생각도 할 수 없다. 일단 아들만 태어나면 집안 분위기를 확 바꾸어버리리라. 그가 기본 규칙을 정하고 생활을 정상으로 돌려놓을 것이다. 몰래 다니는 건 그의 스타일도 아니다. 그런 식으로 살 수는 없다. 전부 자기 마음대로 할 수 있는 삶, 조디와 함께 살았던 시절의 모습으로 돌아가야만 한다.

그간 그는 여러 면에서 자기답지 않았다. 마치 어린시절의 장면들이 급습해 온 듯했다. 토요일 아침 도넛을 만들던 어머니. 어머니가 부글부글 끓는 기름 냄비 앞에 서서 한 판씩 튀겨내면 그는 옆의 식탁에 앉아 있다가 식은 도넛을 먹곤 했다. 어머니를 기쁘게 해드리려고 본래 양보다 더 많이, 배가 불러서 메스꺼워질 때까지 계속 먹었다. 어머니에 대한 추억이 다 그렇듯 이 기억도 복잡한 감정을 불러일으킨다. 잠자리에서 어머니가 옆에 누워 그가 잠들 때까지 이마를 쓸어주던 기억. 어머니가 손가락에 침을 묻혀 그의 뺨에 묻은 얼룩을 닦아주던 기억. 마늘 냄새 밴 손으로 쓰다듬어주던 다정한 손길. 그 손길이 좋기도 하고 동시에 싫기도 했던 기억. 닫혔던 문이 열리듯 그런 인상들이 마음속으로 홍수처럼 밀려드는 것이 싫다. 그는 이런 추억에는 흥미가 없다. 아무 소용도 없고 무엇과도 관련이 없으니까. 스멀스멀 기어드는 공포 중 하나는, 자신이 물러져서 예리한 날을 잃어버릴지 모른다는 생각이다.

그 여자

언제 어느 때라도 전 세계 도시에서는 심리학자들의 관심을 끄는 학회가 여남은 개는 열리고 있기 마련이다. 앨리슨에게서 이 도시를 떠나 있으라는 제안을 들었을 때 즉시 떠오른 생각은 바로 그것이었다. 수년간 전문가로 살아오면서 조디가 그런 행사에 참석한 건 딱 한 번뿐이다. 몇 년 전 제네바에서 열렸던 소통학회. 학회는 참 즐거웠던 기억으로 남아 있다. 사람들과 나눴던 편안한 대화, 당시에 느꼈던 동료 의식, 전 세계에서 온 흥미로운 발표자들, 낯선 도시에서 새로운 사람들과 함께했던 유쾌한 저녁 식사. 그녀는 내담자들을 위한 새로운 에너지를 얻어 돌아왔고 그들을 대하는 방식을 조정할 수 있었다. 내담자들의 몸짓언어나 단어 선택을 주시했고, 친밀감 형성의 일환으로써 이를 메아리처럼 그대로 돌려주었다.

학회의 경험을 되풀이하고 싶다는 생각은 오랫동안 해왔지만, 다시할 기회는 없었다. 이유 중 일부는 토드에 대한 신의였다. 그녀가 없는 동안 누가 그를 돌볼까? 하지만 그건 표면적인 걱정일 뿐, 그 기반은 의심할 바 없이 더 황량했다. 소유욕. 편집증. 토드는 이미 제멋대로 하고 있었지만 그보다 더 풀어주기는 싫은 마음이었다. 그 모든 익숙한 감정들. 그런 감정은 일상에서는 인식되지 못한 채 깔려 있었지만, 그녀를 집에 묶어두는 데는 틀림없이 제 몫을 했다.

그녀의 선택은 영국 남부의 역사적 도시 윈체스터에서 열리는 분노 조절 학회와 햇빛 환한 플로리다 잭슨빌에서 열리는 노화 학회 사이로 좁혀졌다. 이제껏 한 번도 연구할 기회가 없었던 분노 조절 쪽에 더 흥미가 끌렸다. 학회를 경험하고 부가적으로 논문을 읽으면 그 분야와 관련해 도움을 필요로 하는 내담자들을 상담할 수 있을 터였다. 하지만 날씨 방송을 확인하고 여행사와 경비를 상의한 그녀는 감정과 스트레스 및 노화 학회를 선택했고, 야자수와 열대 바람을 즐길 수 있다는 사실로 자신을 위로했다.

그리하여 어쩌다 보니, 침대 옆 전화기가 끈질기게 울리는 소리에 잠이 깬 그녀는 잭슨빌의 호텔방에 있다. 방은 캄캄하고 어디에도 불빛이 보이지 않는다. 심지어 커튼 주위나 문 밑의 틈도 어둡다. 그녀는 모로 돌아누우며 전자시계의 독살스러운 녹색 숫자를 본다. 채 6시도 되지 않은 시각이다. 해돋이까지 적어도 한 시간은 남았다.

이틀 전 도착한 이래로 그녀는 자기가 왜 여기 와 있는지, 떠나온 곳에서는 일이 어떻게 돌아가고 있을지 생각해보지 않았다. 복잡하지 않고 힘들 것도 없는 학회의 세계에서는 뭐든 잊기가 수월하다. 이곳은 끊임없이 나타나는 다른 관심거리와 시선을 끄는 일들에 현실의 일상이 굴복하는 곳이다. 강의실에는 따스한 자연광이 가득하고, 파티오 문은 꽃 덤불이 있는 정원으로 열려 있다. 그녀는 밖으로 한 발 내딛고 얼굴을 태양 쪽으로 들며 대양의 냄새를 맡는다. 가장 중요한 할 일은 쿠션 있는 의자에 편안하게 앉아 흥미로운 발표에 귀를 기울이고 사람들 틈에 껴서 점심 먹으러 식당에 갔다가 저녁에는 옷을 갈아입고 시내에 저녁 식사를 하러 가는 것이다. 그녀는 이곳의 어떤 사람과도 역사를 공유하지 않는다. 그녀의 배경과 환경은 레이더를 벗어나 있다. 다른 사람들이 보기에 그녀는 외계에서 뚝 떨어졌거나 허공에서 불쑥 나타난 사람일 수도 있다.

한밤에 울리는 전화는 이 그림에 포함되지 않은 사건이다. 그녀는 눈을 감고 전화 소리가 멈추기를 기다린다. 방이 다시 고요해지자 그녀는 천천히, 신중하게, 한숨과도 같은 흐름으로 숨을 내뱉고 다시 잠을 청하려 하지만, 이제 깊은 잠은 달아나버린데다 꿈꾸던 마음이 너무도 이상하고 심란한 장면들로 가득차 부산하다. 떼 지어 서성거리는 사람들, 환한 빛, 달려가는 어떤 사람. 전화가 다시 울리기 시작한 건 몇 분도 지나지 않아서다. 낮고 급박한 전화 소리는 꿈속에서 누군가 흐느끼는 사람이 되었다가 그녀를 완전히 깨워버린다. 그녀는 어둠 속에서 쓸데없이 눈을 깜박이며 침대를 나와 더듬더듬 욕실로 향한다.

이후에 호텔 레스토랑에서 동료들과 함께 아침을 먹는데 뒤에서 다가온 누군가가 그녀의 어깨를 건드린다. 학회 주최자 중 한 사람으로, 자신을 모든 이에게 반복적으로 소개하는 습관이 있는 사근사근한 여자다.

"전화가 왔어요. 로비에서 받아보세요."

그 남자

지난 사흘 하고 반나절 동안 토드의 마음은 일로나의 형상을 띤 생각을 잇달아 찍어냈고, 일로나의 형상을 띤 생각은 자기장 안의 철가루처럼 일로나의 형상을 띤 문양을 이루었다. 사흘 하고 반나절이란 금요일, 토요일, 일요일 그리고 월요일 아침이었다. 그 기간 동안 그는 나타샤에게 사랑한다고 말하거나 마지못해 쇼핑에 동행해야 할 의무도 무시해버렸고, 집안일도 돕지 않았고, 맥주 열두 캔을 다 해치워버렸고, 샤워할 때마다 자위를 했다. 짧은 며칠 동안 의심 없는 일로나는 그의 게걸스러운 상상 속에서 에로틱한 매혹의 정점에 다다랐다. 그녀는 기이한 투사의 초점이 되고 일종의 여성 대척점 같은 지위를 획득하며 모든 면에서 그와 대응을 이루었다. 그가 음이라면 그녀는 양, 그가 양이라면 그녀는 음. 그의 삶을 완벽하게 맞춰주는 퍼즐 조각. 그도 자신의 생각이 역겨운 골칫거리라는 정도는 분별할 수 있지만, 그것도 의식이 명료할 때의 얘기다. 그는 이제 그런 순간들을 결연히 떨쳐버린다.

일로나와 만나기로 한 사우스디어본 스트리트의 레스토랑은 친밀하고 세련된 곳이다. 그는 여자가 잔을 들어 입술에 가져다 대는 장면을 상상하고 비싼 고기를 작게 잘라 씹는 모습을 그려본다. 여자는 한 번도 생굴을 먹어본 적이 없을 것이며 진짜 좋은 와인이 인간에게 어떤 영향을 끼치는지 전혀 모를 테지만, 그는 이것만은 확신한다. 아니, 사실로서 알고 있다. 일단 한번 그런 생각을 주입해주면 일로나도 쉽게 만족하지 못하고 그가 주는 모든 것에 중독되리라. 그는 사무실에서 나와 으스대는 걸음걸이로 주차장으로 향한다. 여자가 바람맞힐 거라는 생각, 여자의 인생에 벌써 다른 남자가 있을지 모른다는 생각, 여자가 그를 꿰뚫어 보고 분별을 되찾아 마음을 바꿨을지도 모른다는 생각은 떠오르지 않는다. 반대로 그는 자신이 일생일대의 밀회, 모든 것을 호전시킬 랑데부로 향한다고 생각한다. 그녀 자신은 아직 모르지만, 일로나는 선택된 사람이고 그가 지금 재수없게 빠져버린 아수라장에서 그를 구해줄 사람이다. 일로나, 야위고 아무에게도 발견되지 않은, 고양이같이 경계심 많으며 아이처럼 속기 쉬워서 자신의 아름다움이나 힘을 모르는 그 여자가 그가 가진 모든 문제의 해답이다. 그는 차 열쇠를 짤랑짤랑 흔들고 입

김을 겨울 공기 속으로 불어내며 큰 소리로 웃는다. 벌써부터 일분일초를 세면서 신중하게 동선을 짠다. 그는 차 안으로 미끄러지듯 들어가 시동을 걸고 와이퍼를 켠 다음 서리가 사라질 때까지 기다린다. 차를 길가로 몰면서 달려오는 차들을 향해 욕을 한다. 룸 미러를 보면서 치아를 점검한다. 오른쪽 깜빡이를 켠다. 목캔디를 입안에 던져넣는다.

몸이 무척 가볍다. 몇 주 만에 제일 좋은 상태다. 병소는 이제 거의 사라졌고 가려움 발작도 잦아들었다. 검사 결과도 이젠 덜 걱정스럽다. 처음에는 정말로 겁을 집어먹고 하루이틀 제정신이 아니었지만, 지금은 평소의 침착성을 되찾았다. 속도를 올리며 라디오 전원 버튼을 누르자 때마침 〈언체인드 멜로디〉의 첫 소절이 흘러나온다. 구슬픈 음악과 바비 햇필드의 물 같은 고음이 불러일으킨 갈밍의 바다에는 저항할 수 없다. 그는 고교 시절에 알던 여자애를 떠올린다. 그 애의 머리카락에서 풍기던 냄새, 그를 미치게 했던 싸구려 젤의 시트로넬라 냄새를 다시 찾아간다. 어쩌면 그가 갈망하는 건 그 여자애일지도. 누가 알겠는가? 그는 흐릿하게 희미해져가는 경계선을 인식한다. 과거와 현재를 분리하는 경계선, 일로나와 나타샤와 조디와 고교 시절의 여자애를 분간하는 경계선들이다. 그러다 노래가 끝나자 그는 다시 차로 돌아와 루스벨트 로드를 향해 북쪽으로 달리고 있다.

그는 맨 바깥 차선을 고집하며 달리다가 빨간불에 브레이크를 밟는다. 바로 앞에 있는 차는 페라리로, 튜닝을 한 차체가 땅에 바짝 붙어 있다. 흥분을 일으키는 매혹적인 차다. 그는 바로 그 차를 갖고 싶다는 열렬한 욕망에 사로잡힌다. 마술처럼 그 운전석으로 이동해서 운전대를 차지하고 싶다는 강렬한 소망. 그가 아끼던 포르셰는 순간 보수적이고 차분한 것을 넘어 융통성 없게까지 여겨진다. 열정을 잃어버린 남자의 선택. 어쩌다 이렇게 됐지? 언제 변했더라?

거의 시간이 됐다. 단 몇 초만이 남아 있을 뿐이다. 그가 미리 알았다면 결코 이루어질 수 없는 다짐을 하느라 시간을 낭비하진 않았을 텐데. 차를 바꿔야겠다, 이 고물을 처분하고 자유로워져야겠다는 다짐들. 나타샤가 자신의 젊음을 돌려주리라 믿었지만, 이제 그도 깨닫는다. 남자를 소유하고 있다고 생각하기 시작한 여자들, 남자를 무너뜨릴 수도 있는 의무들. 삶에서는 계속 나아가야 한다. 그것들이 발목을 잡기 전에 재빨리 나아가야 한다.

첫 번째 충격의 순간, 그는 돌멩이라고 생각한다. 운전석 창문으로 누군가가 돌을 던졌다고. 왼쪽 귀 옆에서 소리가 폭발하며 유리 파편이 옆얼굴에 튄다.

"씹할!" 그는 큰 소리로 내뱉는다.

그는 뺨을 더듬으며 고개를 돌려보려 한다. 산산이 갈라진 유리가 만든 무리 한가운데 생긴 작고 둥근 구멍을 보고 총을 맞은 게 분명하다고 생각하지만, 아무런 고통도 없다. 눈은 망원경처럼 아득해지고, 빨간불에 걸려 옆에 서 있는 차가 시야 속에서 눈부시게 빛을 발한다. 그는 열려 있는 차창을, 모직 모자를 쓴 머리를, 사람을 꿰뚫어 보는 저 시선을, 총에서 나오는 화염을 인식한다. 그는 그 남자를 모르지만 마음속에서는 어떤 질문도 솟아나지 않는다.

사람들이 하게 될 말은 진실이 아니다. 그가 그런 일이 생길 것을 미처 예상하지 못했고, 무엇이 그를 맞혔는지 절대 알지 못했다는 얘기. 그래도 너무 빨리 일어나버린다. 불온한 이미지들이 정신의 화면 속에서 터진다. 그에게 남은 시간은 오직 죽어가는 과정에 소모된다. 역설적이게도, 태어나지 않은 아들이 가장 중요해야 할 이 고양된 순간에 아직 알지 못하고 만날 일도 결코 없을 아들은 다른 어떤 사람보다도 의미가 없다. 그를 애지중지했던 어머니와 무관심했던 아버지. 가장 친한 친구인 클리프와 해리. 아빠의 손을 잡은 아이의 모습으로 나타난 나타샤. 나타샤와 딘. 둘 다 생존자다. 심지어 그보다 강력한 이미지는 식당에서 기다릴 일로나의 모습이다. 시간이 지나면서 실망은 점점 쌓여가지만 아무도 그 여자를 거기서 구해줄 수 없다. 그리고 그가 시골에서 돌아오던 날의 조디. 탁 트인 하늘 아래 팔다리를 뻗은 채 누워 있던 모습. 아름답고 독특한 조디. 그가 머무를 수 있는 순간을 선택할 수 있었다면 그녀를 위해 썼을 텐데.

하지만 그에게는 남은 선택지가 없다. 시간은 지연된 채로 걸려 있지만 곧 끝나려 한다. 죽음은 유혹이어야 하지, 겁탈이 아니라. 일 분만 더 주어진다면 참 많은 것들을 할 수 있을 텐데. 심지어 죄를 범한 자들에게도 전화 한 통 걸거나 메시지 하나는 보낼 수 있도록 허락되지 않는가. 그는 참으로 생생하게 살아 있는 기분을 느낀다. 마치 불붙은 도화선처럼, 터지기 직전의 불꽃처럼 눈부시게 빛난다. 그에게 일 분만 더 있었다면, 투박하게 똑딱똑딱 삶의 끝을 향하는 평범한 일 분만 얻을 수 있었다면 그 무엇도 아깝지 않았을 텐데.

2부

그 여자

"조디 브렛입니다."

그녀는 마치 죽은 설치류를 만지듯 전화기를 든다.

폭군 같은 목소리가 대답한다. 로비에 있는 스피커에서 울려 퍼지듯 아주 분명하고 위협적인 소리다. 경찰에서 연락드렸습니다, 하고 목소리가 말한다. 나쁜 소식을 전해드려야 할 것 같다고 한다. 자리에 앉으실 수 있느냐고 물어본다.

사실, 조디는 고지식하게 똑바로 서 있다. 등뼈를 꼿꼿이 펴고 발을 모으고 엉덩이를 안내 데스크에 정확한 각도로 댄 채 휘황하게 빛나는 호텔의 유리문을 초점 없이 바라보고 있다. 그녀는 자기가 앉든 서든 뭐가 달라지는지 알 수가 없고 걱정스러운 마음에 초조해진다. 이 남자가 그녀의 안녕에 관심 있는 척하는 게 거짓이 아니라 진짜라면 한밤에 계속 전화해서 잠을 깨우지는 말았어야 했다.

그녀는 그의 장광설을 딱 끊어내려고 시도한다. "전 한참 아침 식사중이었어요. 무슨 용건이시죠?"

그래도 그는 여전히 요점을 말하지 않는다. "거기 학회에 참석하셨다는 걸 압니다."

그의 목소리는 걸쭉하고 세련되었다. 혀에서 단어들이 굴러나오는 광경이 눈에 보이는 듯하다. 단어 하나하나가 통통한 벌레가 되어 그녀의 귀로 꾸물꾸물 기어온다.

"네. 그게 문제가 되나요?"

"브렛 씨, 무척 긴급한 상황이 발생했으니 즉시 집으로 돌아오셨으면 합니다."

이제 토드의 이름을 말하는 소리가 들려온다. 남자의 축축한 입술에서 나온 그 이름은 크고 부드럽게 울린다. 이제는 양동이에서 우유가 쏟아지는 어지러운 이미지, 구토와 비틀거리는 느낌 외에는 무엇도 전달하지 않는 이미지로 바뀐다. 파르르 떨리는 눈꺼풀을 떴을 때는 머리 아래 쿠션이 괴어 있고, 많은 사람들의 얼굴이 위에서 까닥까닥 흔들린다. 수많은 입들이 웅성웅성 근심 어린 말을 웅얼거리자 길을 잃은 듯한, 당황스러운 느낌이 든다. 하지만 사람들의 부축을 받아 일어서면서, 그녀는 재빨리 정신을 되찾고 참담한 사실을 다시 직면한다. 사실 1번, 토드가 죽었다. 그녀는 안간힘을 쓰며 이를 소화하려고 하지만, 곧 사실 2번을 깨닫는다. 자신의 죄가 너무 훤히 드러나 보여 시카고 경찰이 벌써 그녀를 쫓고 있다는 것. 그녀 마음속에는 오헤어 공항에 내리는 순간 경찰들이 기다리고 있으리라는 데 한 점 의심도 없다. 그녀는 체포될 것이고 수갑을 찰지도 모른다. 도시의 버려진 구역에 있는 어떤 곳으로 가서 갇힐 것이다. 감옥이 있는 곳 어디든.

이런 확신이 들었는데도 도망가고 싶지는 않다는 것이 오히려 놀랍다. 차를 렌트해서 멀리 떠나고 국경을 건너 익명 속으로 사라질 생각은 없다. 그녀에게는 비둘기와 같은 귀소본능이 있다. 거기에 오로지 위험만이 기다리고 있을 뿐이라 해도, 이제껏 알고 사랑해온 모든 것을 버릴 수는 없다. 그저 며칠만 말미를 갖고 싶을 뿐이다. 해변 레스토랑에서 와인 한 잔 더 마시고 싶고, 열대의 열기를 음미하며 향기로운 공기를 좀더 즐기고 싶다. 무척이나 매혹적인 상상이지만 받아들여지지는 않을 것이다. 경찰들은 그녀를 전화 세례로 괴롭히고, 더 심각하게는 집으로 호송할 사람까지 보낼지 모른다.

전화를 끊지 않고 기다리던 형사를 안심시킨 다음, 학회 주최자를 찾아 가족 내 부고가 있다고 전한 다음, 학회 주최자의 위로를 받고 부분 환불이 가능한지 알아보겠다는 약속을 받은 다음, 조디는 방으로 가서 비행 일정을 바꾸고, 개를 돌보는 사람에게 이른 귀가를 알리고, 짐을 싼다.

비행기가 땅에 닿자 떠도는 눈송이가 활주로 불빛에 비쳐 밤하늘에서 살아 움직인다. 그녀는 언젠가 싫게 먼 아침에 입었던 홀터넥 드레스와 웨지힐 샌들 차림이지만, 이럴 줄 예견하고 트렌치코트를 들고 왔다. 비행중에 자기 몫으로 배당된 보드카 토닉을 전부 들이켠 그녀의 기분은 슬픔과 절망, 반항 사이를 말없이 빙글빙글 돈다. 가방을 끌고 트랩에 발을 내디디면서 그녀는 연약한 허세에 매달린다. 다른 승객들이 다 내릴 때까지 그녀는 억류되지 않는다. 제복을 입은 남자들도 아직까지는 모습을 드러내지 않았다. 그저 시간문제일 것을 알지만 적어도 예상보다는 낫다. 아무런 사고 없이 짐을 찾은 후에는 스모그처럼 피어오른 비참한 기분 속에서도 희망의 숨결이 서서히 인다.

코트는 입었지만 여전히 맨다리인 채로 조디는 공항을 나온다. 차가운 밤공기로 들어서서 택시 대기줄에 선다. 집으로 가는 동안에는 무사하다. 그녀는 건물로 들어서서 로비를 가로지른다. 엘리베이터를 타고 집이 있는 층으로 올라가 가방에서 열쇠를 꺼낸다. 닫힌 문 뒤에서 컹 짖는 소리가 한 번 울리고, 다음 순간 희석되지 않은 즐거움으로 뭉친 삼십육 킬로그램의 덩어리가 그녀를 덮친다. 반면 개를 돌보던 사람은 그녀를 한번 슬쩍 보더니 눈물을 터뜨리며 비극적 소식에 마음 아파한다. 그녀는 여자에게 보수를 주고 돌려보낸다. 안전히 집에 돌아왔다는 느낌이 좋고, 자신의 행운에 고무된다.

기분이 나아지자 정신이 훨씬 맑아진다. 경찰이 잡으러 오지 않았다는 사실은 상황이 예상만큼 암울하지 않다는 뜻일 수밖에 없으며, 학회에서 집으로 돌아오라고 한 건 단순한 관례와 절차의 문제임을 서서히 파악한다. 그녀는 새로 딴 보드카로 자축하며 아침 식사 이후 처음으로 허기를 느낀다. 개를 돌보던 여자가 냉장고에 조리된 고기를 남겨두었기에 피클과 매운 머스터드를 더해 샌드위치를 만든다. 체내에 음식이 들어가자 기분이 한결 평온해진다. 청바지로 갈아입은 후 커피를 한 주전자 내린다. 그녀는 자기도 모르게 토드가 죽은 방식을 궁금해하고 있다. 비행기에서도 계속 쉬지 않고 이런저런 추측을 해보고, 마음속으로 전화 내용을 쭉 되짚어보고, 경찰이 소식을 전할 때 썼던 정확한 단어를 기억하려 했다. 사망 사건이 있었습니다…… 살인 사건이 있었습니다…… 폭력이 개입되었습니다…… 폭력이 개입되었다는 소식을 전하게 되어 유감스럽습니다…… 의심할 여지가 없는 것 같습니다…… 증거로 보아 의심할 여지가 없습니다. 구체적 내용은 하나도 없었다. 그녀의 열띤 궁금증을 해소하는 데 도움이 될 만한 것은 전혀 없었다. 그러나 집안을 돌며 물건들을 제자리에 정리하며 다니는데 커피테이블에 오늘 아침 배달된 《트리뷴》이 놓여 있는 게 문득 보인다.

사건은 예상보다 커서 1면을 차지했을 뿐 아니라 내지의 추가 기사까지 이어진다. 그녀는 소소한 부동산 개발업자 살인 사건이 특별히 대중의 관심을 끌리라고는 전혀 예상하지 못했지만, 기자들은 이 사건을 자기들이 좋아하는 화제에 편승하는 데 이용해 마약 산업과 총기의 위험성에 관한 방향으로 논조를 휙 틀었다. 어리석은 추측이 난무한다. 가령 이 살인은 총기에 빠지고 암페타민에 의존하는 십 대들의 우발적 공격이라는 것이다. 또 다른 가설에는 조직폭력배가 연루된다. 추측만 제쳐놓고 보면 사건의 사실은 있는 그대로 기술되어 있다.

어제 오후 시카고 사우스루프 지구의 교차로에서 적신호를 받고 멈춰 서 있던 한 남성이 자신의 차 안에서 총격을 당하는 사고가 발생했다. 피해자의 신원은 46세의 지역 부동산 사업가 토드 제러미 길버트로 밝혀졌다. 피해자는 어제 12시 45분경 미시간 애비뉴와 루스벨트 로드의 교차로에서 머리에 총을 맞았다. 목격자에 따르면 차 한 대가 피해자 차량 옆에 멈추더니 괴한 한두 명이 총을 발사했다고 한다. 경찰은 문제의 차량을 목격한 사람의 증언을 찾고 있다. 총격 후, 피해자의 차는 교차로에서 미끄러지다 인도를 들이받고 정지했다. 운전자는 발견 당시 운전대에 엎드려 있었다. 행인의 피해는 없는 것으로 알려졌다.

조디는 점심시간의 차량 흐름에 대해, 두 대의 차만 서 있는 상황에 대해, 여전히 물음표로 남은 요소들에 대해 생각한다. '괴한 한두 명'. 기사에는 그렇게 씌어 있다. 심지어 숫자도 짐작에 불과하다. 한 사람은 운전하고 다른 한 사람은 총을 쏴야 할 테니 두 사람은 있어야 하겠지만, 그 이상은 불필요한데다 그렇게 나눌 돈도 없으니 셋 이상은 아닐 것이다. 그중의 한 사람이 레니인지 아닌지 그녀는 알 수 없다. 레니는 자기 손을 더럽히지 않을 듯한 인상이었고 앨리슨도 사람을 고용한다는 얘길 했다. 어느 쪽이든 마음속에 그려진 남자들의 이미지는 모호하다. 그녀는 레니를 만난 적도, 그의 사진을 본 적도 없다.

그녀는 사건이 벌어진 타이밍에 놀란다. 차가 빨간불 앞에 서 있을 때 창문 너머에서 총이 발사된다. 바쁜 점심시간의 커다란 교차로라는 공공장소임에도, 다른 사람들이 무슨 일인지 알아채기도 전에 차는 사라진다. 그랬던 게 분명하다. 그렇지 않았더라면 경찰이 용의 차량을 묘사했을 테니까. 조디는 그 일에 대해 생각한다. 살인이 일어나자마자 불이 녹색으로 바뀌어야만 즉시 탈출할 수 있다. 그들은 그 순간을 노렸던 것이 분명하다. 쏜살같이 흐르는 몇 초 동안 무기를 준비해두고 신호가 녹색으로 바뀌려는 참을 기다렸다가 곧바로 교차로를 건넌 것이다.

그녀는 아직도 받아들이기 힘든 엄청나고 충격적인 사건을 상상 속에서 한 발 한 발 밟아가며 재구성해야 한다. 토드가 사무실을 떠나는 모습을 그려본다. 주차장으로 가서 포르셰에 올라탄 뒤 미시간 애비뉴를 타고 북쪽으로 향한다. 빨간불에 멈췄을 때 그는 오른쪽 차선에 있다. 총을 쏜 범인은 옆 차량의 조수석에 앉았을 테니 그것이 합당하다. 범인은 표적에 가까이 와서 확실히 겨냥할 수 있었을 것이다. 어떤 위험도 무릅쓰지 않고.

예컨대 신호등 앞에 멈췄을 때 토드와 범인들은 맨 앞에 서 있었다. 토드는 까맣게 모른다. 자신이 표적이 되었다는 사실을 전혀 눈치채지 못했다. 그에게 위험을 알리는 낌새도 없다. 한편 두 남자에게는 정확한 계획이 없다. 그들은 그저 즉흥적으로 일을 진행하며 유리한 순간이 오기를, 때가 무르익기를 기다린다. 필요하다면 차에서 내려 먹이를 직접 발로 쫓을 수도 있겠지만, 가장 좋은 시나리오에 따르면 거기까지는 가지 않아야 한다. 그들이 빨리 끝내고 해치워버릴수록 빨리 집에 돌아가서 보수를 챙길 수 있다.

토드가 빨간불에 걸린 것은 우연한 기회, 순전히 교통 흐름이 결정한 기회였다. 바로 옆 차선이 빈 것도 우연이다. 일단 옆에 자리를 잡자 그들은 기회를 본다. 자신감을 갖고 도주로를 확보한다. 범행이 끝나는 대로 움직여야 하므로 관찰하며 기다린다. 그들은 차들의 흐름과 앞을 건너가는 보행자들을 관찰하고 흐름이 잦아들 때를 기다린다. 흐름을 지시하는 초록불을 보며 노란불로 바뀔 때를 기다린다. 교차로로 들어서는 좌회전 차량을 관찰하며 여전히 기다린다. 반쯤 미치고 반쯤은 무모한 용병처럼. 운전하지 않는 범인, 총을 쏘기로 결정된 사람이 마침내 목표물을 겨냥하고 조수석의 열린 창문 밖으로 무기를 뻗는다.

몇 발이나 발사했을까? 신문 기사에는 자세히 나와 있지 않지만 언급된 표현, '괴한 한두 명이 총을 발사했다'라는 개념에는 난사가 포함된다. 첫 총알이 명중했을까? 아니면 그가 위험을 알아차리고 무슨 일인지, 왜인지 짐작할 시간이 있었을까? 그녀는 그가 무슨 일이 생길지 예감했기를 바라고 있는 자신을 깨닫는다. 그것이 그녀의 소망이다. 그가 진실을 알았기를, 그녀가 한 짓임을 이해했기를, 그가 자초한 일임을 알았기를 바란다. 그래도 그가 그녀 생각을 했을진 의심스럽다. 토드를 거스르는 건 그녀의 천성에 어울리지 않는다고 생각할 테니까. 그의 마음속에 간직된 조디는 그런 짓을 할 수 있는 사람이 아니다.

그녀답지 않게도, 조디는 집을 정리하지 않은 채 곧장 침대에 들 준비를 한다. 설거지하지 않은 접시를 그대로 싱크대에 놔두고, 여행 가방은 열어보지도 않은 채로 현관에 놔두고. 이미 방전된 신체의 회로가 수면을 기본 모드로 설정하지만, 일단 피로의 첫 한 겹이 벗겨지자 그녀는 눈을 뜨고 다시 수면 위로 떠오른다. 은은한 빛이 가구의 어두운 형체와 창문과 문의 위치를 드러내지만, 알아볼 수 있는 형태로 합쳐지지는 않는다. 그녀의 마음이 쏟아진 물잔인 양, 그날, 그 장소, 그녀를 둘러싼 환경은 모두 빠져나가버린다. 그녀는 기다린다. 그리고 힘이 되돌아오자, 지금 느끼는 공허함은 시간을 되돌려 선택을 다시 고려해보고 싶은 희망과 결합된 시차의 후유증이라고 여긴다.

신문 기사를 읽고 느꼈던 안전함의 감각과 차도 범인도 밝혀지지 않았다는 낙관적 전망이 다른 깨달음으로 대치된다. 이제는 피해자의 전처로서 자동적으로 주요 용의자가 된다는 것, 그녀의 이름이 유언장에 거론되기라도 하면 의혹이 더 깊어지리라는 것. 그동안, 앨리슨과 공모해 계획을 꾸미거나 세간을 팔아넘기고 열대로 도망갔던 동안에는 이런 생각을 미처 해보지 못했다는 사실에 경악한다. 일종의 환각 상태나 자발적인 최면 상태, 희망이 부른 혼수상태에 빠져 있기라도 했던 것만 같다. 플로리다까지 전화가 왔을 때도 아연실색했지만 그건 아무것도 아니었다. 가뿐하게 자고 나면 사라지거나 술로 잊을 일이었다. 그러나 이것은, 지금 느끼는 감정은 죽은 사지에 돌아온 혈액의 흐름 같은 사악하고 신랄한 감정이다. 누가 그녀를 음료수 깡통처럼 흔들어 피 거품을 일으킨 것만 같다.

토드는 여러 면에서 어린애였다. 프로이트 용어로 말하자면 심리 성적 발달 지체의 경우랄까. 성적 지배력에 사로잡힌 남근 고착형 다섯 살배기. 아직도 어머니를 사랑하고 자신의 욕망을 모든 여자에게 투영하는 오이디푸스콤플렉스의 전형이었다. 프로이트가 조디에게 영감의 원천은 아니었지만, 그는 정말로 한 인간을 십자가에 매다는 법을 알고 있었다. 토드가 자아를 성찰하는 사람이 아니고 상습적으로 자신의 결점을 무시한 채 세계관을 형성했다 치자. 공정하게 말하자면 그는 다른 사람의 옹호할 수 없는 점 또한 눈감아주었다. 그는 너그러운 사람이었다. 그렇다고 해서 절대 그를 사면해줄 순 없다. 그녀는 그도 마음 깊은 곳에서는 결국 상황을 대면할 수밖에 없었을 거라고 믿고 싶다. 연옥에서든 어디에서든 지금은 자신의 잘못을 성찰하고 있을 것이라고. 하지만 그녀는 그가 어떻게든 탈출했으리라는 기분도 떨칠 수 없다. 수를 써서 언제나처럼 처벌을 면하고 빠져나왔을 것이라고.

아침에 그녀가 커피를 마시며 신문을 읽고 있는데 누군가 문을 두드린다. 오늘 그 사건과 관련한 기사는 한 단짜리로 줄어들었고 새로운 정보는 없다. 그녀는 막 샤워를 마친 터라 여전히 축축한 머리에 목욕 가운과 흰 면양말 차림이다. 일단 커피를 다 마셔서 두통을 해결하면 침대로 돌아가 싱숭생숭한 마음에 밤새 뜬눈으로 보내느라 놓쳤던 잠을 다시 청해야겠다고 생각하던 참이다. 원래 일정에 따르면 아직도 플로리다에 있어야 하므로 오늘은 상담 약속도 없고 다른 할일도 없다. 문을 두드리는 사람이 누군지는 모르겠지만 도어맨이나 이웃 중 한 사람이리라. 그 외 다른 사람은 로비에서 인터폰을 해야만 한다. 그녀는 그렇게 추정한다. 경찰이라면 특권이 있어 어디든 들어갈 수 있다는 사실을 잊은 채.

삼십 대 중후반으로 보이는 형사는 덩치가 큰 남자로, 네모난 얼굴에 짙고 곧은 일자 눈썹 아래 눈은 흙빛이다. 단추를 풀어 헤친 코트 안에 갈색 양복과 하늘색 셔츠를 입었고, 대담하면서도 단순한 대각선 줄무늬가 들어간 넥타이를 맸다. 그녀는 결혼반지를 확인하기도 전에 그가 가정적인 남자일 것이라고 단정한다. 열두 살 이하의 아이들 서넛과 남편이 제공하는 안정감을 즐길 아내가 있는 남자.

"조디 브렛 씨?" 남자가 묻는다.

그녀는 고개를 끄덕인다.

남자는 지갑을 꺼내 휙 펼치며 그녀가 신분증을 볼 수 있게 눈높이로 든다.

"존 스키너 경사입니다. 잠깐 들어가도 되겠습니까?"

그녀가 옆으로 비키자 그는 현관으로 들어오며 문을 닫는다.

"이렇게 이른 시간에 폐를 끼쳐 죄송합니다." 그가 말한다. 목욕 가운을 보고 하는 말이다. "먼저 삼가 위로의 말씀 전하겠습니다. 저희가 비보를 전해드렸을 때 크게 놀라셨다면서요. 그런 식으로 전하게 되어 유감입니다. 전화로 말이지요. 잭슨빌 경찰 쪽과 연락을 취했습니다만, 뭔가 혼선이 빚어졌나 봅니다."

"저와 통화하셨던 분인가요?"

"아닙니다, 부인. 그 친구는 데이비 순경이었죠. 하지만 부인이 무척 슬퍼하셨다는 보고는 전해 들었습니다."

그녀가 기절을 해서 얼마간 동정을 얻었고, 그래서 과도한 예의를 차리는지도 모르겠다는 교활한 생각이 문득 스쳐간다. 그녀는 경찰을 안으로 들여 거실로 안내한다. 그 순간 아침 햇살을 받은 거실은 장관이다. 형사는 전망에 매혹되어 말한다. "여기서 참 좋은 전망을 즐기시겠군요."

"그렇죠. 토드와 저는…… 아니, 그랬다고 해야 하나요." 그녀는 약간 흔들리지만 얼른 마음을 수습한다. "저는 이 전망을 사랑하고 토드도 그랬어요. 우리가 이 집을 산 데는 그 이유도 컸죠. 이전에 살던 곳들만큼 넓은 집은 아니지만……." 그녀는 갑자기 자신의 특권이 부끄러워 말을 맺지 못한다. 경찰 봉급으로 식구 대여섯을 건사하는 이 경찰에게는 비좁고 작은 집이 고작이리라.

"커피 드릴까요?"

"네, 부탁드립니다. 너무 폐가 되지 않는다면."

"폐가 될 리가요. 이미 내려놨는걸요."

그녀는 커피잔을 가지고 와서 그에게 건네고 양해를 구한다.

"잠깐만 시간을 주시면 옷 좀 갈아입고 올게요."

침실로 탈출하자 몹시도 필요했던 안도감이 잠시나마 밀려온다. 손이 땀으로 축축하다. 이마도 젖어 있다. 샤워를 했건만 몸이 구질구질한 기분이다. 경찰이 찾아올 거라고 예상은 했대도 지금 같은 모습은 아니었다. 일단 경찰은 둘일 거라고 생각했다. 보통 쌍으로 같이 다니지 않나? 그리고 더 무섭게 밀어붙일 것 같았다. 그녀를 삐끗하게 만들려고 옷을 제대로 갖춰 입지 않은 상황을 이용하거나, 가벼운 대화 중에 발견된 허점을 무기로 사용하거나, 적어도 그녀의 기운을 빼려고 일을 질질 끌거나 방어 본능을 일으키거나 하는 식으로. 그런데 지나치리만치 정중한 형사 한 명이라니, 이건 대체 무슨 뜻일까?

그녀는 잘 다린 바지와 깨끗한 셔츠를 입고 거실로 돌아간다. 뺨에 화장도 하고 머리도 잘 빗어 넘겼다. 그녀가 들어서자 창문 옆에 서서 밖을 내다보던 형사가 돌아선다. 그녀는 아무런 소리도 내지 않았지만 주변 시야로 그녀의 모습을 포착한 것이다. 두 사람은 자리에 앉는다. 그녀는 소파에, 남자는 맞은편의 안락의자에.

“소식을 듣고 충격이 크셨으리라는 건 잘 압니다. 완벽한 세계에서라면 이렇게 들이닥치기 전에 회복하실 시간을 드려야 하겠지만, 저희는 지체 없이 사건 수사에 뛰어들어야 해서요. 아직까진 단서가 별로 없고, 시간이 흐를수록 추적은 어려워질 겁니다. 부인께서도 저희가 어떤 어려움에 직면해 있는지 짐작하시리라 믿습니다.”

형사는 양 손바닥을 내보인다. 이해해달라는 간청이다.

"부인이 미처 깨닫지 못하시더라도 저희 수사에 도움이 될 만한 정보를 가지고 계실 수도 있습니다. 피해자의 구체적인 생활습관이라든가, 범죄에 이르기까지 몇 날 몇 주간의 동향이라든가, 그런 것들이 실제 사건의 조각을 맞추는 중요한 요소일 수도 있거든요. 피해자가 한 말이라든가 행동이, 당시에는 무시하고 넘어갔던 것이라도 나중에 중요한 퍼즐 조각이 될 수도 있지요. 부인께서 사건 해결에 있어 저희를 도울 수 있는 가치 있는 존재라는 사실을 재차 삼차 강조하고 싶습니다. 부인은 저희에게 무척 중요하고, 스스로도 그렇게 생각해주시길 바랍니다."

경악한 그녀는 그의 눈을 똑바로 쳐다볼 수가 없다. 자신의 죄가 이 남자에게는 완전히 훤하게 들여다보이는 것이 분명하다. 경력이 길고 충직한 사람이니까. 그렇지 않다면 어째서 가치니 중요성이니 하며 그녀를 고문하겠는가?

"죄송한데, 성함이 어떻게 되신다고요?" 그녀가 말한다.

그는 자기 이름을 반복한다. 스키너 형사. 그러나 그가 다시 말해도 그녀는 이름을 재차 잊어버리고 그저 가정적인 형사라고 생각한다.

"두 분의 사생활을 캐묻는 작업 말인데요, 믿어주십시오. 저도 다른 방법이 있었으면 좋겠습니다. 누군가 죽으면 그 사실을 진정으로 받아들일 시간이 별로 없지요. 그런데 저희가 들이닥쳐 질문으로 괴롭히고, 그런 때엔 고통스럽기만 할 기억을 끌어내라고 하는 거죠."

형사의 목소리에는 고요하지만 듣기 좋은 울림이 있어 그녀의 신경을 건드린다. 그는 침착하고, 현실에 만족하며, 자신감이 있는 사람이다. 그루밍하는 고양이 같다. 깨끗한 손톱의 네모진 손가락, 넥타이의 깔끔한 줄무늬, 쓸데없이 늘어지지 않은 귓불과 머리 양옆으로 말끔하게 말려든 귓바퀴.

"일에서 이 부분이 모두에게 제일 힘듭니다. 저희에게도 부인만큼이나 달갑지 않은 일이에요. 될 수 있는 한 편하게 진행하려고 합니다만 불쾌하게 여기시는 분들도 있고, 사실 그분들 탓도 아니지요."

몸이 뜨거우면서 동시에 차갑기도 하다. 머리는 뜨겁지만 손끝 발끝은 차갑다. 당장이라도 웃음이 터질 것만 같다. 그녀는 소파에서 일어나 크레덴자•에서 말보로 담뱃갑을 찾는다. 담배가 거기 있다는 건 알고 있다. 그녀는 담배를 피우지 않지만 당장은 한 대 피우는 게 좋을 것 같다.

"한 대 드릴까요?" 그녀는 가정적인 형사에게 담뱃갑을 내민다.

그는 거절한다. 그녀는 성냥갑을 찾아 자기 몫으로 한 대 불을 붙인다. 마지막으로 담배를 피운 건 학교를 다니던 때니까 이

• 르네상스 양식의 진열장.

십 년도 더 된 일이다. 그래도 그녀는 담배 연기를 깊이 빨아들인다. 방안이 빙글빙글 돌아가는 것도 무리가 아니다. 어지럼증이 가라앉기를 기다렸다가 자리로 돌아간다. 한 손에는 담배를 들고 다른 손에는 몽생미셸에서 산 기념품 재떨이를 들었다. 명랑한 느낌을 준다는 이유로 간직했던 물건이다.

"고인과의 관계 말인데요." 몽롱한 담배 연기 속에서 남자가 말하고 있다. "그 점을 명확하게 밝혀주신다면요."

조디는 형사에게 사실을 말하고 싶다. 고인은 자기가 거의 알지 못했던 사람이라고. 아니, 자기가 생각했던 사람은 아니었다고. 하지만 그 대신 그와 이십 년 동안 함께 살았다고 말한다. 가정적인 형사는 이 점에 덤벼들어 상상할 수 있는 단서 한 방울까지도 뽑아내려 캐묻는다. 어째서 결혼하지 않았느냐, 그 사실이 그녀에게 중요했느냐, 그가 떠날 거라고 예측했느냐, 그때 기분이 어떠했느냐. 남자는 그들이 아이를 갖지 못한 이유에 대해서도 악귀처럼 호기심을 보인다. 그의 세상에서 이건 의미 있는 일이다. 남자는 그녀가 토드의 약혼자, 그가 죽던 시점에 함께 살던 여자와 아는 사이인지 알고 싶어 한다. 질문을 끝냈나 싶으면 되돌아와서 처음부터 묻는다. 어떤 상황으로 남편이 떠나게 되었나? 그후에 그와 연락을 주고받았나? 변호사 상담을 받은 적이 있나? 토드가 죽은 당시에 아버지가 될 예정이었던 것은 알고 있나?

남자는 질문하고 또 하며, 더욱 주제넘은 질문들을 밀고 나간다. 이제는 의자에 앉아 몸을 앞으로 내민 채 엄숙하게 집중한 표정이다. 남자는 그녀의 상담에 관해서도 알아낸다. 집에서 시간제로 일한다, 플로리다엔 학회 참석차 갔다.

"안됐군요, 플로리다에서 그렇게 돌아오시게 되어서. 추운 곳에서 애써 탈출하셨는데 이런 일이 생기다니요. 그런데 어떤 종류의 학회였습니까? 여쭤봐도 될지 모르겠습니다만."

그녀는 남은 담배를 훅 들이마시며 눈물이 나오는 눈을 가늘게 뜬다. 처음 니코틴과 일산화탄소를 들이마셨을 때 느낀 어지러움은 이제 가슴이 조여오는 느낌으로 대치된다.

"스트레스와 노화에 관한 학회였어요. 정신 건강 전문가들이 오는."

"그 학회에 가신 특별한 이유라도 있습니까? 가령, 발표자로 초대받으셨다던가."

"제가 발표하는 건 아니었어요."

"그런 행사에 정기적으로 참석하십니까?"

"정기적으로는 아니에요."

"그럼 얼마나 자주 가시죠?"

"모르겠네요. 제 일에 중요한 주제가 나오면요."

"이번 플로리다 전에 마지막으로 학회에 참석하신 건 언제입니까?"

"그건 생각해봐야겠군요."

"천천히 하십시오."

"제네바에서 학회가 있었어요. 아, 아마도 이삼 년 전 같네요. 한참 되었군요." 자기도 모르게 그녀는 사과하듯 웃는다.

"제네바 학회는 어떤 식으로 일에 중요했습니까?"

"주제가 소통이었어요. 상담 심리학자에게는 핵심 분야죠."

"그럼 이번 플로리다 전에 참석했던 마지막 학회는 주제가 소통이었고 제네바에서 이삼 년 전 열렸다는 거군요. 제 말이 맞습니까?"

"사 년 전이었을 수도 있어요."

"그렇군요. 그럼 사 년이라고 할까요?"

조디는 형사가 무슨 방향으로 끌고 가려는지 알아차린다. 이 특정한 사건이 있었을 때 그녀가 공교롭게도 학회 참석차 이 도시를 떠났다는 사실은 지나치게 편의적이지 않은가, 지나치게 손쉽지 않은가. 신문에 난 기사는 십 대 약물의존자나 조직폭력에 각도를 맞추고 있지만, 이 형사는 자신이 다루는 사건을 정확히 안다. 그리고 결정적인 단서는 바로 빈틈없이 견고한 알리바이다. 그것이 오히려 그녀에게 불리하게 작용하는 참이고, 알리바이야 필요하지도 않았다. 누구도 그녀가 차량 총격에 직접 참여했다고 의심하지는 않았을 테니까. 청부 살인이었다는 건 열 살짜리 애도 알 수 있다.

"아 정말, 제가 그걸 알고 있어야 하나요?" 그녀가 쏘아붙인다. "어쩌면 오 년 전이었을지도 모르죠. 어떻게 이런 때 저한테 그런 걸 기억해내라고 할 수 있나요?"

"자, 부인, 진정하시고요." 남자는 전혀 동요하지 않는다. "이 일이 얼마나 힘들지 압니다. 하지만 아까 말씀드린 대로, 언뜻 사소해 보이는 정보도 중요한 단서가 되는 경우가 이따금 있으니까요. 아무것도 무시할 수 없습니다. 부인께 고초를 겪게 해드려서 죄송합니다. 진심입니다. 그렇지만 사건을 마무리하는 것이 부인께도 가장 이로운 결과겠죠."

방에 공기가 희박해 답답하게 느껴지고, 그녀는 졸도라도 할까 두렵다. 일어나서 창문을 열까 생각도 해보지만, 그러는 대신 커피 테이블에 놓인 잡지 더미에서 《건축 다이제스트》를 한 권 집어 부채 삼아 부친다. 그동안 형사는 좀더 단도직입적인 질문으로 옮아간다. 수입은 어떻게 되십니까? 고인의 수입은요? 고인이 떠난 후에도 돈을 주었습니까? 부동산의 총 가치는 얼마죠? 고인의 유언장 내용을 잘 알고 있습니까? 그런데도 아직 끝이 아니다. 결국 그녀의 부모님과 친구들에 대해 묻고 이름까지 받아 적는다. 하지만 그녀는 앨리슨의 이름만은 내놓지 않는다. 그것만큼은 숨겼다.

남자는 마침내 일어서더니 다시 한번 전망을 돌아보며 호수 위의 구름 형태에 대해 한마디한다. "권층운이네요. 눈이 내리겠는데요."

그녀도 그 희부연 것을 내다본다. 남자는 좀더 어물쩍거리며 날씨 얘기를 이어가려 한다. 그다음에는 눌러앉아 점심까지 먹고 갈 기세다. 그녀는 일부러 현관으로 향해 남자가 다른 선택의 여지 없이 따라올 수밖에 없게 한다. 남자는 문을 나서면서 그녀에게 명함을 건넨다. "무슨 일이든 전화 주십시오. 말씀드린 대로 저희는 부인의 협조에 의존하고 있으니까요. 범죄가 해결되는 건 사람들의 제보 덕분입니다. 중요하지 않은 사실이라도 좋으니 전화해주세요. 판단은 제가 할 테니까요. 이 번호로 연락하면 바로 제게 연결됩니다."

조디는 《트리뷴》의 부고란을 줄곧 지켜보았고, 당연하게도 토드의 장례식 공고를 마주친다. 장례식 세부 일정까지 적혀 있지만 몇 줄밖에 안 되는 간략한 기사다. 그가 어떻게 죽었는지는 전혀 나와 있지 않고 그녀, 조디의 이름도 언급되어 있지 않다. 나타샤와 태아가 상주로 적혀 있는 것을 보니 기사를 보낸 사람은 나타샤가 분명하다. "토드 제러미 길버트, 46세, 사업가. 유족으로는 사랑하는 약혼녀와 태어나지 않은 아들이 있다." 그와 함께한 조디의 스무 해, 그녀의 보살핌과 관심, 헌신과 인내는 공공 기록에 남을 자격을 얻지 못했고 토드 본인도 자신의 부고에 고작 '사업가'로 일축되었다. 나타샤도 그의 사연을 알아야 한다. 미약한 시작에서부터 일어나 자신만의 동력과 패기로 성공을 일구어낸 사연을. 궁극적으로 토드는 자수성가한 사람이었다. 그의 노고를 치하할 때와 장소가 있다면 바로 지금 이곳이다.

장례식에 참석할지 말지는 아직 결정하지 않았지만, 그녀는 일단 내담자들을 계속 받지 않고 잠을 많이 자며 대체로 집에서 나가지 않는다. 어쩌면 자발적 감금 기간 동안 외출하지 않는 데 익숙해졌을 수도 있고, 어쩌면 자신을 살필 기회가 필요한 것일 수도 있다. 깜빡하고 토드가 자기를 떠났다는 사실을 오랫동안 잊어버리기도 한다. 심지어 그의 죽음도 아직 그녀의 마음속에 확실히 자리잡지 않았다. 그녀의 일부는 그 사실을 알아차리지 못한 듯하다. 어쩌면 그저 믿기를 거부하는 것일 수도 있다. 어느 때에는 비몽사몽의 안갯속을 헤치고 나아가다 그에게 전화해서 죽었는지 살았는지 직접 물어봐야겠다고 마음먹는다. "진실을 말해줘." 이렇게 말할 작정이다. "나는 알아야겠어."

여러 번, 그녀는 그가 살아 돌아오는 꿈을 꾼다. 대부분은 무척 살풍경한 꿈이다. 두 사람이 앉아서 저녁을 먹다가 그녀가 말한다. "당신이 죽은 줄 알았어." 그가 대답한다. "죽었었는데, 이젠 아니야." 혹은 낯선 사람과 엘리베이터를 타고 있는데, 알고 보니 그 낯선 사람이 바로 토드다. 그리고 거기에는 항상 안도감이 있다. 뭔가 끔찍하게 잘못되었지만 지금은 모두 괜찮고 삶은 정상으로 돌아갈 수 있다. 이런 간헐적인 퇴보를 겪은 후에야 마침내 그녀는 장례식에 갈 마음을 먹는다. 버려진 아내로 대중 앞에 나타나는 불안감이 있지만, 자존심을 유지하고 싶은 만큼이나 그녀에겐 마무리짓는 일이 필요하다. 자신에게 그가 죽었다는 사실을 가르칠 필요가 있다.

그의 죽음이 으스스하지 않았더라면 더 받아들이기 쉬웠을지도 모른다. 죽음이 일어난 방식에 그녀는 깊이 충격받았다. 친구들이 전화하면 그녀는 강박적으로 말하곤 한다. 선정적인 공개 처형이라니. 그리고 이 특정한 사안에 대한 집착은 시간이 흐름에 따라 약해지기는커녕 점점 커져가는 경향이 있다. 그녀는 소름 끼치는 설명은 다 들어내버려야 한다는 의무감을 느끼고, 이미 만신창이가 된 시체를 지치지도 않고 찌르고 쑤셔본다. 이 일의 결과가 현재 상태 이상의 무엇이 되어야 한다는 감정을 느낀다. 이 사건은 뭔가 의미 있는 것, 불경한 성배나 그녀 자신을 보호하는 데 쓸 수 있는 내향적 힘에 상응하는 무엇이 되어야 했다. 그러나 추잡한 사실은 여전히 희미할 뿐이고 그가 이젠 이 세상에 없다는 중요한 현실에 비하면 하찮다. 자신의 상황을 누구와도 나눌 수 없기에 그녀는 관습적인 표현에 의존할 수밖에 없다. '그런 일이 일어나다니 믿을 수가 없어요'라든가 '어떻게 그럴 수가' 같은.

가정적인 형사는 조디의 부모님을 만나러 가서 사실을 캐물었다고 한다. 부모님이 적절히 화를 내주었다니 위로가 된다. 딸의 정직성과 품위가 의심받고 있다는 데 화를 내고 딸의 사생활을 꼬치꼬치 캐려는 데 항의했다고 한다. 언제나처럼 부모님은 그녀에게 동시에 얘기한다. 아버지는 위층 침실에서, 어머니는 부엌의 인터폰으로. 물론 두 분 다 토드가 죽기 직전에 무슨 짓을 했는지 알고, 말은 안 해도 마음속으로는 토드가 그런 꼴을 당해 싸다고 생각하는 것이 분명하다. 부모님이 그녀를 위해 태도를 백팔십도 바꾸어 그에게 완전히 등을 돌려줬다는 것이 정답게 여겨진다.

가정적인 형사는 그녀의 친구들도 찾아가지만, 그들 역시 모두 그녀 편이다.

코린은 말한다. "살인은 대부분 피해자와 알던 사람이 저지르는데다 십중팔구 배우자나 이전 배우자가 범인이니까, 경찰도 너를 확인할 수밖에 없겠지. 걱정 마, 그냥 요식이야."

엘런은 말한다. "너도 그 사람 죽이고 싶었을 거야. 그리고 네가 그 사람을 죽여야 했는지도 몰라. 이런 식으로 생각하자. 다른 사람이 너 대신 해주었다고."

준은 말한다. "난 형사에게 네가 한 짓 아니라고 말했어."

그녀가 가장 말을 나누고픈 친구는 앨리슨이지만, 앨리슨은 전화를 해도 받지 않고 걸어오지도 않는다. 이 상황을 어떻게 이해해야 할지 알 수 없다. 앨리슨이 그녀와 관계를 끊을 이유가 뭐란 말인가. 돈 문제일 리는 없다. 앨리슨은 돈을 받았으니까. 전액을 선금으로 건네며 불안하긴 했지만 앨리슨은 그 돈을 몇 번에 나누어 레니에게 건네주겠다고 약속했다. "걱정 마. 선금으로 일단 절반만 줄 거야. 어쩌면 그 정도도 필요 없을지 몰라. 사람들을 고용할 정도면 되겠지. 그리고 일이 끝나면 잔금을 지불할게." 앨리슨은 그저 조심하는 건지도 모른다. 상황이 안정될 때까지 접촉을 피하려는 것일 수도 있다. 그러나 그런 경우라면 처음부터 그렇게 말할 수도 있었을 것이다.

장례식 전날 그녀는 오크 스트리트로 간다. 발레파킹이 되고 고급 상점들이 많은 동네에서 검은 치마 정장과 검은 코트, 검은 모자를 살 생각이다. 장례식에 굳이 검은 옷을 입어야 할 의무는 없다는 것을 알지만, 이런 식으로 사람들에게 좀더 거리를 두고 싶고, 자신이 어떤 사람인지도 알려주고 싶다. 토드가 최근에 경솔한 짓을 저질렀으나 그녀 자신은 적절한 예를 갖추어 그를 배웅할 만큼 품격이 있다는 것을 다른 이들에게 보여주고 싶다. 집에 돌아와서 짐을 풀고 있는데 클리프 요크에게서 전화가 온다.

"어떻게 잘 버티고 있어요?"

예상하지 못했던 전화다. 클리프는 토드의 삶에서 떼려야 뗄 수 없는 존재였지만, 그녀와 만나거나 통화한 적은 드물었다. 토드의 죽음이 클리프에게도 큰 타격이었으리라는 생각이 이제야 떠오른다.

"잘 지내요. 클리프도 꽤 힘들 텐데요."

"믿을 수 없는 일이죠. 우리 중에도 받아들이기 힘들어하는 사람이 여럿이에요."

'우리 중에도'라는 말이 공사장 직원들을 뜻하는 것임을 조디는 안다. 그중엔 클리프와 토드 두 사람과 오랜 세월을 함께 한 남자들도 포함되어 있다.

"그렇겠죠. 어떻게 이런 일이 있을까 싶네요."

"우리 모두 아직도 충격에 빠져 있는 것 같아요. 하지만 저기요, 장례식 어떻게 할지 확인해보고 싶었어요. 조디가 올 계획이면 좋겠고, 여기 친구들 몇몇도 조디 생각 많이 해요. 그러니까 토드를 대신해 말하자면, 그 친구가 실수도 좀 저지르고 멍청한 짓도 했죠. 그러다가 자기 발등을 찍은 거고. 그 친구를 위해서 변명을 해주고 싶진 않은데요, 그렇지만 일이 벌어졌으니 말이에요. 그냥 그 친구도 걷잡을 수 없게 상황이 돌아간 거죠. 그 친구는 자기에게 무슨 일이 닥칠지 알기 전부터 곤경에 빠져 있었어요. 제가 이런 말을 하는 게 주제넘은 짓이라고 생각진 마세요. 그 친구, 처음부터 끝까지 조디를 아주 좋게 말했어요. 진짜로요, 아시잖아요. 좀 갈피를 못 잡았던 것 같아요. 상황이 자기 손아귀를 벗어나니까. 조디에게 돌아가 삶을 정상으로 돌릴 수 있는 기회만 봤다면 덥석 물었을 거예요."

클리프가 말을 이어가는 동안 그녀는 퇴거 통지를 생각한다. 클리프도 아마 그 건은 모를 것이다. 토드 입장에선 진실의 일부만을 흘리면 동정을 받을 수 있는데 뭐하러 실제로 어떤 일이 일어나고 있는지 말해줬겠는가? 여하튼 클리프가 전화해준 건 친절한 일이다. 정말로 자신이 그녀의 편이라는 사실을 알려주려 했을 뿐이고 그녀도 그 사실을 안다. 그녀는 그가 보여준 노력에 고마움을 느낀다.

"전화해줘서 기뻐요, 클리프. 저도 장례식에 참석할 계획이니 거기서 보겠네요."

하지만 클리프는 할말이 따로 있다. 그는 사업 얘기를 하려 한다.

"부담을 더해주긴 싫은데요, 어차피 더 나쁜 타이밍도 없겠고 해서. 지금 짓는 아파트가 이 주 정도 더 있으면 완공이 돼요. 그만큼 코앞에 왔는데 지금 작업이 중단되었어요. 만약 아무 조치도 취하지 않으면 이 일이 얼마나 지체될지 생각하기도 싫네요. 그래서 생각을 해봤는데, 장례식 끝나고나 그럴 때 괜찮으면 좀 모이는 게 어떨까요. 얘기도 좀 해보고, 자세한 사항도 확인하고, 미불금계정도 처리하고. 어쩌면 공사를 계속할 방법을 찾을지도 모르죠."

그녀는 이게 클리프가 전화한 진짜 이유임을 이해한다. 그가 한 말이 죄다 진심이 아닌 건 아닐 테지만, 그의 마음속 최우선 순위는 토드가 그에게 지급할 돈이 있고 공사 계획이 중단되었다는 것이다.

"제가 도울 수 있으면 좋겠는데, 저도 클리프와 같은 처지라서요. 나타샤와 얘기해야 할 것 같아요."

그는 두 박자 정도 쉬었다가 더 강경하게 말을 잇는다.

"토드가 조디를 유언장에서 빼버렸다고 생각하나 본데, 그렇지 않아요. 물론 나타샤와 아기를 낳을 생각이긴 했겠죠. 그렇지만 결혼식 후까지는 기다리려고 했어요. 그게 더 합리적이라고, 법률이 그런 식으로 적용된다고 생각했죠. 어쨌든 그래요, 유언장에서 조디의 자리는 안전해요. 그 점에 관한 한 빠져 있는 사람은 나타샤죠."

장례식은 북서쪽의 몽로즈 공동묘지와 화장터에서 열린다. 준과 코린이 함께 조디의 수행을 맡았다. 친구들이 로비에서 초인종을 울릴 때 조디는 현관 거울 앞에 서서 칠흑 같은 필박스 모자•의 효과를 가늠해보고 있다. 장식이라고는 검은 망사 너울밖에 없어서 모자는 얌전해 보인다. 장례식에 어울리고, 남편을 잃은 여자에게 어울리고, 재키 케네디처럼 어울린다. 딱히 색조

• 약상자처럼 작고 네모난 형태의 모자.

화장이랄 것을 하지 않아 핏기 없는 밀랍 같은 낯빛도 어울리고 그럴싸해 보인다.

그녀가 준과 코린과 함께 예배당에 들어서자 사람들 고개가 돌아간다. 그들은 통로 중간까지 가서 함께 앉는다. 제단 위 대좌에 놓인 관은 자비롭게도 닫혀 있다. 그녀는 그가 죽었다는 사실을 받아들이려 애쓰고 있지만 증거를 확인하는 데는 흥미가 없다.

두 친구 사이에 안전하게 피신한 그녀는 오길 잘했다고 느낀다. 예배당에 사람들이 점점 차는 게 기쁘고, 사람들이 작별 인사를 하러 한데 모이고 있다는 게 토드를 대신해서 기쁘다. 조문객들, 장례식장, 모든 격식들이 그녀가 이제껏 참석했던 모든 장례식을 떠올리게 하고 일관성에 위안을 받는다. 엄숙한 공동 목표를 위해 한데 모인 사람들. 애상적이지만 극적인 분위의 감상적인 향, 색유리를 통해 들어오는 한낮의 햇살, 축축한 한기, 젠체하며 부스럭대는 조문객들, 목사가 단상에 오르자 내려앉는 침묵. 심지어 고인의 개별성은 전혀 고려하지 않은 무의미한 설교조차도 익숙하다. 일단 죽으면 우리 모두는 동일하다. 인간이라는 공통분모로 한데 묶여 성경의 틀에 따라 똑같이 다루어진다.

죽음은 모든 문제, 심판, 고통, 슬픔, 공포의 끝이니.

흙은 여전히 땅으로 돌아가고 영은 그것을 주신 하느님께로 돌아가노라.

내가 모태에서 알몸으로 나왔사온즉 또한 알몸이 그리로 돌아갈지라. 주신 이도 여호와시요 거두신 이도 여호와시니 여호와의 이름이 찬송받으실지어다.

설교가 토드의 입장을 결혼식 전날 저세상으로 간 신랑이자 미래의 아버지, 그리고 가족의 중요한 부양자라는 쪽으로 전환되자 흐뭇한 마음이 약간 가신다. 하지만 설교자가 약혼자를 잃은 신부에게 줄 위안은 무척 적다.

매사에 감사하십시오. 감사는 표면 아래까지 꿰뚫어 봅니다. 감사란 선이 존재하며 삶이 가지고 온 최악의 고난 뒤에도 여전히 남아 있다는 사실을 한결같이 깊이 인정하는 것입니다.

예배가 끝나고 의례에 따라 대탈주가 일어난다. 맨 앞줄에 앉은 사람들이 먼저 빠져나가고 이어 다음 줄부터 차례로 장엄하게 따른다. 냉철한 행진. 조디는 어른이 된 나타샤와 실제로 마주친 적이 없지만, 성장한 모습으로 턱을 쳐든 채 눈을 다른 데로 돌리며 지나가는 그 애를 알아보기가 어렵진 않다. 키가 커지고 갈래머리를 벗어난 것 말고는 이전과 똑같다. 그 애의 외모는 어린시절에도 거만하고 육감적인 기운이 있었다. 그 애는 친구들 무리의 시중을 받고 있다. 그 애를 보호하듯이 에워싼 또래 여자애들. 딘의 모습은 보이지 않는다. 조디도 딱히 그를 볼 거라 기대하진 않았다.

시체는 그 자리에 남아 있지만 곧 화장터로 옮겨져 화장될 것이다. 바깥에서는 사람들이 돌아다니며 인사를 주고받는다. 상쾌한 공기, 사교적인 무리, 그리고 곧 주차장으로 탈출할 수 있다는 생각에 모두가 안도감을 느낀다. 해리 르그루트가 그녀 앞에 서서 부끄러운 기색도 없이 위로를 건넨다. 다른 이들도 그의 뒤에 줄을 서 있다. 토드의 부동산 중개인인 키 작고 말 빠른 남자. 클리프와 헤더 요크 부부. 더블브레스트 양복을 입은 클리프는 말쑥하다. 그녀를 토드의 아내로 알고 있는 여러 사업가들. 그들 모두가 참으로 끔찍한 사고이며 깊은 애도를 표한다고 말한다. 스테파니가 세입자들을 양옆에 달고 나타나 사무실 건물은 어떻게 되는 거냐고 묻는다. 지불해야 할 청구서가 있지만 자신은 수표에 서명할 권한이 없다고 한다. 자기가 계속 남아서 일을 처리해야 하는지조차 모르겠다고도 한다. 스테파니는 자신의 임금을 걱정하고 있다.

이 모든 청원에 조디는 기분이 좋아진다. 여기 와서 얼굴을 보이겠다고 한 것은 잘한 결정이었다. 일이 딱 맞아떨어지는 적절한 분위기. 토드의 죽음을 통해 아내이자 상속자로서 그녀의 적법한 위치가 회복되었다. 그녀는 새로 얻은 권위, 군중과 사건이 부여한 권위를 수용하여 일을 알아보고 다시 연락 주겠다고 스테파니에게 말한다. 스테파니가 신용카드 취소 건에 대해 귀띔해준 덕에 물건을 구입하고 지불하지 못해 망신당할 뻔한 수치로부터 벗어난 것에 조디는 고마움을 느낀다. 스테파니가 자기 목까지 걸고 무모한 친절을 베풀어줄 필요는 없었는데.

집에 가는 차에서는 사후 분석이 이루어진다. 사람들이 많이 와주어 토드도 기뻤을 거라는 말로 코린이 시작한다. "장소가 꽉꽉 찼더라. 심지어 뒤쪽에도 사람들이 서 있던걸."

"내가 모르는 사람들도 많았어." 조디가 말한다. "아마 같이 일하는 사람들이겠지. 몇 명은 신문에서 기사를 읽고 온 오지랖 넓은 사람들일 거고."

"몇몇은 가족이 분명해." 준이 말한다.

"토드에겐 가족이 없어."

"전혀?"

"어딘가 사촌 한둘은 있을지도. 그 사람이 알기로는 없어."

"네 가족은 어떻게 했어?"

"내가 오지 말라고 설득했어. 힘든 일도 아니었고."

"장례식 준비는 나타샤가 다 한 걸까?" 코린이 묻는다.

"나타샤가 했겠지. 내 의견을 굳이 묻는다면, 약간 저속하더라. 토드 대신에 내가 다 창피했어."

"뭐가 잘못됐는데?"

"분명 싸구려로 했을 거야. 알잖아. 관을 닫은 건 아마 방부처리 할 돈을 내지 않으려고 그런 거겠지. 화장을 택한 것도 관에 쓸 돈을 아끼려 한 거고. 토드는 화장하길 바라지 않았어. 매장을 원했다고. 또 제대로 된 가톨릭 예배를 좋아했을 거야."

"토드가 가톨릭인지는 몰랐네." 준이 말한다.

"가톨릭교인으로 살지는 않았지. 하지만 가톨릭으로 자랐어."

"관은 대여품 같더라." 코린이 말한다. "화장을 하려고 그렇게 한 게 아닐까 싶네."

"분명히 대여일 거야." 조디가 말한다.

"그 사람이 그 안에 있었는지나 모르겠다." 준이 말한다.

"죽은 사람이 자기 장례식에 나타난다는 얘기들 있잖아. 안을 돌아다니며 누가 왔나 확인하고 자기 얘길 어떻게 하나 들어보고."

"그 사람이라면 필사적으로 급을 높이려 했을 거야." 조디가 말한다.

"나타샤가 재를 가져가겠네." 코린이 말한다.

"마음껏 가져가라지." 조디가 말한다.

"걔랑 얘기는 했어?"

"아니, 고맙게도. 그 애가 거리를 유지하더라."

"너를 피할 정도로는 생각이 있네."

"지금은 자랑할 게 하나도 없는데, 나한테 할말이 있겠니?"

“상황이 네게 유리하게 풀려서 다행이다. 유언장 건에 관해선 말이지, 내가 다 기뻐, 조디. 결국 넌 다 겪어냈잖아. 그걸 받을 자격이 있다고.” 코린이 말한다.

“주님은 신비한 방식으로 행하시는 거지.” 준이 말한다.

장례식 후, 삶은 정상적인 리듬을 되찾는다. 개와 함께하는 아침 산책, 운동, 상담, 친구와의 저녁 식사로 돌아간다. 하지만 습관적인 침착성과 자기 확신은 사라졌다. 더이상은 평정한 마음으로 자기만의 세계에 머물 수 없고, 날이 흐를수록 자신이 저질러버린 짓에 소름이 끼친다. 어떻게 그런 일이 일어날 수 있었는지 이해할 수 없다. 아침에 눈을 뜰 때마다 기억이 떠오르기 전까지 약간 지체가 있어서 일이 초 정도는 평화롭지만, 곧바로 기억이 그녀를 강타한다. 언제나 같은 방식으로 강타해 온다. 마치 뉴스 속보처럼. 시간은 흐르지만 사실들은 자리를 잡거나 물러나기를 거부한다.

그녀는 그를 살해하면서 자신의 일부도 같이 살해했다고 느낀다. 하지만 마음속에선 그 일부가 이미 오래전에 사라졌다는 것을 안다. 무척이나 순진하고 남을 잘 믿으며 진실하고 독실했던 일부. 한때 생명이 순환하던 곳에는 혈액 공급이 끊겨 영적 세포에 죽은 점들이 생겨났고, 조디도 토드도 아닌 두 사람 사이의 영역, 관계 그 자체를 침범한 어떤 형태의 괴사에 굴복하고 말았다. 심리학자인 조디가 멈추게 할 수도 있었고, 자신은 물론 두 사람 다 구할 수 있는 방법을 찾아낼 수 있지 않았겠느냐고 생각할 수도 있지만, 괴사 과정은 미묘하고 은밀하며 눈치채기 어렵다. 마치 나이가 들어서 얼굴이 변하는 것과 비슷하다. 매일 거울을 들여다보니 차이점을 알아차릴 수가 없다.

그녀는 자기 자신을 바꿀 마음이 없는 남자와 싸워봤자 아무 소용이 없다고 생각했다. 수용은 미덕으로 여겨지지 않는가. 내가 바꿀 수 없는 일들을 받아들이는 평정심을 허용하라. 타협은 결혼 상담 심리학자들이 할 법한 말이다. 하지만 대가는 크다. 기대의 감소, 기운의 쇠퇴, 열정을 대체하는 체념, 희망을 대신하는 냉소. 눈치채지 못하고 제어되지 않는 가운데 일어나는 부패.

실질적인 문제도 있다. 한 가지는 이제 그녀가 오직 혼자의 힘으로 생활을 꾸리며 수입과 관련해서 미진한 부분을 처리해야 한다는 것이다. 상담에서 생활비를 충당할 만큼의 돈이 나오고 그 외의 것들은 장신구를 팔아서 어떻게든 이어갈 수 있겠지만, 조만간 장신구도 다 떨어질 테고 청구서는 감당할 수 없게 될 것이다. 그녀가 토드의 인정 상속인인지도 모르나, 아직 확실하지는 않다. 벽들이 다가와 가두는 느낌을 떨쳐버리고 싶어도 그럴 수가 없다. 가정적인 형사는 열심히 뛰어다니며 그녀를 무너뜨릴 정보를 찾고 그녀가 아는 사람을 전부 면담하며 잘 훈련받은 사냥개처럼 뒤를 쫓는다. 친구들이 전화해서 그렇게 말해주었다. 그녀가 느꼈듯 친구들도 형사가 불안할 정도로 꼼꼼하며 괴상할 정도로 예의 바르다고 전한다. 준, 코린, 엘런도 이에 동의한다. 앨리슨에게선 연락이 없지만, 그렇다고 앨리슨은 빼놓고 넘어갔다는 뜻은 아닐 것이다. 가정적인 형사는 사실을 알아내는 수완이 있다. 그는 심지어 장례식에 모습을 보이기까지 했다. 조디는 예배 후 조문객들 가장자리에 홀로 서 있는 그를 알아보았다. 눈이 마주치자 그는 미소를 지으며 그녀를 아직 잊지 않았다는 신호를 보냈다. 그녀를 감시하고 있고, 더 많은 질문이나 똑같은 질문을 가지고 다시 만나러 올 거라고. 그녀가 잘 빠져나왔다고 생각했다면 말이다.

스테파니에게 한 약속을 기억하고, 그녀는 해리 르그루트에게 전화해 토드의 자산 세목을 묻는다. 해리는 점심을 같이하자고 제안한다. 그녀로선 고대되는 만남은 아니다. 블래키 바에 자리를 잡자마자 그는 조디의 환심을 사려는 과정에 착수한다. 퇴거통지서에 대해 유감을 표한다. 의뢰인의 지시에 따르는 것 외에 다른 선택이 없었다고. 토드가 같이 살기에 편한 남자가 아니었다는 것도 이해한다. 그는 항상 토드에게 정착해서 집에서 더 많은 시간을 보내라고 권유했었다고. 외도는 아내가 못생겼거나 아내와의 관계가 지루한 남자들이나 하는 짓인데, 조디는 아름답고 사회적으로 성공도 한 여자 아니냐며. 토드가 그러고 다닐 필요는 없었다고. 그 친구에겐 억누를 수 없는 과격한 기질이 있었다고. 규율을 무시하고 체제에 반대하는 자, 환상과 막연한 이상만을 좇는 남자였다고. 무엇을 성취하거나 얻으려거나 축적하려 했든 그에겐 충분하지 않았을 것이라고.

해리의 말에 조디는 점차 누그러진다. 해리는 매력적이고 설득력 있으며 지식도 풍부하다. 그의 전공 두 가지는 부동산과 가족법인데, 그녀에게는 몹시도 조언이 필요한 두 분야다. 해리는 그녀의 편일 뿐 아니라 앞날에 대해서도 낙관적이다. 그래도 그녀는 전투를 준비할 필요가 있다. 그녀가 유언장에 집행자이자 유일한 상속자로 지정되어 있다 해도, 그 유언장이 법적이고 적절하다 해도, 나타샤 코박스는 의심할 바 없이 자신과 태어나지 않은 아기를 위해서 권리를 주장할 것이다. 나타샤는 고인이 결혼 후에 유언장을 바꿀 마음이었다고 주장하리라. 그 주장에는 마땅한 근거가 있다. 하지만 해리는 이전에도 이런 유의 일을 겪었고, 나이 많은 남자와 사귀는 젊은 여자는 별로 신뢰받지 못한다. 그가 냉소주의자인 줄 누가 알았을까. 젊은 아내를 여럿 둔 덕에 크게 뎄기 때문이라. 나타샤에게 고인 말고도 애인들이 있었다는 걸 알게 된대도 그에겐 놀라운 일이 아닐 것이다.

"어디 한번 알아보죠." 해리가 말한다.

설사 토드가 친아버지임이 확인된다고 해도 별로 걱정할 건 없다고 그는 덧붙인다. 조디에게는 너그럽게 베풀 여유가 있다. 양육비를 일정 부분 부담한다고 해서 그녀의 자산에 큰 구멍이

나진 않는다.

해리는 그녀의 대리인이 되겠다고 적극적으로 나선다. 유언장 공증을 신청하겠다고. 그런 후에 소송을 준비하면 될 거라고. 그리고 조디의 소망에 따라 스테파니에게 연락해 그녀를 회사의 대리인으로 계속 두도록 조치를 취하겠다고 약속했다.

조디는 매일 가정적인 형사가 다시 오기를 기다린다. 그를 마음에서 몰아내겠다고 굳게 다짐했으면서도 자기도 모르게 기다리고 있다. 하지만 그의 다음 행보는 예기치 못했다. 이른 오후 그녀가 쇼핑 목록을 작성하고 있을 때 문 두드리는 소리가 나고, 그녀는 문을 열어줌으로써 필연적인 현실에 굴복한다. 거기 서 있는 남자는 그 형사가 아니라 그가 대신 보낸 동료다. 꼬챙이처럼 마르고 서른도 안 되어 보이는 남자지만, 자기 신분증을 휙 보여주며 아무개 형사라고 소개한다. 남자는 사이코패스의 눈을 하고 있다. 거의 색이 없는 푸른 눈동자인데 가운데 동공은 바늘구멍 같고 홍채 아래에는 하얀 반달 모양이 있다. 들어오라는 말도 하지 않았는데 남자는 그녀를 지나쳐 거실로 간다. 다른 사람들처럼 이 남자도 전망에 이끌리고, 그 덕에 그녀는 블랙 진과 나일론으로 된 항공 점퍼 차림인 남자의 뒷모습을 찬찬히 살필 여유가 생긴다. 마른 다리, 마른 엉덩이, 굽은 어깨, 커다란 머리. 하지만 그는 오래 서 있지 않는다.

"브렛 씨." 남자가 말한다. "조디."

그는 불안스레 움찔거린다. 방안을 돌며 물건을 들었다 놨다 한다. 몽생미셸 재떨이, 꽃유리 문진, DVD 더미. 그는《미국 심리학》학회지를 휙휙 넘겨본다. 고개를 들지 않고 말한다. "부인 전남편에 대해서. 몇 가지만 우리. 의논 좀 해야겠습니다." 그의 말은 하고 싶은 얘기에 집중하지 못하는 사람처럼 토막토막 끊긴다. 목을 긁는 것 같은 저음이다. 평평한 얼굴에서 눈알이 쉴 새 없이 움직인다. 의심 없는 사람들에게 경고를 보내는 신호등이다.

그녀는 최근에 가정적인 형사가 앉았던 안락의자를 가리키며 앉으라고 권한다. 남자는 의자 팔걸이에 살짝 걸터앉는가 싶더니 다시 일어나 서성거린다. 그녀는 그가 가만히 있지 못하는 게 불안하다. 어쩌면 바로 그게 그의 목적일 수도 있다. 조디 본인은 소파에 앉으며 항의하는 기색으로 말한다. "지난주에 다른 형사분이 오셨는데요. 많은 질문에 대답해드렸고요."

"저는 딱히. 정당한 이유도 없는데. 부인을 방해하긴 싫습니다." 남자는 공들여서 만든 불손한 태도로 그녀를 찬찬히 살피며 표범 무늬 펌프스와 매니큐어 바른 손톱, 예쁘장하니 도톰한 뺨, 약간 뾰족한 턱을 바라본다. 다시 한번 눈이 마주치자 그는 말을 잇는다. "저희가 어쩌다 보니 입수한. 새 정보가 있어서. 제 동료에게 이 얘기를 하진 않았던 것 같은데요. 스키너 형사요. 우리는 그냥. 궁금한 겁니다. 아시겠지만."

남자는 창문으로 가서 등을 돌리고 방안을 향한다. "고인이신 토드 제러미 길버트 씨. 부인 전남편요. 사망 당시에 부인에게 퇴거 명령 절차를 진행하고 있었다는 사실을 확인해주실 수 있습니까? 법적으로 부인을 퇴거하는 절차가 진행중이었습니까? 이 건물에서요. 이 콘도에서. 여기는. 고인이 유일하고 적법한 소유자죠. 그 사실 확인할 수 있습니까? 브렛 씨? 조디?"

너무 빨리 말해서 발음이 불분명한데다 그는 말을 이상한 데서 뚝뚝 끊는 습관이 있다. 그사이에는 자세를 바꾸거나 방을 두리번거리거나 가까이에 있는 물건을 손가락으로 만지작거린다. 하늘을 등진 그는 환한 빛 속에 서 있어서 그녀는 눈이 부시다. 그의 모습을 분간할 수도, 눈을 볼 수도 없다. 어떻게 이럴 수 있지? 본거지에서 조디를 불리한 입장에 빠뜨리다니. 그녀는 일어나서 커튼을 치거나 다른 의자로 옮겨앉아야 한다. 지금 말보로 한 대를 피우는 것도 좋은 생각이다.

"맞아요. 그이는 저를 퇴거시키려 했어요."

"하지만 부인은 떠날 생각이 없었죠. 떠날 마음이 없었고. 떠나지 않아도 된다는 것을 알았죠. 다른 생각이 있었으니까. 자기 나름의 계획을. 짰으니까. 남편이 명령서를 접수. 하지 않으면 어떨까. 말하자면 보안관 사무실에. 하려고 했는데 안 한다거나. 그러면 퇴거도 일어나지 않겠죠. 그렇지 않겠습니까, 브렛 씨? 조디. 그래서 지금 여기 있는 거죠. 아직도 여기. 그게 당신 생각이 옳았다는 걸 증명하죠."

"그건 형사님 생각이죠."

그는 말을 잇는다. "퇴거당하지 않는 것에다가. 그뿐 아니라 계속 상속자로 남아 있게 됐죠. 그 사람이 코박스 씨와 결혼하기 전에 치워버리기만 하면. 그 사람이 유언장을. 바꿀 수 있기 전에만. 타이밍이 생명이었죠. 그 사람이 당신을 퇴거하기 전에. 다른. 여자랑 결혼하기 전에."

이제 그녀의 죄가 지난해 경매에서 샀던 케케묵은 디올 드레스처럼 늘어져 있다. 남자는 조디가 작은 사치를 포기하느니 살인을 저지를 못된 계집이라고 생각할지 모르지만, 사실 그녀는 고도로 발달된 경제 감각을 가진 사람일 뿐이다. 남자가 그녀를 보고 만들어낸 인상과는 반대로 그녀는 부유한 가정에서 태어나지도 않았고, 버릇없이 호사스럽게 자라지도 않았다. 토드가 돈이 없던 초창기에는 필수 절차를 생략하고 가진 것으로 살림하는 법을 찾아낸 사람도 그녀였다. 심지어 요리하는 법도 배웠다. 그녀의 이런 면을 알게 된다면 사이코 경찰은 놀라겠지. 그녀가 만든 양배추 피클을 곁들인 매운 돼지고기 찜을 먹어봐야 할 텐데. 아니면 그녀가 집에서 만든 트러플 소스 뇨끼라든가.

남자는 그녀가 입을 열기를 기다리지만, 그녀는 아무 말도 하지 않는다. 누가 괴롭히거나 캐물을 때 그녀의 기본 모드는 침묵이다. 자기를 방어하기 위해 입을 여는 순간 상대에게 잡힌다. 도망가다 잡힌다. 그녀는 이를 본능적으로 알고 있다. 항상 알고 있었다.

그가 유죄를 확신한다는 걸 조디는 깨닫는다. 그리고 그녀를 체포해서 자신의 믿음을 공식화하려 한다. 그러나 체포할 계획이라면 굳이 허튼소리를 늘어놓으며 시간을 낭비하지는 않을 것이다. 그가 깨닫지 못한 것은, 그녀는 쉽게 털어놓지 않는다는 것이다. 그녀를 손쉬운 목표물로 생각한다면 생각을 고쳐먹어야 할 것이다. 그녀는 고백하는 유형이 아니다. 신문은 그녀를 휘젓거나 무너뜨리는 대신 모든 감각을 잃게 만들 뿐이다. 그가 말을 하면 할수록 그녀는 무감각해진다.

"이거 하나만 말합시다. 자기가 살해한. 남자에게선 상속을 받을 수 없어요. 이걸 혹시 모를까 해서. 브렛 씨, 조디."

그녀는 남자가 저 멀리 골짜기 건너편에서 막대기와 돌멩이를 던지는 심술궂은 아이 같다고 느낀다. 조준은 좋지만, 미사일은 그 거리를 넘어오는 동안 힘을 잃고 결국에는 발아래 떨어지고 만다. 어쩌면 그도 이를 감지했는지 모른다. 그는 다시 움직여 창문에서 떨어지더니 그녀 앞에 선다. 그녀는 이제 그의 얼굴을 똑똑히 볼 수 있다. 눈알은 눈구멍 높이 떠 있고, 입술은 상냥한 경멸로 실룩인다.

"무엇을 하든 이곳을 떠나지 않는 게 좋을 겁니다. 아주 가까운 미래에. 우리를 다시 보게 될 거니까."

마지막 말을 남기고 남자는 구부정하게 문으로 나간다. 그녀는 잠깐 기다리다 일어서서 숨을 쉬려 한다. 마치 산소가 폐를 지나지 않는 듯한 기분이다.

다음 며칠 동안 조디는 기다림이라는 폭정 속에 떠돌고 있다. 시간은 압축되어 참을 수 없는 파괴력을 행사한다. 가차없는 일분일초에 붙잡혀 쥐어짜이는 듯하다. 뭘 먹어도 맛이 없어서 결국에는 곡기를 끊는다. 매일 하던 운동이 그나마 얼마 없는 에너지조차 빼내기에 그것도 그만둔다. 알코올도 매력을 잃었지만 예방약처럼 계속 마시면서 술의 진정 효과에 감사한다. 자기 몸을 돌볼 수 없게 되자 그녀는 관심을 개에게로 돌려 특식을 만들어주고 오랜 산책에 데려간다. 주인의 무감각을 보충이라도 하듯 개의 식욕은 이전보다 더 왕성하다.

그녀는 자신을 둘러싼 주변의 삶이 전혀 줄어들지 않고 계속된다는 사실에, 사람들이 매일 최선을 다하고 기세 좋게 각자의 삶을 살아갈 수단을 가지고 있다는 사실에 깊은 인상을 받는다. 그녀는 사람들이 존경스럽다. 그들도 나름의 문제를 가지고 있다. 모든 이들이 그러하니까. 그러나 그들은 계속 살아간다. 심지어 상담을 받으러 오는 내담자들도 그녀와 비교하면 잘하고 있다. 적어도 전진하는 움직임과 미래의 대안을 위한 틈을 남겨두었으니까. 아기 돼지 아가씨가 비밀스러운 삶을 즐긴다 해도, 판사가 배우자에 대한 신의를 나누어 쪼개며 산다고 해도, 방탕한 아들과 메리 메리가 게임을 하지 않으려 해도, 신데렐라가 관심을 갈망한다 해도, 바지저고리가 자신의 한계를 받아들이지 않는다 해도, 버그먼이 꿈을 포기하지 않으려 하고 제인 도가 결혼을 포기하지 않는다 해도, 그래도 그들 모두는 그녀보다 훨씬 더 잘해내고 있다.

그녀가 감옥에 대해 알거나 상상하는 모든 것이 머릿속에서 어지럽게 달그락거리며, 천박한 장면과 현란한 위협으로 이루어진 만화경처럼 돌아간다. 비밀을 털어놓을 사람은 아무도 없이 혼자 고립된 그녀는 자기에게 정나미가 떨어져 운명의 날을 기다리는 파괴적인 생각에 먹히고 만다. 재판은 대중의 구경거리가 될 것이다. 토드와 함께했던 생활은 낱낱이 까발려져 대중의 호기심을 키울 사료가 되리라. 그런 후, 소동이 가라앉고 사람들은 그걸 잊고 나아간 지 한참이 지나도, 그녀는 여전히 감옥에 갇혀 립스틱이나 아스피린을 얻으려고 으깬 감자와 바꿔가며 자기 보전이라는 목표에 따라 차마 말로 할 수 없는 일들을 하게 될 것이다.

가정적인 형사가 문 앞에 다시 나타나자 그녀는 한 손에 잔을 든 채 동요하며 그를 맞는다. 수직으로 급강하하는 엘리베이터에 올라탄 양 위에서 신물이 올라와 입안을 맴돈다. 그녀는 어울리지 않게도 겁을 먹어 굽실거리는 듯한 태도를 취하고 말지만, 거기에 언짢은 기색을 한두 방울 섞는다. 자신의 일부가 아직도 저항할 수 있다는 데 그녀 자신도 놀라고 만다.

"폐를 끼쳐 죄송합니다." 그가 현관 안으로 들어서며 말한다.

땅거미가 내려와 거실은 그림자의 우물이 되어 있다. 그녀는 탁자 전등을 켜고 가스불을 키운다. 그들은 전에 앉았던 자리에 앉는다. 그녀는 소파에, 남자는 안락의자에. 마치 첫 번째 방문은 예행연습이었고 진짜는 지금이기라도 한 것처럼.

"마실 것 좀 드릴까요, 형사님? 죄송한데 성함이 생각나지 않아서." 그녀는 점심때 이미 얼음 넣은 보드카로 시작한 참이라, 정신은 맑아도 입에서 굴러 나오는 단어는 서로 충돌한다.

"스키너입니다. 부인과 함께하고 싶은 마음은 간절합니다만, 지금은 사양할 수밖에 없군요."

그의 어리석은 교양을 잊고 있었다. 설사 그녀를 체포하러 왔다고 해도 그는 예의를 지킬 사람이다.

"지난 며칠이 부인에게 별로 편하진 않았을 것 같습니다. 부인의 고통을 더해드리고 싶지는 않다는 저희 마음을 믿어주시기 바랍니다. 제 동료가 여기 뵈러 온 걸로 아는데요, 그런 면담을 몇 번이나 겪게 해드려 죄송할 따름입니다. 하지만 저희의 우선순위는 언제나 범인 검거와 체포니까요."

그는 슬슬 그쪽으로 끌고 가려는 것이다. 그녀의 손에 수갑을 채우고 연행하는 순간. 바로 여기 온 이유. 하지만 저렇게 동정을 표하고 있으니, 수갑을 찬 채 이웃들이 보는 앞에서 끌려가는 망신만은 면하게 해줄지 모른다. 미리 몇 잔 마셔두기를 잘했다. 속이 울렁거리기는 하지만 제정신이었다면 훨씬 더 안 좋았으리라. 지금 해야 할 일은 아직 기회가 있을 때 잔을 채우는 것이다.

"요지는 저희도 나름의 증거가 있다는 것이지요. 그것도 확고한 증거가 처음에는 저희 수사도 완전히 꽉 막혔었습니다. 이런 사건이 벌어졌는데 차량을 확인해주는 증인이 한 명도 없다는 걸 믿을 수 없었지요. 그렇지만 결국 마침내는 일이 맞아떨어졌습니다."

그는 어떻게 맞아떨어졌는지 말하지 않고, 그녀도 묻지 않는다. 그녀가 일어나서 부엌으로 슬그머니 걸어가자 그는 처음에는 두 사람 사이의 거리를 벌충하려고, 곧이어 얼음통에서 얼음이 달그락대는 소리를 덮으려고 목소리를 높인다. 나중에는 거의 소리를 지르다시피 한다.

"물론, 보통은 저희가 용의자를 체포하면 피해자의 가족과 친구들은 안심하기 마련이지요. 하지만 가끔 그 소식이 달갑지 않을 경우가 있습니다. 심지어 심란하기까지 하죠. 바로 용의자의 정체 때문이죠. 이 경우에는 공교롭게도 용의자가 피해자와 무척 가까운 사람이었습니다."

이 형사가 이렇게나 변죽을 울리다니 그녀는 믿을 수가 없다.

체포조차 제대로 못 하면서 어떻게 경찰관이 되는 거지? 그녀는 바 앞에 서서 잔에 남은 술을 버리고 새로 채운 후, 감옥에서 숙취를 안고 깨어나면 어떤 기분일지 생각한다.

"그러니까, 부인이 마음의 준비도 안 된 상태에서 신문 기사를 보는 일은 없었으면 해서요." 그녀가 새 술을 손에 들고 소파로 돌아오자 그는 별안간 목소리를 낮춘다. "딘 코박스와 오래 아는 사이셨다는 건 저도 알고 있으니까요."

"누구요?" 그녀가 묻는다.

그는 헛기침을 한다. 한쪽 눈썹이 올라간다. "딘 코박스요. 오랜 친구 사이 아닙니까?"

"딘이 이 일과 무슨 관련이 있길래요?"

"바로 그걸 지금 말씀드리려는 겁니다. 그 사람은 체포됐습니다."

"설마 딘 코박스를 체포했다는 말은 아니시겠죠."

"죄송합니다. 충격을 받으실 줄 알았어요. 이런 말씀을 드려도 될지 모르겠는데, 부인 지금 무척 창백해 보입니다."

"딘은 토드를 죽이지 않았어요."

"맞습니다. 그 사람이 방아쇠를 당긴 건 아니지요. 하지만 그렇게 한 사람들을 고용했습니다. 커피를 좀 마시는 편이 도움될 것 같은데요. 물 한잔 드시겠습니까?"

"딘이라니. 딘이 토드를 죽였다고 생각하시는군요."

"괜찮으시다면 브렛 씨, 제가 물 한잔 가져다드리겠습니다. 거기 앉아 계세요."

지금 조디는 태양을 빤히 쳐다보는 기분이다. 이전에는 자기가 범죄를 저지르는 다른 사람들과 다르다고 여겼다. 남들과 싸잡아 묶일 수는 없다고, 자신만은 특별히 더 고귀한 정의를 행하고 있다고. 하지만 진실은, 그녀 또한 엄청난 허영과 오만의 위업에 빠져 눈이 멀었다는 것이다. 그녀의 생각은 단순하기 그지없고 이기적이고 자아도취적인, 공감 이전의 발달단계에 있는 아이의 몽상이었다. 그녀는 근거 없는 추정을, 그것도 너무 많이 했다. 예컨대 자기가 세상의 중심에 있으며 온갖 가능성과 확률이 자기 주위의 궤도만을 돌고 있다고. 그녀가 하는 게임에는 규범집이 있어서 특정한 결과들만이 허용되는 익숙한 장에서 활동하고 있다고.

조디는, 딘 코박스에게 호감을 가지고 있었다. 그는 약간 나쁜 길에 빠져들었지만 그럭저럭 괜찮은 사람이다. 그녀는 그에게 아무런 악감정이 없다. 요즘 어딘가 약간 고장났거나 정신이 나갔는지도 모르지만, 그녀는 타락하지 않은 자기 원칙 없이는 살 수 없다. 무죄인 사람이 그녀 본인이 저지른 악행으로 무너지는데도 가만히 보고 있는 건 그녀가 타협할 수 있는 행동, 안고 살아갈 수 있는 죄가 아니다.

망할 딘. 망할. 대체 무슨 말을 하고 어떻게 행동했기에 그런 꼴을 자처하게 된 걸까. 대체 무슨 깃발을 흔들었기에 경찰의 주목을 받았을까? 가정적인 형사는 아무런 설명도 해주지 않으려 한다. "지금은 자세한 부분까지 설명해드릴 수 없을 것 같습니다, 브렛 씨. 무척 죄송합니다만, 그런 정보는 유출할 수 없어서요. 지금 당장은요." 그녀는 이것이 싫다. 모든 것을 망쳐버리는 터무니없는 반전. 딘이 그녀의 사적인 사건에 더듬더듬 끼어들 줄도 몰랐다니. 그 정도의 분별력도 없는 사람을. 딘, 방해꾼에 허풍쟁이 같으니. 그녀는 그가 감옥에서 썩게 놔둘 수도 있었다. 거의, 거의.

조디는 재킷을 걸치고 호수로 개를 데려간다. 밀려오는 어스름 속에서 그들은 길게 뻗은 호숫가를 걷는다. 하늘은 수평선 위로 뭉게뭉게 피어오르는 먹구름이 가득차 요동치는 덩어리가 되어 있다. 매서운 바람이 물을 흔들며 호숫가를 따라 쏜살같이 분다. 익숙한 기분이 그녀를 사로잡는다. 공허한 존재 속을 떠다니는 감각. 이것은 조디의 텅 빈 속심, 근원적 진실의 불행한 자리, 그녀가 낙관주의라는 꺼풀 아래에 숨겨놓고 일상적 활동 아래 묻어놓은 영역이다. 이곳에 조디가 산다. 인간이란 개인적 환경을 조작할 수 있는 정도까지만 번창하고 번성할 수 있다는 것을 아는 조디가. 이 조디는 모습을 드러낸 적이 거의 없다. 하지만 앨리슨은 그것을 보았고 이용했다. 겉모습 그대로인 것들은 거의 없다.

그녀는 집으로 돌아가다가 문득 자신의 집이 몸서리치도록 싫은 동물 소굴 같다고 생각한다. 클러러가 전날 와서 평소처럼 청소하고 갔지만 손닿지 않은 채 남겨진 것들이 조디의 발효된 상상 속에서 확대된다. 먼저 강타한 것은 악취다. 커피 가루, 과숙된 과일. 그러고 나니 어디를 보든 더러움뿐이다. 하수구의 때, 타일 사이의 곰팡이. 그녀는 양동이와 걸레, 철수세미와 칫솔로 당장 작업을 시작한다. 살균제로 타일과 하수구, 쓰레기통을 싹싹 닦는다. 방을 돌아다니며 물건을 챙긴다. 사진, 탁자 전등, 촛대, 조각품, 문버팀쇠, 북엔드 같은 물건들도 닦을 수 있도록 신문지 가운데 올려놓는다. 이렇게 진을 빼고 있으면서도 자신의 집은 기본적으로 오염되지 않고 청정하며, 뭔가 해야 한다는 감각은 그저 머릿속에서 지어낸 생각일 뿐임을 그녀는 안다. 상황을 통제하고 모든 것을 바로잡고자 하는 환상과 관련한 감각일 뿐이다.

잠자리에 들 때쯤 그녀는 마음을 먹는다. 아침에는 자수해야지. 어려운 일은 아닐 거야. 그저 가정적인 형사에게 전화만 하면 된다. 아직도 명함은 가지고 있으니까. 그런 다음 앨리슨과의 계약에 대해 말하기만 하면 된다. 그후에 일어날 일은 경찰과 변호사, 판사와 배심원들에게 달려 있다. 그들이 적절하다고 생각하는 대로 그녀를 처리할 것이다. 정의는 그들의 손에 달려 있고, 그녀는 벗어나게 될 것이다. 더는 책임이 없다. 그녀는 몰아치는 필연성 속에서 계획을 세운다. 이게 모든 일의 귀결이며, 그녀는 기쁘고 홀가분한 느낌이다. 적어도 의심과 공포로부터는 자유로워질 것이다. 한편으로는 가정적인 형사의 반응이 기대가 된다. 그 사람을 세련된 가식에서 끄집어내는 것만으로도 이런 일을 할 가치가 있다.

하지만 잠은 토막토막 끊기고 밤새 불안이 점화해 퍼져간다. 아침이 되자 가슴과 목구멍에서 불이 타오르고, 머리는 집게에 꽉 물린 것 같고, 근육은 조각조각 끊어진 기분이 든다. 땀이 쏟아져 나오는데도 서늘한 바람이 혈류를 흔들며 지나간다. 그녀는 이불 아래에서 웅크렸다가 다시 이불을 걷어내기를 반복하다, 마침내 얼굴에 훅 끼치는 개의 숨결과 관심 좀 가져달라고 낑낑대는 소리에 억지로 몸을 일으킬 수밖에 없다. 축축한 손으로 전화를 들어 아침 상담 예약을 취소한다. 개 돌보는 사람에게도 전화를 하니 곧 와서 프로이트를 데려가겠다고 한다. 그런 다음 개 산책시켜주는 사람에게 전화해서 오늘은 개를 다른 곳에 맡기겠다고 말한다. 전화를 거는 것만으로도 진이 빠진다. 그녀가 다시 깨어났을 때 밖은 캄캄하고 개는 없다. 그녀는 땀으로 뒤덮여 젖은 시트에 칭칭 감겨 있다. 일어서는 데도 노력이 든다. 그녀는 욕실로 가서 물을 한 모금 삼키고 변기 앞에 서서 신물을 약간 토해낸다. 이번에는 다른 방향으로 침대에 도로 올라간다.

시간이 흐른다. 그녀는 바깥이 밝아졌다가 다시 어두워지는 것을 인식한다. 전화 소리가 들리고 누군가 로비에서 버저를 눌렀던 것이 기억난다. 지금이 주말인가 싶지만 아마도 주말은 벌써 왔다가 지났는지도 모른다. 그녀는 침대의 자기 자리로 돌아간다. 그곳은 이제 말라 있다. 누가 진저에일 한 잔이나 오렌지 맛 아이스캔디를 가져다줬으면 싶다. 그녀가 어렸을 때 아프면 어머니가 가져다주곤 했던 것들이다. 그러나 오래 아팠던 적은 없었다. 과거의 어린 소녀는 회복이 빨랐다. 인생에서 좋은 일만 일어날 것이라고 믿던 시절. 그것은 약속이었다. 그때 토드가 나타났고, 그는 증거였다. 꿈과 실현할 의지를 지닌 남자가 있었다. 처음부터 두 사람은 서로에게 무척 끌렸고 각자가 원하는 상황 속에서 그들의 자리를 확신했다. 그때 그녀는 삶이 사람을 구석으로 몰 수도 있다는 것을 몰랐다. 사람들은 너무 어려서 사물의 함의를 이해하지 못할 때 선택을 하게 되고, 각각의 선택으로 인해 가능성의 영역은 좁아진다. 하나의 직업을 선택하면 다른 직업은 사라진다. 하나의 배우자를 선택하고 다른 사람은 사랑하지 않겠다고 약속한다.

그녀는 졸면서 낯선 사람의 꿈을 꾼다. 모르는 남자와 여자가 그녀가 들을 수 없거나 들어도 이해 못 할 이야기를 한다. 그녀는 일어나서 빵 한 조각을 구워 버터를 발랐다가 쓰레기통에 넣고 도로 침대로 간다. 이젠 플로리다에서 섭식 장애에 대한 강연을 하는 꿈이다. 누군가 수면제 과다복용으로 죽었다. 앨리슨은 임신했고, 조디가 어쨌든 간에 책임이 있다. 그녀는 암흑 속을 터벅터벅 걷다 물결을 거슬러 헤엄치다 웅덩이에 빠져서 헤어나려 발버둥친다. 그녀와 토드는 예전에 살던 집, 처음 함께했고 행복했던 아파트에 살고 있다. 그녀는 살림을 정리해서 하나하나 상자에 넣고 있지만 물건이 너무 많고, 이삿짐센터 직원들이 문을 쾅쾅 두드린다. 장면이 바뀌고, 토드는 아기 돼지 아가씨와 결혼할 거라고 한다. 그녀에게 불쾌해하지 않았으면 좋겠다고 말한다. 잠에서 깼을 때 그녀는 완전히 홀로 된 느낌이다. 입에서 도는 쓴맛에 쥐가 생각난다.

줄곧 의심해왔던 대로 그녀의 머리카락 속에 벌레가 사는 것이다. 머리를 흔들어보지만 이 작은 생물들은 단단히 붙어 있다. 벌레들은 그녀의 축축한 머리채와 기름 낀 두피에 튼 멋진 둥지 속에서 행복하다. 그곳을 좋아하는 게 분명하다. 기름과 땀. 고약한 냄새. 더러운 알을 낳아 흉측한 새끼를 기르기에 완벽한 장소다. 어디에도 비할 데 없는 번식지다.

앓은 지 닷새째 되던 날, 클러러가 침대 이불에 갈색 나뭇잎처럼 말린 채 무게도 하나 없이 쓰러져 있는 조디를 발견한다. 그녀는 오른쪽 옆으로 누워 있지만 머리와 어깨는 왼쪽으로 돌아가 있다. 둘둘 뭉친 침대보 위에 내던져진 듯 쓰러져 있고 헐렁한 티셔츠는 몸통 위로 올라가 배배 꼬여 있다.

문간에 선 클러러는 큰일이 났다는 경각심과 사모님이 간밤에 늦게 잔 것뿐일지도 모른다는 생각 사이에서 흔들린다. 그저 문을 닫고 청소나 하고 싶은 마음이다. 이 여자는 항상 창백하고 말라서 클러러의 관점에서는 가엾은 유형이다. 하지만 흐릿한 빛 속에서도 클러러는 뭔가 잘못되었다는 것을 감지할 수 있다. 길버트 부인의 피부에는 푸르스름한 빛이 돌고, 쏙 들어간 눈은 아무리 숙취가 심하다 해도 나타날 수 있는 증상을 넘어선다.

"길버트 부인? 괜찮으세요?"

클러러는 방으로 들어가 침대 발치에 선다. 길버트 부인의 머리에 무슨 일인가 벌어졌다. 그녀의 길고 아름다운 머리카락이 손도끼로 잘라낸 듯 사라졌다. 그나마 남은 머리카락은 가엾게도 군데군데 덩어리져 두피에 붙어 있다. 무엇보다도 이것이 클러러를 충격에 빠뜨린다. 그녀는 침대 위로 몸을 숙이고 조디의 손목을 잡는다.

"길버트 부인, 제발, 일어나세요."

클러러는 손목을 세게 흔든다. 부인의 눈이 떠지더니 떨림이 망령 같은 형태로 지나간다. 클러러는 손목을 놓고 성호를 긋는다. 그런 다음 서둘러 방을 나가 전화를 찾는다.

구급차가 왔다 간 후에 클러러는 욕실로 갔다가 사라진 머리카락을 발견한다. 부드럽고 짙은 머리카락 뭉텅이가 바닥에 쌓여 있다. 구석에는 이 잔혹한 짓을 벌인 핑킹가위가 내던져져 있다.

조디는 침대에서 일어나 베개를 등에 괴고 앉아 있다. 맑고 창백한 햇살이 창문으로 쏟아져 들어와 작은 방의 모습을 더 자세히 비춘다. 뒤집힌 시트에 검은 얼룩처럼 매달려 있는 세탁 마크, 푸른 담요의 부드러운 조직, 군데군데 변색된 민트빛 벽. 침대 옆 수납장 위로 길게 뻗어가는 포인세티아, 창턱에는 꿈속까지 침범하는 달큼하고 썩은 향기를 풍기는 점박이 백합.

요강은 치웠고 정맥주사 줄도 치웠다. 어제 아침 식사 전 그녀는 입원 후 처음으로 혼자 화장실에 갔다 왔다. 그녀의 칫솔과 빗, 지퍼백에 담긴 세면도구가 세면대 옆에 놓여 있다. 누가 가져다주었는지, 누가 꽃이나 화분을 주었는지 알 수 없다. 그동안 줄곧 사람들이 오갔다. 처음에는 그들을 알아보지도 못했다. 그녀가 잠에서 깨어보면 누군가 옆에 서 있거나 구석 의자에 앉아 있거나 했고, 다시 까무룩 잠들었다 눈을 뜨면 가고 없었다.

잇새가 벌어진 간호사 한 명이 막 체온을 재러 들어왔다가 그녀를 꾸짖는다. "아시잖아요, 브렛 씨. 처음에 오셨을 때는 정말 환자 놓치는 줄 알았어요. 어째서 그렇게 탈수가 되도록 놔두셨던 거예요? 독감에 걸리면 수분을 많이 섭취해야 한다는 걸 아실 만한 분이. 아프면 누군가에게 말을 하셨어야죠. 친구분들 모두 얼마나 걱정하시는데. 모두 기꺼이 문병 와주시고 주스를 가져오시고 제가 머리 감겨드리는 걸 돕고 그러셨어요."

거울에 비친 자신의 모습은 여전히 충격적이다. 가위를 들었던 기억도 없고, 대체 머릿속으로 무슨 생각을 했는지도 모르겠다. 기억나는 것이라고는 바닥에 떨어진 머리카락을 보았을 때의 만족감뿐이다. 이제 그 머리카락을 떼어냈다는 것을, 그것이 더이상 그녀의 일부분이 아니며 그녀에게 붙어 있지 않다는 것을 알았을 때의 기분. 아팠던 날의 기억은 전부 이처럼 분절되어 있다. 하지만 한 가지, 여러 사람이 그녀에게 연락하려 했다는 것만은 확실히 안다. 전화벨 소리, 버저 소리, 문 두드리는 소리, 메시지와 대화 소리를 기억한다. 특히 루벤 박사와의 대화가 생각난다. 그는 토드 일은 정말로 유감이고 이런 때 그녀를 심란하게 하기는 너무 싫지만 할말이 있다고, 적어도 걱정거리 하나는 줄여줄 얘기라고 했다.

걱정을 줄여줄 얘기라는 게 뭘까? 그녀는 기억해내려 한다. 그 기억은 마음의 가장자리에 노래의 한 파편처럼 걸려 있다. 그녀의 마음속 눈에 비친 루벤 박사는 하얀 가운을 입고 살짝 엉거주춤하게 서 있다. 어떤 말이 그의 입에서 흘러나오고 있다. "검사 결과." 그게 전화를 건 이유다. 토드의 검사 결과는 음성으로 나왔다고 한다. 무덤 너머에서 들려오는 메시지. 토드는 건강한 몸으로 죽었고 그의 여자들은 감염되지 않았다. 걱정거리가 하나 줄었다.

자비롭게도 간호사가 나가 그녀는 홀로 평화롭게 남는다. 그녀는 눈을 감고 해리 르그루트의 방문을 생각한다. 해리는 점심 식사 후 그녀에게 소식을 전하러 들렀다.

"그래, 다시 세상으로 돌아왔군요." 그는 침대 가장자리에 앉아 바깥세상의 냄새를 풍겼다. 담배, 신선한 공기, 축축한 모직. 그의 얼굴은 불그스름하고 머리카락은 미끈한 은색 펠트 같았다. 그는 스테파니에게 걸려 온 전화에 대해 얘기했다. 스테파니는 토드에게 연락을 취하고 싶다는 클러러에게서 소식을 들었다고 한다. "클러러는 토드가 잘 살고 있는 줄 알았나 보더군요. 신문에 실린 기사를 놓친 게지요. 조디도 그 여자에게 소식을 전하지 않았던 것 같고."

그녀를 향한 눈길을 보아 하니 해리는 이 사실을 이상하게 여기는 듯하지만, 더이상 캐묻진 않았다. 머리카락에 대해서도 묻지 않았다. 방문의 주된 이유는 총을 쏜 사람들의 정체가 밝혀졌다는 소식을 전하기 위해서라고 그는 말했다.

"총을 쏜 자들은……." 해리는 그녀의 멍한 눈길에 반응하여 반복했다. "범인들 말입니다. 두 사람이었다는군요. 지금 보석 신청을 해놓고 기다리는 중인데."

그녀는 해리가 말하는 방식이 마음에 들지 않았다. 참을성 있게, 조심스럽게, 가장 상냥한 방식으로 이야기를 전하는 방식. 그렇다는 것은 이 남자들이 입을 열어 모든 점이 연결되었다는 뜻이리라.

"그들이 우리가 이미 아는 것을 확증해줬어요. 딘 코박스가 그들을 고용해서 이런 짓을 하라고 돈을 주었다는군."

해리는 무슨 얘기를 하는 걸까? 어째서 미소를 짓고 있는 거지? 그는 그녀의 혼란을 즐기고 있는 듯했다. 어쩌면 그녀를 속여서 자백을 받아내려는 것인지도 몰랐다. 당연히 그렇겠지. 그것이 하루나 이틀쯤 기다려 사무실에서 만나도 될 텐데 굳이 병원까지 온 이유다. 그녀가 여전히 약기운에 취해 갈피를 못 잡고 있을 때 잡아내려는 것이다. 그러나 그녀는 원래부터 자백할 계획이었다. 줄곧 자백할 의도를 가지고 있었다. 병만 아니라면 벌써 했을 것이다. 굳이 속임수를 써가며 그녀에게 진실을 받아낼 필요는 없다.

하지만 해리는 기세를 타고 열을 내며 그 일에 대해 열변을 토하기 시작했다. 그자들은 아주 길고 긴 전과 기록이 있는 동네 건달들이며 자기들을 고용한 사람이 딘이라고 지목했지만, 그들의 자백도 필요 없을 만큼 딘의 범행을 뒷받침해주는 증거가 아주 많았다고 했다.

"통화 기록. 은행 거래 내역. 코박스는 바보였어요. 서면 증거를 다 늘어놓으면 일 킬로미터도 넘겠더군."

해리가 이어서 말한 바에 따르면 범인들, 두 건달은 완강하게 자신들의 무죄를 주장한다고 한다. 요란하고도 힘차게, 자기들은 그 지시를 이행하지 않았다면서. 딘에게 그 일을 해달라고 고용되었나? 예. 실제로 저질렀나? 아니요. 이 이야기를 하면서 해리는 웃으며 무릎을 쳤다. 생각할 때마다 웃겨죽겠다고 그는 말했다. 어떻게든 벌을 모면하려는 절박함 때문에 거짓말을 하다니. 현장에서 피 묻은 손으로 잡혔더라도 무슨 말이든 지어댈 자들이에요. 그야말로 아무 말이나.

체력을 회복하자 정신적 명민함도 돌아온다. 처음에는 그 일을 어떻게 이해해야 할지 알 수가 없다. 그녀에게 허락된 유예기간, 그녀에게 삶을 돌려준 세부 사항. 이 세부 사항이라는 말이 상황에 딱 어울리기도 하다. 그녀는 이와 같은 일을 저 높은 곳에서 굽어살피는 절대자에게 돌릴 사람이 아니다. 신의 존재를 믿지 않는 것은 아니지만, 신이 굳이 그녀의 편을 들어주고 딘에게 불리하도록 개입했다고 생각할 이유가 없다. 신이 심판관이라면 두 사람 모두 똑같이 유죄라고 판결을 내렸으리라.

이제 딘과의 통화가 기억난다. 적개심과 분노. 그때 그녀는 그에 대해 별로 생각하지 않았다. 그는 그저 화를 분출하려는 듯 보였을 뿐이었다. 어쨌든 토드의 가장 오랜 친구였으니까. 어떻게 그의 말을 심각하게 받아들일 수 있었겠는가? 그러나 딘에게는 그녀가 미처 헤아리지 못한 깊이가 있었다는 사실이 밝혀졌다. 확실히 그녀는 그를 과소평가했다. 하지만 그녀는 아이가 없는 사람이므로 부모의 의무, 어떤 대가를 치르더라도 자식을 지키겠다는 충동을 간과했다고 해도 용서받아야 할 것이다. 게다가 남자가 아니므로 딘이 빠져 있던 마초적 허세의 유형도 온전히 이해할 수가 없다. 이런 감정이 그로 하여금 길을 잃고 하지 말았어야 할 짓까지 몰아가는 데 큰 역할을 했을 것이 분명하다.

조디는 딘이 고용한 사람들이 진짜 범인이라는 관점에 마음이 기울고, 그들의 무죄 호소는 해리가 한 얘기대로라고 생각하고 싶다. 처벌을 모면하려는 절박한 시도. 하지만 그렇다면 앨리슨은 어떻게 된 걸까?

앨리슨은 결국 신뢰할 수 없는 사람으로, 처음부터 둘 사이의 거래를 지킬 의도가 없었던 것이다. 아니면 그저 돈에 눈이 멀어 잠수를 했는지도 모른다. 앨리슨이 레니에게 돈을 주었는데 레니가 돈을 가지고 튀었다는 것도 가능하다. 반면 앨리슨과 레니 둘 다 돈을 받은 대로 의뢰받은 일을 해냈을 수도 있다. 적어도 그러려고 했거나. 조디는 그들을 최대한 좋게 생각하고 싶다. 앨리슨의 성실성도 레니의 일에 대한 열성도 의심하고 싶진 않다. 그래도 그녀가 할 수 있는 건 추측뿐이다. 진실은 절대로 알려지지 않을 테니까. 게다가 이런 경우에 진실이란 상대적이고 복합적이며 얼룩진 것이다. 그녀가 유일하게 확실히 아는 것, 믿을 수 있는 단 한 가지는 자신이 환불을 요구하지는 않으리라는 것이다. 앨리슨이 왜 피하는지를 알고 싶다면, 글쎄, 그게 대답이 될 수는 있겠다.

일단 퇴원해서 집에 돌아오고 하루 이틀이 지난 뒤, 그녀는 전화기의 반짝거리는 불빛을 직면할 힘을 끌어모았다. 메시지를 확인하다가 동생 라이언에게서 온 것을 발견한다. 라이언은 보통 연락이 되지 않고 최근 사건은 전혀 모르는 터라, 그저 어쩌다 누나가 생각나서 전화했고 다시 전화하겠다는 말만 남겼다. 라이언답다. 동생의 연락을 놓친 것은 아쉽지만, 그녀도 라이언을 균형 있게 바라보며 그가 오가는 것에 너무 연연하지 않는 법을 오래전에 익혔다. 물론 제러드 하트먼의 덕이다.

삶이 이러한 예기치 않는 선물을 건네다니 어찌나 기묘한지. 그녀가 제러드에게 갔던 것은 훈련의 일환이었어도, 그와 함께 작업하고 그녀 자신의 눈이라는 렌즈를 통해 스스로를 들여다보며 중요한 사실을 발견했다는 사실을 부인할 수는 없다. 가령 보고 싶지 않은 것에는 문을 닫아버리고, 알고 싶지 않은 것은 잊어버린 채 마음속에서 몰아내 다시는 생각지 않는 놀라운 능력. 한마디로 어떤 사건을 전혀 겪지 않았던 듯이 살아가는 능력.

정신과 의사라면 누구나 안다. 무언가를 설명하는 건 사건 자체가 아니라 그것에 반응하는 방식이다. 개인 열 명을 모아 그들 모두를 똑같은 삶의 시험에 노출시킨다 해도, 그들은 각자 정교한 개인적 세부 사항과 의미를 추가로 채운다. 조디는 그에 대해 다시는 생각지 않는 사람이다. 한 번도. 절대로. 어린시절 저 먼

곳에서 조디에게 일어났던 일은 의심할 여지 없이, 완전히, 진정으로 잊힐 자격이 있다. 뒤에 남겨져 기능이 정지된 채 영원히 말소된 것이나 다름없다. 아니, 그녀가 심리학을 공부하지 않았다면 그렇다고 믿었을지도 모른다. 하지만 결국에는 설사 잊어버린다고 해도 그 사건이 일어나지 않았던 것과는 전혀 다르다는 사실을 받아들여야만 했다. 석판은 완전히 깨끗하게 닦이지 않았다. 과거의 그 사람으로는 돌아갈 수는 없다. 순수의 상태는 사라져 되돌릴 수 없다. 우리가 겪었던 경험은 원치 않은 것일지도 모르고 오로지 손해나 낭비와 다름없을지도 모르지만, 경험에는 본질이 있다. 사실적이며 권위적이고, 과거 속에서 살아남아 현재에 영향을 끼친다. 현재에 무슨 시도를 하든 전부 관련이 있다. 오래전에 내던져버린 피클 단지는 쓰레기 매립지로 가버렸을지 모르지만 여전히 거기 바깥에 있다. 깨졌을지도, 산산조각 났을지도 모르지만 사라지지는 않았다. 잊혔을지는 모르지만, 잊는 것은 그저 습관일 뿐이다.

이런 비유로 보면 쓰레기 매립지는 무의식의 정신이다. 집단 무의식이 아니라 개인의 무의식. 나 개인의 사적이고 고유한 무의식 속에서 모든 대상은 나의 이름으로 새겨지고, 나의 숫자로 찍히고, 예고도 없이 날아온다. 그중 하나는 그녀가 제러드에게 대럴에 대한 꿈 이야기를 한 후 엘리베이터를 기다리던 그날 날아왔다. 칭찬할 만한 것, 그녀의 침착성에 대해 많은 것을 이야기해주는 것은, 그녀가 심리학의 실례로서 그 사건의 가치를 간과하지 않았다는 사실이다. 실제로 그녀는 숨막힐 만큼 번쩍 지나가는 순간 속에서 그것을 포착했다. 무의식은 그저 책에나 나오는 이론, 날조된 패러다임, 과장된 환상이 아니라 마치 얼굴에 붙은 코처럼, 피클 단지처럼 사실적인 것이다. 융에 따르면 무의식 속의 모든 것은 외적 표현을 찾는다고 한다. 의식으로 전환되지 않는 내적 현상들은 운명이라는 외적 사건 속에 현현한다. 그리스 철학자 헤라클레이토스는 비슷한 명제를 이야기하며 인물의 성격이 곧 운명이라고 말했다.

그녀의 꿈이 소중한 어린시절의 기억을 점화했다는 것을 알았다면 제러드가 얼마나 기뻐했을까. 거기 마침내 제러드가 마음껏 다스릴 수 있는 무언가가 있었고, 그는 그것을 향해 접근하고 있었다. 무언가가 기다리고 있음을 직감하고 바로 그 순간, 도끼가 떨어지는 순간을 예기하듯 인내심과 목적의식을 갖고 앞으로 천천히 나아가던 참이었다. 그녀는 그가 무슨 단서를 포착했을지 궁금했다. 물어보고 싶었지만 결국 그녀는 제러드에게 비밀을 털어놓지 못했고, 그러지 않기로 결심했다. 그 대신 비밀을 가슴에 품고 절대 언급하지 않으며 종국에는 폐쇄된 상자에 넣고 산소를 빼앗아 죽여버리는 쪽을 택했다. 그 선택이 자신의 특권이자 가장 이로운 결론이라고 생각했다. 그녀가 받은 훈련에서는 그런 기억을 공공연히 말할 필요가 있다고 하지만, 앞날을 알 수 없는 불확실한 상태에서라면 여전히 그녀는 전과 같은 사람이었고 어린시절은 행복한 추억의 원천이 될 수 있었다. 삶이라는 도시락 통에 백 퍼센트, 구십 퍼센트의 완전성을 갖춘 신의 섭리라는 것은 없다. 해야 하는 일이 있다면, 일 퍼센트의 어두운 그림자를 찾아 그것을 포함시킬 길을 찾는 것이다.

조디는 별안간 대럴과의 모든 연을 끊었고 그후로 수십 년에 걸친 기간 동안 그를 철저히 피했다. 온갖 회유와 호소에도 굳게 문을 내리고 자비 없이 그를 제쳐놓았다. 대럴은 그 이유를 안다. 설명할 필요는 전혀 없다. 그가 그녀에게 저지른 짓—청소년기의 실수, 사춘기의 경련—은, 잠깐이긴 했지만 용서받을 수 없는 것이었다.

그녀는 자기 자신도 용서할 수 없었다. 부모님은 아무것도 몰랐다. 그것만은 확실했다. 자기 자식이 그런 짓을 저질렀다면 참고 넘어가지 않았을 분들이니 비난을 부모님께 돌릴 수는 없었다. 대럴이 라이언에게까지 손을 뻗치기 전에 멈춰야 했던 것은 그녀였다. 그리고 그녀는 한 점 의심도 없이 대럴이 그랬다는 것을 알았다. 라이언의 악몽은 말 그대로 하룻밤 새 시작되었다. 그 애의 분노발작은 선례가 없는 어마어마한 것이었다. 그전에는 무척 순한 아이였다. 아마도 청소년기였던 대럴은 동생을 별로 위험 요소로 생각지 않았을지도 모른다. 그저 자신이 가진 선택지를 악용했던 건지도 모른다. 머릿속에 아무런 생각도 없이 그저 호르몬에 따라 행동했는지도 모른다. 어쨌든 간에 행동은 저질러졌고, 어른이 된 라이언은 조디처럼 대럴과 연락을 끊고 형의 이름을 모든 대화에서 빼버렸다.

조디가 라이언과 맺은 묵언의 계약은, 두 사람 다 그곳으로 돌아가지 않고 유물을 발굴하지 않으며 잘못된 일이 묻힌 땅을 파헤치지 않는다는 것이었다. 라이언이 기억할 수도, 아닐 수도 있지만 그녀가 라이언의 어린시절에 행했던 조치는 그 일에서 물러나 일어났던 일들을 효율적으로 무효화하려는 것이었다. 버려진 역사, 부인된 과거. 잊는다는 것은 그저 습관이지만 마음의 평화를 가져다준다. 무엇보다 라이언은 마음의 평화가 필요하고 안전히 보호받아야 하며 침묵 위에 새로운 경험을 켜켜이 쌓아야 한다.

그녀로 말하자면, 이제 아침에 눈을 뜰 때 믿지도 않는 신에게 감사드린다. 그녀를 구원했다는 이유로 신을 찬양하지는 않지만, 감사를 보낼 배출구가 필요하다. 자유는 헤아릴 수 없는 선물이다. 여전히 매일 아침 자신의 아름다운 집에서 깨어날 수 있고, 두툼한 모직 카펫 위를 맨발로 걸을 수도 있으며, 견직과 마직 커튼을 걷어 드넓은 수평선을 볼 수도 있고, 프렌치 로스트로 내린 라테를 마실 수도 있으며, 개와 함께 목적 없는 산책도 할 수 있다. 그녀는 이 모든 것을 내놓았었다는 사실을 날카롭게 인식한다. 한순간도 잊지 않는다. 그녀의 감사는 입안에서 절대 녹지 않는 단단한 사탕과 같다.

그녀는 또한 해리에게 감사한다. 해리는 그녀의 대리를 맡아 열심히 일하고 있다. 유언장 공증을 위한 법정 출두 날짜가 정해졌고 그는 그녀가 서명할 서류를 준비했다. 해리의 말로는 나타샤가 고소하려고 한다지만, 그는 십중팔구 법정 밖에서 합의를 볼 수 있으리라 확신하고 있다. 출산일이 봄이고 재판도 다가오는 만큼 나타샤로서는 자기 코가 석 자다. 어떻게 되든, 조디에게는 너그럽게 마음을 쓸 여유가 있다. 일단 아파트와 사무용 건물이 팔리면 나눠줄 여윳돈이 넉넉하게 들어온다. 스테파니가 그 일을 도울 테고, 스테파니가 더 필요하지 않게 될 즈음이면 조디는 괜찮은 퇴직금을 챙겨줄 위치에 있을 것이다. 재정적으로 가장 많이 타격을 받을 이는 토드를 가장 좋은 고객으로 두었던 클리프다. 하지만 클리프는 유능한 사람이니 새로운 고객을 찾으리라.

그녀는 자기 내면의 변화를 인식한다. 그녀는 온화해지고 현실감각을 되찾았으며, 내담자들과도 가족 같은 유대감을 쌓았다. 그녀 또한 제멋대로 탐욕을 부리고 통제 불능 상태에 앞길이 막막해질 수 있음을 이해했기에, 그들과 마찬가지로 곤경에 빠질 수도 있다는 것을 알았기에, 그녀는 이제 그들의 신의와 친절에 감사할 따름이다. 그들은 그녀의 일탈을 참아주었고 안부를 걱정해주었다. 판사는 그녀에게 꽃을 가져다주었고, 버그먼은 파이를 구워다 주었다. 진심으로.

정말로 놀라운 것은 그들 모두가, 제멋대로인 메리 메리까지도 저항을 줄이고 그녀와 함께 치료를 이어가고자 노력하게 되었다는 것이다. 어떤 흐름이 그들에게도 전염되었다. 준비된 자세와 느긋함. 책임을 기꺼이 떠맡고 앞으로 나아가려는 의지가 그들 모두의 집단적 태도에 나타나고, 아들러의 표현에 따르면 거기서 모든 것이 시작된다. 세계관, 믿음, 자기 자신에게 하는 이야기. 그녀 안에 일어난 변화가 차례로 내담자들에게도 영향을 끼쳤다는 건 분명하다. 이제 그녀는 인간 본성이란 이전에 생각했던 것보다 좀더 유연하다고 여기게 된다. 꼴사납게도 품위를 잃고 추락했지만, 결국 그 덕분에 회의를 다소 버릴 수 있었다는 것. 그녀에게서 벗어나지 않는 역설이다.

토드가 떠난 후 그의 아들이 앞으로 다가올 세월을 살아가리라고 생각하면 기묘한 기분이 든다. 거리에서 스쳐가면 그 애를 알아볼 수 있을까? 토드의 외적 특질이 유령처럼 그 애의 외모에 겹쳐 있을까? 아니면 적어도 흔적 같은 게 있을까? 일종의 태도라든가, 자세의 어떤 점이라든가? 그 애 엄마가 아이에게 집안의 속사정을 말해줄지, 그 애가 주 교도소에서 할아버지를 면회하게 될지 궁금하다. 나타샤의 입장이라면 혼란을 모두 묻어버리고 다시는 언급하고 싶지 않으리라. 딘의 부재에 대해 허구의 이야기를 지어내거나, 아예 그가 죽은 듯 잊어버리는 편이 나을지도 모른다. 그를 용서하기란 불가능한 일일 테니까.

어쨌든 이 이야기는 정말로 두 사람 사이의 사연 아닌가. 죽마고우였던 두 소년. 하나는 죽었고, 다른 하나는 죽은 것과 다름없다. 나타샤 같은 젊은 여자가 두 남자의 끝나지 않은 사연을 질질 끌고 다니며 그들의 업보를 떠멜 필요는 없다. 나타샤에게 일말의 분별력이 있다면 다른 남편, 토드의 아들에게 새로운 이름을 줄 사람을 찾으리라. 아무튼 사람들은 너무 많은 혈연관계를 맺는 경향이 있다. 하지만 나타샤는 요즘 사람들이 그러듯, 진실에 까다로운 편일지도 모른다. 아이에게 본인의 출신을 알려주라지. 그 애는 알 권리가 있으니까. 한편 조디로서는 사실을 흐릿하게 놔두어도 아무런 문제도 없다. 사실을 묻어버리는 것에는 이점이 있고, 어떤 일들은 파헤치지 않고 놔둘 때 가장 좋다. 더 친절하고 더 상냥한 방법이 있는데 현실을 직면할 필요는 없다. 그 암울한 절박함을 알 필요는 없다.

옮긴이 **박현주**

고려대학교 영어영문학과와 동 대학원을 졸업하고 일리노이 대학교에서 언어학 박사 학위를 취득했다. 작가, 번역가, 칼럼니스트로도 활약하고 있다. 도러시 L. 세이어즈 『탐정은 어떻게 진화했는가』, 조이스 캐럴 오츠 『악몽』, P.D. 제임스 『죽음이 펨벌리로 오다』 등을 번역했으며 에세이 『로맨스 약국』, 소설 『나의 오컬트한 일상』, 『서칭 포 허니맨』을 집필했다.

조용한 아내

1판 1쇄 2020년 2월 24일
1판 4쇄 2020년 4월 24일
지은이 A.S.A. 해리슨
옮긴이 박현주
펴낸이 염현숙

책임편집 이송 | **편집** 임지호 | **외주교정** 신소희 홍상희 | **디자인** 이현정
저작권 한문숙 김지영 이영은 | **마케팅** 정민호 정진아 함유지 김혜연 김수현
홍보 김희숙 김상만 지문희 우상희 김현지
제작 강신은 김동욱 임현식 | **제작처** 영신사

펴낸곳 (주)문학동네 | **출판등록** 1993년 10월 22일 제406-2003-000045호
임프린트 엘릭시르
주소 10881 경기도 파주시 회동길 210
문의 031-955-1918(편집) 031-955-8896(마케팅) 031-955-8855(팩스)
전자우편 editor@elmys.co.kr | **홈페이지** www.elmys.co.kr

ISBN 978-89-546-5871-3 (03840)

• 엘릭시르는 출판그룹 문학동네의 임프린트입니다.
• 잘못된 책은 구입하신 서점에서 교환해드립니다.
기타 교환 문의: 031-955-2661, 3580